ARROGANT & TATTOOED

LUDIVINE HART

ARROGANT & TATTOOED

addictives

À tous mes lecteurs qui me suivent,
me lisent et me soutiennent depuis le début.

1

Iris

J'attendais ce jour avec impatience. Il y a quelques mois, je n'ai pas réfléchi quand j'ai pris cette place de concert, mais j'étais persuadée que d'aller voir mon idole ne pouvait que me faire du bien. Le problème est que le jour J est arrivé et que je ne le sens plus.

Depuis bientôt deux ans maintenant, je suis fan de Carson Parker, célèbre chanteur de rap et parfois de rock américain. Il n'est pas aussi connu en France, il faut vraiment chercher pour trouver des informations sur lui. Il ne passe jamais à la télévision ici, sauf quand il fait des duos avec de célèbres chanteuses pop. C'est une des raisons pour lesquelles il n'a fait que des festivals en France jusqu'à maintenant ou qu'il prend d'assaut, ce soir, une petite salle de Paris. Et quand je dis « prendre d'assaut », je ne rigole pas, ce mec fout vraiment le bordel en concert, et ses fans de toujours sont dingues, mais complètement dingues. Il ne fait pas bon se trouver dans la fosse, entourée d'eux, mais malheureusement je n'avais pas le choix puisqu'il n'y a pas de place assise dans cette petite salle. Et pour ne rien arranger, je suis petite, très petite : un mètre cinquante-deux tout au plus et même pas cinquante kilos. C'est donc en soi le combo parfait pour se faire écraser et pour ne rien voir si l'on n'est pas au premier rang. Voilà une des raisons qui me fait paniquer.

– Iris, t'es dans la salle de bains ? me demande Mathilde.

Cette fille, c'est ma coloc, ma meilleure amie, mais aussi mon opposé sur le plan physique : grande, blonde, au corps de mannequin.

– Oui, je suis là. J'essaie de dompter ma touffe comme d'habitude, dis-je en baissant le volume du son.

J'écoute de la musique dès que je le peux, c'est-à-dire tout le temps, en travaillant, en faisant mon sport, en cuisinant, tout, quoi. C'est pourquoi j'ai décidé de me spécialiser en partie dans cette industrie pour mon métier.

Mathilde me rejoint dans la salle de bains et explose de rire en voyant l'état de ma crinière.

– Prête pour ce soir ?

– Pas tellement, avoué-je en brossant ma chevelure ondulée brune qui m'ennuie tous les matins.

– Ouais, je peux comprendre, déclare ma meilleure amie en prenant le fer à boucler pour le brancher avant de s'approcher de moi.

Non, je ne suis pas une adepte de la coiffure, du maquillage, oui, je suis vraiment nulle pour ce qui est de me coiffer.

– Je sais que tu l'adores, que c'est ton âme sœur, mais jamais je n'irai à un de ses concerts.

– Ce n'est pas mon âme sœur, m'écrié-je en souriant.

– Tu rigoles ? s'exclame Mathilde, vous avez le même

caractère de merde, bien que tu sois calme la plupart du temps, et vous avez les mêmes goûts vestimentaires. Pour moi, vous êtes des âmes sœurs.

– N'importe quoi.

Ma meilleure amie me donne une tape sur la tête.

– Arrête de me contredire et laisse-toi faire.

Je lève les mains en l'air, mais pouffe devant son expression butée. Je ne comprends pas pourquoi elle veut que je me boucle les cheveux, alors que les boucles vont se défaire sous l'effet de l'humidité dégagée par la foule, mais soit, si cela lui fait plaisir.

Une fois que Mathilde en a enfin fini avec mes cheveux, je pars enfiler ma tenue, qui est simple et confortable. Un jean skinny noir, une chemise blanche légère au décolleté assez avantageux, mais je n'ai pas énormément de poitrine, alors cela ne me dérange pas. J'enfile des boots à plateforme de onze centimètres pour me grandir. Généralement, je ne porte pas de chaussures hautes pour aller à un concert, mais celles-ci sont hyper confortables dans toutes les situations. Je noue autour de ma taille une sacoche à la mode en ce moment, pas les vieilles bananes des années 1990, début 2000, pas de panique ! Puis j'entreprends de me maquiller, en accentuant mes yeux d'un trait de liner et ma bouche d'une couche de rouge à lèvres.

Quand j'arrive dans la pièce à vivre, Mathilde en fait carrément tomber la cuillère dans la casserole, éclaboussant le mur de sauce tomate.

Elle n'exagère pas un peu, là ?

– Bordel, t'es canon ! Tu es prête à partir à la chasse au grand et sexy Carson Parker !

– La ferme, répliqué-je en rigolant.

J'essuie le mur avec un torchon alors que ma meilleure amie continue de s'extasier sur ma tenue.

Elle enchaîne ensuite sur le concert qui sera forcément du n'importe quoi, selon elle. Pour ma part, je ne réalise toujours pas.

***

Alors que je m'apprête à ouvrir la porte d'entrée de notre immeuble, Peggy, la concierge âgée de 70 ans, me remarque. Je l'adore, elle est vraiment cool, même si elle me pose tous les jours la même question. Elle est encore plus petite que moi et, du haut de mon mètre cinquante-deux, ce n'était pas simple, mais elle a réussi. Comme toujours, elle est tirée à quatre épingles et très bien maquillée.

– Bonjour, ma petite Iris.

– Salut, Peggy. Tu vas bien ?

Cette vieille dame est tellement attachante qu'avec Mathilde on s'est mises à la tutoyer un mois après notre emménagement. Elle est seule depuis le décès de son mari il y a plusieurs années et le déménagement de son unique fille en Angleterre. Alors, même si elle peut être quelquefois exaspérante, je m'arrête toujours quand je la croise.

– Maintenant que je te vois, ça va bien.

Je lâche un petit rire embarrassé, les effusions de sentiments et les compliments ne sont pas vraiment mon truc. Elle ne me laisse pas répondre, son regard passe de pétillant à diabolique. Je sais ce qui va suivre.

– Toujours pas d'homme à me présenter ?

– La réponse est la même depuis un an, Peggy.

Comme une petite fille, elle croise les bras et tire une moue boudeuse.

– Tu comptes me laisser mourir sans me présenter un homme ?

– Tu as dix ans de moins physiquement et mentalement, ce n'est pas demain la veille que tu vas mourir, grand-mère.

– Ce n'est pas le tact qui t'étouffe, toi, gamine.

– Moi aussi, je t'aime !

J'éclate de rire puis je montre la porte d'un signe de la tête.

– Je dois y aller.

Ses sourcils se froncent puis elle détaille ma tenue.

– Tu détestes sortir le dimanche et encore moins t'habiller. Tu vas où ?

– À un concert.

– Sans Mathilde ? s'étonne Peggy.

– Oui, sans Mathilde, rétorqué-je en levant les yeux au ciel. Maintenant, je dois vraiment y aller !

Je la salue d'un signe de la main et m'éloigne en direction de la sortie de notre immeuble.

– Toujours aussi allergique aux embrassades, celle-là, marmonne ma grand-mère favorite.

J'éclate de nouveau de rire et secoue la tête. J'allais pour fermer la porte derrière moi quand, dans mon dos, quelqu'un me percute de plein fouet. Je pense que j'aurais pu atterrir par terre si la personne, l'homme d'après le bras qui s'est enroulé autour de mon ventre, ne m'avait pas retenue.

Waouh, stop ! J'ai déjà vu ces bagues quelque part !

Et les tatouages dépassant de la manche de la veste appartenant à cet individu me disent réellement quelque chose.

– *Damn*, jure-t-il en anglais, et mon cœur commence à s'emballer.

Les bagues, les tatouages, un juron, de l'anglais, un accent américain tranchant, ça fait beaucoup trop de similitudes pour être une coïncidence. J'ai maintenant peur de me retourner pour faire face à l'inconnu.

Mais c'est trop tard, car il m'aide déjà à me redresser et il me regarde. Cependant, je garde la tête baissée en retirant des poussières invisibles sur mon jean. La main de l'homme est maintenant posée sur ma hanche.

– Tu vas bien ? me demande-t-il dans un très bon français, légèrement teinté de son accent américain.

– Ça va.

Je me racle la gorge et décide d'enfin lever la tête pour le regarder.

Mon hypothèse est confirmée quand je découvre mon chanteur préféré à même pas cinquante centimètres, l'air réellement inquiet. Je me recule d'un pas. Il est en compagnie de son batteur. Je salue ce dernier d'un petit sourire, qu'il me rend. Il est plus petit que Carson, il doit faire un mètre soixante-quinze maximum, mais ses cheveux courts bruns, ses yeux sombres et ses tatouages, qui prennent toute la place sur son cou, le rendent plus intimidant. Paradoxalement, il a aussi un sourire avenant et communicatif qui donne envie de lui parler. Je savais qu'il était musclé grâce à la batterie, mais je ne pensais pas qu'il l'était autant. Je reporte ensuite mon attention sur Carson Parker. J'ai toujours su qu'il était mon type d'homme et j'ai toujours ressenti une sorte d'attirance pour lui. Mais maintenant qu'il est en face de moi, il est indéniable que je ne suis pas insensible à sa beauté brute. Il ne fait pas complètement l'unanimité chez la gent féminine : certaines ne valident pas son air bad boy et ses tatouages. Les autres, par contre, il les rend toutes dingues… Et moi, j'aime tout ce qui ne fait pas l'unanimité. De plus, ses yeux bleu océan qui me happent et ses tatouages colorés font tout son charme.

– Je suis sincèrement désolé, je ne regardais pas où j'allais.

Je secoue la tête et lâche un rire timide.

– Non, ne t'inquiète pas. Je suis plutôt minuscule par rapport à toi.

Un léger sourire étire ses lèvres jusqu'à maintenant pincées. Il me détaille de la tête aux pieds, et inversement, avec un regard curieux.

Et appréciateur ?

Après son inspection rapide qui m'a donné l'impression d'être passée aux rayons X, ses yeux s'ancrent de nouveau dans les miens.

– Je pense que je t'aurais quand même vue si j'avais fait attention.

– Je…

Soudain, des applaudissements nous font tourner la tête vers l'entrée de mon immeuble, où Peggy nous regarde bien trop curieusement. Je rougis et claque finalement la porte que j'avais oublié de fermer.

– Tu la connais ? me demande Carson.

– Oui, c'est ma concierge. Elle est décidée à me voir me

caser avec un homme. Tu as alimenté ses espoirs, soufflé-je d'un air désespéré. Bon, je suppose que l'on va dans la même direction, du coup.

Carson et Drew se lancent des œillades et semblent communiquer entre eux par la pensée, puis tournent leurs yeux sur moi pour m'observer de nouveau. Carson ouvre la bouche puis la referme pour la rouvrir une seconde après.

– Tu vas au concert ?

Je souris grandement et hoche la tête.

– Mais je croyais que tu ne me connaissais pas ! s'exclame-t-il.

Je hausse les épaules et croise les bras. Je n'aurais peut-être pas dû, car j'ai fait remonter ma poitrine et il l'a très bien remarqué.

– Je ne suis pas une groupie, je n'allais pas crier, d'autant plus que je t'avais reconnu dès que tu m'as rattrapée, grâce à tes bagues.

– Pas une groupie, mais une grande fan si tu me reconnais seulement à mes bijoux, pas de famille, bien entendu, rétorque-t-il avec un sourire charmeur.

Drew lâche un rire gêné et frappe du poing Carson.

– Mec, arrête. Tu l'as déjà choquée en lui fonçant dessus.

Carson m'observe avant de répondre à son ami.

– Je crois qu'il en faut beaucoup pour la choquer.

– En effet, confirmé-je en souriant malicieusement. Mais autant j'ai bien aimé ce petit moment, autant je voudrais avoir une bonne place au concert, car vous l'avez remarqué : je suis petite.

Je les salue d'un signe de la main et m'écarte rapidement. Carson me rappelle, mais je ne réponds pas, décidée à m'éloigner le plus vite possible de lui avant de le regarder pendant deux heures ce soir.

Cependant, derrière moi, j'entends ses pas qui se rapprochent rapidement et je sens ses doigts s'enrouler autour de mon poignet pour me retenir.

– Attends !

Je me retourne et rigole quand je vois Drew, essoufflé, nous rattraper.

– Mec, c'est pas parce que t'as des jambes de la taille de la tour Eiffel que moi aussi.

Carson ne lui répond pas et me regarde intensément avant de finalement me demander :

– Tu veux venir en backstage ? T'aurais une bonne place pour le coup.

Je remarque facilement l'éclat d'espoir dans ses yeux, mais il faudrait être réellement con pour ne pas deviner ce qu'il attend. Et j'ai beau l'adorer, je ne suis pas sûre de pouvoir supporter son mode de vie, même pendant une nuit. Ça me demande un effort surhumain, mais je secoue la tête et retire mon poignet de sa main.

– Non, je préfère rester avec les fans.

Son visage se crispe, il me regarde même avec étonnement.

Eh oui, mon grand. Je sais résister.

– T'es sérieuse ?

– Totalement. (Je fais deux pas en arrière et lui lance une moue contrite.) À ce soir… Toi sur scène, moi dans la foule.

Puis je m'éloigne aussi vite que possible. Je sais très bien qu'ils me suivent, mais Carson n'a pas essayé de me rattraper et c'est tant mieux. J'arrive très vite devant la salle de concert et, quand je me retourne, ils ne sont plus là. Ils ont sûrement dû prendre l'autre rue pour entrer directement par les coulisses.

Je suis plutôt étonnée : il n'y a pas tant de monde que ça, je pense que je pourrai facilement me faufiler au-devant de la scène. Bon, je n'ai plus qu'à attendre maintenant. Mon portable vibre, c'est Mathilde qui me demande des nouvelles :

[T'es bien arrivée ?]

[À l'instant, mais tu ne devineras
jamais ce qui s'est passé…]

[Il n'y a que cinq minutes
entre chez nous et la salle,
mais, bien entendu, il t'arrive
toujours un truc, à toi. Raconte.]

[J'ai rencontré Carson
devant chez nous…]

[QUOI ? OMG ! APPELLE.]

[Je ne peux pas raconter ça au téléphone,
en étant entourée de fans.
Tu veux qu'on m'étripe ou quoi ?]

[Ouais. Pas faux. Allez, raconte.]

[Si Peggy ne m'avait pas retenue
deux petites minutes, je ne l'aurais pas croisé.

Je fermais la porte de l'immeuble
quand il m'a foncé dessus.]

[Et ?]

[Et il a appris que j'allais au concert,
il ne croyait pas que j'étais une fan au début.]

[Tu m'étonnes. Il a dit quoi ?]

[Il m'a proposé l'accès
aux backstages…]

[Dis-moi que t'y es
et que tu l'as déjà vu à poil.]

[Mathilde !]

J'avoue, elle m'a quand même fait rire, si bien que les gens qui m'entourent me lancent des regards perplexes. Je leur souris et reporte mon attention sur notre discussion.

[Bah quoi ? Toi-même
tu connais sa réputation
en termes de sexe.]

[Ouais, et crois-moi je préfère
ne pas la vivre. Non, je suis dans la foule,
devant la salle de concert,
à attendre comme tout le monde.]

[Je n'y crois pas, où est passée
ma meilleure amie ? Celle qui ne recule
jamais devant un défi ?]

[Ce n'est pas pareil.]

Ce n'est pas pareil parce que je ne passe pas mon temps à fumer de la *weed*, à boire et à baiser.

Contrairement à un certain chanteur !

2

Carson

C'est impossible pour moi de lâcher du regard cette jeune femme qui s'éloigne après m'avoir complètement rembarré. Dire que je suis surpris est un euphémisme total, je suis complètement sur le cul. Ce n'est pas pour me vanter mais rares sont les meufs qui me disent non. J'ai l'attirail complet pour les rendre folles, je suis célèbre malgré moi, je suis grand, je suis recouvert de tatouages, j'ai cet air de bad boy, et il faut avouer que je les fais toutes monter aux rideaux. Drew, mon batteur, qui a assisté à toute la scène rigole encore, même si j'ai l'impression qu'il est tout aussi surpris que moi.

– Mec, je crois qu'on a trouvé LA fille capable de te tenir tête.

Je le crois aussi. Ça m'énerve autant que ça me rend curieux et m'excite. Maintenant, je suis encore plus impatient de performer ce soir. J'espère que je la trouverai dans la foule, et là, je le jure, je ferai tout mon possible pour la convaincre de passer la soirée avec moi. J'ai été attiré par son physique dès qu'elle s'est retournée dans mes bras, mais sa façon de rester calme devant moi et de me résister m'attire encore plus.

Pour être honnête, je ne pensais même pas qu'elle était fan au début. Elle a agi comme si j'étais une personne lambda et ça m'a carrément plu. Elle a un corps de folie, même si elle est petite – au moins quarante centimètres nous séparent. En talons, elle ne m'arrivait pas aux épaules, alors sans, elle doit s'arrêter seulement à ma poitrine.

Malgré tout, ce petit bout de femme doit avoir un sacré caractère et je suis persuadé qu'elle est le style de tout le monde grâce à l'aura qu'elle dégage. On se retourne inévitablement sur son passage, pas obligatoirement pour mater son corps, mais pour être témoin de sa force. De plus, son visage rond, sa bouche rouge pulpeuse qui sourit tout le temps et ses yeux noisette qui ont changé de couleur plusieurs fois en à peine quelques minutes de discussion m'ont achevé.

J'ai l'impression que Drew a lui aussi été charmé et, si elle l'avait regardé plus longtemps, je suis persuadé qu'il aurait tenté sa chance. Mais avec lui, elle est restée tout simplement cordiale et polie, alors qu'à moi, elle souriait malicieusement.

Nous sommes arrivés hier à Paris, c'est notre première date de la tournée européenne, et si le séjour se passait très bien jusqu'à maintenant, je l'aime encore plus après cette brève et fortuite rencontre. Bref, je veux cette femme dont je ne connais même pas le prénom. Mais je sais où elle vit, c'est déjà ça. Sur cette pensée, je repense à la grand-mère dont la fille m'a appris qu'elle était la concierge de son immeuble. Elle semblait très intéressée par la vie sentimentale de ce bout de femme… Je rigole tout seul et Drew hausse les sourcils dans ma direction.

– Je repense à la grand-mère de l'immeuble.

Drew s'esclaffe à son tour et secoue la tête.

– La brunette semblait vouloir disparaître quand elle a vu sa voisine applaudir. Elle est devenue rouge tomate ! Au fait, j'ai regardé les sonnettes de l'immeuble pour voir si je pouvais te trouver son prénom, mais il y en avait trop.

– Fais chier, juré-je en passant une main dans mes cheveux.

Nous suivons toujours l'inconnue qui marche à une dizaine de mètres de nous. Je pourrais la rattraper de nouveau, mais je pense que je n'en tirerai rien pour le moment. En plus, je dois me préparer pour le concert de ce soir. Alors qu'elle continue son chemin pour aller attendre avec les fans devant la salle, nous tournons à l'intersection de la rue pour passer par-derrière. Je lui ai proposé de venir en backstage pour lui faciliter les choses, mais apparemment elle aime quand c'est compliqué.

Pas de problème, je suis là pour ça.

Ou alors elle ne veut pas de toi.

Je verrai bien, si elle refuse de me rencontrer après le concert, je serai fixé. Mais putain, je ne veux pas croire qu'elle n'en ait pas envie et j'espère qu'elle acceptera !

Quand nous entrons dans les loges, nous retrouvons les musiciens de notre équipe, déjà en train de régler leurs instruments. Mason, mon compositeur, relève la tête en nous entendant entrer et nous questionne du regard.

– Enfin ! Je croyais que vous alliez seulement vous dégourdir les jambes.

– On a eu un petit contretemps, rétorque Drew.

Je le fusille du regard, mais devant l'air insistant de Mason, il continue.

– On a croisé la future femme de Carson. Pas le simple plan cul de ce soir, mais la mère de ses enfants, je vous le dis, moi !

Mes deux autres musiciens : Kevin, mon guitariste, et Aaron, mon bassiste, relèvent subitement la tête avec des gros yeux.

– Ta future femme ? répète Aaron.

– N'importe quoi ! On a juste croisé une fille.

Je frappe du poing l'épaule de Drew et m'adresse à ce fouteur de merde.

– Tu n'as même pas encore fumé de *weed* de la journée, et tu planes déjà.

– C'est toi qui planes depuis ta rencontre avec elle.

– Ça y est, tu vas me faire chier avec ça jusqu'au bout maintenant ?

– Vous vous bouffiez du regard tous les deux, alors oui.

Je lâche un profond soupir et lui fais un doigt d'honneur en riant. Je décide de m'éloigner pour aller prendre l'air : il faut que je me concentre un minimum. Mais je n'arrive pas encore à la porte que j'entends la question de Kevin.

– C'est une fan ?

– Ouais, répond Drew. Elle sera présente au concert ce soir.

– Ça s'annonce très drôle, commente Kevin.

– Ou pas, elle a refusé de venir en backstage quand Carson le lui a proposé.

Il y a un moment de silence, puis les mecs éclatent de rire alors que, de mon côté, je claque la porte et me retrouve seul.

Je crois que je serais capable de retourner à son immeuble pour sonner à tous les interphones jusqu'à trouver le sien.

Ou alors je pourrais demander à la grand-mère.

La porte claque derrière moi ; je me retourne doucement et vois Mason s'asseoir à mes côtés sur le trottoir.

– Depuis quand une femme te fait cet effet ?

Je tire une latte sur le joint que j'ai roulé avant qu'il n'arrive.

– Je n'en sais rien, mec, elle est magnifique, et elle a un truc en plus. Elle m'a reconnu puisqu'elle est fan, mais elle m'a considéré comme quelqu'un de normal. Ça m'a plus que plu, je crois.

Je me tais et regarde au loin, je sens le regard de mon ami sur moi. Je l'ignore quelques instants avant de reporter mon attention sur lui.

– Je peux te dire quelque chose ?

– Bien sûr !

– Tu promets de ne pas te foutre de moi ?

Mason hausse un sourcil et secoue la tête.

– T'es mon meilleur ami, tu sais que je suis toujours là pour toi. Qu'est-ce qui se passe ?

– Tu sais ô combien j'adore baiser les filles qui viennent à nous seulement parce qu'on est connu… mais je crois que ça y est, ça me lasse. J'aimerais avoir quelqu'un, une fille avec qui je passerais de bons moments. Je rêve d'une personne qui me manquerait quand je partirais en tournée.

– Tu penses à cette fille ?

– Non, si, enfin, je ne sais pas. Bordel !

Les coudes sur les genoux, je fourre la tête dans mes mains.

– En cinq minutes, elle m'a retourné le cerveau, maugréé-je, abattu.

Mason pose une main sur mon épaule et la presse dans un signe réconfortant.

– Tu veux qu'on aille dans la foule devant la salle et qu'on la ramène par la peau des fesses ici ?

C'est tentant, pensé-je dans un premier temps, mais je change vite d'avis. Ce n'est pas en la forçant que j'obtiendrai quelque chose d'elle.

– Comment une fille comme elle pourrait-elle ne serait-ce que vouloir passer du temps avec moi ?

Mason me frappe fortement derrière la tête.

– Hé ! m'insurgé-je.

– Arrête, t'es un mec bien, Carson ! Si elle ne le voit pas, c'est son problème, mais elle ratera quelque chose.

Je lâche un rire nerveux puis me relève et change de sujet.

– C'est l'heure d'aller bosser !

***

Deux heures plus tard, les balances sont finies, nous quittons la scène, car les portes de la salle vont s'ouvrir d'une minute à l'autre.

– Mec, tu dois voir ça ! m'apostrophe Drew quand j'entre dans la loge.

Je saisis son téléphone et découvre une photo d'un putain de paparazzi. Ce que je les ai en horreur, ceux-là ! Et ce qui m'énerve le plus, c'est qu'il n'y a pas que Drew et moi sur la photo, non, il y a aussi la fille. Elle est de dos, fort heureusement, mais je doute qu'elle veuille se retrouver sur Internet et dans la presse people à son insu.

Je ne peux pas nier que, sur cette photo, je la bouffe des yeux pendant qu'elle parle, tandis que Drew m'observe avec un rictus moqueur. Bon Dieu, pour une femme aussi menue et légère qu'elle, elle a un sacré cul, qui me rend dur dans mon caleçon en une seconde.

Bordel, ce n'est pas le moment, sermonné-je ma bite mentalement.

– J'ai regardé, il n'y a pas d'autres photos, on ne la voit pas de face.

– C'est déjà ça, marmonné-je.

– Je comprends que ça doit être chiant pour elle d'être exposée comme ça en ligne, mais tu ne pourrais pas t'en servir pour retrouver sa trace ? demande mon ami.

– Comment ça ?

– Eh bien, si tu mets la photo en story sur Insta et que tu demandes aux fans de te dire où elle est dans la salle, tu pourrais…

Je regarde Drew avec des yeux grands ouverts et il recule les mains devant lui.

– J'ai dit quelque chose de mal ?

– Non, bordel. T'es un génie, mec !

– Merci, mais je le savais déjà.

Je rigole dans ma barbe et sors mon téléphone, ouvre Instagram et récupère ladite photo sur Internet. Je suis persuadé qu'elle me suit sur les réseaux sociaux, qu'elle aime et commente mes photos, et peut-être qu'elle m'a déjà envoyé des messages privés ou qu'elle m'a mentionné en story. Mais je ne sais toujours pas son prénom et, si ça se trouve, elle a même un pseudo. Ça serait compliqué et presque impossible de repérer son profil sans cette photo.

Bon, allez, Carson, concentre-toi, bordel, et trouve quoi dire aux fans.

J'importe la photo en story et reste comme un con devant

mon téléphone, sans inspiration. Finalement, mes doigts commencent à écrire et je suis plutôt satisfait du résultat :

« Si vous reconnaissez cette fille et qu'elle est à côté de vous ce soir au concert, criez-le-moi. Elle a perdu quelque chose ce matin et j'aimerais le lui rendre. »

Plutôt pas mal.

Si je disais que je voulais la baiser, certaines filles auraient pété un plomb, tandis que là ça paraît totalement innocent et plutôt fair-play de ma part. Ouais, ça sonne juste. J'appuie sur Envoyer et découvre les têtes de mes amis, qui éclatent tous de rire et se foutent de ma gueule quelques secondes plus tard. J'avoue qu'il y a de quoi se moquer.

Mais je redeviens sérieux quand je reçois déjà plusieurs réponses, dont une qui attire mon regard. Le mec me répond qu'il l'a vue dans la file devant la salle, mais qu'il l'a perdue quand les portes se sont ouvertes.

Après je n'ai plus de réponses importantes, juste des remarques admiratives ou bien haineuses, rien de nouveau. Bref, je n'ai plus qu'à espérer qu'elle la voie aussi.

***

Une petite heure plus tard, alors que je viens de terminer de me préparer et que je m'apprête à rouler un joint avec les mecs, notre tradition avant de monter sur scène, j'inspecte de nouveau les réponses sur Instagram. Je passe au moins dix minutes à *scroller* quand mon regard est attiré par un message.

Il est d'une certaine Iris, qui me dit qu'elle n'a strictement rien perdu. Je clique sur la photo de son profil et, bordel de merde, c'est elle !

Je mémorise son pseudo, retourne au message, le like puis reviens sur son profil. Je ne m'y abonne pas et ne like pas ses photos, car il y a des fans qui suivent de très près mon activité sur les réseaux sociaux. Je ne voudrais pas qu'ils se doutent de quelque chose.

Néanmoins, j'en apprends beaucoup sur elle : elle aime le maquillage, la mode, la lecture et la musique. Elle a un blog, une chaîne YouTube et elle est *community manager* free-lance. Elle est donc une femme très active à seulement 22 ans, car j'apprends aussi qu'elle ne les a que depuis deux semaines. Elle semble célibataire, et tant mieux. Cependant, je garde quand même un doute, car outre ses passions, elle ne parle pas de sa vie privée ni ne l'expose. Un énorme point pour elle.

Je décide de retourner dans notre discussion et, effectivement, j'avais raison, elle m'a déjà mentionné à plusieurs reprises dans ses stories. Je réponds rapidement :

Moi_T'es placée où ?

Iris_ Dans la salle.

Moi_ Tu vas te faire désirer encore longtemps ?

Iris_ Je sais que tu n'aimes pas ça, alors je mets toutes les chances de mon côté pour que tu te lasses.

Moi_ Fuck, tu te trompes complètement.

Elle vient vraiment de m'envoyer un emoji doigt d'honneur ? OK, tu veux jouer à ça, ma petite Iris ? On va jouer.

Moi_ Si je croise ne serait-ce que ton regard dans la salle, tu es dans la merde, ma belle.

Iris_ À dans quelques minutes.

Elle ne m'a pas rembarré et me défie presque, là, ou je rêve ?

Juste avant que je ne ferme l'appli, un nouveau message arrive :

ArtHur_5_ Elle est deux rangs devant moi au premier rang et face à ton micro, mec.

Je souris en lisant le message, d'un fan encore une fois. Décidément, les filles ne sont pas coopératives ce soir. Je me demande pourquoi, tiens.

Je suis quelqu'un d'impulsif et, quand je reçois ce message, je ne peux m'empêcher de me lever d'un bond et de frapper des poings en l'air en signe de victoire. C'est seulement quand je me calme que je remarque les regards ahuris des gars posés sur moi. Je hausse les épaules et me rassieds sur mon siège comme s'il ne s'était rien passé.

– Vous ne pouvez pas comprendre.

– C'est la fille ? demande Aaron.

– Iris, oui.

Un grand sourire étire mes lèvres à la perspective de ma fin de soirée, que je n'imagine pas autrement qu'avec elle ; ça promet d'être épique, démentiel et électrique. Comment je le sais ? Iris a l'air d'être une femme farouche, brûlante et qui ne se met pas à genoux devant les mecs. Ça me change et, bordel, ça me rend fou.

– T'as son prénom ? s'étonne Drew. Mais je croyais que tu ne le connaissais pas !

Je secoue mon téléphone.

– Je ne le connaissais pas. Mais on vient de parler sur Insta, ton idée de la photo a bien marché.

– Tu sais où elle est dans la salle, alors ?

– Yep ! Premier rang, devant le micro. C'est un mec qui m'a filé l'info.

Mon pote se frotte les mains en signe d'excitation et ses yeux commencent à briller.

– Bon, les mecs, on aura plus de filles pour nous ce soir.

Je glousse et le frappe derrière la tête. Mais je ne peux qu'acquiescer, je leur laisse toutes les meufs qu'ils veulent ce soir, car j'aurai la mienne.

En parlant de filles, la porte de notre loge s'ouvre sur notre manager, Alya, la femme de Mason, qui est accompagnée, comme d'habitude, de groupies.

Alya tire une tête de déterrée comme chaque fois ; elle préférerait que l'on trouve une femme avec qui se mettre en couple, mais ce n'est pas demain la veille que cela va arriver pour la majorité du groupe. Elle est aussi jalouse parce que son mec passe ses soirées avec nous, même s'il est plus que fidèle : il ne regarde même pas les filles et profite juste du bon temps avec ses potes.

C'est souvent un sujet de discorde entre eux alors qu'ils s'aiment plus que tout depuis des années. Parfois, j'envie leur relation, à d'autres moments, non. Certes, je suppose que ça peut être bien d'avoir une femme à ses côtés, aucun problème pour baiser tous les jours, mais la jalousie d'Alya m'horripile chaque fois et me refroidit. Je ne sais pas si je serais capable de gérer ça.

Alors que je suis dans mes pensées, en observant Alya et Mason roucouler, je ne vois pas une brune avancer vers moi. Je suis sûr qu'elle serait jolie si elle était mieux habillée, c'est-à-dire avec des vêtements à sa taille et non pas deux tailles en dessous, qui la boudinent plus qu'autre chose, et si elle était mieux maquillée. Je ne dis pas « moins maquillée », car j'aime les femmes maquillées, que ça soit léger ou plus prononcé. Mais il faut que ça soit bien fait et que ça ne transforme pas la fille en quelqu'un d'autre. Ce qui, pour le coup, n'est pas le cas pour celle-ci. Elle se dandine vers moi et s'assied sur mes genoux.

La seule chose que je suis capable de faire, c'est d'imaginer une demoiselle plus petite à sa place, avec de plus petites mains qui prendraient plus de temps à parcourir mon corps. J'imagine une femme mieux habillée, mieux maquillée, plus lumineuse, avec des yeux qui pétillent de malice. Et bordel, j'ai une trique d'enfer. Je repousse la fille qui me lance un regard interrogateur. Elle doit sans doute penser que c'est pour elle que je bande, mais clairement pas. Alors, tel le connard que je suis, je lui fais remarquer.

– Je pensais à quelqu'un d'autre, tu peux partir.

– Connard, lâche-t-elle avant de courir pour sortir de la loge, non sans claquer la porte derrière elle.

Les mecs et les autres filles me regardent.

– Quoi ? Je n'ai jamais prétendu être gentil.

Sur ce, ma trique disparue, je me rassieds et commence à me rouler un joint. On va bientôt monter sur scène. Ce soir, je ne veux pas avoir de l'alcool dans le sang, mais j'ai quand même besoin de mon joint rituel. La loge se trouve à proximité de la scène et la porte est ouverte : on peut entendre le rugissement du public, les rires et les pas qui courent.

Je me figure Iris, accoudée à la barrière devant mon micro. Je sais qu'elle sera là, car c'est impossible qu'elle puisse bouger maintenant à cause de la foule qui doit l'entourer. Elle doit trépigner d'impatience. Je visualise la scène quand j'enlèverai mon tee-shirt devant elle tout à l'heure. D'habitude, ce sont des choses que je fais, mais sans réelle envie en amont, c'est dans le feu de l'action et ça déchaîne les foules. Je n'ai jamais eu aucun problème avec ça.

Pourtant, cette fois, j'ai l'impression que ça signifie autre chose, je ne sais pas encore quoi. J'ai la conviction que ce soir je vais réaliser ma routine, en en ressentant cent fois plus le besoin. J'en ai envie et, bordel, je suis encore plus impatient de monter sur scène.

Généralement, si j'embrasse des filles du public, elles sont tellement heureuses d'avoir été choisies qu'elles ne pensent même pas à me rendre le baiser. Je vise toujours des filles qui veulent être embrassées et qui ne se gênent absolument pas pour me le demander en hurlant tout ce qu'elles peuvent. Après tout, je suis là pour satisfaire mes fans.

Je me demande si Iris acceptera et réagira. Elle est farouche, alors pourquoi pas ? La tête renversée en arrière contre le fauteuil, je souffle la fumée du joint dans un élan libérateur en imaginant sa bouche pulpeuse sur la mienne et sa langue contre la mienne. Heureusement que les mecs sont occupés, car ils se foutraient de ma gueule en voyant mon état.

La porte s'ouvre de nouveau sur Alya, son regard fait le tour de la loge avant de se poser sur moi. Je sais très bien ce qu'elle va me demander dans une seconde.

– Prêt ?

Je me relève d'un bond, détends mon pantalon moulant, enfile mes boots et ma veste de concert. Je termine mon joint, et un technicien vient m'accrocher le boîtier du micro contre ma ceinture dans mon dos. Il fait la même chose avec les mecs, nous frappons les mains de chacun et sortons de la loge.

Public de Paris, j'arrive. Iris... j'arrive!

3

Iris

Est-ce que je suis impatiente ? Totalement. Est-ce que je suis excitée ? Complètement. Est-ce que je suis effrayée ? Absolument. Nous sommes entrés dans la salle depuis une petite heure et j'ai réussi à me placer au premier rang, tout juste devant le micro de Carson. Son micro ! Il sera devant moi dans quelques instants et, bordel, je ne suis pas du tout prête. J'ai l'impression que ma vie a été chamboulée en seulement une heure. Alors que nous venions d'entrer dans la salle, les filles à quelques mètres de moi ont commencé à raconter qu'une photo de Carson et d'une fille circulait sur le Net. Leur discussion tourne encore dans ma tête.

– T'as vu, apparemment, Carson aurait déjà trouvé celle qu'il va se taper ce soir.

– Déjà ?

– Ouais, regarde, c'est un paparazzi qui l'a prise en photo et il a dit un truc bizarre en story sur Insta.

Après ça, mon cœur a raté un battement, car, sans pouvoir

me l'expliquer, je savais que j'avais un rapport avec cette photo. Et, tout à coup, me retrouver au milieu de fans de Carson n'était plus vraiment une bonne idée. Je me suis donc ratatinée, mes cheveux encadrant mon visage, et surtout je me suis mise dos à tout le monde. C'est seulement après quelques minutes à me motiver que j'ai sorti mon téléphone pour filer sur Instagram et regarder cette fameuse story de Carson. Je n'ai jamais autant stressé en appuyant sur sa photo de profil. J'étudie le cliché : on y distingue Carson et Drew de face, mais ils n'avaient apparemment pas remarqué le paparazzi. Je suis face à Carson. Je suis tellement soulagée d'être de dos. Je ne sais absolument pas ce que j'aurais fait si mon visage avait été visible. C'est juste après que j'ai lu ce qu'il avait écrit. Il demandait aux fans de lui dire où j'étais dans la salle, car j'avais apparemment perdu quelque chose qu'il voulait me rendre. C'est plutôt fin et subtil comme stratagème, alors qu'il a l'air du genre à foncer sans réfléchir quand il veut quelque chose. Et il m'a bien fait comprendre que la chose qu'il voulait, c'était moi.

– C'est nul, j'aurais aimé voir sa tête. T'as vu comment il la regarde sur la photo ! s'est exclamée de nouveau la première fille.

Sa remarque m'a réveillée et je me suis décidée à répondre à Carson. Je lui ai dit que je n'avais rien perdu, avec l'espoir de passer entre les mailles du filet.

J'adore ce mec pour son talent et sa musique, mais je ne suis pas sûre d'être à la hauteur de ses attentes.

Alors que je regarde mes pieds, la foule se réveille et les cris s'élèvent dans la salle. Face à l'excitation grandissante des gens qui m'entourent, je relève finalement la tête et mon corps se met à trembler de la tête aux pieds quand je vois les musiciens de Carson prendre place. Drew s'avance jusqu'à sa batterie et, comme s'il avait senti mes yeux sur lui, se tourne légèrement vers le public et son regard attrape directement le mien. J'ouvre grand les yeux et secoue la tête pour lui faire comprendre de ne rien faire ou ne rien dire, mais il rigole silencieusement avant d'exécuter un salut comme à l'armée avec ses baguettes. Je sens les regards des fans converger sur moi, mais encore une fois, mes cheveux me cachent, alors je reste droite, le regard posé sur la scène, et fusille Drew, qui s'esclaffe avant de prendre place derrière sa batterie.

Il joue quelques instants en feintant le début de la musique, puis finalement il tape trois fois très fort sur la grosse caisse, et le rythme soutenu et puissant de la première chanson commence. Il se lance en solo, puis les autres musiciens à la guitare, à la basse et au clavier le suivent. Je compte les minutes jusqu'à l'arrivée de Carson qui est plus qu'imminente maintenant. Je suis aussi excitée qu'apeurée.

Dix, voilà le nombre de secondes que je compte avant qu'il ne prenne d'assaut la scène et qu'il n'arrive avec une arrogance qui lui est propre, mais aussi avec une aura puissante qui attire immédiatement les regards sur lui. Je suis irrévocablement attirée par sa présence, et mon regard ne peut se détacher de lui. Sur cette scène surélevée par rapport au public, il me paraît encore bien plus grand, encore plus confiant, plus monstrueux. Mais je ne peux pas me détacher de lui, j'ai l'impression d'être clouée au sol, incapable de contrôler mes mouvements et encore moins mes émotions. Je l'ai rencontré il y a quelques heures, j'ai même parlé avec lui, mais là, au milieu de la foule, dans ce qu'il appelle son « chez-lui », je me sens comme hypnotisée.

Il fait un tour de scène, regarde le public, pointe du doigt la foule, se rapproche du milieu, balaie des yeux les gens dans le public sans jamais accrocher mon regard. Puis il se place face à son micro, donc face à moi, et c'est finalement à ce moment, quand il commence à déverser son flot de paroles, qu'il me fixe comme s'il savait déjà où j'étais. Et merde, quelqu'un a dû lui dire. Ça ne peut pas être Drew puisque, au moment où il m'a vue, il s'est installé pour jouer.

Carson n'est plus le mec souriant de tout à l'heure. Non, il est rentré dans son personnage : puissant, bruyant et tellement sexy. Je voudrais baisser les yeux, mais j'en suis incapable. Il ne me fixe déjà plus, il se tourne vers le public, il s'approprie la scène, mais il est tellement hypnotisant que je ne le lâche pas un seul millième de seconde. Carson donne le ton dès le début. Avec lui, on sait que l'on va passer un concert grandiose.

J'ai assisté à beaucoup de concerts dans ma vie, c'est l'endroit où je me sens le plus à l'aise et le plus chez moi. La musique est réellement une part de moi depuis mon plus jeune âge. Mais je peux d'ores et déjà dire que je n'ai jamais assisté à un concert comme celui-là. Premièrement, car je ne suis jamais dans la fosse : je prends toujours les gradins. Et j'ai beau dénigrer cette place, je ne peux pas nier que l'expérience n'est pas la même et que les sensations sont démultipliées. On ressent beaucoup plus la frénésie des spectateurs, l'intensité des instruments et, surtout, en étant au premier rang, on est témoin de l'engagement du chanteur. Le visage de Carson se tord sous le flot de ses paroles, sous ses cris et sous sa rage, c'est tout simplement magnifique. Il est magnifique. La première chanson se termine et je me rends seulement compte que je n'étais pas restée immobile, non, j'ai sauté et crié de tout mon soûl au milieu de la fosse compacte. Les fans sont déchaînés, nous sommes collés les uns contre les autres, la sueur rendant déjà nos vêtements humides. Ça se bouscule aussi, mais ce n'est rien d'anormal. Même en étant au premier rang, je sais que les fans derrière s'écartent pour former un cercle vide, attendent un certain moment avant de s'élancer en courant, sautant et se bousculant les uns et les autres. C'est le *mosh pit*, je n'y ai jamais pris part, mais je sais que c'est un vrai bordel. Heureusement, mes inquiétudes plus tôt dans la journée étaient infondées : là où je suis placée, je suis de temps en temps écrasée contre la barrière, mais rien de flippant. Je peux profiter sereinement du concert et laisser la fosse mettre le bordel derrière moi sans y participer.

Drew termine par un solo rapide puis Carson prend la parole en hurlant dans le micro.

– Comment ça va, Paris ? (La foule rugit, ce qui le fait grandement sourire.) Je ne suis pas venu chez vous depuis longtemps ! C'est la première fois ce soir que je ne fais pas un festival et que j'ai réellement un concert à moi, alors il est temps que je me présente…

Et sans plus attendre, il commence une des chansons qui le définissent.

Les chansons s'enchaînent, Carson est souvent rejoint par Mason, un grand black qui, en plus d'être son pianiste, est son compositeur et l'accompagne sur les morceaux de rap. On passe une première demi-heure de concert intensive, pendant laquelle je n'ai pas cessé de bouger dans tous les sens. Je connais parfaitement toutes les chansons. Carson me fixe à plusieurs reprises, mais plus on approche d'un certain moment, plus son regard se fait insistant sur moi et plus une idée diabolique semble émerger dans sa tête. Ma gorge s'assèche quand je reconnais le rythme de la musique qui commence. C'est celle durant laquelle il se rapproche toujours dangereusement d'une fan du public pour lui faire la sérénade. Il lui arrive même de l'embrasser si l'envie lui prend.

– Oh, mon Dieu, c'est la chanson ! hurle hystériquement une fan à côté de moi, me faisant lever les yeux au ciel.

Je reporte mon attention sur Carson, qui semble avoir entendu les cris de ma voisine et remarqué ma réaction, car il arbore un sourire en coin. Après l'instrumental du début, la voix de Carson s'élève dans la salle. Il jette en même temps des regards à ses musiciens, ils ont l'air de communiquer par télépathie. Finalement, leurs regards convergent tous sur ma personne. Je sens maintenant l'attention des gens qui m'entourent et je voudrais disparaître à tout jamais. Cette chanson a été coécrite avec une chanteuse de pop. Alors quand sa voix s'élève dans la salle, Carson arrête de chanter et regarde la fosse avec un sourire mutin qui, il le sait, va faire mouiller toutes les petites culottes.

– Les filles ! Vous êtes où ?

La salle résonne de cris féminins mais pas du mien pour une fois, je suis bien trop stressée.

– Je crois que je ne vous ai pas bien entendues. (Carson se tourne vers le groupe.) Vous les avez entendues, vous ?

Les musiciens secouent la tête et Drew joue un air dramatique à la batterie. Carson reprend :

– Cette chanson est pour vous, alors plus de bruit !

Les cris redoublent d'intensité et, enfin, il commence à chanter. Je suis impatiente que ce morceau se termine et que l'on passe à autre chose.

Il chante le premier couplet et le refrain, puis arrive le moment où il retire son tee-shirt sous les hurlements de mes comparses féminines. Et même si les filles me soûlent légèrement, je ne peux m'empêcher de saliver devant son torse recouvert en entier de tatouages. Ce n'est pas le mec le plus musclé, mais, bordel, ce qu'il est sexy. Le second couplet commence, ce qui veut dire qu'il va s'approcher du public dans trois, deux, un… maintenant.

Il arrache le micro de son trépied et passe la guitare dans son dos. J'ai du mal à respirer. Il saute souplement de la scène et passe devant toutes les filles du premier rang comme s'il hésitait, mon cœur s'affole et je baisse les yeux. Soudainement, je sens une présence et une certaine odeur, mélange de parfum de luxe, gel douche et sueur, juste devant moi. Je relève la tête et tombe face à son torse coloré, puis mes yeux remontent plus haut pour tomber sur les siens.

Il reprend le refrain et mon cœur rate un battement. Sa main s'approche dangereusement de ma joue, mais je suis incapable d'effectuer ne serait-ce qu'un geste. Je suis consciente des respirations entrecoupées des personnes qui m'entourent et de leurs cris, mais je suis plongée dans son regard bleu océan qui me cloue sur place. Toujours en chantant, Carson baisse la tête, et ses lèvres en mouvement viennent frôler mon cou, ma mâchoire, puis mon oreille, réveillant de violents frissons sur leur passage.

– Quelqu'un viendra te chercher après le concert, me dit-il à l'oreille.

Je m'apprête à répliquer, mais il se recule déjà et plaque ses lèvres sur les miennes. Contre toute attente, je ne peux m'empêcher d'ouvrir les miennes pour lui laisser l'accès : son baiser est torride, sauvage, dur. Malheureusement ou heureusement, je ne sais même plus à ce moment, tellement il a flingué tous mes neurones, il se recule avec un grand sourire fier de lui et retourne sur scène pour reprendre son solo de guitare comme si de rien n'était, alors que j'ai l'impression qu'un incendie vient de se déclarer dans mon corps entier.

– C'était vraiment chaud et électrique, constate ma voisine.

Je tourne doucement mon visage vers elle, inquiète de voir si je me suis créé une ennemie, mais elle me lance un grand sourire.

– Tu sais qu'il n'a d'yeux que pour toi depuis le début du concert ?

Gênée, je me racle la gorge, frotte ma nuque et détourne le regard.

– Il y a beaucoup de monde, je ne pense pas que ça soit le cas.

Mais la fille ne semble pas me croire, elle secoue la tête et lâche un petit rire.

– Je sais ce que j'ai vu pendant plus d'une heure. Tu aurais peut-être dû t'habiller comme les autres groupies et il ne t'aurait pas remarquée. Mais je doute que ça soit ton genre.

Je me pince les lèvres et hoche malgré moi la tête.

– Non, pas vraiment.

La fille éclate de rire et reporte son regard sur la scène avant de me considérer de nouveau.

– Il te fixe encore, je crois qu'il a peur que tu ne disparaisses.

J'éclate de rire à mon tour et me reconcentre sur le concert, qui touche bientôt à sa fin. J'aimerais réellement dire que je n'ai rien ressenti quand ses lèvres ont frôlé ma peau, quand il m'a embrassée, mais malheureusement ça serait mentir. Il a mis mes nerfs en pelote ; on ne m'a jamais embrassée avec autant d'ardeur, si bien que je ne suis même plus capable de réfléchir convenablement.

Plus la fin du concert approche et plus je sens mes jambes me lâcher. Je ne sais absolument pas quoi faire. Soit je pars en même temps que tout le monde avant que ladite personne ne vienne me chercher, soit j'attends en sachant très bien où je vais atterrir : dans son lit.

Sinon, je peux accepter de passer la soirée avec lui, apprendre à le connaître et après j'aviserai. Carson entame la dernière chanson et mon cerveau cogite de plus en plus, j'ai l'impression qu'il y a même de la fumée qui me sort des oreilles.

Je ne sais absolument pas quoi faire, si bien que je crois que je vais suivre mon instinct au moment où il faudra faire un choix. Un choix plutôt cornélien : rentrer chez moi et me mettre au lit comme tous les soirs ou passer la soirée avec mon idole, avec comme probable issue de coucher avec lui ? Est-ce que ça ferait de moi une fille comme les autres qui couche avec une star ? Je n'ai pas réellement envie d'avoir cette image. De plus, je connais la réputation de Carson. Ce n'est pas le mec le plus abstinent au monde et, si l'on compare à moi qui n'ai jamais rien fait, le contraste est flagrant. Le fait de penser que je ne serai pas forcément à la hauteur m'effraie et c'est peut-être ce qui me donnerait envie de rentrer chez moi.

***

– Merci à tous pour ce soir, je suis Carson Parker et on se revoit bientôt !

Il nous salue de deux doigts en l'air puis disparaît dans les coulisses. À son tour, Drew termine son solo de batterie et prend le chemin des coulisses avec les autres musiciens.

Les gens derrière moi commencent à bouger pour se diriger vers la sortie, mais je suis comme clouée au sol. La fille avec qui j'ai parlé il y a quelques minutes se retourne vers moi.

– Ne réfléchis pas. Vas-y et profite de ta soirée !

Je sursaute et la regarde avec de grands yeux étonnés.

– De quoi ?

– J'ai entendu ce qu'il t'a dit, me révèle-t-elle avec un clin d'œil. Ne te pose pas de questions, ça ne fait pas de toi une salope, juste une jeune femme qui a le droit de s'amuser.

Je m'apprête à répondre quand une voix dans mon dos m'en empêche.

– Iris ?

Je me retourne et découvre un mec de la sécurité qui me fixe.

– Oui ?

– Carson vous attend, suivez-moi.

Je me retourne vers la fille qui est toujours là. Je lui lance un grand sourire pour la remercier et lui dis au revoir d'un signe de la main, qu'elle me rend avant de s'éloigner vers la sortie.

L'homme de la sécurité me prend dans ses bras pour me faire passer au-dessus de la barrière. Il se met à avancer et je me dépêche de le suivre, ne voulant pas me perdre.

– J'aurais pu enjamber la barrière toute seule, vous savez.

Mais il ne me répond pas, il esquisse seulement un sourire moqueur pendant que je marmonne tout bas. En plus, il ne m'a même pas demandé de le suivre, il me l'a ordonné.

4

Iris

Le silence de la salle s'efface pour laisser place à l'euphorie post-concert dans les coulisses. Les techniciens sont déjà en train d'enlever les instruments de la scène pour les ranger dans le bus dédié. Tout le monde parle et rigole, content de sa soirée. Mais plus on avance, plus je sais que je vais bientôt le croiser. Je pense ne pas être prête à lui faire face, mais maintenant que je suis là, je n'ai plus le choix.

L'homme de la sécurité salue toutes les personnes que l'on croise, mais ne s'arrête jamais. Il semble savoir où aller, alors je le suis. Je me cache légèrement derrière lui, car je suis consciente des regards curieux qui se posent sur moi.

Pourquoi ai-je mis ces plateformes, déjà ? Ah oui, pour être plus grande.

J'aurais peut-être dû éviter, car le bruit de mes chaussures sur le sol attire encore plus l'attention.

On sort de l'euphorie pour atterrir dans un long couloir aux nombreuses loges. Sur chacune d'elles est inscrit le nom des musiciens de Carson, puis on arrive finalement devant la sienne.

– Vous pouvez entrer.

– Il est tout seul ? demandé-je, angoissée de me retrouver en tête à tête avec lui.

– Normalement.

Il lâche un rire bourru comme si c'était la blague la plus drôle du monde, puis me laisse seule. Je me tourne au ralenti pour faire face à la porte.

Que dois-je faire ?

Je lève le poing, mais le rabaisse aussi vite pour le relever une seconde fois. Je frappe deux fois, mais je n'ai aucune réponse.

Je pourrais partir, non ?

Merde, je ne sais même pas où est la sortie.

Puisque je n'ai pas le choix, je prends mon courage à deux mains et ouvre la porte.

Mais la loge est vide, aucune trace de lui. Je regarde autour de moi et découvre une seconde porte entrouverte au fond de la pièce. Je m'approche discrètement et entends un bruit d'eau en provenance de ce qui doit être la salle de bains. Merde, il est là. Je préfère ne pas l'appeler et décide de m'asseoir sur le canapé deux places, en l'attendant. Des snacks et des boissons traînent sur une table. Les fringues et chaussures de Carson sont pendues à un portant juste à côté d'une coiffeuse dénuée de produits. Je ne savais pas trop à quoi m'attendre en arrivant dans une loge, peut-être à quelque chose de plus tape-à-l'œil, mais ce n'est pas le cas.

Intriguée par ses vêtements, en grande fan de mode que je suis, je me lève et me dirige vers le portant. Je jette un œil à la porte de la salle de bains, mais il ne semble pas avoir encore fini, alors j'approche mes mains d'une veste jaune absolument magnifique. Je l'observe avec minutie puis passe à un sweat d'une grande marque, que je délaisse très vite, car j'ai peur de l'abîmer. Le débardeur qui suit est tout simple et d'une marque totalement abordable.

Malgré moi, je reviens au sweat. Il me paraît tellement grand pour moi que j'ai envie de l'enfiler pour me sentir bien au chaud.

– Il te plaît ?

Je sursaute en sentant des mains se poser sur mes hanches, je me retourne pour faire face à Carson… en serviette de bain enroulée autour de sa taille !

Bordel, il fait chaud tout à coup.

– Tu… tu ne veux pas t'habiller ? bégayé-je en rougissant quand je me rends compte de l'état dans lequel il me met.

Il tend le bras pour s'emparer du sweat ainsi que d'un jogging, et il fait tomber la serviette au sol, devant moi.

– Oh, mon Dieu, m'exclamé-je en me tournant très rapidement et en me cachant les yeux pendant qu'il éclate de rire.

– C'est bon, tu peux ouvrir les yeux.

Je m'exécute tout doucement en écartant légèrement les doigts de devant mes yeux. Carson est habillé et me regarde avec un sourire railleur.

– Tu veux bien arrêter de te foutre de moi ?

– C'est pas ma faute, tu es la première à te cacher quand je suis à poil.

– Je ne m'y attendais juste pas ! protesté-je.

Ça l'amuse toujours autant, mais il ne dit plus rien et saisit son téléphone.

– Les mecs sont déjà dans le bus, on y va?

– Parce que j'ai mon mot à dire? demandé-je, une main sur la hanche.

Carson relève la tête pour m'observer sérieusement.

– Bien sûr. Si tu ne veux pas, je ne te force pas.

Je fouille son regard en quête d'un signe de mauvaise foi, mais je n'y lis que de la sincérité. Je ne peux qu'acquiescer.

– D'accord.

Un grand sourire étire ses lèvres et il se dirige vers la porte de la loge, il l'ouvre et me fait signe de passer avant lui. Il referme la porte derrière nous et m'observe longuement.

– Tu n'as pas de veste?

– Non. Je ne pensais pas me promener dans la nuit, à vrai dire.

– Pas faux. Viens là.

Son bras droit s'enroule autour de mes épaules et Carson m'attire contre son flanc. J'enlace ses hanches pour me serrer contre lui. Cette étreinte me paraît bien trop naturelle pour que je ne me questionne pas. Pourquoi je me sens aussi à l'aise contre lui? Et, bon Dieu, le tissu hyper doux de son sweat est une caresse sur ma joue, et son parfum titille mes sens de la tête aux pieds.

Quand nous arrivons près de la sortie, un gardien ouvre la porte; il m'adresse un sourire poli et interpelle Carson. Est-il réellement poli ou est-ce un faux sourire pour me montrer qu'il a très bien compris ce qu'il va se passer dans quelques minutes? C'est un gardien, il doit avoir un nombre incalculable d'anecdotes à raconter. Alors, pour éviter de me poser plus de questions, je baisse la tête et attends.

– Super, le show, mec, tu reviens bientôt?

– Merci ! J'espère revenir, oui, répond Carson en me serrant plus fort contre lui et en m'entraînant pour sortir.

– Il a raison, dis-je en levant la tête vers lui, qui m'observe de son regard bleu perçant. Je n'avais jamais assisté à un show comme le tien et pourtant j'en ai fait des concerts.

– Merci, ma belle. Par hasard, il n'y a pas un moment que tu as plus aimé que les autres ?

– Mmm, dis-je en me mordant la lèvre sur laquelle il louche fortement, comme si je réfléchissais. Non, je ne vois pas, désolée.

Il rigole d'un rire rauque avant de me plaquer contre une surface dure et froide. Le bus. Je ne m'étais même pas rendu compte qu'on était arrivés. Ses mains saisissent mes hanches pendant que je relève les yeux vers lui, il baisse la tête pour venir me chuchoter à l'oreille comme tout à l'heure :

– Besoin que je te rafraîchisse la mémoire ?

– Peut-être bien, murmuré-je, à court de répliques.

Voilà l'effet qu'il me fait. De nouveau, ses lèvres frôlent ma peau, de mon oreille jusqu'à ma bouche. Mais alors qu'il allait déposer sa bouche sur la mienne, la porte du bus s'ouvre.

– On veut la rencontrer, nous aussi, alors montez dans ce fichu bus.

Je lâche un rire gêné pendant que Carson grogne en posant sa tête sur la mienne, puis il se recule et me tend sa main, que je prends sans hésitation.

Je devrais avoir peur, peut-être même honte, mais bizarrement je me sens juste curieuse de savoir ce que me réserve cette soirée.

Carson m'emmène à la porte du bus, laissée ouverte par Mason, et me fait passer devant lui tout en gardant ses mains sur mes hanches. J'ai l'impression qu'il a peur que je ne m'évade, mais ce qu'il ignore, c'est que, sans que je sache pourquoi, je me sens hyper à l'aise avec lui. À mon arrivée dans le bus, une légère odeur d'alcool mélangée à des senteurs de tabac et d'herbe me saisit à la gorge. Je tousse légèrement sous le regard inquiet de Carson, mais je le rassure d'un geste. Sans faire la fille trop curieuse, j'observe discrètement le bus. Connaissant le monde de la musique, je m'attendais à découvrir un bus confortable. Mais la réalité dépasse mes attentes. Le rez-de-chaussée est aménagé de grands canapés ; une petite cuisine se trouve dans le fond, juste à côté d'une porte qui, si je devine bien, s'ouvre sur une salle de bains. La décoration est très sommaire et masculine. Il n'y a pas beaucoup de choses, si ce n'est des consoles de jeux vidéo, des instruments et bien entendu du cannabis sur la petite table. Mon inspection faite, je me reconcentre sur les personnes présentes. Les garçons jouent aux jeux vidéo, parlent du concert qui vient de se terminer et boivent des verres. Il n'y a même pas de filles, ce qui, je l'avoue, m'interpelle. Je questionne du regard Carson, il hausse les épaules.

– Ils font une petite pause avant de partir en boîte.

– Et toi ? demandé-je, intriguée qu'il ne se soit pas inclus.

Il secoue la tête et se laisse tomber dans un fauteuil avant de m'attirer à lui. Je tombe sur ses genoux et me déplace très vite pour m'asseoir à ses côtés. Il semble ne pas être content que je me sois décalée, car il m'attire encore plus contre lui d'un bras autour de mes hanches.

– *Nope*, je reste avec toi ce soir.

– Carson… soufflé-je, embarrassée qu'il me fasse passer

avant ses amis alors qu'on ne se connaît même pas.

– J'aime bien quand tu prononces mon nom, susurre-t-il, et sa main passe de ma hanche au haut de mes fesses. Ils s'en remettront, ils n'ont pas besoin de moi pour draguer.

Je lâche un rire contrit et regarde ailleurs, pour tomber sur les regards inquisiteurs de ses amis. Il y a Aaron, le bassiste qui sait également jouer du clavier. Il est aussi grand que Carson et Mason mais, alors que ces deux derniers ont les cheveux courts, Aaron les a longs et roux. Il porte souvent un chignon, comme c'est le cas en ce moment, pour retenir ses cheveux mouillés. À côté d'eux, il y a Kevin qui, à ce qu'en disent les journalistes, est le plus réservé de tous. Il est lui aussi black, comme Mason, et un peu plus grand que Drew. De mes années en tant que fan, je n'ai jamais trop su quoi penser de lui. Il ne partage pas autant que les autres mecs sur les réseaux sociaux, mais je ne peux pas nier qu'il a l'air sympa et qu'il est très talentueux à la guitare.

– Puisqu'il ne semble pas vouloir me présenter, je suis Iris et je sais déjà qui vous êtes tous.

– On sait déjà tous qui tu es aussi, me répond Aaron en me souriant. Tu lui as retourné la tête tout l'après-midi.

– Ferme-la, maugrée Carson en lui lançant une bouteille à la figure.

Je me tourne vers lui et souris narquoisement.

– T'es tellement peu habitué à ce que l'on te dise non que je t'ai retourné le cerveau ?

– Ooooh, s'exclame Drew en tapant dans ses mains. Je l'adore, elle.

Je souris, fière de moi, et attends impatiemment la prochaine réplique de Carson pour continuer cette bataille.

– Tu ne diras plus ça dans une heure quand je te ferai des choses à t'en retourner le cerveau.

– Ah bon ? ironisé-je, tout en me reculant sur le canapé et en posant les mains sur mes hanches. Je suis juste venue pour boire un coup. Il est où, mon verre, au fait ?

– Tu ne perds rien pour attendre, marmonne Carson tout en se levant pour se diriger vers le petit frigo duquel il sort une bière, qu'il me tend.

– Merci.

Je le laisse se rasseoir sur le canapé avant de me coller de nouveau contre lui. Je prends une gorgée de ma bière : je sais qu'il n'y a aucune substance dedans, car j'ai bien regardé Carson la décapsuler. Ce n'est pas parce que c'est mon idole que je ne me méfie pas. Paradoxalement, le fait que je lui fasse instinctivement confiance m'incite encore plus à ne pas baisser la garde si facilement !

Dire que je n'ai même pas paniqué quand il a clairement sous-entendu qu'on allait coucher ensemble…

Mon portable se met soudain à vibrer dans ma poche et m'arrête dans ma lancée.

– Merde, dis-je quand je découvre le nom de Mathilde affiché sur l'écran.

– Qu'est-ce qu'il se passe ? s'inquiète Carson.

– Il y a un endroit privé ? Je dois passer un coup de fil.

– Ouais, à l'étage, la porte au fond. C'est ma chambre.

– Merci !

Je me lève rapidement en sentant son regard sur moi et monte à l'étage, où des couchettes sont aménagées des deux côtés du bus. Au fond se trouve une porte, que je pousse. Une fois dans la chambre de Carson, je referme la porte derrière moi et rappelle Mathilde, qui décroche à la première sonnerie.

– T'es où, bordel ?

– Mathilde…

– Mais je me fais un sang d'encre depuis un quart d'heure ! Tu devrais déjà être rentrée.

– Mathilde…

– Tu ne m'as même pas envoyé de messages depuis le début du concert.

– Mathilde ! crié-je presque, mais ça fonctionne, car je n'entends plus que son souffle. Je suis avec Carson. Ça s'est passé tellement rapidement que j'ai oublié de te le dire, je suis désolée.

– Tu es… Attends, quoi ?

– Je suis avec Carson. Dans son bus.

Je n'entends de nouveau plus que le silence.

– Mathilde ? questionné-je prudemment.

– Tu vas lui donner ta petite fleur ? hurle-t-elle si fort que je suis obligée de reculer le téléphone de mon oreille.

– Vas-y, recommence, je suis sûre qu'il ne t'a pas entendue.

Ma meilleure amie éclate de rire.

– Allez, ma biche, si tu ne le fais pas maintenant, tu vas rester vierge jusqu'à 30 balais tellement tu n'as confiance en personne.

– Qui te dit que ce n'était pas prévu dans ma tête ? demandé-je en levant les yeux au ciel même si elle ne peut pas me voir.

– Sérieux ? s'étonne Mathilde. Tu vas vraiment coucher avec lui ?

– Je ne sais pas. J'en ai envie, mais j'ai peur en même temps.

– C'est normal. T'es vierge, chérie, continue Mathilde en rigolant légèrement, me faisant rougir.

– Tu crois que c'est une bonne idée ? Il faut que je lui dise que je suis vierge ? interrogé-je en me rongeant les ongles.

– Iris… souffle longuement Mathilde, mais j'imagine son petit sourire encourageant. Tu ne veux coucher avec personne, car tu n'as confiance en personne. Et en même temps, tu ne veux rencontrer aucun mec parce que tu ne veux pas de relation. Carson est le mec idéal, même si tu ne le connais pas personnellement. Il est ton idole depuis des années, tu as confiance en lui. Vous parlez un peu pour être sûre que c'est pas un fou, vous le faites et, basta, tu ne le reverras plus. C'est bien ce que tu voulais, non ? Et à ta place, je le préviendrais, oui.

– C'est ce que je voulais. Mais j'ai peur qu'il ne me jette s'il apprend que je suis vierge. Je ne pense pas que déflorer une vierge, c'est ce qu'il préfère.

– Il ne te jettera pas, contre Mathilde d'un ton dur. Maintenant, aie confiance en toi et fais-lui perdre la tête. Tu ne le regretteras pas et ton grenier poussiéreux te remerciera.

Malgré moi, j'éclate de rire et je secoue la tête.

– Sinon, reprend Mathilde, j'espère qu'il ne t'entend pas, là.

– Non, dis-je en rigolant, je suis à l'étage dans sa chambre.

– Ça sent quoi ? demande ma meilleure amie, tout excitée.

– Bah, lui.

Je n'en dis pas plus, car j'étais tellement nerveuse de me faire engueuler que je n'avais pas fait attention à ce qui m'entourait. Je n'ai jeté aucun coup d'œil à la chambre et c'est seulement maintenant que je me rends compte qu'elle sent réellement Carson. Et j'ai la soudaine envie de retourner au plus vite à ses côtés. Merde, je suis déjà accro, je crois.

– Je vais aller le rejoindre, Mathilde.

– D'accord, bonne nuit, ma biche !

– Attends, c'est tout ? m'étonné-je. Même pas de « fais attention à toi et protège-toi » ?

– Fais attention et protège-toi, conclut ma meilleure amie en se marrant. Je t'aime !

– Moi aussi, lui dis-je avant de raccrocher.

Alors je ne sais pas si c'est moi qui lis trop de livres, mais je pensais que Carson n'aurait pas attendu très longtemps avant de me rejoindre, même si j'étais au téléphone. Peut-être que finalement, il n'a pas si envie de moi que ça. Dans ce cas, je ne sais pas comment je réagirai. Mathilde m'a donné confiance en moi et a réussi à me persuader que ce n'était pas une mauvaise chose. Mais s'il a changé d'avis, peut-être que je serai plus moi-même et moins nerveuse. C'est donc avec nervosité que je redescends et découvre qu'il est tout seul. Il est toujours assis à la même place que quand je l'ai quitté, mais les garçons ne sont plus là.

Il tourne la tête vers moi quand il entend mes talons claquer et me sourit. Il tapote la place à côté de lui.

– Viens là.

– Tes amis sont déjà partis ? demandé-je en m'asseyant.

– Ouais, juste avant que tu ne redescendes, il n'y a plus que toi et moi.

Un grand sourire narquois étire ses lèvres avant de disparaître aussi rapidement qu'il est venu, et il pointe mon téléphone du doigt.

– Pas de problèmes urgents ?

– Oh, non, juste ma meilleure amie qui s'inquiétait de ne pas me voir rentrer.

– Vous vivez ensemble ?

– Oui, elle avait déjà l'appart. Elle cherchait une coloc quand je suis arrivée à Paris il y a un an.

Il hoche la tête et se lève.

– Mets-toi à l'aise, tu veux une autre boisson ?

Je cherche la bière que j'avais laissée en allant appeler Mathilde. Ne la voyant pas, j'interroge Carson, qui sourit comme un gamin.

– Désolé, je l'ai bue. Je ne pouvais pas la laisser prendre chaud, ça aurait été du gâchis.

– Mais je ne suis restée que cinq minutes, protesté-je.

Il hausse les épaules et m'en tend une autre, comme si de rien n'était. Il sort ensuite un paquet de chips avant de se réinstaller à côté de moi sur le canapé. Il en prend une grande poignée et la fourre entière dans sa bouche avec ses grandes mains. Il me propose le paquet, mais je secoue la tête et tire une moue dégoûtée.

– Non, merci.

– Quoi ? Tu fais attention à ta ligne ? Tu n'en as pas besoin, t'es magnifique.

Je rougis, mais évite de regarder son visage.

– Merci, mais non, c'est juste que je n'aime pas le fromage, dis-je en pointant la description des chips, et Carson éclate de rire.

– OK, j'arrête alors, affirme-t-il en jetant le paquet, qui atterrit sur le plan de travail. Sinon tu ne m'embrasseras pas.

Je glousse et joue avec mes doigts. Dans mon champ de

vision, je le vois saisir la télécommande pour allumer la télévision. Il met en route le dernier épisode de *Game of Thrones*.

Super, je n'ai jamais regardé la série. Et il va vraiment regarder la télévision, là ?

– Tu fais quoi ?

– On regarde la télé, à moins que tu ne veuilles qu'on aille baiser tout de suite ?

J'écarquille les yeux et ouvre la bouche au fur et à mesure que je comprends ce qu'il vient de dire. Je sais très bien que je ne suis pas dans ce bus pour jouer aux cartes, mais un peu plus de tact, ça ne serait pas de refus. *Note à moi-même : ne jamais oublier que ce mec est plus que direct.* Alors c'est d'un ton sec que je lui réponds.

– Non, ça ira.

Carson lève un sourcil interrogateur et je sens son regard brûler mon profil pendant que j'enlève mes chaussures et replie mes jambes sous mon corps pour être plus à l'aise. Néanmoins, il ne dit rien de plus, saisit une couverture qui traîne au bout du canapé et la dépose sur nos genoux.

Alors que je pense qu'il est enfin bien installé, il passe le bras autour de mes épaules et m'attire contre lui. Son menton se retrouve sur ma tête, qui est contre sa poitrine. Ne sachant pas quoi faire de mes mains, j'en pose une sur son ventre et l'autre sur sa cuisse, tandis que ses longs doigts se déplient sur mon bras, me faisant frissonner de la tête aux pieds. Cette position plus qu'intime n'est pas ce que j'avais prévu. Est-ce que c'est normal pour lui de rater une soirée avec ses potes ? Est-ce qu'il fait ça avec toutes les autres, ou ai-je droit à un traitement de faveur parce que je suis une fan de base ? Ou parce que je lui ai d'abord dit non avant de changer d'avis ?

– Je t'ai vue pendant le concert, tu connaissais la plupart de mes chansons par cœur. T'es fan depuis longtemps ? me demande-t-il après quelques secondes de silence où je tergiversais dans mes pensées.

Je hoche la tête contre lui.

– Depuis plusieurs années, oui.

– Alors pourquoi tu as fait comme si tu ne me connaissais pas tout à l'heure ?

– J'ai froissé ton ego ? le nargué-je dans un rire, en relevant la tête pour l'observer.

Mais mon cœur rate un battement quand je remarque qu'il m'observe déjà.

– Non. J'ai été plutôt agréablement surpris que tu me considères comme quelqu'un de quelconque.

– T'es quelqu'un de normal. Avec juste des millions de fans, ajouté-je en haussant les épaules comme si ce n'était rien, le faisant rire.

– Ça me plaît.

– En fait, que ça te plaise ou non, ça n'aurait rien changé. Je ne suis pas du genre groupie à crier ton nom dans la rue et à absolument vouloir une photo avec toi.

– Alors tu ne diras jamais que tu as couché avec le grand Carson Parker dès demain matin ?

Il arbore un sourire moqueur, mais je lis une réelle sincérité dans son regard et un peu d'inquiétude.

– Non, à part Mathilde, qui sait que je suis là, et tes amis, personne ne l'apprendra.

Je lâche un cri quand soudain Carson m'attire sur ses genoux. Je me retrouve assise à califourchon sur lui, et ses mains saisissent mon visage pour l'attirer vers le sien. À deux centimètres de lui, je chuchote, trop abasourdie pour m'exprimer plus fort :

– Que fais-tu ?

– Je te remercie à ma façon.

Puis sa bouche capture la mienne sans attendre plus longtemps. Cette fois, je lui rends son baiser avec plus d'entrain que lors du concert. Carson m'approche encore plus de lui, si c'est possible. Je noue mes bras autour de son cou et presse ma poitrine contre la sienne. Un son rauque lui échappe et mon ventre se crispe contre le sien.

Il délaisse mon visage pour empoigner mes fesses à pleines mains et je sens sa virilité se réveiller sous moi. *Bordel, mais c'est un monstre qu'il a là-dedans ?* En même temps, il mesure plus d'un mètre quatre-vingt-dix et il a des mains géantes, j'aurais dû déjà m'en douter. Sa langue passe la barrière de mes lèvres et vient s'enrouler autour de la mienne, me faisant gémir. *Ce qu'il fait chaud tout à coup !* Il recule son visage du mien, mais me garde collée contre lui.

– Un choix, Iris : la chambre ou *Game of Thrones*.

Un sourire mutin étire mes lèvres et, essoufflée, j'avoue :

– Je n'ai jamais aimé *Game of Thrones*.

Si je n'étais déjà pas témoin de son désir, je le serais, maintenant. Ses yeux, habituellement d'un bleu océan, sont devenus en un rien de temps bleu foncé.

– Prends tes affaires et tiens-toi bien.

J'attrape aussi rapidement que possible mes chaussures et mon sac avant que Carson ne se lève, me tenant toujours fermement dans ses bras. Je crochète avec nervosité mes jambes autour de sa taille et le laisse nous mener à l'étage.

Ayant les mains prises, je ne peux rien faire d'autre qu'attendre, mais lui ne se prive pas de caresser mes fesses. C'est le moment, non ? J'en ai envie mais un petit doute persiste. Et si ça se passe mal ?

Il ouvre la porte d'une main tout en me tenant toujours contre lui. Enfin, il me repose mais, sans mes talons, je lui arrive maintenant au milieu du torse, ce qui le fait marrer. Il tourne le loquet de la porte.

– Ne te moque pas de ma petite taille, c'est toi qui es trop grand, pesté-je en croisant les bras contre ma poitrine.

– Calme-toi, mon petit lion.

De ses mains sur mes hanches, il me fait basculer sur le lit, sur lequel je rebondis, poids léger oblige.

Les cheveux blonds de Carson sont en désordre à cause de mes mains. C'est d'ailleurs avec une certaine sauvagerie qu'il monte sur le lit et s'avance entre mes jambes. Il a l'allure d'un prédateur et je mentirais si je disais que je n'ai pas peur. Mais ce n'est pas une peur à prendre mes jambes à mon cou, c'est une peur qui me donne envie de plonger la tête la première.

Carson pose ses coudes autour de ma tête. Son corps est comme suspendu au-dessus du mien. Ses lèvres commencent par embrasser le décolleté que ma chemise dévoile, puis remontent doucement, mais assurément, dans mon cou pour venir embrasser mon oreille et mordiller mon lobe. Je ne retiens pas un gémissement et sens Carson sourire contre ma peau.

– C'est toujours ce que tu veux ?

À court de mots, je hoche seulement la tête. Il se relève et fait passer son sweat par-dessus sa tête. Je suis de nouveau en tête à tête avec son torse, et mes mains me démangent : j'ai envie de toucher ses tatouages. Celle de droite se lève et dessine les contours de l'ange géant qui recouvre tout le milieu de son torse. Carson inspire fortement quand mes doigts le frôlent, il ferme les yeux, avant de les rouvrir, emplis de désir.

Il attrape ma main et la plaque au-dessus de ma tête, l'autre la rejoint très rapidement. Il me tient fort sans me blesser pour autant. Au comble du désir, je me cambre et plaque ma poitrine contre son torse. Sa bouche attrape férocement la mienne, sans me demander la permission ; de toute façon, je la lui aurais donnée. Il fourre sa langue dans ma bouche pour un baiser fiévreux et ardent.

Je ne retiens plus mes gémissements quand sa main libre descend dans mon cou, dans mon décolleté et sous ma chemise où il attrape un de mes seins. Il se rend compte que mon téton est déjà sensible et passe son pouce rugueux dessus avant de le pincer.

– Carson, gémis-je, déjà au bord de l'extase.

Il rigole contre ma bouche avant de se redresser pour défaire très lentement les boutons de ma chemise, me rendant complètement impatiente. Son regard charmeur me donne confiance en moi, même si je ne suis pas sûre de faire les choses correctement. Je tente alors de le presser, mais il repousse mes mains.

– Tss, tss, petit lion, on a tout notre temps, me nargue Carson en défaisant le dernier bouton de ma chemise et en la jetant au sol, où elle rejoint son sweat.

Je ne me cache pas, car je pense qu'il ne m'en laissera pas la possibilité. Il bouffe ma poitrine du regard avant de s'abaisser pour embrasser le renflement de mes deux seins, créé par mon soutien-gorge. Puis il fait sauter les agrafes sans que je me sois rendu compte qu'une de ses mains s'était faufilée dans mon dos. Mon sous-vêtement atterrit au sol, et je ne sais plus quoi faire de mes membres.

Une de mes mains s'empare du drap, tandis que l'autre saisit les cheveux de Carson pour coller sa tête contre mon sein. Il rigole légèrement contre ma peau et j'ai l'impression que son rire résonne dans tout mon corps.

Il se redresse, recouvre ma bouche de la sienne pour un doux baiser langoureux, qui me laisse soufflée devant autant de douceur. Je noue mes bras autour de son cou, le laissant de nouveau explorer ma bouche tandis que ses doigts descendent progressivement sur mon corps. Ils passent la barrière de mon jean puis celle de mon string. Son pouce trouve mon bouton de chair sensible, me faisant haleter, tandis que ses doigts descendent encore plus bas contre mes lèvres.

J'en ai tellement envie que je ne peux plus réfléchir à ce qui est en train d'arriver. Carson se relève et m'interroge du regard ; je hoche vigoureusement la tête.

Au moment où ses lèvres se posent dans mon cou pour me lécher et me mordre, un premier doigt me pénètre.

– Bordel, t'es tellement mouillée, s'exclame mon amant, la voix rauque, contre mon cou.

– Je l'étais pendant tout le concert, murmuré-je, déjà au bord de l'orgasme.

Ce n'est pas tout à fait vrai, mais je sais que l'idée lui plaît. Et ça ne loupe pas, Carson grogne de contentement contre ma peau. Je n'en reviens pas que tout me paraisse si naturel, si facile. Quand Carson joue de nouveau avec un de mes tétons pendant qu'il me pénètre d'un deuxième doigt, je sens mes parois se resserrer autour de lui et je commence à voir des étoiles.

– Pas tout de suite, ordonne Carson en retirant sa main de mon pantalon.

Je proteste d'un gémissement qui se perd dans ma gorge, quand je le vois se relever pour se mettre à genoux au bout du lit.

– Qu'est-ce que tu fais ?

– J'ai besoin de te voir, assène-t-il, la voix rendue rauque par le désir.

Puis ses doigts font sauter le bouton de mon jean, et celui-ci descend très rapidement sur mes jambes en emportant mon string. À peine ai-je réagi à la fraîcheur de l'air sur ma peau que Carson écarte mes cuisses et lève mon bassin. Sa langue lèche de bas en haut ma féminité, me faisant sursauter. Il attrape mon clitoris entre ses dents et le suce avidement.

– Oh, mon Dieu, gémis-je en appuyant mon sexe contre sa bouche.

Il descend, et sa bouche prend d'assaut mes lèvres, me menant rapidement au bord du gouffre. Mes mains en recherche d'appui saisissent ses cheveux, et mes cuisses se referment autour de sa tête.

– Tellement chaude et tellement mouillée. Bordel, t'es un vrai bonheur, Iris, marmonne Carson contre ma féminité avant de remonter contre moi.

Il saisit mon visage à deux mains et fond sur ma bouche. Il sent lui et moi. Ce mélange de ces deux odeurs me rend complètement folle et je n'ai plus qu'une envie : qu'il soit en moi. C'est pourquoi je saisis l'ourlet de son jogging pour le descendre. Mais son érection, qui tend le tissu, me rend la tâche plus compliquée. Mon amant se pose sur un coude et, de son autre main, m'aide à faire descendre son pantalon, qu'il lance à travers la pièce avec ses pieds. C'est seulement quand son membre entre en contact avec mon ventre que je me rends compte qu'il ne portait pas de caleçon depuis tout à l'heure. Je le questionne du regard pendant qu'il hausse les épaules avec un sourire penaud.

– Pour quoi faire ? Ça me gêne. Et je savais comment allait finir notre soirée.

Je rougis et laisse un rire nerveux m'échapper. Il me couve d'un regard doux. Alors, poussée par une force inconnue, je saisis son membre dans ma main tremblante. Carson ressent mon hésitation. Il pose doucement sa main sur la mienne et entame un va-et-vient, m'indiquant le rythme à prendre. Je baisse la tête vers ma petite main, comparée à la sienne, qui effectue un mouvement de haut en bas sur son sexe. Carson grogne et plonge la tête dans mon cou pour me lécher de nouveau, et de sa main sur la mienne il exerce une petite pression.

– Je te déconseille de continuer si tu ne veux pas que je jouisse tout de suite !

Il défait la prise de mes doigts pour reposer ma main à côté de mon corps. Il se penche et ouvre le tiroir de la table de nuit. Il ne faut pas avoir fait Sciences Po pour savoir ce qu'il cherche. Deux sensations contradictoires m'envahissent, j'appréhende la douleur à venir autant que je suis de plus en plus curieuse. Carson se redresse, un sachet argenté en main. Il déchire l'emballage et fait glisser le préservatif sur son sexe. Puis il me regarde intensément, fouillant mon regard.

– Toujours sûre de toi, Iris ?

– Oui. Mais vas-y doucement, s'il te plaît.

Non, je ne veux pas lui dire que je suis vierge parce que je ne veux pas qu'il me jette. Il le découvrira très rapidement par lui-même.

Il hoche la tête, dépose un baiser furtif sur mes lèvres et dirige son sexe, d'une main, contre mon entrée. Je sens son gland pousser mes lèvres ; il s'insère très doucement, comme je le lui ai demandé, au fond de moi. Malheureusement, le premier obstacle arrive très vite et une douleur irradie dans tout mon corps face à la pression. Carson relève ses yeux vers moi et me regarde avec un air suspect.

– Iris ?

Sa voix, mélange de désir et d'inquiétude, me fait rougir de honte et je cache mon visage dans mes mains.

– Hé ! s'exclame-t-il en saisissant mes mains et en les écartant de ma figure. Pourquoi tu ne me l'as pas dit ?

– Je ne voulais pas que tu me jettes, dis-je honteusement en évitant de croiser son regard.

Carson pose ses mains sur mes joues ; j'ancre mon regard dans le sien et il me sourit doucement.

– Tu aurais dû. Mais ne sois pas gênée, je vais y aller doucement, promis. Dis-moi juste si je te fais mal, OK ?

Je hoche la tête et la fourre entre son cou et son épaule pendant qu'il pousse toujours plus au fond de moi. Mes yeux s'humidifient à cause de la douleur.

– Regarde-moi, ordonne Carson d'une voix si douce qu'elle me fait encore plus pleurer, mais je me rallonge tout de même pour lui faire face.

– Ne pleure pas.

Il essuie mes larmes de ses doigts et stoppe tout mouvement de bassin pour m'embrasser le plus passionnément possible. Je dirais presque amoureusement, mais je sais qu'il le fait seulement pour que je me calme.

Il joue avec mes seins, puis la douleur disparaît progressivement, pour laisser place à un désir ardent.

– S'il te plaît.

La mâchoire contractée, il reprend ses mouvements. J'ai toujours un peu mal, mais la douleur est maintenant insignifiante au regard de la passion qui possède mon corps. Je noue mes bras autour de son cou et mes jambes autour de sa taille. Les mouvements de bassin de Carson prennent plus d'ampleur et ses gémissements résonnent dans tout mon être.

– T'es si étroite, si chaude et si belle.

Carson parsème mon visage de baisers, pendant qu'il m'emmène de plus en plus vers le paradis. Mes pieds poussent sur ses fesses, pour qu'il me remplisse, encore plus. Je sens mes parois saisir son sexe ; il ne me reste plus longtemps avant de jouir. Il le sent aussi, son pouce vient jouer avec mon clitoris quelques secondes, puis j'explose autour de lui dans un cri. Je ne savais même pas que j'étais capable de crier aussi fort.

– Bordel de merde, je vais te suivre, ma belle, grogne-t-il dans mon cou.

Je sens son sexe grossir puis Carson explose dans un grognement typiquement masculin. Je le sens éjaculer avant de lâcher prise et de tomber sur ma poitrine. Je le serre fort dans mes bras pendant qu'il reprend sa respiration dans mon cou. Nous restons enlacés deux petites minutes dans le silence, avant qu'il ne se retire doucement de mon étreinte. Je lâche un petit cri de mécontentement en ressentant l'impression de vide. Il retire le préservatif, le noue et le jette par terre avant de se relever sur un coude pour me regarder. Maintenant que l'on a fini, est-ce qu'il m'en veut de lui avoir pratiquement menti en lui cachant ma virginité ? Et même, est-ce que j'ai été à la hauteur ? Je détourne le regard, mais il attrape mon visage et semble lire en moi comme j'arrive à lire en lui.

– Tu as été parfaite.

– Laisse-moi en douter, marmonné-je, au comble de la honte, mais il secoue la tête et pose un chaud baiser sur mon front.

– Tu n'as aucune raison de douter de toi.

Je rougis et baisse la tête, me cachant avec mes cheveux. Il pose une main sur ma cuisse pour la caresser avant de m'adresser un regard encore rempli de désir.

– Tu peux te lever pour venir avec moi dans la salle de bains ?

Je tente de bouger mes jambes, mais une douleur se réveille dans mon sexe, qui m'oblige à me rallonger.

– Je m'en doutais, pouffe Carson. Je reviens.

C'est super, maintenant je ne peux même plus bouger. Il se lève et je ne peux m'empêcher de le bouffer du regard jusqu'à ce qu'il disparaisse dans la petite salle de bains de la chambre. Malgré la douleur, je me sens comme libérée, pas forcément plus femme, mais j'ai l'impression d'avoir plus confiance en moi pour l'avenir, malgré la gêne que je peux ressentir. Je ne pensais pas que Carson serait aussi doux, prévenant et concerné par mon état. Est-ce qu'il est toujours comme ça ? Est-ce seulement sa réputation qui le rend aussi sauvage ? Ou alors, il s'est retenu pour moi ? Mes pensées s'estompent quand j'entends le mitigeur de la douche se mettre en route. C'est très rapide, car Carson revient dans la chambre quelques minutes après, toujours aussi nu, avec un gant de toilette humide. Il s'avance vers moi et s'assied juste à côté de mon corps.

– Installe-toi.

– Je peux le faire, dis-je en tendant la main mais il la repousse.

– Laisse-toi faire, je veux que tu sois à l'aise.

Gênée et les joues rouges, j'éclate de rire.

– Tu veux que je sois à l'aise alors que tu veux me laver ?

Je ne peux pas le laisser faire. On vient seulement de se rencontrer. D'accord, je viens de lui donner ma virginité mais on ne peut pas être aussi intimes. C'est embarrassant et bizarre. Je tends de nouveau la main et, à contrecœur, il y dépose le tissu humide. Néanmoins, il ne se dérange pas pour rester et m'observer, mettant le feu à mes joues.

– Comment te sens-tu ?

– Actuellement ? demandé-je en levant un sourcil. Embarrassée, mais sinon ça va.

Carson rigole légèrement et me lance un clin d'œil avant de reprendre son sérieux.

– Si tu as besoin de quelque chose, tu n'as qu'à le dire.

Son inquiétude sincère me surprend autant qu'elle me fait sourire et me touche bien plus que je ne veux l'admettre, mais je secoue la tête.

– Merci, mais je vais bien et je n'ai besoin de rien.

Carson me lance un grand sourire qui me retourne le

cœur et je ne peux m'empêcher de lui sourire en retour. Il passe ensuite une serviette sur mon corps, puis se relève pour ramener le tout dans la salle de bains avant de revenir dans le lit. Carson s'allonge sur le dos et d'un bras m'attire contre lui.

– Tu m'as tué, petit lion, dormons.

Je lâche un petit rire, pose ma tête sur son cœur et une jambe entre les siennes. Carson laisse échapper un long soupir, sa main se pose sur ma fesse et il me serre contre lui. Sa respiration devient régulière très rapidement, et sa prise sur ma fesse lâche du lest.

Je relève la tête vers lui et observe ses traits s'adoucir de plus en plus au fur et à mesure qu'il plonge dans le sommeil. Je suis tentée de passer mes doigts sur son visage, mais je sais que je dois partir. Soit je pars maintenant, au risque de le réveiller, soit j'attends encore un peu. Le problème est que je me sens tellement bien dans ses bras et que je suis incapable de bouger, après avoir fait ma première fois.

Si je ne savais pas qu'il est impossible que l'on ait un avenir commun, lui et moi, je serais tombée amoureuse sur-le-champ, je crois. Malheureusement, je me suis lancée dans cette aventure en sachant que, dès que je partirais, je ne le reverrais plus jamais en tête à tête. Certes, il est et restera mon idole à jamais, j'écouterai toujours ses chansons et retournerai le voir en concert, mais notre moment n'était qu'une parenthèse qui ne se reproduira plus à l'avenir.

C'est pour ça que je veux m'en aller avant qu'il ne se réveille ; je ne veux pas avoir la conversation typique d'un lendemain de nuit passionnelle. Il me dira que c'était cool, mais que je dois y aller.

Il a la réputation de ne jamais dormir avec les meufs qu'il baise alors que tu es avec lui dans son lit, résonne une petite voix dans ma tête.

Mais ce n'est pas la même chose, il s'est sans doute dit qu'il n'allait pas jeter une vierge qu'il venait de déflorer.

C'est donc avec une certaine appréhension que je mets une alarme sur mon téléphone à cinq heures du matin, sans trop bouger pour ne pas réveiller Carson. Je sais qu'il n'est pas du matin, donc il se réveillera bien plus tard que ça.

Je connais tellement de choses de lui par les journalistes et si peu en vrai…

Je fais taire mes pensées, repose ma tête sur sa poitrine et me laisse bercer par sa respiration et son odeur.

Je suis tirée du sommeil par l'alarme de mon téléphone, que j'ai gardé en main pour être plus discrète. J'ai bougé dans la nuit, je ne suis plus emmêlée avec le corps de Carson et ce dernier se trouve maintenant sur le ventre. Ça m'arrange bien. Je me lève aussi doucement que je peux du lit, cherche mes affaires du regard dans la pénombre. Je ne vois presque rien, j'allume donc mon écran de téléphone tout près du sol pour que Carson ne voie pas la lumière. Je trouve ma chemise et mon soutien-gorge en premier. Je les enfile si vite que je m'étonne moi-même. Je trouve ensuite mon jean, qui a carrément valsé à l'autre bout de la pièce, mais impossible de trouver mon string. Loin de moi l'idée de vouloir le remettre, mais je ne comptais tout de même pas le laisser ici.

– Bordel, chuchoté-je, où est ce fichu bout de tissu ?

Je me fige quand Carson bouge et j'arrête carrément de respirer lorsqu'il se tourne sur le dos, mais ne se réveille pas.

OK, la vue de son sexe en semi-érection est plutôt pas mal.

Mais je ne peux pas et ne dois pas m'y attarder. Tant pis pour mon string. Je n'ai pas le temps de le chercher plus longtemps, au risque de réveiller Carson.

J'enfile rapidement mon jean, range mon téléphone dans ma sacoche et prends mes chaussures en main, je les mettrai une fois hors du bus. J'ouvre lentement la porte de la chambre, et Dieu merci elle ne grince pas. Quoique ça me déçoive un peu, c'est un peu ce qui se passe dans les films quand la personne veut sortir en douce. Je jette un dernier regard à Carson pour m'imprégner de son visage serein, puis je ferme définitivement la porte derrière moi, aussi doucement que je l'ai ouverte.

Ses musiciens dorment dans les couchettes à l'étage, j'avance donc très doucement et silencieusement entre elles pour ne pas les réveiller, mais vu les ronflements je suppose qu'ils sont tous bien partis dans les bras de Morphée.

Quand je descends les escaliers, je tombe sur trois filles qui dorment presque à poil sur le canapé et je tire la grimace. J'aurais pu finir comme elles s'il n'avait pas eu pitié de moi. Mais pas le temps d'y réfléchir, je dois sortir d'ici.

Par chance, j'arrive à trouver facilement le système d'ouverture de la porte du bus. Je sors, enfile mes chaussures et, sans un regard en arrière, je m'éloigne pour rentrer chez moi.

5

Carson

Je sors lentement de mon sommeil quand le soleil commence à vraiment me chauffer le dos. Dans un grognement, je me frotte les yeux, me passe une main dans les cheveux et saisis mon téléphone pour regarder l'heure : dix heures. Depuis quand je me réveille aussi tôt un lendemain de concert ?

Depuis que tu ne bois pas et ne prends pas de la drogue après, me nargue une petite voix dans ma tête.

Cette salope de voix qui ne veut jamais se taire et qui est toujours là pour me faire culpabiliser. Je repose mon téléphone et referme les yeux. Je tâtonne à côté de moi pour trouver le corps d'Iris et la ramener contre moi, afin de peut-être soulager mon érection, mais ma main ne touche que les draps froids. J'ouvre grand les yeux, me faisant aveugler par les rayons du soleil, mais je comprends très vite qu'elle n'est plus dans la chambre.

Je me lève avec difficulté. Bordel, le sexe avec elle était

une vraie tuerie, j'en ai des courbatures. Je me dirige, toujours à poil, vers ma petite salle de bains.

– Iris ? l'appellé-je. T'es là-dedans ?

J'enclenche la porte quand il n'y a que le silence qui me répond, et je me rends bien vite compte qu'elle n'est pas non plus dans la salle de bains. Je regarde autour de moi et remarque que plus aucune de ses affaires n'est dans ma chambre. Brusquement, j'ai un mauvais pressentiment. Elle est peut-être descendue en attendant que je me réveille. J'enfile un caleçon propre et saisis un pantalon parce qu'il caille dans ce bus.

Quand je lève le vêtement pour l'enfiler, un bout de tissu noir minuscule en tombe. Un grand sourire étire mes lèvres quand je comprends que c'est son string d'hier. Je le saisis et le porte à mon nez pour humer son odeur. Bordel, j'ai l'impression d'avoir encore la tête enfouie entre ses jambes. Mon érection se réveille tout à coup et je n'ai plus qu'une envie : la retrouver pour me plonger de nouveau en elle.

Je sors de ma chambre et referme doucement la porte pour ne pas réveiller mes potes qui dorment encore : Drew a la main qui pend dans le vide ; Mason a un bras recouvrant son visage et l'autre serrant Alya contre lui, Aaron, une jambe qui dépasse, et Kevin, la couette à terre. Je pouffe en voyant leur état délabré, mais passe très vite mon chemin, car j'ai quelqu'un à retrouver.

Quand j'arrive en bas, deux femmes à moitié à poil sont assises sur le canapé et pianotent sur leurs téléphones. Une troisième sort de la petite salle de bains. OK, mes potes ont l'air de s'être amusés, mais s'ils avaient pu éviter de les laisser sans surveillance, ça aurait été plutôt cool.

– Salut, la rock star, chantonne en s'approchant de moi

celle qui vient de sortir de la salle de bains.

Ses doigts glissent sur la peau de mon torse, mais elle me dégoûte plus qu'autre chose. Je repousse sa main qui retombe le long de son corps.

– Vous n'auriez pas vu une petite brune d'un mètre cinquante ?

– Tu te l'es tapée et elle s'est évaporée ? Quel gâchis, m'aguiche la même fille en entortillant une mèche de ses cheveux autour de son doigt.

Je commence à m'énerver.

– T'as pas besoin de savoir. Tu l'as vue, oui ou non ?

– Non. Mais si tu veux, je peux prendre sa place ce matin.

Elle pose ses mains sur l'élastique de mon jogging, mais je la repousse fortement.

– J'ai des mains.

Je me retourne pour me servir une tasse de café dans la cuisine.

– Je l'ai vue, moi, commence une autre fille.

Je me retourne et la questionne du regard.

– Je ne sais pas si c'est elle dont tu parles, mais j'ai vu une petite brune sortir du bus vers cinq heures du matin.

– Elle t'a dit quelque chose ? demandé-je beaucoup trop rapidement et elle s'en rend compte, car un sourire moqueur étire ses lèvres trop siliconées.

Pas de doute, c'est celle que Drew a ramassée. Je ne comprendrai jamais son penchant pour les meufs retouchées de partout.

– Non, elle pensait que je dormais.

Je hoche la tête et fais un signe vers leurs fringues.

– Maintenant, rhabillez-vous et dégagez de mon bus.

– T'es sérieux ? s'offusque la troisième, qui n'avait pas encore parlé jusque-là.

Une métisse, le choix de Kevin, donc.

– Tes potes nous ont dit de rester là.

Je fixe de nouveau celle qui m'a fait du rentre-dedans. Naturelle, sans retouches siliconées, mais avec cet air de prédatrice qui correspond tout à fait à Aaron.

– Le bus est à mon nom, c'est moi qui décide. Alors, dégagez le plancher.

– Va te faire foutre, s'exclame-t-elle avant de se rhabiller en vitesse.

En même temps, elle n'a pas grand-chose à remettre, vu le peu de tissu qui traîne à terre. Ses potes suivent et elles se dirigent toutes les trois vers la porte sans que je les escorte.

– Connard, assène la brune.

– C'est mon deuxième prénom.

Elle claque la porte derrière elle pendant que je ricane. Je n'arrive pas à avoir de la considération pour ce genre de fille.

Je joue avec mon téléphone, hésitant à contacter Iris. Mais décidant que je ne perds rien à le faire, je déverrouille mon téléphone et ouvre Instagram, le seul endroit où je peux la contacter. Car oui, comme un con, j'étais tellement impatient de la sauter que je ne lui ai même pas demandé son numéro de téléphone.

Je vois qu'elle a mis une story il y a une petite heure ; j'appuie dessus et une vidéo de mon concert, qu'elle a sûrement prise rapidement, s'affiche avec pour inscription : « Je suis désolée de ne pas avoir mis de vidéo plus tôt, je suis rentrée chez moi crevée. Merci @carsonparker pour ce show de ouf ! »

Elle a eu l'audace, de une, de faire comme si rien ne s'était passé entre nous, et de deux, de me mentionner comme si c'était normal. Depuis quand je prends autant à cœur qu'une fille ne me remercie pas pour de la baise ? Je vais rapidement dans la messagerie et lui envoie, malgré moi, un message au ton remonté.

Moi_Je ne pensais pas que t'étais une meuf à fuir. T'es contente, je t'ai déflorée et tu te casses ? Sans un merci, en plus ? T'aurais au moins pu mettre que t'avais passé une bonne soirée dans ta story.

Elle est en ligne, elle voit donc rapidement mon message, mais je me prends un « vu » phénoménal, sans qu'elle me réponde. Elle se déconnecte même juste après. La peste. Habituellement, j'aurais traité la fille de salope si elle m'avait fait un coup comme ça. Mais apparemment pas elle. Même l'imaginer me tord le ventre, je suis incapable de penser du mal d'elle.

– T'en fais une tête, mec !

Je sursaute et fais face à Drew. Il se sert lui aussi un café avant de s'accouder contre le petit plan de travail.

– Elle est où, Iris ?

– Partie, maugréé-je avant de me prendre la tête dans les mains.

– Tu l'as éjectée ? questionne mon ami.

– J'aurais aimé, marmonné-je, la tête toujours dans les mains.

– Comment ça ?

Je fais glisser mon téléphone vers lui, il s'en empare et lit notre conversation avant de lever un regard pire que choqué vers moi.

– Elle s'est cassée d'elle-même ? Mais quand ?

– Ce matin apparemment, vers cinq heures.

Drew hausse les épaules et se tourne pour prendre la boîte de céréales, mais il stoppe son geste et me jette un regard ahuri.

– Elle était vierge ?

Je hoche la tête avec un petit sourire.

– Crois-moi, je ne le pensais pas non plus. J'ai eu la surprise en elle.

– Elle n'a rien dit avant ?

Mon pote semble complètement en état de choc, et je peux comprendre, car il sait aussi bien que moi que j'évite dès que possible de coucher avec des vierges, elles s'imaginent tout de suite des trucs romantiques. Ce qui n'a pas l'air d'être le cas de mon petit lion, cela dit.

– Non. Mais au moment où je m'apprêtais à entrer en elle, elle m'a dit d'y aller doucement. Je suppose que j'aurais pu comprendre si je n'avais pas été à fond dans le truc. Et après c'était trop tard, je ne pouvais plus faire marche arrière.

– Et t'as pris ton pied, au moins ?

– Mec…

Je secoue la tête pour chasser les images qui vont réveiller ma queue tout de suite.

– À ce point ?

– Je te jure. Je te conseille de te taper une vierge.

Drew éclate de rire.

– Trop prude pour moi, désolé.

– Tu l'as vue ! Est-ce qu'Iris a un côté prude ?

Je le vois tiquer et réfléchir quelques instants, puis sa bouche se tord.

– Non. Certes, elle a l'air d'être assez réservée et timide, mais je ne pense pas qu'elle soit prude.

– Crois-moi, elle ne l'est pas.

– Elle t'a sucé ? essaie de deviner mon pote.

Je secoue négativement la tête et pourtant des images affluent rapidement dans mon esprit.

– Non, mais elle n'a pas hésité à saisir ma queue à pleine main, dès que je l'ai sortie de mon froc.

– Elle a une pote ? demande mon ami avec intérêt, me faisant éclater de rire, mais il m'adresse ensuite un regard sérieux. Vous avez dormi ensemble ?

– Je ne pouvais pas la mettre à la porte alors qu'elle n'arrivait même plus à marcher.

Drew recrache son café et part dans un grand rire.

– Tu n'y es pas allé mollo, hein ?

– Si. J'ai attendu qu'elle me donne le feu vert et je me suis lâché. Et je crois que j'avais envie de dormir avec elle, ça m'a plu.

Mon pote hoche la tête et me sort un « mmm » dont lui seul a la définition.

– Quoi ?

– Rien ! s'exclame-t-il avant de rigoler légèrement. Pourquoi tu ne vas pas jusque chez elle ?

– Si elle est partie, c'est pour une raison que j'ignore, mais qui doit tout de même exister. Je ne vais pas la forcer.

– Comme tu veux. À ta place, j'y serais allé pour au moins parler, mais ce n'est que mon avis.

– Non. Elle est comme les autres, elle a eu ce qu'elle voulait et c'est tout.

– Ce qu'elle voulait ? Mec, tu lui as carrément forcé la main.

Si tu ne lui avais pas fait ton numéro pendant le concert, et que tu ne lui avais pas dit d'attendre, elle ne serait jamais venue dans ce bus. Et elle serait toujours vierge à l'heure qu'il est.

– Mais elle a quand même réussi à obtenir que je la baise, comme toutes les autres.

– Je ne pense pas, Carson. Tu devrais parler avec elle.

– *Nope*, ça ne sert à rien. De toute façon, on se casse bientôt de Paris. Ce soir, on sort en boîte et je trouverai une autre meuf à baiser pour me l'enlever de la tête.

Je ne le laisse pas répondre et remonte dans ma chambre, qui sent toujours sa putain d'odeur. J'ouvre le tiroir de ma table de nuit et en sors mon herbe pour me rouler un joint. Je me rallonge dans mon lit et fume pour oublier. Malheureusement, je me rends très vite compte que le joint ne la fait pas partir de ma tête et provoque même l'effet inverse. Je pense encore plus à elle et la maudis tout autant. Si bien que je jette dans le cendrier mon joint à peine entamé.

Décidé à utiliser cette aventure à des fins bien plus utiles, je saisis ma guitare, un stylo et mon carnet. Les mots ne mettent pas longtemps à s'étaler sur la feuille de papier. Je ne suis pas du genre à écrire des chansons d'amour, ce n'en est pas une, mais j'y insère quand même mon ressenti face à cette situation que je n'ai pas demandée. Je ne vois pas pourquoi elle s'est enfuie si tôt et avant que je ne me réveille. Je m'en veux, car si j'avais dormi comme d'habitude, c'est-à-dire d'un sommeil agité, je l'aurais sentie bouger et se lever. J'aurais pu l'empêcher de partir. Eh bah non, j'ai dormi paisiblement pour la putain de première fois depuis des années.

Cette jeune femme est peut-être tenace et forte, mais une extrême gentillesse et une grande douceur émanent d'elle sans qu'elle s'en rende compte. Et son sourire ! Elle ne sourit pas pour sourire. Quand elle le fait, tout son visage s'illumine, ses pommettes bien arrondies se soulèvent, ses yeux pétillent de malice et ses lèvres charnues s'étirent d'une manière adorable. Tout est naturel chez elle, elle est naturellement magnifique et elle ne s'en rend pas compte. Pendant tout le concert d'hier, mes yeux étaient attirés comme des aimants par elle. Je ne pouvais pas m'empêcher de l'admirer. J'avais ce besoin incompréhensible de la surveiller, de veiller à ce qu'elle aille bien, qu'elle ne soit pas bousculée par les autres, alors que, le bordel, c'est la routine de mes concerts. Mais je suis sûr et certain que si je l'avais connue avant, jamais je ne lui aurais permis de se trouver dans la foule.

Mais depuis quand l'état d'une fille m'intéresse autant ? J'ai l'impression d'être quelqu'un d'autre depuis hier, et ça me fait extrêmement chier. Néanmoins, je ne peux pas nier que la voir chanter à tue-tête toutes les paroles de mes chansons, du rap aux paroles des voix arrière, ça m'a fait quelque chose. Elle connaissait tout par cœur. Drew n'avait pas tort : elle ne donnait pas l'impression qu'elle voulait simplement coucher avec moi. Je suis persuadé à 1 000 % qu'elle est une vraie fan, et elle doit sans doute avoir une bonne raison de s'être enfuie comme ça. Je ne sais pas encore laquelle, mais je ne partirai pas de Paris sans avoir trouvé.

Malheureusement, je n'ai pas le temps de réfléchir. Je dois filer sous la douche avant d'enchaîner plusieurs interviews. Je suis fier de ma carrière, j'adore faire des concerts, mais je déteste les interviews. Je n'en ai encore jamais fait en France, je ne sais donc pas comment sont les animateurs de radio, mais s'ils sont aussi indiscrets qu'aux États-Unis, je risque de ne pas passer un bon moment.

6

Iris

Il est midi et Mathilde n'est toujours pas réveillée, ce qui fait qu'elle ne sait pas que je suis rentrée. Tant mieux, à vrai dire, car plus elle met de temps à se réveiller, plus le moment de l'interrogatoire recule. Cela dit, je n'ai pas besoin de lui faire un dessin pour qu'elle devine ce qu'il s'est passé. Mais ce que Mathilde n'imagine pas, c'est que je me suis lamentablement enfuie au petit matin.

Je suis aussi très contente de ne pas avoir croisé Peggy, elle ne m'aurait pas ratée. Pour ce qui est de moi, même si je ne suis pas retournée me coucher, j'ai la tête dans le cul. Impossible de fermer les yeux sans revoir le regard de Carson et sans sentir ses mains sur mon corps. Et pourtant je me suis douchée, deux fois, mais rien n'y fait. J'ai l'impression qu'il a brûlé ma peau pour y laisser sa trace comme un tatouage.

Mais ce n'est pas tout, je le sens encore en moi, je sens encore ma partie intime en feu et je dois avouer que m'asseoir est un supplice. Voilà une des raisons pour lesquelles je n'ai pas bougé du canapé depuis que je m'y suis installée depuis plus de deux heures. Si j'ai le malheur de me relever, je serai incapable de me rasseoir sans sentir mon sexe crier de douleur.

– T'es rentrée ?

Je me retourne dans un sursaut et découvre Mathilde, les cheveux en pétard, qui se dirige vers la cafetière pour se servir son seul et unique café de la journée, alors que j'en ai déjà bu trois.

Accro à la caféine, moi ? Pas du tout.

– Oui, depuis quelques heures.

Mathilde s'assied dans le fauteuil en face du canapé, les coudes sur les genoux, et me regarde par-dessus sa tasse avec un sourcil levé.

– Tu comptes me raconter ou je dois te faire un interrogatoire ?

Je hausse les épaules et fixe mon amie.

– Le concert était super.

Elle secoue la tête et repose sa tasse sur la table avant de me lancer un regard très sérieux.

– Je me fous du concert. Vous avez couché ensemble, alors, oui ou non ? questionne-t-elle d'un ton excité.

Je rougis, mais hoche tout de même la tête pour confirmer, sans pour autant dire quoi que ce soit, ce qui rend folle Mathilde.

– Bordel, Iris, raconte !

– Qu'est-ce que tu veux que je te dise ?

– Je n'en sais rien, moi, s'impatiente mon amie en levant les bras au ciel. Il était bon ? Il t'a fait monter aux rideaux ? T'as eu un orgasme, ou plusieurs ? Je veux tout savoir !

Je rougis de plus belle et laisse retomber ma tête en arrière contre le dossier du canapé.

– Iris !

– Oui, oui ! J'ai passé la meilleure nuit de ma vie ! Il a été doux quand il a su que j'étais vierge, il m'a laissé le temps de m'habituer puis il m'a donné un orgasme : je ne savais même pas que c'était possible d'atteindre ce niveau de plaisir. Il m'a ensuite lavée et démaquillée, puis il m'a prise dans ses bras et on s'est endormis, débité-je d'une traite, puis je reprends mon souffle et n'ose plus regarder mon amie.

– Alors pourquoi t'es là toute seule ? Il t'a virée, ce con ?

Je secoue la tête et je sais déjà qu'elle va m'étriper.

– Je me suis enfuie pendant qu'il dormait.

Mathilde ouvre la bouche en grand, si grande que j'ai l'impression qu'elle va tomber, et ne bouge plus pendant quelques secondes, puis elle explose.

– Tu n'es pas sérieuse ? Il te fait l'amour, vous dormez ensemble, et tu t'enfuis sans même un merci ? Iris…

Mathilde s'arrache presque les cheveux et se lève pour se resservir un café. OK, je l'ai vraiment choquée.

– Carson n'est pas le genre de mec à faire l'amour, Mathilde.

– C'est sûr qu'il t'a prise comme une bête, qu'il n'a pas pensé à ton bien-être et qu'il ne t'a pas lavée juste après, alors que tu étais VIERGE, rigole mon amie.

– Il m'a envoyé un message ce matin, avoué-je.

Mathilde se retourne si rapidement que j'ai peur qu'elle ne se bloque un muscle.

– Montre, s'il te plaît ! Tu sais que je pourrais mourir de curiosité si tu ne le fais pas ! s'exclame-t-elle en me faisant une drôle de grimace, probablement censée m'attendrir.

Bon, OK, ça marche un peu.

Je lui tends mon téléphone avec notre discussion ouverte et me cache les yeux pendant qu'elle lit.

– OK, meuf, t'as merdé et tu lui as laissé un simple « vu ».

– Je ne savais pas quoi répondre…

– Sans vouloir te vexer, il voulait te voir à son réveil.

– Pour quoi faire ? Pour me jeter lui-même ? Non, merci.

– C'est donc ça ? questionne ma meilleure amie avec un grand sourire. Tu ne voulais pas qu'il te dise de partir.

– Bien sûr ! Il fait ça avec toutes les meufs. Pourquoi ça aurait été différent pour moi ? Désolée de vouloir préserver ma dignité.

– Eh bah, là, c'est sa dignité à lui qui a dû en prendre un coup ! s'amuse Mathilde. Tu es la seule fille au monde à oser perdre sa virginité avec une star et à la rembarrer après. Je crois que c'est pour ça que je t'aime !

– Oh là là, dit comme ça, ça sonne glauque !

– Mais non ! Ça sonne très bien. Mais tu n'as pas du travail, toi, au fait ?

– Merde, tu as raison, j'ai une réunion cet aprèm, je vais me préparer !

J'ai déjà pris ma douche et je suis déjà habillée. Je n'ai plus qu'à me maquiller.

Et bien entendu, je fais tout ça sans penser à mon coup d'un soir d'hier.

***

– Bien, j'ai pris en compte toutes vos envies et vos objectifs. Je vous recontacte par mail en fin de semaine pour vous proposer le plan de stratégie.

Je conclus la réunion, et la directrice d'un label de musique de l'autre côté de mon écran me remercie et me salue avant de quitter la conversation.

Je ferme mon ordinateur, le remets dans la housse que je porte à la main et rejoins Mathilde, qui m'attend dans le hall. Nous sortons de l'espace de travail collaboratif et descendons dans le parking souterrain jusqu'à ma voiture pour rentrer chez nous. Nous travaillons toutes les deux en free-lance. Pour ma part, j'avais une réunion avec une cliente, mais pour une visioconférence, je préfère un espace neutre où mon interlocuteur ne sait rien de mon environnement.

La créatrice m'a contactée la semaine dernière après avoir consulté mon site Internet. Son label a signé un contrat avec une nouvelle chanteuse française, et elle souhaite que je m'occupe des réseaux sociaux de cette artiste pendant un mois pour commencer, afin de la projeter sur le devant de la scène. Cette réunion était la première ; elle m'a précisé qu'elle souhaitait que je m'occupe uniquement des comptes Instagram et Facebook de l'artiste.

Dès demain, je me penche sur ses objectifs, prépare un planning efficace de publications sur un mois sur les deux réseaux sociaux en proposant photos de tournages de clips, de showcases, citations des chansons de la chanteuse et promotion de son album à venir, et lui renvoie pour avoir son approbation.

Je ne suis pas spécialisée uniquement en musique, je fais aussi de la mode et de la beauté. Mais c'est vrai que je suis beaucoup sollicitée par des personnes évoluant dans l'univers de la chanson.

Travailler dans des bureaux collaboratifs aide aussi à se faire un nom et trouver des clients. C'est pourquoi j'y suis très souvent quand je recherche de nouveaux contrats ou quand je dois en signer. Après ça, je travaille soit de chez moi, soit sur le terrain.

Quant à Mathilde, elle m'a suivie, car sa mission actuelle nécessite beaucoup de concentration. D'après elle, notre conversation de ce midi flottait trop dans l'air de notre appartement. Je rigole encore de sa bêtise, mais elle semblait réellement sérieuse.

Pour être honnête, je suis contente que cette journée touche à sa fin. Je n'ai pas pu effacer Carson de ma tête, et cette réunion d'une heure a été une torture pour moi. J'ai été incapable de me concentrer à 100 %, mais ma cliente avait l'air satisfaite, alors je suppose que ça ne s'est pas trop vu sur mon visage.

Nous récupérons ma voiture et, déjà, nous soufflons. Il est dix-neuf heures, heure de pointe et donc de gros bouchons dans la capitale. Nous aurions pu prendre le métro, mais je n'avais pas réellement envie de marcher et de rester debout avec mon état de fatigue et les tiraillements de mon corps. J'ai l'impression d'avoir subi une séance intensive de sport alors que j'ai juste fait du « sport en chambre ».

Alors que l'on traverse les Champs à petite allure, ralenties par de nombreux arrêts, je décide de monter le son de la radio. Mais si j'avais su, je ne l'aurais pas fait, car la voix de l'animateur me coupe dans mon élan.

– Et ce soir nous accueillons la star américaine qui fait beaucoup parler d'elle en ce moment, chanteur et acteur, mesdames et messieurs, veuillez accueillir Carson Parker.

Eh merde.

Mathilde tourne rapidement la tête vers moi ; je sens son regard brûler le profil de mon visage.

– Tu peux changer si tu veux.

Malheureusement, la voix de Carson me transporte déjà.

– Salut, je suis content d'être ici.

– Nous aussi, nous sommes contents de vous recevoir, répond chaleureusement l'animateur. Comment se passe votre séjour à Paris jusqu'à maintenant ?

– On peut se tutoyer, non ? suggère Carson avant de poursuivre. Très bien, intéressant même, je dirais.

– Tu étais déjà venu ?

– Oui, mais quand j'étais enfant. Ça faisait longtemps que je n'y avais pas remis les pieds. En plus, vous avez l'air de ne pas trop me connaître ici en France.

L'animateur lâche un rire gêné et se racle la gorge.

– Il faut quand même avouer que tu abordes des sujets très sensibles chez nous, qui sont très vite censurés. Une chanson remplie de bips à cause de la censure peut vite être gâchée.

Carson éclate de rire, un son qui résonne dans tout mon corps.

– Je peux comprendre, ouais, mais vous ratez tous quelque chose.

Malgré moi, je lâche un petit rire à sa remarque. Arrogant comme il est, celle-ci ne m'étonne pas du tout.

– Tu as quand même fait un long chemin pour arriver où tu es. Qu'est-ce qui t'a aidé à tenir ?

– L'alcool, l'herbe et le sexe, répond laconiquement Carson, ce qui fait éclater de rire toute l'équipe de radio.

Non, je rigole. Sincèrement, je dirais, mon entourage, les fans du début qui sont toujours restés, les nouveaux et sans doute la rage de réussir.

– Très bon programme, commente l'animateur avec sincérité. On sait que tu as fait ton concert hier chez nous, comment étaient les fans français ?

– Très bons !

Bordel, pourquoi j'ai l'impression que ça a un double sens ? Je sens le regard de Mathilde qui se pose sur moi, chaque fois qu'elle s'arrête, mais je suis comme paralysée.

– Comme la très bonne compagnie de la jeune femme prise hier en photo ?

Carson lâche un petit rire, mais ne répond pas, et je l'imagine très bien se frotter la lèvre d'un doigt.

– Je ne dirai rien sur elle.

– Sujet sensible apparemment, se moque l'animateur, qui change tout de même de sujet. Quoi de prévu pour le restant de ton séjour ?

– Je ne sais pas encore, c'était ma dernière interview. On pense sortir avec mes potes, avant de reprendre la route de la tournée.

– Eh bien, je te souhaite une bonne soirée, merci d'être venu. Mesdames et messieurs, c'était Carson Parker. On se retrouve dans quelques instants avec les appels anonymes. Merci encore à toi, Carson, et au plaisir de te revoir.

Puis il lance la pub et j'ai l'impression d'enfin pouvoir respirer, c'était moins une avant que je ne fasse une crise.

– C'était toi, la fille de la photo ? me demande doucement Mathilde.

– Oui. Mais je suis de dos, heureusement.

***

Quand nous rentrons à l'appart, je m'affale dans le sofa, à bout de forces. Mathilde, quant à elle, me rejoint sur le canapé avec un grand sourire. Je sens déjà qu'elle va me demander quelque chose.

– J'ai bien envie de me rendre au club, ce soir. On y va ?

Qu'est-ce que je disais ? Je le savais ! J'aime bien ce bar branché qui est devenu notre QG, l'ambiance y est toujours bonne, mais je n'ai vraiment pas la tête à ça, ce soir.

– Mathilde, soufflé-je, on est lundi.

– Et alors ? On décide nous-mêmes de nos emplois du temps !

– Vas-y, toi, je n'ai plus la force, là.

– Même si on va au Chipotle, avant ?

La garce ! Elle sait comment me faire abdiquer avec mon fast-food mexicain préféré.

Fait chier, j'en ai envie, maintenant.

Ça fait plus d'un mois que je n'y ai pas mangé.

– T'as gagné ! Laisse-moi juste aller me rafraîchir avant.

– T'inquiète, on part pour vingt et une heures, me répond Mathilde avec un grand sourire.

***

Nous entrons facilement, car le vigile est une connaissance de Mathilde. Mais il faut tout de même jouer des coudes pour traverser la foule jusqu'au comptoir. Dans cet endroit branché, c'est « tenue correcte exigée » : j'ai donc enfilé une robe noire près du corps, à manches courtes, avec par-dessus une veste biker de la même couleur, ainsi que mes boots à plateforme de la veille.

Mathilde a quant à elle sorti le grand jeu, car, oui, elle recherche désespérément l'amour et a misé sur les couleurs pour se faire remarquer. Généralement, c'est moi qui porte des couleurs dans mes tenues quotidiennes. Mais j'avoue qu'en soirée je suis plus sobre et plus tournée vers le noir pour me fondre dans la foule, car ce n'est pas que je déteste me faire remarquer en club ou en boîte de nuit, mais un peu quand même.

– Hé, les plus belles ! nous apostrophe le barman qui, à force de nous voir, nous reconnaît quand on arrive à sa hauteur.

Il nous sert nos boissons, deux cocktails sans alcool, car c'est Mathilde qui conduit et parce que je suis déjà assez fatiguée comme ça après la soirée et la journée que je viens de passer. Nous partons à la recherche d'un coin où nous installer, ce qu'on ne met pas longtemps à trouver, car il est encore assez tôt.

– Je sais que tu ne veux pas en parler, commence Mathilde, mais je veux vraiment savoir comment était le concert !

Je tente de faire un grand sourire avant de lui répondre.

– Je n'ai jamais rien vécu de tel.

– Finalement, je regrette de t'avoir dit non, ronchonne mon amie en buvant sa boisson.

Je ne crois pas !

– Il y aura d'autres occasions, concédé-je en me demandant ce qui se serait passé si elle avait été avec moi.

Il ne se serait sans doute pas passé le quart de ce qui est arrivé.

Mathilde regarde par-dessus ma tête et ses lèvres s'étirent en un grand sourire.

– Quoi ? questionné-je en pouffant. Tu as déjà trouvé ta proie pour ce soir ?

Ma meilleure amie éclate de rire et se lève.

– Tu permets ?

– Vas-y, va t'amuser !

Je la regarde s'éloigner en secouant la tête avec un petit rire. Cette fille est irrécupérable, mais je l'adore. Alors que je bois tranquillement ma boisson, je tourne machinalement la tête vers l'entrée, où un grand blond fait son entrée.

Eh merde !

Il fallait que Carson et ses potes choisissent ce club. Il a une fille accrochée à son bras. Je ne devrais pas, mais, oui, je ressens un pincement au cœur en la découvrant.

Alors que je les observe bien plus longtemps que prévu, Drew, qui doit sentir mon regard, se retourne. Son regard accroche le mien, ses yeux s'agrandissent pendant que je tente par tous les moyens de disparaître. Drew saisit l'épaule de Carson et lui dit quelque chose à l'oreille. Je devine très bien quoi, car tout de suite après le regard du chanteur glisse sur moi.

Je suis obnubilée par sa mâchoire crispée. Son regard froid bleu océan me cloue sur place. Il repousse la fille comme si elle n'était qu'un chiffon, avant de commencer à marcher vers moi. C'est le déclic, je me lève et fonce sur la piste de danse. Comme si Mathilde avait senti les problèmes arriver, elle lâche son prétendant et me rejoint à travers la foule.

– Putain, il est encore plus canon en vrai. Tu savais qu'il venait ? s'exclame Mathilde, stupéfaite et bavant presque.

– Non, si je l’avais su, on ne serait pas là.

Mathilde pince ses lèvres et regarde au loin.

– Tu sais, je crois qu’il voulait vraiment te voir, car il te fixe sans relâche.

– Il nous a trouvées ? Parmi tout ce monde ?

– Sans vouloir te vexer, je suis grande, mais il l’est encore plus. Alors bien sûr qu’il nous a trouvées. Et il arrive rapidement vers nous.

– Et si on allait à l’autre bout de la piste ? suggéré-je à Mathilde mais trop tard, car le corps de Carson se matérialise déjà juste à côté de nous.

– Tu permets que je prenne ta place deux minutes ? demande-t-il à ma meilleure amie.

La bouche de cette dernière s’étire en grand et elle me lâche pour lever les mains en l’air.

– Avec plaisir, elle est tout à toi. Mais au moindre problème, Iris, tu m’appelles.

Puis cette traîtresse me laisse là, à la merci de mon idole qui ne perd pas de temps pour prendre sa place et m’attirer à lui. Le rythme rapide de la musique reprend, il me place alors dos à lui. Son corps se plaque contre moi.

– T’as un mec ? demande-t-il d’une voix rauque dans mon oreille.

Je devine qu’il me demande ça à cause de ma fuite de cette nuit. Ça m’énerve qu’il puisse penser que je serais capable de tromper qui que ce soit pour une simple baise. D’autant que j’étais vierge. Mais il l’a peut-être oublié, vu comme il paraît mécontent. Mais je ne dis rien de tout ça et réponds sur le même ton en faisant référence à la fille qui l’accompagnait :

– Et elle, c'est ton nouveau coup d'un soir ?

– Ne joue pas à ça avec moi, Iris. J'ai posé la question le premier.

– Je dansais avec ma meilleure amie et tu crois que j'ai un mec ? rétorqué-je sarcastiquement en levant les yeux au ciel.

– Alors pourquoi t'es partie ?

– Ça ne te regarde pas.

– T'es une vraie peste !

Je me défais de sa prise, arrête de danser et me tourne vers lui.

– Tu veux quoi, Carson ?

– Je veux qu'on parle de ce qui s'est passé entre nous, bordel !

– Oh, parce que tu vas me faire croire que t'as cette discussion avec toutes les meufs que tu te tapes ?

– Arrête, Iris. Ce n'est pas la même chose.

– Parce que j'étais vierge, c'est ça ? Tu te sens concerné ?

– Bien entendu que je me sens concerné, enfin ! s'écrie-t-il avant de passer les mains dans ses cheveux. Est-ce qu'on peut aller en parler ailleurs ?

– Non, claqué-je d'un ton ferme. Je suis là pour passer du temps avec ma meilleure amie. Je veux que tu restes mon idole, alors, s'il te plaît, oublie ce qu'il s'est passé. C'était bien, mais oublie-moi maintenant.

Tout mon corps me crie de dire « oui », mais je ne peux pas. *Hors de question que je tombe dans le piège !*

Je sens des larmes de colère me monter aux yeux, je profite de son air hébété pour me retourner. Je me faufile rapidement dans la foule, saisis mon téléphone et commande un Uber, qui par chance est déjà là.

Je sors rapidement de la salle, monte dans la voiture et donne mon adresse au chauffeur. J'en profite pour envoyer un message à Mathilde pour lui dire que tout va bien, mais que je suis fatiguée.

7

Carson

Je suis peut-être grand, bien plus grand que tous ceux qui m'entourent, mais je perds vite du regard Iris quand elle m'échappe. Elle est petite, même en talons, elle doit donc marcher très vite et savoir se faufiler facilement dans la foule, sans même bousculer les gens, j'en suis sûr. J'ai beau regarder autour de moi, mais je ne la vois plus, cette petite peste. C'est bon, j'en ai marre de lui courir après. Je ne cours jamais après une meuf. Qu'est-ce qui m'arrive, bon sang ?

Je lâche un rire amer et repère le regard de Mason. D'un signe de la main, je lui fais comprendre que j'abandonne, et je fends la foule pour le rejoindre, lui et mes potes. Au moins, ils veulent de moi, eux.

– Alors, elle s'est fait la malle, la petite ? me demande-t-il quand j'arrive à sa hauteur dans le carré VIP.

– Qu'elle aille se faire foutre, elle a fait son choix.

– C'est dommage. Je l'aimais bien, moi, commente Aaron en haussant les épaules avant de me tendre une bière. Ça devrait te requinquer, bois, oublie-la et passe à autre chose. De toute façon, on se casse demain.

– Je l'aurais bien baisée une dernière fois, maugréé-je dans ma barbe, mais mon pote m'a entendu et lâche un rire en me donnant une tape sur l'épaule.

– Y en aura d'autres. Peut-être pas aussi cool et tenaces qu'elle, mais y en aura d'autres.

– C'est censé me réconforter, ça ?

Il hausse de nouveau les épaules et je m'affale sur le canapé. Habituellement, je ne danse pas, mais j'ai fait une exception avec Iris. C'était très bref mais, bordel, sentir son petit corps… Je ne vais pas mentir, ça m'a fait quelque chose. Pourquoi me fuit-elle ? Je pensais qu'elle était à l'aise avec moi hier. Est-ce que j'ai fait quelque chose de mal, et elle ne veut pas me le dire ? Je lui ai fait peur, comme je dégoûte pas mal de monde ? Putain ! Mentalement, je me refais notre soirée, mais je n'ai pas l'impression d'avoir fait un faux pas. Je donnerais tout pour que l'on puisse s'expliquer avant que je ne reparte.

Alors que je me remémore ses courbes affriolantes, le canapé sur lequel je suis installé s'affaisse à mes côtés. Je tourne la tête et tire presque la grimace quand je croise le regard d'une meuf, comme j'ai l'habitude de voir traîner autour de moi. Je ne vais pas cracher dans la soupe ; je me plains, mais j'avoue qu'elles me servent bien pour me vider les couilles. Mais à ce moment-là, ça me dégoûte plus qu'autre chose.

La fille, refaite de la tête aux pieds évidemment, aux seins plus gros que nécessaire pour sa morphologie, aux lèvres botoxées au maximum, et surtout aux ongles de sorcière peints en rose flashy qui remontent sur ma cuisse, se penche vers moi, et son parfum trop fort m'agresse. Sa main se dirige beaucoup trop près de ma bite, qui pour une fois reste au repos, puis remonte et s'arrête sur mon torse.

– Ça te tente d'aller dans un coin tranquille ? me demande-t-elle avec un grand sourire aguicheur, en anglais.

Je lâche un rire, elle ne fait même pas semblant. Je repousse sa main et me décale sur ma gauche pour échapper à son étreinte.

– Il va falloir que je sois beaucoup plus bourré.

Sa bouche s'ouvre en grand sous le choc : elle n'est sûrement pas habituée à se faire rembarrer.

Comme toi... me souffle une petite voix.

– Connard, me dit-elle après avoir repris ses esprits.

Elle se relève et tangue sur ses talons en descendant sa jupe vulgairement. Quelle classe !

– Sacrée repartie. Va voir ailleurs si j'y suis.

Je me comporte comme un con, mais je m'en fous. Elle s'éloigne enfin et je croise le regard de Drew qui me scrute avec des yeux énormes comme des soucoupes volantes. Dans deux secondes, il ouvre sa grande bouche. Une seconde pour comprendre ce qui s'est passé et une autre pour la ramener.

– Bordel, les mecs, Carson vient de dire non à une meuf.

Je le savais.

Je ne réponds pas et vide ma bière d'un coup, rageusement, puis en saisis une deuxième. Je m'appuie contre le dossier et laisse reposer ma tête en arrière.

Chaque fois, c'est pareil : dès que les gens commencent à me reconnaître et à en parler entre eux, les filles se mettent à me tourner autour. Apparemment, coucher avec une star est un fantasme plus que répandu. Et cette fois-ci ne fait pas exception ; il ne faut pas longtemps avant qu'une nouvelle fille n'apparaisse. Celle-ci est bien plus entreprenante que la précédente. Elle s'assied directement sur mes genoux avant de faufiler ses mains sous mon tee-shirt.

Son gabarit et son audace me font penser à Iris. Le visage de cette dernière s'incruste dans mon esprit. Je n'ai pas passé beaucoup de temps avec elle, mais j'en connais déjà tous les détails. Et surtout, je revois son expression quand elle était au bord de la jouissance hier. Et bordel, rien que ça me donne la trique.

La fille sur mes genoux doit sans doute penser que c'est pour elle, car elle se relève et attrape ma main pour me tirer derrière elle. Pour aller où ?

Aux chiottes, bien sûr, pour ne pas changer.

Mais je la suis tout de même.

Bientôt, elle nous enferme dans une cabine. Je ne sais même pas quelle allure elle a, seulement qu'elle est blonde et que son corps ressemble à celui d'Iris. Elle n'attend pas longtemps avant de se mettre à genoux devant moi, ses mains font sauter le bouton de mon jean, qu'elle fait ensuite descendre avec mon boxer sur mes jambes.

Mais si mon érection avait grandi en pensant à Iris tout à l'heure, elle s'est ramollie en sachant que ça n'allait pas être sa bouche à elle. Avant que la fille ne s'en rende compte, je la relève et la tourne dos à moi. Elle pose ses mains sur le mur et me tend sa croupe. Je saisis un préservatif dans la poche arrière de mon jean, l'enfile et me branle pour me redonner envie.

Je ferme les yeux et pense à Iris, mais son visage n'apparaît plus dans ma tête, comme si mon subconscient savait que ce n'était pas un endroit où prendre une femme comme elle. Je me branle plus rapidement, même si ça ne marche pas, je jure à voix haute.

– Putain de merde.

La fille se tourne légèrement en me questionnant du regard. Ses yeux descendent vers mon sexe qui n'est même pas dur.

– Ce n'était pas pour moi, n'est-ce pas, tout à l'heure ?

– Non, avoué-je honteusement.

Et depuis quand j'ai honte maintenant ?

J'enlève la capote inutilisée, la jette dans la cuvette, puis je me rhabille.

Super, quel gâchis.

La fille, pas si dégoûtée que ça par mon acte, déverrouille la cabine et s'apprête à sortir, mais elle se retourne vers moi.

– Si je peux te donner un conseil, rejoins celle qui t'a mis dans cet état quand je me suis seulement assise sur toi. T'as l'air d'être accro et ça ne serait pas cool de la perdre.

– Encore faudrait-il que je l'aie pour la perdre.

– Elle sait qui tu es et te fait courir ? C'est que c'est sûrement la bonne, n'abandonne pas aussi facilement.

Je hausse les épaules et la dépasse pour sortir des toilettes, mais pris de remords, je me retourne vers elle, qui se refait une beauté dans le miroir.

– Je suis désolé de ne pas t'avoir dit non tout de suite.

– Les habitudes rendent les choses difficiles, concède-t-elle en rigolant légèrement. J'en sais quelque chose. Je devrais d'ailleurs peut-être arrêter de choisir des mecs qui ne me prendront pas la tête et arrêter de les entraîner aux toilettes… Mais ne t'inquiète pas, je ne t'en veux pas, Carson Parker. Par contre, je risque de t'en vouloir si tu ne vas pas la retrouver.

D'un signe de la tête, je quitte les toilettes, légèrement sonné par les quelques minutes qui viennent de s'écouler. Premièrement, je lui cours après, deuxièmement, je la compare avec les autres, troisièmement, je n'arrive plus à baiser et, quatrièmement, une fille que je prenais pour une traînée se révèle bien plus intelligente que je ne le pensais.

Pendant encore combien de temps cette Iris va-t-elle me rendre la vie difficile ? Vivement que je quitte cette ville, que des milliers de kilomètres nous séparent et que je puisse l'oublier définitivement pour passer à autre chose. Je ne sais pas qui j'essaie de convaincre.

En tout cas, pas ma bite, ça c'est sûr.

– Hé !

Je m'arrête au pied de l'escalier du carré VIP quand j'ai l'impression qu'on m'interpelle. Je me retourne et découvre une fille qui se faufile vers moi. Je ne sais pas pourquoi mais, de loin, elle me dit quelque chose. C'est seulement quand elle est face à moi que je la reconnais : la meilleure amie d'Iris qui était sur la piste avec elle tout à l'heure.

– Si tu cherches ta pote, elle est partie, lancé-je d'un ton sec.

– Ouais, je sais, elle m'a envoyé un message. C'est à cause de toi, n'est-ce pas ?

– Sérieusement, ce n'est pas le moment de me faire chier. Je n'ai pas fait de mal à ta pote, alors lâche l'affaire.

Je me retourne, mais sa main se pose sur mon épaule. Merde, pourquoi est-elle aussi grande ?

– Je n'ai pas dit que t'avais fait quelque chose de mal. Je sais à quel point Iris est têtue.

Ma curiosité piquée, je me retourne vers elle et croise les

bras contre ma poitrine, attendant qu'elle continue. La fille sort un trousseau de clés, duquel elle en détache une, qu'elle me tend.

– J'ai toujours une clé de secours de chez nous. J'ai conscience qu'Iris est difficile, mais elle t'aime bien et elle te veut, même si elle dit le contraire. Je ne sais pas comment tu as fait pour qu'elle ait confiance en toi, alors qu'elle repousse tout le monde. Donc, si tu ne lui donnes pas un orgasme de feu de Dieu, je te pète les genoux. Mais si tu merdes avec ma pote, fais gaffe à toi.

Je saisis la clé sans trop y croire pendant qu'elle reprend son souffle. Je la questionne du regard, alors, avec un grand sourire amusé, elle assène l'argument qui me donne un coup de pied au cul.

– Si t'hésites, c'est que t'en as pas vraiment envie…

– Bordel, si, meuf, t'assures, je t'en dois une ! Merci !

Je la serre vaguement dans mes bras et retourne vers le videur qui surveille le carré VIP.

– Prévenez mes potes que je suis parti, ils devineront où je suis.

– T'as besoin d'une voiture, d'un garde du corps ?

Il a cru que j'étais une diva, ou quoi ? Mais trop impatient de retrouver Iris, pour nous expliquer et peut-être retrouver sa chaleur, je ne rétorque pas et réponds négativement. Je salue la pote d'Iris une seconde fois puis commence à m'éloigner. Mais elle me rappelle.

– J'envoie un message à Iris pour lui dire que je vais bientôt rentrer, histoire qu'elle s'attende à voir quelqu'un arriver quand même.

Elle me lance un clin d'œil et se détourne pour s'approcher

d'un mec. Quant à moi, je débouche dehors et je regarde enfin la clé que je tiens fort dans la main. À cet instant, elle représente le Saint Graal pour moi.

***

Quinze minutes plus tard, je suis devant la porte de son immeuble, où je l'ai rencontrée pour la première fois. Je cherche son nom sur l'interphone et appuie dessus quand je le trouve. Je lâche un petit rire amusé quand la porte s'ouvre, même pas quelques secondes après. Elle pense que c'est Mathilde et ne se doute vraiment de rien, et ça m'excite grandement.

Le hall est plongé dans le noir quand j'y entre mais, vu l'heure qu'il est, c'est normal. Je me rends très vite compte qu'il n'y a pas d'ascenseur et que je vais devoir me taper quatre étages à pied, mais ça devrait aller, avec mes grandes jambes. Et puis, pour être sincère, l'adrénaline qui court dans mes veines me donne des ailes. J'atteins rapidement son palier, qui ne comporte que deux portes.

Une fois devant la B, j'appose mon oreille et écoute à travers le battant. Je n'entends rien. J'entre la clé dans la serrure silencieusement. J'arrive dans une pièce obscure, mais parviens à distinguer les meubles : c'est un salon avec cuisine ouverte. Je ferme la porte doucement derrière moi et je me félicite du peu de bruit que je fais. Même si Iris croit que c'est sa coloc, elle n'a pas l'air de venir l'accueillir.

J'avance dans le couloir jusqu'à ce que j'aperçoive une légère lumière sous la porte à ma droite. Je tends de nouveau l'oreille, mais encore une fois, aucun bruit. Bordel, elle est vraiment silencieuse, cette fille, ou quoi ?

J'ouvre doucement. Iris est allongée dans son lit, sur le côté, dos à l'entrée. Je referme le battant normalement derrière moi, ce qui la fait légèrement grincer. Iris ne se retourne pas tout de suite.

– Je croyais que tu allais repartir avec le mec du bar.

OK, elle croit toujours que c'est sa coloc. Mince, je ne veux pas non plus lui fiche la trouille. N'ayant aucune réponse, Iris se retourne enfin et sursaute quand son regard croise le mien.

– Bordel de merde, jure-t-elle.

Elle s'assied d'un bond sur le lit et remonte la couette sur son corps, qui pourtant est habillé, alors que je l'ai déjà vue nue.

– Je t'ai manqué ? demandé-je, un sourire narquois accroché à mes lèvres.

– Je… tu… baragouine-t-elle, avant de faire une pause et de reprendre. Comment t'es entré chez moi ?

Je secoue la clé qui pend à mon doigt.

– Ta pote a eu pitié de moi apparemment.

– Mathilde ? s'exclame-t-elle. Son message, c'était parce qu'elle savait que tu arrivais ?

J'acquiesce d'un signe de la tête, savoure pleinement l'incrédulité qui se peint sur son visage et la victoire qui se propage dans mon corps. J'ai réussi à boucler sa jolie bouche, ce qui n'est pas facile avec elle. Je me redresse et avance, mais elle se recule en levant les mains.

– Non, je t'interdis de t'approcher.

Je m'arrête net, je n'aime pas qu'on me dise non, mais je prends particulièrement à cœur son injonction et je ne veux pas lui faire mal ou l'effrayer.

– Et pourquoi ça ?

– Parce que je ne veux pas avoir ton odeur sur mes draps.

Je ne peux me retenir et lâche un rire sonore.

– Parce que je n'ai pas eu ton odeur sur les miens par hasard ?

– Ce n'est pas pareil, boude-t-elle en croisant les bras contre sa poitrine, faisant pigeonner cette dernière, libre de tout soutien-gorge, j'en salive déjà.

Je tente ma chance et entreprends d'avancer de nouveau, elle ne me stoppe pas cette fois-ci et ne recule plus quand je pose enfin mon cul sur son lit.

– Pourquoi ce n'est pas pareil ?

– Parce que t'es le premier homme à y poser tes fesses, alors que je ne suis qu'une fille de plus dans le tien.

Je secoue la tête et laisse tomber mes mains liées entre mes genoux.

– C'est donc ça, hein ? T'es partie ce matin parce que t'as eu peur que je te jette comme les autres ?

– C'est ce que tu aurais fait, contrer mon petit lion.

Je pourrais mentir, lui dire que oui, je voulais la jeter et m'en aller, la laissant persuadée que je suis le salaud qu'elle voudrait que je sois, mais j'évite toujours de mentir aux femmes, et ce n'est pas maintenant que je vais commencer.

Et en plus, je la veux terriblement.

C'est déjà un exploit que je sois toujours habillé et non collé contre elle.

– Non.

– Non ? répète-t-elle, incrédule.

– Non, j'aurais aimé me réveiller avec toi. Ne me demande pas pourquoi, je ne sais pas moi-même.

Son expression change. Elle passe de dure à toute douce, l'expression qu'elle avait hier soir après que je me suis couché contre elle.

– Tu voulais te réveiller avec moi ?

– Tu comptes répéter tout ce que je vais dire ? demandé-je en rigolant.

Je pose mes mains sur ses cuisses pour l'attirer vers moi. Elle se laisse faire et j'ai l'impression de gagner le jackpot.

Iris se retrouve maintenant à seulement quelques centimètres de moi, ses jambes collées contre les miennes. Je n'ai qu'une envie : la prendre dans mes bras pour la serrer fort et ensuite la faire mienne. Mais je garde mes mains sur ses cuisses, au milieu, pour ne pas l'effrayer.

– Je vais être complètement honnête avec toi, OK ? Hier encore, je ne savais pas comment j'allais réagir en te voyant à côté de moi ce matin. Mais ce que j'ai perçu, c'est que je ne pouvais pas te traiter comme les autres alors que c'était ta première fois. Je suis peut-être ce que je suis, mais j'ai tout de même un cœur. Ensuite, je me suis réveillé seul, et quand j'ai compris que tu étais partie, j'ai eu peur de t'avoir fait mal ou quelque chose du genre. Je t'ai contactée, tu n'as pas répondu, et après, oui, j'étais énervé contre toi. Ce soir, j'ai tenté de te parler, mais tu as fui, alors j'ai laissé tomber, car j'en avais marre de te courir après. Une fille s'est approchée et, sur le coup, son corps m'a fait penser au tien, j'ai bandé. Elle a cru que c'était pour elle, alors elle m'a conduit aux toilettes.

Je fais une pause et observe mon petit lion, dont le regard s'est assombri. Elle a serré les poings, mais elle ne dit rien, alors je continue.

– Elle a voulu me sucer, mais je l'en ai empêché, je voulais baiser et en finir pour ne plus penser à toi. Sauf que ma bite ne voulait pas coopérer si ce n'était pas toi. La fille a compris que je bandais au début en pensant à toi. Elle m'a alors, bizarrement, conseillé de venir te trouver. En arrivant, j'avais juste l'intention de rejoindre mes potes et d'essayer de t'oublier.

Le léger sourire qui avait étiré ses lèvres disparaît de nouveau, et je crois que je me sens mal de la voir attristée.

– C'est alors que ta meilleure amie m'a trouvé et qu'elle m'a donné les clés de chez vous. Tu connais la suite.

Iris reste silencieuse pendant quelques instants, et j'observe son visage attentivement. Elle le baisse quelques secondes comme si elle réfléchissait, mais elle se redresse vite pour me regarder dans les yeux. Son regard est comme un livre ouvert, j'y lis de la tristesse, de la colère, mais aussi énormément de tendresse.

– J'hésite entre être consternée ou admirative devant ta sincérité.

– Tu devrais savoir que j'évite de mentir le plus possible.

Son sourire illumine la pièce et me réchauffe tout entier. J'entoure son visage de mes mains et le relève pour y poser mon front.

– Tu m'en veux d'être venu chez toi ?

– Oui.

– Ça tombe bien, car je t'en veux toujours d'être partie sans un mot.

Puis, au bord de l'implosion, je prends sauvagement ses lèvres. Elle laisse échapper un petit cri et attrape mes poignets. J'en profite pour glisser ma langue dans sa bouche. Elle met quelques instants à rattraper mon rythme, mais une fois cela fait, elle lâche mes poignets et ses mains se faufilent autour de ma nuque.

J'attire son corps contre le mien et elle me chevauche comme si elle avait toujours fait ça. Je vais jouir dans mon froc rien qu'en la sentant contre moi. Mes mains saisissent son petit cul bombé, et je le malaxe pendant qu'elle commence à se frotter contre moi. Je ne peux pas nier que ma bite est de nouveau vivante et dure comme de la pierre en sentant les plis de sa chatte moulée dans sa petite culotte en coton et son short hyper court en molleton.

Je me sépare de sa bouche et descends dans son cou, son point sensible ; elle inspire très fort et je sens ses méninges travailler.

– Attends, s'exclame Iris, à bout de souffle. On ne peut pas remettre ça.

Je grogne contre son cou, la faisant frissonner, mais je relève tout de même la tête pour la regarder.

– Pourquoi pas ? T'en as envie, mon petit lion, et j'en ai envie. Tu veux que je te le prouve ? Ta petite culotte est trempée.

– Tu pars de Paris demain… chuchote-t-elle, la voix pleine de désir.

– On réfléchira demain, profite du moment, ma belle.

8

Iris

Je n'arrive toujours pas à croire que Carson, Carson Parker, autrement dit mon idole et l'homme avec qui j'ai fait ma première fois puis que j'ai fui, soit actuellement chez moi et dans mon lit. Je n'arrive pas à croire que je suis assise sur ses genoux, à l'enjamber et à me frotter contre lui alors que sa langue fouille ma bouche. J'aimerais me détendre et attendre demain pour réfléchir, comme il vient de m'ordonner, mais c'est beaucoup trop pour moi, pour mon esprit et pour mon petit corps. J'ai trop de choses à assimiler et j'ai l'impression de devenir folle. Il n'a pas cillé quand il m'a raconté tout ce qui s'est passé depuis que j'ai quitté son bus comme une voleuse. Il n'a pas hésité à me dire qu'il a voulu me remplacer, mais que je l'obsède. Il n'a pas non plus hésité à m'avouer ô combien il me désire. Et c'est bien trop pour moi.

Je voulais seulement passer une bonne soirée, pas deux. Si j'ai accepté de coucher avec lui, c'était par un coup de folie et parce que j'avais naturellement confiance en lui, mais je ne voulais pas d'une seconde nuit, de confessions et de bien plus. Ce n'est pas parce que j'ai accepté une nuit avec lui que je suis capable de me détacher émotionnellement de la situation. Si on continue, je vais m'attacher très vite et, au vu de nos deux vies complètement différentes, c'est la chute assurée.

Malheureusement, je ne peux pas nier que mon corps, ce traître, le désire beaucoup trop pour que cela soit normal. J'aimerais faire abstraction de mes pensées, mais je n'y arrive pas. Carson doit le sentir, car il se recule de nouveau pour me regarder dans les yeux, alors j'avoue :

– Je ne peux pas faire ça.

– Faire quoi ? demande Carson, la voix rauque de désir.

– Passer une seconde nuit avec toi, je vais m'attacher à toi, Carson.

– Alors pourquoi avoir voulu faire ta première fois avec moi ?

– Parce que je ne pensais jamais te revoir en vrai, en dehors d'une salle de concert ! m'exclamé-je en levant les bras au ciel.

Je me lève de ses genoux pour me tenir debout afin de me donner plus de contenance.

Mais Carson m'attire de nouveau vers lui en attrapant mes hanches ; je ne me débats pas, car ses grandes mains se touchent presque à cause de ma taille étroite. Je ne suis pas collée contre lui, mais ses doigts sur ma peau sont suffisants pour me réchauffer entièrement.

– Laisse-toi aller et amuse-toi, poupée. Profite du moment et réfléchis aux conséquences plus tard.

Je lâche un rire amer et le fusille du regard.

– C'est facile à dire pour toi, c'est ton mode de vie. Tu ne t'attaches pas, Carson, moi si.

Je vois son regard s'assombrir et ses mâchoires se

contracter, signe que je l'agace, mais je ne dis que la vérité.

– On est d'accord que je t'ai fait l'amour hier soir ? me demande Carson en m'attirant contre lui.

– Tu as pris ma virginité, tu ne m'as pas fait l'amour.

– Si. J'ai été doux avec toi et j'y suis allé doucement. Je t'ai inondée de préliminaires, je t'ai embrassée bien plus que de raison, et je suis resté à tes côtés pour te câliner à la fin.

Il a raison mais je croise les bras contre ma poitrine et fronce les sourcils, ne sachant strictement pas où il veut en venir. Il doit percevoir ma confusion, car avec un grand sourire il passe ses mains sous mon débardeur pour les poser sur ma chute de reins, un de mes points sensibles qu'il ne semblait pas encore avoir trouvé. Je ne peux que laisser échapper un soupir quand ses doigts caressent délicatement ma peau.

– Pas de baisers, pas de câlins, juste de la baise ce soir. Ça te convient ?

Ses doigts insistent toujours sur ma peau, me menant au supplice. Toute frissonnante, je pose ma tête contre son épaule et ses lèvres frôlent mes cheveux puis se fondent contre mon oreille.

– Ça te va, petit lion ?

– Oui, gémis-je, à bout de souffle.

Dans une injure, Carson laisse ma peau tranquille et saisit mon débardeur à deux mains pour me le retirer. Je ne portais pas de soutien-gorge, alors mes seins déjà tendus et durs de désir pointent vers lui.

– Parfait, marmonne Carson en attrapant vivement mon sein droit à pleine main tandis que le gauche est pris d'assaut par sa bouche talentueuse.

De sa main libre, il fait tomber mon short, saisit rapidement mon sexe au travers de ma culotte, provoquant des décharges de plaisir dans tout mon corps. Je ne tiens plus sur mes jambes, il m'attrape et me fait m'asseoir de nouveau sur ses genoux.

– Bordel, t'es déjà mouillée. Tu me veux tout de suite ?

– Oui, je t'en supplie, dis-je à voix basse.

Je voudrais l'embrasser, un réflexe sûrement, mais je ne le fais pas. De toute façon, je n'ai pas le temps, il me renverse déjà sur le dos et se faufile entre mes jambes. Il fait descendre ma culotte tandis que je retire son pantalon en même temps que son boxer. Il saisit un préservatif avant que le vêtement ne tombe et me le tend. Je le regarde avec stupéfaction et sens la panique monter rapidement en moi.

– Je…

– N'aie pas peur, je vais te montrer.

Il ouvre le sachet, en sort la protection de latex et saisit ma main, qu'il approche de son sexe. Ses doigts enroulés autour des miens, il enfile avec moi le préservatif sur son membre pendant que je retiens mon souffle. Il s'approche et son gland pousse déjà contre mon entrée.

Je vois ses yeux loucher sur mes lèvres, mais je secoue la tête. La bouche de Carson se tord, mais il ne dit rien. Il pousse juste un peu plus son sexe en moi.

– Je te promets d'y aller doucement au début, tu as encore mal ?

– Un petit peu.

Il hoche la tête et pénètre mon corps en douceur.

– Bordel, j'en ai rêvé toute la journée, éructe Carson.

Il reste encore une petite douleur qui m'arrache un léger

cri, mais elle part aussi rapidement qu'elle est venue grâce à ses doux mouvements de va-et-vient. Je noue mes jambes autour de ses hanches et, sans que je décide de mes gestes, je donne un coup de bassin et nous fais basculer.

Carson se retrouve sur le dos et moi assise sur lui à le chevaucher. On a dit de la baise, je ne veux donc pas me retrouver dans la même position qu'hier soir, qui me paraissait bien plus intime et réelle que celle-ci. Carson ne devait pas s'y attendre, car il hausse encore les sourcils. Je me lève et me rabaisse sur sa longueur, ce qui semble le réveiller. Il pose ses mains sur mes hanches et me laisse donner le rythme.

Je ne pensais jamais aimer être au-dessus, mais je prends réellement un malin plaisir à voir son visage se contracter au fur et à mesure que je me laisse glisser sur lui. Dans cette position, j'ai l'impression qu'il est encore plus gros, qu'il prend plus de place en moi et j'adore ! Mes mains glissent et explorent son torse pendant que je le chevauche beaucoup plus vigoureusement, me menant petit à petit à la jouissance que je sens naître en moi.

– T'es en train de me tuer, gémit Carson tout en serrant beaucoup plus fort mes hanches, me faisant légèrement crier, autant de douleur que de plaisir.

Les bruits que font nos deux corps résonnent dans la chambre, mon lit grince, et Carson tout comme moi gémissons au fur et à mesure que je me déchaîne. Mais j'ai besoin de craquer, je saisis sa main et la plaque contre mon clitoris. Il comprend tout de suite et son pouce frotte mon bouton de chair ultra-sensible.

– Carson ! crié-je à bout de souffle avant de m'affaler contre son torse, ne tenant plus debout.

Il me serre fort contre lui et donne des coups de reins puissants me menant à un second orgasme, jusqu'à ce que son sexe grossisse encore plus en moi avant de libérer sa jouissance. Il gémit de sa voix rauque dans mon oreille pendant que je le sens se vider, puis le calme revient dans la pièce, ne laissant entendre que nos respirations fortes et hachées.

Carson se retire, je le sens enlever la capote avant de la jeter par terre, mais il ne se décolle pas de moi ; au contraire, ses bras reviennent m'enlacer. Nos peaux collent l'une à l'autre, mais je ne me suis jamais sentie aussi bien qu'en ce moment. Une de ses mains lâche ma hanche pour remonter le long de mon dos et se perdre dans mes cheveux, tandis que la deuxième descend vers le sud pour venir empoigner une de mes fesses et il grogne.

– T'as ce petit cul bombé qui me rend fou.

– Contente qu'il te plaise, murmuré-je contre sa peau, l'oreille contre son cœur qui bat la chamade. Il faut que tu remercies les squats pour ça.

Il lâche un petit rire et donne un coup de bassin pour nous tourner sur le côté. Je marmonne dans ma barbe, le faisant sourire, mais je ne voulais vraiment plus bouger. Il passe une mèche de cheveux derrière mon oreille et m'observe intensément avec un sourire malicieux.

– Quoi ? demande-t-il.

– Je ne pensais pas que tu serais aussi entreprenante et que tu me montrerais ce que tu aimes.

Je rigole et laisse mon doigt traîner de son cou, puis de son torse jusqu'à la lisière de ses poils pubiens. Carson retient son souffle et son regard s'assombrit de nouveau de désir. Le mec est infatigable.

– J'étais peut-être vierge mais loin d'être prude. Tu serais surpris quant à ce qui me plaît.

Il fait un bruit appréciateur et colle son érection naissante contre mon corps.

– Encore ? m'étonné-je. T'as pris quelque chose avant de venir ou quoi ?

Je demande ça avec légèreté, mais je ne serais pas surprise qu'il ait fumé quelque chose avant de venir. Carson Parker est connu pour fumer des joints tous les jours.

– Non, répond-il honnêtement en me plaquant contre le matelas, c'est toi qui me rends comme ça.

– Moi ? Je suis sûre que t'es comme ça avec toutes les autres. T'aimes le sexe, Carson.

– Le fait que tu me connaisses autant devrait me faire fuir, mais ça m'attire encore plus.

Il embrasse mon cou puis le lèche, alors qu'on avait dit pas de baisers, mais je le laisse faire, car je n'ai plus la force de refuser et je n'en ai pas envie. Il descend vers ma poitrine, dont il aspire un des mamelons sauvagement dans sa bouche, me menant à me cambrer contre lui.

– Eh non, je n'ai jamais eu envie de baiser de nouveau après avoir tiré mon coup. Tu es l'unique.

Il se recule avec un sourire malin aux lèvres.

– Puisque tu ne veux que de la baise entre nous, je suppose que je vais prendre une douche tout seul. Je sais où est la salle de bains.

Mêlant le geste à la parole, il se lève d'un bond, me donnant tout de suite la chair de poule en étant privée de sa chaleur. Et il sort de ma chambre, me laissant à court de mots.

– Connard ! crié-je et j'entends son rire résonner dans la salle de bains, dont il n'a même pas fermé la porte.

Je prends son tee-shirt, l'enfile, puis je sors de ma chambre pour aller boire de l'eau. J'ai à peine reposé mon verre dans l'évier après l'avoir bu que Carson sort de la salle de bains. Il me rejoint avec seulement une serviette autour de ses hanches. Il m'observe dans son tee-shirt pendant que j'avance vers lui et le frôle pour le dépasser. Je m'enferme ainsi à mon tour dans la salle de bains où je prends ma seconde douche de la soirée.

Carson est tranquillement allongé dans mon petit lit quand j'en ressors, toujours habillée de son tee-shirt qui m'arrive au milieu des cuisses. Il a l'air préoccupé par son téléphone et ne fait pas attention quand j'enfile une culotte et que je retire le tee-shirt pour me faufiler sous la couette. Je déteste dormir avec autre chose qu'une culotte, et ça ne me dérange même pas d'être aussi dénudée à côté de lui. Je n'ai pas honte de mon corps, au contraire, je l'aime plutôt bien et je suis à l'aise avec.

Je me mets sur le côté pour observer Carson. Il doit enfin sentir mon regard sur lui, car il me sourit légèrement avant de poser son téléphone. Il m'attire contre lui afin que ma poitrine se colle à la sienne.

– Il se peut qu'il y ait eu un papz[1] ce soir au bar, m'informe-t-il d'une voix basse.

Mon cœur rate un battement à l'idée que l'on m'ait reconnue, et ses lèvres serrées ne m'annoncent rien qui vaille.

– On m'a reconnue, c'est ça ?

– Oui, ils ont fait le lien avec la précédente photo.

– Ils disent quoi ? questionné-je doucement, ayant déjà

1. Abréviation pour « paparazzi ».

peur de la réponse.

Carson caresse du bout du doigt ma joue puis se tourne sur le dos et m'attire contre lui.

– Rien de bien méchant pour le moment, juste qu'il semblerait que je passe du bon temps avec la même fan depuis quelques jours. Ton nom n'a pas encore été cité, ce qui me paraît normal, puisque tu n'es pas une célébrité. Ils devraient mettre longtemps à remonter jusqu'à toi.

– Super… m'exclamé-je, déjà au bord de la nausée. On fait quoi ?

– Rien.

Je relève vivement la tête et le questionne du regard.

– Comment ça, rien ?

– Je pars dans quelques heures, Iris, ça se tassera tout seul. Tu n'as rien à craindre.

Plusieurs émotions se bousculent dans mon corps : la première étant que mon cœur se serre à l'idée qu'il parte. Et la seconde, la peur que ça ne se tasse pas et qu'on trouve mon identité. Je pense ne pas être capable de gérer la presse. Plutôt ironique pour une community manager comme moi, mais c'est toujours plus facile quand il s'agit de gérer l'image des autres. Là, ça me touche de trop près pour que j'aie les idées claires. Je voulais juste passer une bonne soirée, et finalement je me retrouve déjà deux fois sur Internet.

Tout à mes pensées, je ne me rends pas tout de suite compte que Carson relève mon visage vers le sien et qu'il embrasse délicatement mon front.

– Je te promets que tu n'as rien à craindre. Mais s'il se passe quelque chose, tu m'envoies un message sur Instagram, et je gérerai avec mon staff, OK ?

– OK, murmuré-je, pas convaincue, mais j'abandonne et pose ma tête entre son cou et son épaule.

Étant du côté de la lampe, Carson l'éteint, nous plongeant dans l'obscurité, puis me serre contre lui. Je noue mes jambes aux siennes et me laisse bercer par sa respiration. La chose positive dans tout ça, c'est que j'aurai tenu sans l'embrasser.

***

Je me réveille en sursaut quand j'entends quelque chose tomber puis un juron qui s'élève dans le couloir menant aux chambres. Je mets du temps à comprendre que c'est Mathilde qui rentre. Confuse, je regarde l'heure et me rends compte qu'il est neuf heures. Je suis choquée. Jamais je ne me réveille aussi tard.

Un grognement résonne à mes côtés, je regarde par-dessus mon épaule. Carson se tourne sur le ventre en enfouissant sa tête sous son oreiller, sûrement gêné par le boucan de mon amie. Je rigole doucement et me colle contre lui, mon doigt part de ses reins et remonte le long de son dos, lui aussi tatoué dans son intégralité. Malgré les tatouages, je remarque les frissons que font naître mes doigts à leur passage.

Sa respiration change et il bouge légèrement avant de lever la tête. J'éclate de rire quand je vois ses cheveux courts décoiffés et tout ébouriffés. Mais ses yeux bleu océan m'éblouissent très vite, et j'arrête de rire. Un grand sourire étire ses lèvres.

– Tu vois, je suis toujours là, moi, se moque-t-il en faisant référence à ma fuite.

– Ah, ah, très drôle ! m'exclamé-je en le frappant au torse, puis je fais la grimace. Désolée si Mathilde t'a réveillé.

– Non, pas de souci. (Il s'étire de tout son long alors qu'il est déjà assez grand comme ça, puis il prend son téléphone.) De toute façon, je vais devoir y aller, alors fallait bien que je me réveille.

– Oh… oui.

Je joue avec mon drap, la tête baissée, pour qu'il ne voie pas ma déception. Carson pose son téléphone et roule sur moi, me faisant lever la tête pour le regarder.

– Qu'est-ce que tu fais ?

– Les gars peuvent bien attendre une petite heure de plus, qu'en penses-tu ?

Ses doigts glissent déjà dans ma culotte, mais au lieu de prendre du plaisir comme ça l'aurait encore été hier, je me braque.

– Non, Carson.

Il me regarde, ahuri, mais garde tout de même ses doigts dans ma culotte.

– Non ?

– Non, répété-je, sûre de moi. Je préfère qu'on s'arrête là.

Carson souffle bruyamment, mais se laisse tomber sur le côté et se lève du lit. Je m'assieds et remonte le drap qui sent son odeur au-dessus de ma poitrine. Je le vois enfiler son tee-shirt et son jean à même la peau. Puis il se retourne vers moi et d'un signe de la tête me montre son boxer qui traîne par terre.

– Je t'en fais cadeau, fais-en ce que tu veux.

Je lève les yeux au ciel pendant qu'il s'approche de moi d'une démarche assurée. Il pose ses mains autour de mon bassin sur le lit et s'incline vers moi.

– J'ai droit à un baiser avant de partir ? chuchote-t-il contre ma bouche.

Je devrais le repousser, mais je le laisse s'approcher jusqu'à ce que nos souffles se mélangent et que sa bouche ne soit qu'à cinq centimètres de la mienne. Il s'arrête, ses yeux alternent entre les miens et mes lèvres, puis finalement il écrase violemment les siennes contre les miennes. Il ne fait pas dans la douceur et tant mieux, sa langue entre pour venir danser avec la mienne dans un ballet enfiévré. Il prend sauvagement ma bouche, mais je ne trouve rien à redire, je m'accroche très fort au drap pour ne pas le toucher et craquer.

J'ai l'impression que le baiser dure dix minutes, avant que Carson ne s'éloigne pour que l'on reprenne nos souffles. Il revient à la charge, mais cette fois je tourne la tête, et sa bouche s'abat sur ma joue. Malgré tout, il y reste et remonte jusqu'à mon oreille, dont il mord le lobe, me faisant crier.

– Donne-moi ton numéro, Iris.

– Non, refusé-je, la voix faible.

– Pourquoi ?

– C'est mieux si on ne se contacte plus, argumenté-je, la voix tremblante et une boule dans la gorge prête à exploser.

Carson grogne et plonge sa tête dans mon cou. Il y reste quelques secondes avant de se redresser. Son regard attrape le mien et j'ai envie de pleurer quand j'y lis toute la frustration et la colère qu'il maintient en lui. Je me sens mal.

– Je suis désolée, mais c'est mieux pour nous deux.

– Pour toi, oui, contre-t-il, la voix hargneuse. Tu sais que j'aurais fait en sorte de venir souvent.

Je secoue la tête, les yeux remplis de larmes. Si je m'écoutais, je le rejoindrais à Los Angeles. C'est mon rêve, d'y vivre, et tenter d'entretenir une relation avec Carson donnerait envie à n'importe qui. Mais ce n'est qu'un doux rêve, justement. Carson n'est pas du genre à être en couple et se lassera vite. Et puis je ne peux pas, car je savais que j'allais m'attacher dès que je l'ai revu au bar. Je savais qu'il fallait que je m'éloigne pour juste garder le souvenir de notre première nuit. Je n'aurais jamais dû le laisser s'approcher de nouveau, mais il a réussi à me retrouver, et contre sa volonté sans faille j'ai rendu les armes. Maintenant, je regrette, car je sais que plus jamais je ne pourrai le considérer seulement comme mon idole.

– Je te reverrai quand tu reviendras faire des concerts en France.

– Mmm.

Son ton dédaigneux me désarme et je laisse couler une larme sur ma joue. Il s'approche et l'essuie du bout du doigt avant de déposer un baiser sur mon front.

– Pas besoin de me raccompagner, je connais le chemin. À bientôt, Iris.

Je hoquette et remonte encore plus, si c'est possible, le drap sur mon corps. Carson se détache de moi et se dirige vers ma porte. Je me prépare à le voir partir sans se retourner, mais je me trompe encore. Il m'adresse un dernier regard, un hochement de la tête, puis sort de ma chambre.

– Adieu, Carson, murmuré-je, le cœur au bord des lèvres avant de me laisser tomber entre mes oreillers, dont son odeur s'en échappe, et de faire encore plus couler mes larmes.

J'entends ses lourds pas dans le couloir puis la porte d'entrée claque fortement, me faisant sursauter.

Je te l'avais bien dit, résonne la petite voix dans ma tête.

9

Carson

Adieu ? Mon cul, ouais. Mais je laisse tomber pour le moment ; de toute façon, je n'ai pas le choix. Je pars pour la Belgique. J'ignore encore quand je pourrai refaire une escale à Paris, mais je ferai tout pour. Je ne sais même pas ce qui m'attire chez cette femme. Je ne veux jamais coucher deux fois avec la même personne.

Mais elle, elle arrive avec sa tête enfarinée, son grand sourire enfantin, ses yeux qui te défient du regard dès que tu les croises, et ce putain de corps à damner un saint.

Je débouche dans le hall de son immeuble, et une vieille dame passe le balai ; c'est seulement quand elle se retourne que je la reconnais. C'est la grand-mère de l'autre fois. La vieille me regarde de la tête aux pieds à plusieurs reprises quand j'avance vers elle. Je me décale pour ne pas marcher dans le tas de détritus et hoche la tête avec un petit sourire pour la saluer avant de la dépasser. J'ouvre la porte d'entrée et m'apprête à sortir quand sa voix s'élève derrière moi.

– Je vous connais, non ?

– Je ne crois pas, m'dame, nié-je en me retournant vers elle.

Elle fronce les sourcils et s'appuie contre son balai.

N'allez pas me faire croire qu'elle se souvient d'avant-hier ?

– Vous avez bousculé ma petite Iris et vous avez ensuite discuté avec elle devant la porte. Vous étiez avec elle cette nuit ? Vous êtes son copain ?

Apparemment si, elle s'en souvient.

– Vous êtes de la police ? la provoqué-je, mais elle me fusille du regard. Oui, j'étais avec elle, et non, je ne suis pas son copain.

– Alors fichez le camp, assène-t-elle d'un ton hargneux, me faisant éclater de rire.

– Parce que si j'étais son copain, vous me laisseriez entrer ici ?

– Bien sûr, je ne veux que le bonheur d'Iris. Je la considère comme ma petite-fille.

Je hoche la tête tout en essayant de retenir un sourire.

– Vous me reverrez bientôt dans ce cas, presque grand-mère d'Iris, dis-je avec une certaine arrogance, en passant la porte et la fermant derrière moi.

– Chenapan, l'entends-je dire tout de même à travers le battant et j'éclate de rire malgré moi.

C'est une sacrée voisine, celle-là.

La tête baissée et les mains dans les poches pour éviter les papz, je prends le chemin du retour.

***

– Voilà l'amoureux transi, m'accueille Drew quand je passe la porte du car.

– Vous avez baisé pour vous dire au revoir, j'espère ? continue Aaron en se marrant.

Je lui balance l'oreiller que je trouve en chemin et ce gros con éclate de rire.

– Non, elle m'a foutu dehors si vous voulez savoir.

– Encore ! s'exclame Drew, au bord de l'hilarité.

– C'est ça, fous-toi de moi, marmonné-je.

– Franchement, je l'aime bien, elle, intervient Alya en revenant de l'avant du bus. Prêts à partir ?

Nous acquiesçons tous et nous quittons enfin la place que l'on squatte depuis des jours. Je me lève et m'assieds à côté d'Alya.

– Ma chère et tendre manager, et amie.

– Qu'est-ce que tu veux déjà, Carson ? On vient seulement de partir.

– Je veux juste savoir quand on revient à Paris ?

Elle éclate de rire et devient incontrôlable pendant quelques minutes avant de reporter son regard larmoyant de rire sur moi.

– Elle t'a jeté un sort, ou quoi, cette fille ?

– Dis-moi juste quand, grondé-je.

– Ce n'est pas prévu, Carson, me répond-elle avec une grimace.

J'expire fortement et m'affale sur le canapé, ce qui fait qu'elle est obligée de se tourner de trois quarts pour me regarder.

– Je ne peux pas lui donner raison, marmonné-je, agacé.

– Comment ça ?

J'ai conscience que les gars nous entendent, mais à quoi bon jouer un rôle ? J'ai toujours détesté ça.

– Elle ne veut plus que l'on se revoie, sinon elle va s'attacher à moi.

– Et vos deux modes de vie ne correspondent pas, c'est ça ?

– Ouais…

– Je trouve que c'est plutôt intelligent de sa part, non ?

Je lui lance un regard noir, mécontent qu'elle n'aille pas dans mon sens.

Je veux continuer à baiser Iris, moi.

C'est con, j'ai l'air d'un gamin capricieux, mais j'ai du mal à agir autrement à l'idée que ces moments avec elle ne se reproduisent jamais.

– Écoute, Carson, d'après ce que j'ai compris, elle ne voulait qu'une nuit sans attache. Elle te l'a bien fait comprendre en partant au petit matin. C'est toi qui lui as couru après, et je ne veux pas que tu t'attaches à cette fille alors qu'elle vit en France.

– Je ne lui cours pas après, riposté-je en me roulant un joint, mais elle me l'arrache des mains et hausse un sourcil, me faisant clairement comprendre qu'elle ne me croit pas.

– C'est vrai ! m'exclamé-je. C'est juste un bon coup.

Elle me frappe vivement l'épaule, me faisant sursauter.

– Ne parle pas d'une femme de cette manière, petit con !

– Je suis plus grand que toi.

– Alors grand con !

J'éclate de rire. Alya était mon amie avant de devenir ma manager et elle m'a aidé dans les pires moments, alors elle est bien la dernière à m'énerver quand elle m'insulte.

Finalement, elle pose sa main sur mon genou pour le presser.

– Va dans son sens, Carson, oublie-la. Tu as passé un bon moment avec elle, mais maintenant il faut passer à autre chose, comme avec toutes les autres.

– Mmm. (Je tire sur le joint que j'ai enfin réussi à récupérer.) Elle n'est pas comme les autres.

– C'est bien ce qui me fait peur, chuchote Alya en se levant pour aller bosser sur son ordi dans son coin.

Je tire une seconde fois sur mon joint et relâche la fumée qui tourbillonne autour de moi comme mes pensées dans ma tête. Quand la fumée s'estompe, Drew m'observe avec inquiétude ; je suis conscient qu'il a tout entendu. C'est le plus jeune de la bande et sûrement le plus sensible, il doit déjà ressentir ce qui se passe en moi, et je ne peux pas laisser mon batteur s'inquiéter alors qu'un concert arrive.

Je décide donc d'allumer une de nos consoles de jeux pour nous changer les idées et clore le chapitre Iris. J'adore nos sessions de jeux vidéo, mais la partie est à peine commencée que j'ai déjà du mal à y mettre du mien. Heureusement, Drew ne semble pas s'en rendre compte.

***

Le concert s'est bien passé. J'ai réussi à mettre Iris de côté dans ma tête pour me donner à 100 % dans ce que j'aime. Néanmoins, je n'ai pas eu l'envie de faire la sérénade à une des filles du public, et encore moins de l'embrasser comme à mon habitude. J'ai bien vu les regards désappointés de certaines fans, mais je n'ai jamais aimé avoir une routine. Il était donc temps de mettre fin à cette habitude. Et puis, c'est mon concert et c'est moi qui décide de ce que je fais ou non.

Malgré ce petit changement, je sais que les fans ont adoré et qu'ils sont ressortis avec un grand sourire de la salle. Pourquoi ça serait le contraire ? Je fais des concerts de folie et personne ne peut le nier. Je suis une bête de scène et j'en suis parfaitement conscient.

Mais les émotions de ces derniers jours, ou le fait d'avoir couru après Iris, comme dirait Alya, font que la fatigue me tombe dessus à peine hors de la scène, quand l'adrénaline chute. On se met en route, direction l'Italie, dans seulement deux heures, juste le temps que les instruments et le décor soient rangés. Je n'ai qu'une envie : en profiter pour m'affaler dans mon lit et dormir. Mais je comprends très vite que ça ne sera pas possible quand je vois que mes musiciens sont déjà en grande discussion avec des nanas. Pas de doute sur la façon dont ils vont occuper les deux prochaines heures.

Ou tout du moins une partie de ces deux prochaines heures.

Je traîne des pieds, je n'ai pas envie qu'une de ces filles me voie. Mais là, encore une fois, c'est trop demander : à peine m'avancé-je qu'une grande blonde pulpeuse quitte le petit groupe pour m'arrêter.

– Salut, super concert !

Je laisse mon regard vagabonder sur son corps, mais je m'attarde sur son visage, elle n'a pas l'air d'être une fan qui vient d'assister à un de mes concerts. Même si Iris n'était pas une groupie ou un truc du genre, elle avait cette étincelle et ce bonheur dans les yeux, elle était heureuse de m'avoir vu en concert, et je ne retrouve absolument pas ça dans ceux de cette fille. Je doute même qu'elle ait assisté au spectacle. Je lâche un rire narquois.

– C'est vrai que c'était un super concert ou alors c'est pour me lécher le cul ?

Elle semble déstabilisée un petit moment, mais elle se reprend vite et glisse ses doigts sur mon pull. Elle s'approche, colle sa poitrine contre mon torse et vient chuchoter à mon oreille :

– Je veux juste passer du temps avec toi, pour apprendre à te connaître. Tu sembles proche de tes fans.

D'Iris, oui.

Il faut que je pense une nouvelle fois à elle… bien évidemment. Encore en colère contre cette fille, je la repousse négligemment et la décale sur le côté pour monter dans notre moyen de transport.

– Non, merci. Tu ne m'intéresses pas et tu n'es même pas une fan.

Puis je claque la porte derrière moi, non sans entendre plusieurs clics typiques d'appareil photo. À travers la vitre, je remarque un papz qui s'éloigne déjà.

Super, de nouveau dans la presse.

Qu'est-ce qu'ils vont dire ? Carson a une nouvelle copine ? Qui est-elle cette fois ?

Comme d'habitude, quoi.

Je n'ai aucune idée de ce que le photographe a pris, mais je suis à peu près sûr que ma répulsion se lira très bien sur mon visage.

Bordel, je suis crevé.

Je me roule un joint, l'allume et prends la direction de ma chambre, que je ferme à clé, au cas où. Je m'affale dans mon pieu en tirant une latte. Voilà ce dont je rêvais. Je prends mon téléphone et publie les photos du concert sur mon Instagram. J'adore communiquer avec les fans, mais j'avoue que, parfois, j'aimerais avoir quelqu'un qui le fasse pour moi.

Je fais mon pitch habituel, je dis ô combien le concert était grandiose, ô combien les Belges sont ouf, et ô combien je suis reconnaissant. Même si je répète souvent la même chose, je le pense sincèrement et je ne remercierai jamais assez mes fans de m'avoir permis d'être là où j'en suis aujourd'hui.

C'est juste qu'à force de le faire, c'est devenu automatique et j'ai un peu l'impression d'être un robot. Je prends un peu plus de plaisir sur Twitter à écrire mes pensées les plus tordues ou de la merde.

Iris a-t-elle Twitter ?

À l'instant où cette pensée me vient, je quitte Instagram où les likes et commentaires fusent déjà, pour ouvrir Twitter. Je cherche un tweet dans lequel je cite les paroles d'une de mes chansons. Je ne sais pas pourquoi, mais j'ai bien l'impression qu'elle serait du genre à twitter les paroles suivantes. Je regarde les commentaires et bingo !

Comme je l'ai prédit, elle m'a répondu juste après que j'ai publié le tweet. Et elle a eu beaucoup de retweets et de likes ! Comment j'ai fait pour ne pas la remarquer ? En plus, son nom est exactement le même que sur Instagram, ça n'aurait pas été difficile de la trouver si j'avais été un peu plus intelligent.

Je quitte son compte et vais voir ce qui se raconte sur moi. Quelle surprise quand je vois les photos du paparazzi d'il y a quelques minutes. C'est un rapide, celui-là. Le tweet dit :

« Carson Parker rejette une femme après son concert en Belgique. Il semblerait qu'il ait vraiment trouvé l'amour. » J'éclate de rire en lisant ce déchet, j'ouvre la série de photos et fais un zoom. On distingue clairement sur mon visage que la fille me soûle. On la voit s'approcher, poser ses mains sur moi, puis on comprend que je la repousse sans délicatesse.

Je sais qu'il ne faut pas faire ça, mais je prends quand même connaissance des commentaires. « J'aimerais connaître le nom de la fille avec qui on l'a vu, elle me paraît normale. » Puis quelqu'un d'autre répond : « Apparemment, c'est elle, mais je ne suis pas sûre. », avec une capture d'écran du compte Instagram d'Iris.

Eh merde !

Je vais voir le compte Insta d'Iris et m'aperçois que son nombre d'abonnés augmente bien trop vite pour que ce soit normal. Je décide de l'appeler sur Instagram, elle répond assez rapidement. Sur mon écran, je fais face à son plafond.

– Ce n'est pas le moment, Carson, me balance-t-elle.

Je mentirais si je disais que son ton sec ne me fait rien.

– Je sais, je suis désolé.

– Tu es désolé ? éclate-t-elle. Tu ne l'es jamais, ne va pas me faire croire que tu l'es tout à coup parce que c'est moi.

Je souffle longuement, et mon cœur se serre devant cette vérité crue et pourtant réelle. C'est perturbant, cette impression qu'elle me connaît déjà vraiment bien.

Comme quoi, la presse ne doit pas dire que des conneries.

Mais ce qu'elle ne comprend pas, c'est qu'avec elle les choses sont réellement différentes.

– Je le suis vraiment, avoué-je d'un ton navré.

J'entends sa respiration s'entrecouper. Iris reste silencieuse quelques minutes puis elle reprend d'une voix terne.

– OK, comme tu veux. Mais fais quelque chose, je suis harcelée de messages de personnes qui me demandent si on est ensemble, toi et moi. Et je ne te parle pas du nombre d'abonnés que j'ai eu en quelques minutes, s'exclame-t-elle avec de la panique dans la voix.

– Je sais, j'ai vu. Écoute, je peux demander à Alya de faire un démenti, mais il ne sortira que demain. Sinon je peux twitter et démentir moi-même.

– Non ! s'exclame-t-elle trop rapidement. Ils vont savoir qu'on est en contact !

Je lâche un petit rire et secoue la tête même si elle ne peut pas me voir.

– Ils savent déjà que l'on a couché ensemble. Que l'on soit en contact, ce n'est rien.

– Ils ne sont pas censés le savoir, dit-elle d'une petite voix gênée.

– Je suis moi. Bien sûr qu'ils se doutent qu'on a couché ensemble.

– Et je suis moi ! rétorque-t-elle, la voix dure. Je suis normale et on aurait pu juste dîner ensemble, ou je ne sais quoi.

Elle lâche un long grognement d'apitoiement, puis elle demande d'une voix peinée qui me serre le cœur :

– Pourquoi j'ai couché avec toi ?

– Tu regrettes ? demandé-je, anxieux, en ressentant mon estomac se retourner à l'idée que je l'aie dégoûtée.

Ça ne m'étonnerait pas, je fais cet effet à beaucoup de gens.

– Non, je ne regrette pas, lâche-t-elle à mon grand soulagement, mais je ne pensais pas qu'il y aurait ces répercussions.

Rien de tout ça ne serait arrivé si tu ne m'avais pas vue au club.

– Ça aurait été impossible, je t'ai sentie dès que je suis entré.

– Mais bien sûr, rigole Iris, et je sais qu'elle rougit.

– J'en ai marre de regarder ton plafond. Montre-toi, je veux te voir.

– Non. Je ne veux pas que tu me regardes et je ne veux pas te voir.

– Parce que tu ne me regardes pas ?

– Non, je suis dos au téléphone.

Malgré moi, je pouffe en découvrant sa bizarrerie et elle me touche encore plus.

– Iris, on s'est vus à poil tous les deux. On peut bien regarder le visage de l'un et de l'autre.

– Non.

– Pourquoi ?

– Parce que je veux t'oublier.

– Arrête avec ça, dis-je d'un ton dur, ne voulant pas du tout accepter cette fatalité.

– C'est vrai, il le faut !

– Tu ne pourras jamais m'oublier, je suis celui qui t'a déflorée.

Eh oui, j'en retire une très grande satisfaction, mais elle ne saura jamais à quel point.

– Merci de me le rappeler. Écoute, Carson, c'est gentil d'avoir appelé, mais ne le fais plus.

– Je continuerai de t'appeler.

– Alors je persisterai à ne pas répondre, déclare-t-elle, la voix remplie de détermination et de défi. Je dois y aller. Et arrange les choses, s'il te plaît. Je ne suis pas ta copine, je ne le serai jamais, et on ne couchera plus ensemble.

– Iris…

Mais cette peste a déjà raccroché et n'est plus en ligne sur l'application. Je balance avec rage mon téléphone qui percute le mur et tombe sur le sol, non sans une rayure bien évidemment. Je sors de la chambre et trouve Alya au rez-de-chaussée du bus.

– Ils ont trouvé l'identité d'Iris et ses réseaux sociaux. Elle est actuellement harcelée de messages.

– Merde, merde, merde.

Mon amie passe les mains dans ses cheveux et commence à faire les cent pas.

– Une inconnue, Carson, tu as mené une inconnue sur le devant de la scène people !

Je lève les yeux au ciel et croise les bras contre ma poitrine.

– Ne lève pas les yeux devant moi, me menace-t-elle d'un doigt pointé contre mon torse. Si tu n'avais pas couché avec elle, rien de tout ça ne serait arrivé.

– Hé ! Arrêtez de vous en prendre à moi, elle voulait aussi coucher avec moi, je te signale.

– Mais une seule fois ! s'exclame mon amie. C'est toi qui lui as couru après !

– OK, j'ai compris, je suis le seul fautif. Donc, est-ce que tu peux faire quelque chose ou pas ?

– Non, je ne peux rien faire ! Elle n'apparaît pas totalement dans la presse.

Je relève la tête vivement vers mon amie et lui lance un regard noir.

– T'es sérieuse, là ? Elle n'a jamais voulu recevoir ces

centaines de messages lui demandant si elle est ma copine.

– Je peux savoir comment tu le sais, au juste ?

– Parce que je l'ai appelée !

– Tu as fait quoi ? s'exclame Alya si fort qu'elle alerte les autres qui entrent rapidement dans le bus.

– Qu'est-ce qui se passe ? s'inquiète Mason.

Alya regarde son copain et me pointe de nouveau du doigt, puis me balance un oreiller à la figure.

– Il se passe que Carson est un idiot et qu'il ne m'écoute jamais.

– Ce n'est pas une nouveauté, se marre Drew en saisissant une bière dans le frigo avant de s'affaler sur le canapé pour nous observer.

Je secoue la tête et adresse un second regard noir à Alya en lui rendant son oreiller.

– Tu sais quoi ? Je n'ai pas besoin de ton aide, je vais arranger ça tout seul.

Le désarroi emplit son regard, et elle essaie de me retenir.

– Carson…

Je retire mon bras de son emprise.

– Non. J'ai compris, je suis un idiot. Mais au moins l'idiot va tout faire pour arranger les choses.

– Vous parlez d'Iris, c'est ça ? questionne Kevin.

– Oui. Des personnes ont trouvé son identité et son compte Insta. Elle est harcelée. Mais puisque ma manager ne veut pas m'aider, je vais le faire seul.

– Mais attends, m'interpelle Drew, Iris est community manager.

Je hoche la tête et hausse les sourcils, ne comprenant pas où il veut en venir.

– Eh bien, elle doit être habituée à régler ce genre de problème, non ?

– Oui, c'est pas faux, intervient Alya.

Elle se tourne et me lance un regard contrit.

– Je suis désolée de t'avoir traité d'idiot et je vois à quel point son cas te touche, je vais essayer de trouver quoi faire.

Néanmoins, je ne l'écoute pas, car un plan vient de surgir dans ma tête.

– Carson !

Je fais demi-tour pour monter dans ma chambre et attraper mon téléphone. Je sais qu'Alya m'a suivi, mais je ne fais pas attention, obnubilé par mon idée.

– Carson, qu'est-ce que tu fais ?

– J'arrange les choses, j'ai une idée.

– On peut en discuter peut-être ? demande-t-elle, incertaine, mais je secoue la tête.

– Non, ça va marcher.

J'ouvre Twitter et écris : « Arrêtez de harceler Iris ! Elle n'est pas ma copine et je n'ai pas couché avec elle (bien que je n'aie pas besoin de me justifier). Elle est juste ma nouvelle community manager et on devait discuter de choses professionnelles. » Je publie ensuite la même chose en story Insta.

J'entends Alya rire, je relève la tête pour la questionner du regard.

– Tu as oublié quelque chose, ajoute-t-elle.

Je lève les yeux au ciel, elle aura toujours un truc à me reprocher. Mais à force, je suis habitué.

– Quoi donc ?

– Tu as oublié qu'avant le concert de Paris, tu as demandé aux fans où elle se trouvait dans le public. Si elle était ta community manager, elle aurait été en backstage avec toi et non dans le public.

Eh merde. Je suis trop con, j'avais oublié ça.

– Avec de la chance, ils auront oublié. Ou sinon je dirai que ça s'est fait très vite après le concert.

Alya pose les mains sur ses hanches et me défie du regard.

– Et comment tu vas expliquer à la maison de disques que tu as « embauché » quelqu'un, mime-t-elle entre guillemets, sans les avoir mis au courant ? C'est eux qui sont censés embaucher les personnes qui travaillent pour toi et non l'inverse.

Je lâche un long souffle irrité et lève la tête vers mon amie.

– Vas-tu encore me soûler longtemps ? Je dirai la vérité à la maison de disques, les fans vont me croire, et Iris sera tranquille. C'est bon, tout roule.

Elle ouvre la bouche, sûrement pour encore me contredire, mais je lève une main l'incitant à se taire. N'ayant aucunement peur de moi, elle me frappe la main et prend la parole :

– Et comment vas-tu l'expliquer à Iris ?

– Tu crois que c'est le premier de ses soucis ? Elle voulait ne plus être harcelée, c'est fait. Crois-moi, elle n'aura rien contre.

Au même moment, le téléphone d'Alya vibre dans sa poche. Elle le prend et regarde l'appelant avant de secouer la tête de dépit et de m'adresser un regard noir.

– Maison de disques, je ne te remercie pas, Carson.

Elle fait demi-tour et sort de ma chambre, mais je crie après elle avant qu'elle ne soit hors de ma vue :

– Dis juste la vérité.

Elle me fait un doigt et disparaît au rez-de-chaussée du

car. Je m'allonge, crevé, sur mon lit et ferme les yeux pour somnoler. Le moteur se met en marche, signe que l'on part enfin, et un long soupir libérateur sort de ma bouche.

Je prends mon téléphone pour découvrir les réponses des fans à ma nouvelle et ils ont l'air d'avoir compris. Le nombre d'abonnés d'Iris grandit toujours, un peu moins vite, mais c'est toujours le cas. Je remarque aussi que j'ai un message non lu de sa part. Un « merci » rapide et radical. Je lui laisse un « j'aime », mais ne prends pas la peine de lui répondre, car j'ai compris qu'elle n'en a pas envie.

Néanmoins, maintenant qu'elle est censée être ma community manager et rien de plus, rien de moins, je m'abonne à son compte et laisse plusieurs likes sur ses dernières publications.

Alors que je vais me mettre à poil pour dormir, on toque à ma porte.

– Ouais ?

C'est Alya qui entre avec une tête de dix mètres de long. Je sens les problèmes arriver.

– Je viens de raccrocher avec la maison de disques. Ils ne sont pas réellement contents de la situation…

– Tu as dit la vérité ? la coupé-je, ce qui fait que je m'attire son regard meurtrier.

– Bien entendu ! s'écrie-t-elle avant de faire une pause. Mais maintenant, ils veulent qu'elle soit ta CM pour de vrai.

Sans que je me retienne, j'éclate de rire en me tenant le ventre.

– T'es vachement douée, mais je ne te crois pas. T'as pensé à faire du cinéma ?

Alya croise les bras contre sa poitrine avec un regard on

ne peut plus sérieux, alors j'arrête instantanément de rire.

– Attends… paniqué-je en fouillant son regard, mais je n'y trouve aucune trace de plaisanterie et j'ouvre les yeux en grand. T'es pas sérieuse ?

– Si, confirme-t-elle d'un hochement de tête. Et ils le sont aussi. Ils sont allés voir son site et ils sont convaincus par son palmarès à son jeune âge. C'est une passionnée de musique et ça se ressent dans son travail.

– Mais elle ne voudra jamais, m'égosillé-je en secouant la tête. Iris n'acceptera jamais.

– J'imagine, au vu de votre relation. Je leur ai dit qu'après la tournée européenne, on retournerait à Paris pour lui proposer l'offre.

Je lâche un rire amer et lui tourne le dos.

– Elle ne veut déjà pas de moi, là, elle voudra encore moins dans un mois.

– On verra bien.

Puis Alya sort de ma chambre, me laissant seul avec mes pensées. Je sais déjà qu'Iris va refuser de me suivre. Elle ne veut même plus me regarder. Comment pourrait-elle me suivre vingt-quatre heures sur vingt-quatre, sept jours sur sept ? Impossible, tout simplement. Mais il me tarde quand même de la revoir dans un mois. Il ne me reste plus qu'à prendre mon mal en patience et à espérer qu'elle ne tourne pas si vite la page.

10

Carson
Deux semaines plus tard

Les jours qui suivent sont tous différents les uns des autres, villes différentes, pays différents, visites différentes, nourritures différentes, publics différents, filles différentes et *weed* différente.

Mais même si j'essaie de donner le change, je suis assez morose en dehors de la scène. Ça fait deux semaines depuis le passage d'Iris dans ma vie. Je pensais que j'allais vite passer à autre chose, mais j'ai l'impression que cette nana m'a réellement jeté un sort.

Drew s'affale à mes côtés sur le canapé.

– Il était chaud, le public, ce soir, m'exclamé-je, des étoiles encore plein les yeux.

Je profite de ce moment où je ressens encore du plaisir : ces minutes juste après un concert.

Les meilleures !

– Mais oui ! C'était dingue ! Et ta nouvelle chanson… Putain, mec, une chanson d'amour, pas encore enregistrée en studio ! C'était génial !

C'est vrai que, pris d'une impulsion, j'ai balancé ce nouveau titre. Je ne sais pas si c'est l'euphorie du public ou l'envie de partager un peu plus de moi, mais je n'ai pas pu résister.

– Et donc, cette nouvelle chanson… ? m'interroge Drew, dont je sens d'ici la curiosité.

Je laisse échapper un rire gêné et attrape une bière dans le frigo.

– Je l'ai écrite le lendemain du concert à Paris.

– Quand elle t'a jeté ?

– Ouais, grondé-je sèchement.

Je ne supporte plus qu'on parle d'elle et encore moins qu'on me rappelle qu'elle m'a dégagé. Au moins, Drew n'a pas prononcé son nom puisque je leur ai formellement interdit. On ne doit pas reparler d'Iris car ça me rend fou. Le fait qu'elle m'ait repoussé m'a vraiment plus touché que je ne le pensais.

– T'es impatient de retourner à Paris ? me demande-t-il, me sortant de mes pensées.

Je secoue la tête.

– Pour me faire jeter de nouveau ? Certainement pas. Mais la maison de disques n'en démord pas, ils la veulent.

– En dehors de cette histoire, je trouve qu'on aurait quand même bien besoin d'un community manager, ça me gonfle tellement de poster quotidiennement. D'ailleurs, il y a une fille qui m'envoie des messages, me disant qu'il faut qu'elle me parle de… de tu-sais-qui… C'est con, cette règle de ne pas avoir le droit de dire son prénom, râle-t-il.

Quoi ? Qu'est-ce qu'il a dit ?

Je me tourne vers lui et regarde l'écran que Drew me tend. Je fronce les sourcils et attrape rapidement le téléphone pour regarder de plus près. Le nom du compte ne me dit rien, je vais sur son profil et fais défiler les photos une par une, jusqu'à ce que je tombe sur un selfie.

– C'est la meilleure amie d'Iris, grondé-je avant de lui rendre son téléphone. Depuis quand elle t'envoie des messages ?

– Depuis qu'on est partis de Paris.

– Et tu m'en parles seulement maintenant ? m'époumoné-je, les mains tremblantes.

– Hé, calme-toi, mec ! Je ne pouvais pas savoir que c'était elle, je pensais que c'était juste une fan.

– Appelle-la et passe-la-moi.

– Carson, je ne sais pas si…

Je le coupe en attrapant son téléphone d'un geste vif et appuie déjà sur le symbole vidéo. Ça sonne et tout à coup une tête blonde démaquillée et ensommeillée apparaît à l'écran.

11

Iris
Deux semaines plus tard

J'en ai voulu à Mathilde d'avoir manigancé derrière mon dos afin que Carson entre chez nous. Au début, j'ai même refusé de lui raconter ce qui s'était réellement passé.

Enfin, j'ai juste évité de lui en parler.

Mais un matin, elle m'a ordonné de m'asseoir et de tout lui expliquer.

– Iris, c'est moi qui l'ai fait venir chez nous, je n'aurais pas dû, je suis désolée. Et s'il t'a fait quelque chose, il faut que je sache, si c'est ma faute…

Comme un animal pris dans les phares d'une voiture, je n'ai pas pu continuer à la laisser culpabiliser en lui cachant ce qui s'était passé. Je lui ai avoué que j'étais en colère qu'elle ait fait entrer Carson chez nous, mais aussi que j'étais plus en colère contre moi d'avoir de nouveau cédé et d'avoir couché une seconde fois avec lui. Je lui ai aussi raconté que je l'avais viré de la maison et que je ne voulais plus le revoir.

Au début, elle n'a pas compris, alors je lui ai parlé de ce qui s'est passé avec la presse. Donc, que si je ne pouvais déjà pas supporter ce petit engouement autour de ma personne, je ne pourrais jamais sortir avec ou même côtoyer une célébrité ! Elle a compris, mais elle a quand même réussi à me faire cracher le morceau, à savoir que j'avais surtout peur de m'attacher à Carson si je continuais de le voir et que je craignais d'en tomber amoureuse.

Pour finir mon histoire, je lui ai raconté ce qu'il avait annoncé aux fans pour qu'ils me laissent tranquille.

Depuis ce jour, on n'a plus reparlé de lui et je me noie dans le travail pour tenter de l'oublier. Ce qui est plutôt compliqué étant donné que ses chansons prennent la majeure partie de mon répertoire musical sur mon téléphone.

J'ai évité d'aller le plus possible sur son compte Instagram, même s'il aime impérativement tous les nouveaux posts que je publie depuis qu'il s'est abonné à mon compte, après qu'il a annoncé que j'étais sa community manager. Alors, si depuis cette annonce, mon nombre d'abonnés grandit toujours, je suis beaucoup moins harcelée. Même s'il arrive que je reçoive des messages me demandant quand sortiront ses prochaines chansons. Ce qui est assez amusant étant donné que je n'en ai moi-même aucune idée.

– Iris !

Je sursaute et relève la tête de mon café pour découvrir Mathilde de l'autre côté de la table de la cuisine, me fixant intensément.

– Quoi ?

– Je te parle depuis dix minutes et tu n'écoutes pas !

En même temps, il est huit heures du matin.

– Si, je t'écoute, j'entends ta voix, mais je ne comprends pas ce que tu dis.

Mathilde lève les yeux au ciel et croise les bras contre sa poitrine.

Pourquoi j'ai l'impression que je ne vais pas aimer ce qu'elle va me dire ?

– Je t'ai organisé un *blind date* pour ce soir, lance-t-elle comme si elle me parlait de la météo du jour.

Je la regarde, éberluée, sans mots.

Punaise, si j'avais su, je serais restée dans mes pensées.

– Tu n'as rien à dire ? s'empresse-t-elle de demander devant mon manque de réaction.

Je hausse les épaules et reporte mon attention sur mon café.

– Je n'irai tout simplement pas, Mathilde, tu t'en doutes.

– Iris, souffle-t-elle. Tu dois oublier Carson.

– Et donc, selon toi, le meilleur moyen, c'est de rencontrer un autre mec ? la questionné-je sarcastiquement.

Je me lève pour vider dans l'évier mon café, dont je n'ai plus envie maintenant.

– Oui, je pense que c'est le meilleur moyen, s'écrie Mathilde en me suivant dans l'appartement.

– Eh bien, non, rétorqué-je sèchement. Abandonne, Mathilde.

Puis je lui ferme la porte de ma chambre au nez.

Mais qu'est-ce qu'il lui prend ?

Il faut dire que depuis cette histoire avec Carson, on ne

fait que s'engueuler, car le sujet est trop sensible pour moi.

– Iris… m'appelle Mathilde d'un ton traînant au travers de la porte.

– Je n'ai pas besoin d'oublier Carson !

C'est faux, mais j'essaie de moi-même me convaincre qu'il est toujours mon idole, et rien de plus.

– Je ne te crois pas, tu es éteinte et triste depuis qu'il est parti.

– Non ! Je suis juste fatiguée. Et je ne pense même plus à lui !

– Ce n'est pas son cas, marmonne Mathilde alors qu'elle s'éloigne de ma chambre.

Elle doit sans doute croire que j'ai déjà mis mes écouteurs, mais c'est raté. D'un bond, je saute de mon lit et sors en trombe de ma chambre pour rejoindre ma meilleure amie qui me regarde, choquée.

– Qu'est-ce que tu as dit ?

Elle jure doucement puis secoue la tête et lève les mains en l'air.

– Je disais juste que je ne te croyais pas.

– Non, c'est faux ! m'exclamé-je, le cœur battant. Tu as parlé de Carson, j'en suis sûre.

– Iris, je n'ai pas parlé de lui.

Elle passe une main sur sa nuque pour la frotter et je sais qu'elle fait ça quand elle ment.

– Tu mens ! Tu te frottes la nuque !

Je me plante devant elle et croise les bras.

– J'ai les moyens de te faire parler, Mathilde, alors parle.

– Tu regardes trop de films, se moque mon amie, mais

elle se rembrunit devant mon air insistant.

– OK !

Je rigole devant la facilité avec laquelle je l'ai convaincue et m'assieds à côté d'elle sur le canapé.

– J'ai parlé à Carson, dit-elle d'emblée avant de faire une pause, s'attendant sûrement à ce que je l'interrompe, mais pas cette fois, alors elle continue. Je t'ai vue tenter de te noyer dans le travail pour faire disparaître ta tristesse. Mais tu t'es éteinte, Iris. Enfin, bref, j'ai harcelé le batteur de Carson sur Instagram puisqu'il avait l'air d'être le plus accessible. Je n'arrêtais pas de lui envoyer des messages en disant qu'on devait parler de toi, mais il ne répondait pas. Et puis, une nuit, j'ai reçu un appel vidéo de sa part, mais c'est Carson qui est apparu. Au début, il était réticent, mais il m'a écoutée.

Elle me lance un regard en coin. Je lui fais signe de continuer.

– Il m'a dit qu'ils allaient revenir à Paris, car sa manager a quelque chose à te proposer. Et je lui ai parlé de mon plan pour que tu acceptes.

Je fronce les sourcils, essayant de ne pas exploser en entendant toutes ces informations. *Comment ça, sa manager doit me proposer quelque chose ?*

Et comment ça, Mathilde a un plan ?

Je regarde mon amie qui me fixe avec une moue désolée. Tout d'un coup, la lumière se fait dans mon esprit.

– Attends… dis-je en me levant pour faire les cent pas avant de regarder de nouveau mon amie. C'est lui mon *blind date* ?

Mathilde hoche la tête, je me laisse tomber sur le canapé

en riant. Elle me regarde, les yeux éberlués, me faisant encore plus rire.

– Je ne vois pas ce qu'il y a de drôle, ronchonne mon amie.

– Tu ne vois pas ? J'imagine Carson en *blind date* et c'est tordant.

Mathilde hausse les épaules.

– C'est surtout un rendez-vous professionnel avec leur manager, en fait. Elle voudrait te parler d'un poste de community manager. Mais j'avais peur que tu ne veuilles plus entendre parler de Carson et que tu refuses d'y aller alors que c'est une sacrée occasion pour toi !

– Mathilde, dis-je avec douceur, il faut vraiment que tu arrêtes de vouloir m'arranger des rendez-vous. J'aimerais bien choisir moi-même ce que j'ai envie de faire ou non.

– Oui, tu as raison, désolée ! Je m'inquiète pour toi et je fais n'importe quoi. Tu m'en veux ?

– Tu sais que je ne peux pas être fâchée longtemps contre toi. Mais, sérieux, à partir de maintenant, abandonne cette nouvelle manie de manigancer dans mon dos !

– Promis !

Elle me lance un regard grave.

– Tu vas y aller, alors ?

– Eh bien, je crois que oui ! Ce serait quand même génial de devenir la manager d'un groupe aussi connu aux États-Unis, même si j'ai du mal à croire qu'ils me veuillent, moi… J'espère que Carson ne m'élabore pas un plan foireux où il me fait croire qu'il a un poste pour moi ! Dans tous les cas, je n'y vais absolument pas dans un but romantique. Je te l'ai dit, Mathilde, il ne se passera plus rien avec lui.

– Moi, je te crois, s'exclame mon amie en levant les mains au ciel, mais tu vas devoir le convaincre, lui.

– Je gère, dis-je, convaincue. Et puis, vu la façon dont je l'ai quitté, je ne suis pas sûre que Carson ait très envie de m'avoir comme community manager, et encore moins de flirter. Mais on verra. Donc je m'habille comment, c'est dans quel resto ?

– L'Arche.

Je me retourne vers mon amie pour voir si elle me fait une blague, mais elle est on ne peut plus sérieuse. C'est LE restaurant de Paris. Le restaurant le plus luxueux que je connaisse.

– Ça, ce n'est pas toi qui as choisi !

– Clairement pas, non ! C'est lui qui a choisi.

– Et qui c'est qui paie ? Il a cru que j'étais célèbre, ou quoi ? Mon salaire du mois va y passer.

– Carson a dit de ne pas t'inquiéter et qu'il payait pour toi.

Pourquoi ne suis-je pas étonnée ?

– OK. J'accepte car c'est un rendez-vous professionnel, donc payé par mon potentiel futur employeur. Bon, maintenant, je dois trouver une tenue qui passera dans ce resto, et je ne suis même pas sûre d'en avoir une.

– Et si on allait faire du shopping ? suggère Mathilde avec un grand sourire.

Je la regarde, un sourcil levé. Elle sait que je n'aime pas faire les magasins et que je préfère chiner en ligne.

– Allez, s'il te plaît ! Ça fait longtemps et en plus c'est trop tard pour commander sur Internet !

– Très bien. Mais je te préviens, pas cinquante ans dans un même magasin !

– Promis !

Mon amie se lève, tape dans ses mains et s'éloigne vers sa chambre en sautillant comme une petite fille. Je vous jure, je suis fan de mode, mais son dressing est trois fois plus grand que le mien.

Ça fait trente minutes que j'attends Mathilde quand elle sort enfin de sa chambre, prête. Comme d'habitude, elle me lance une moue désolée qui me fait rire. Nous saisissons nos sacs à main, puis nous quittons enfin l'appart pour commencer cette journée shopping.

On a de la chance d'être près d'une des plus grandes rues commerçantes. Je n'arrive toujours pas à croire que je vais être de nouveau dans la même pièce que Carson dans quelques heures. Mais je n'ai pas le temps de m'appesantir sur la question, car Mathilde me tire déjà dans un magasin. Elle marche si vite que je cours presque après elle. Elle se dirige à grands pas vers le rayon des robes de soirée.

– Mathilde, tu veux bien ralentir deux secondes ?

– Non ! Nous n'avons pas le temps. Regarde celle-là.

J'observe la robe et éclate de rire. Elle est jolie, certes, mais le décolleté est bien trop prononcé à mon goût. C'est une robe simple en soi, elle est noire et près du corps. Mais le décolleté plongeant ne tient qu'avec des lacets. Je suis tellement maladroite que je serais capable de tirer dessus en mangeant.

Bonjour le monde au balcon.

Je sais que Carson m'a déjà vue deux fois nue, mais je ne veux absolument pas réitérer la chose. Je n'ai encore rien dit mais, à mon rire, Mathilde comprend ce que j'en pense. Elle secoue à son tour la tête et la repose.

– T'as raison, t'as déjà d'assez gros seins comme ça.

– Je n'ai pas de gros seins ! riposté-je.

Je suis petite, alors bien évidemment que mes seins et mon cul paraissent plus gros qu'ils ne le sont.

Je laisse Mathilde et vais moi-même à la recherche de ce que je vais porter ce soir. Tout de suite, je suis attirée par une robe complètement dans mon style. Elle est moulante, en similicuir et à manches longues. Elle se resserre avec une ceinture autour de la taille et s'arrête au milieu des cuisses.

– Elle est faite pour toi !

Je sursaute et me retourne pour découvrir Mathilde qui la regarde avec adoration. Elle la décroche du portant et me la tend.

– Va l'essayer !

J'accepte avec un grand sourire.

– Elle te va ? me presse Mathilde tandis que je m'observe dans le miroir de la cabine.

J'ouvre la porte et elle passe directement la tête dedans. Elle ne dit rien, puis ses yeux s'agrandissent de plus en plus. Sa bouche suit le mouvement et, tout à coup, elle se met à sautiller et à taper dans ses mains.

– Tu es magnifique, bordel ! Cette robe a été faite pour toi.

Je la remercie d'un sourire et tourne sur moi-même.

– Et ce cul ! J'en connais un qui va baver dans son assiette toute la soirée.

J'éclate de rire et secoue la tête.

– Repas professionnel, Mathilde, ne l'oublie pas.

– Professionnel, mon cul, ouais. Si tu n'atterris pas dans son lit ce soir, je ne comprends pas.

Malgré moi, je rougis, mais m'empresse de protester.

– Ça n'arrivera pas.

– Quel gâchis, souffle mon amie, mécontente.

***

Je sors de la douche, enroule une serviette autour de mon corps et m'observe dans le miroir. Mon sourire ne laisse pas deviner qu'en moi, c'est un bordel complet. Des émotions contraires se mélangent et se percutent. Je suis curieuse de savoir quelle est la proposition que veut me faire sa manager, mais je suis nerveuse de me retrouver en face de lui. On pourrait croire qu'avec le temps, car il s'est quand même écoulé un mois depuis le concert, je serais passée à autre chose. Mais c'est complètement faux. Le concert a été une des meilleures expériences de ma vie, au point que j'ai l'impression d'y avoir laissé un bout de mon âme. Encore plus en couchant la première fois avec Carson, puis un petit peu plus encore la seconde fois. Quand il est sorti de ma chambre, blessé, j'aurais pu lui courir après. Mais je n'ai pas voulu le faire car je m'étais déjà attachée à lui. C'est pourquoi, aujourd'hui, j'ai peur de me retrouver face à lui. Ça a été plutôt facile d'ignorer mes sentiments quand je ne le voyais qu'en photo sur les réseaux sociaux, mais je ne pourrai pas les ignorer aussi facilement quand mon idole/premier coup/amant sera face à moi.

Il me faut tout mon courage pour ne pas me défiler à la

dernière minute, pour ne pas m'affaler sur mon lit et m'endormir à tout jamais. Mais non, je fais tomber ma serviette, le temps que je tergiverse mon corps s'est séché tout seul, je passe les manches de ma robe et monte la fermeture qui s'étend du décolleté jusqu'au bas du vêtement. Elle est plutôt facile à enfiler et elle le sera encore plus à enlever quand je rentrerai ce soir avec une seule envie : aller au lit et oublier cette soirée.

Pour le maquillage, je ne choisis rien d'extravagant. Comme d'habitude, je m'occupe de mon teint au complet, un trait de liner pour étirer mon regard, du mascara et un rouge à lèvres mat rouge. Je comptais mettre du vernis rouge aussi, mais il faut encore que je me coiffe, je n'aurai pas le temps de tout faire.

Alors que je suis en proie à ce terrible dilemme, deux petits coups se font entendre contre la porte, et Mathilde entre dans la salle de bains.

– Tu gères ou tu as besoin d'aide ?

– Tu tombes bien ! Tu peux me sécher les cheveux et me les lisser pendant que je mets du vernis ?

Un grand sourire étire les lèvres de Mathilde et elle s'approche pour saisir le sèche-cheveux pendant que je prends mon vernis à ongles rouge.

– Femme fatale au rendez-vous, que serais-tu sans ton rouge sur les lèvres et les doigts ?

– Pas moi, rigolé-je, puis le bruit du sèche-cheveux me coupe.

Cette fille adore se coiffer et encore plus me coiffer ; je n'ai toujours pas compris pourquoi. Mais ce que je sais, c'est que ce soir ça m'arrange, car j'ai encore plus le temps d'appliquer mon vernis. Dieu merci, il sèche vite et il est sec quand Mathilde finit de me coiffer.

Cette dernière se recule et m'observe de la tête aux pieds.

– T'es parfaite.

Je lui souris dans le miroir, puis me racle la gorge.

– J'enfile mes chaussures et j'y vais !

Parée d'escarpins vertigineux noirs et d'une veste *oversized* de la même couleur pour casser le look sexy de la robe, je m'apprête à commander un Uber. Hors de question de marcher ou de prendre le métro seule dans cette tenue. Mais Mathilde m'interpelle :

– T'as déjà commandé ta voiture ?

– Non, pourquoi ?

Je la rejoins à la fenêtre et regarde dans la rue. Une berline noire aux vitres teintées est garée. Un homme au costume qui doit coûter plus cher que mon salaire mensuel est appuyé contre, fixant notre porte d'entrée.

– Tu crois que c'est pour moi ?

– Ça serait une sacrée coïncidence sinon. Tu as rendez-vous au resto dans une demi-heure. Il n'est pas si loin mais, à cause des bouchons, le chauffeur a bien fait de venir en avance. Ça ne peut être que pour toi.

– OK.

Je prends une grande inspiration et souffle longuement pour me déstresser.

– Hé, me dit Mathilde en posant ses mains sur mes épaules et en me regardant droit dans les yeux. Tout va bien se passer, Iris. Ce n'est que Carson.

– Ouais, justement, grommelé-je.

***

Je sors du hall de l'immeuble et croise directement le regard du voiturier. Il se détache de la voiture et ouvre la porte arrière de la berline.

– Madame, M. Parker vous attend déjà devant le restaurant.

Je rougis et me cache derrière mes cheveux.

– Merci beaucoup.

Il referme la porte après moi puis vient s'installer côté conducteur, avant de mettre en marche la voiture. Comme l'a mentionné Mathilde, l'Arche ne se trouve pas si loin, peut-être cinq minutes en voiture si la circulation est fluide. Mais c'est rarement le cas à Paris. Il nous faut bien plus de quinze minutes pour y arriver.

En revanche, il ne me faut pas longtemps pour repérer Carson dès que nous arrivons dans la rue luxueuse. En même temps, comment ne pas le remarquer ? Il ne porte pas de costume comme tous les hommes de ce restaurant. Il porte un jean noir, un débardeur noir sous un perfecto en similicuir, noir lui aussi, et une paire de rangers aux pieds. Nous nous sommes assortis sans le faire exprès.

Aussi, il est appuyé nonchalamment contre la devanture et s'attire de nombreux regards mécontents, mais il n'a même pas l'air de les remarquer. C'est ce qui me fascine le plus avec lui. Il remarque la berline une fois que nous nous garons. Il se décolle du mur et s'approche. Il ne peut pas me voir à cause des vitres teintées, mais il me fixe comme s'il n'y avait pas d'obstacles entre nous.

Il ouvre finalement la portière et j'ai l'impression de

défaillir. Ce mec a cette facilité à me couper le souffle. Ses yeux bleu océan me transpercent. Il me tend sa main et j'y dépose la mienne. Il m'aide à sortir de l'habitacle. Il louche sur mes lèvres quelques secondes, puis descend pour observer ma tenue. Ça pourrait m'énerver, mais puisque j'ai fait la même chose sans qu'il le sache, ça serait malhonnête de ma part.

– Je suis à ton goût ? le provoqué-je.

– Tu sais bien que oui.

Merde, j'ai oublié ô combien son français avec son accent américain était incroyable.

Il lâche un petit rire pendant que je le devance pour entrer dans le restaurant. Carson me rattrape vite et pose sa main sur mes reins. Il a beau y avoir la couche de la robe et de mon manteau, j'ai l'impression que sa main me brûle la peau. Nous entrons dans le hall, une serveuse vient à notre rencontre.

– Une réservation au nom de Carson Parker, s'il vous plaît, dit-il poliment.

La jeune femme regarde quelques secondes son cahier de réservations, puis nous fait signe de la suivre avec un grand sourire.

– Suivez-moi, monsieur et madame Parker.

– Ou pas, dis-je dans un raclement de gorge.

Je sens Carson se baisser vers moi, tout en continuant notre marche, pour me souffler à l'oreille :

– Tu ne peux pas nier que l'on est assortis comme un petit couple.

Non, merci. Je ne suis pas venue pour ça et j'aimerais éviter que d'autres photos sortent dans la presse, même si son contact ne me dérange pas. Je me dégage de sa main sur mes reins pendant qu'il éclate de rire. Je ne relève pas, et nous arrivons près d'une table pour deux. Il tire ma chaise, je m'y assieds tout en regardant autour de moi.

– Où est ta manager ?

– À l'hôtel, avoue Carson avec un grand sourire penaud.

– Elle ne devait pas me proposer quelque chose ?

Je suis interrompue par la serveuse qui me tend un menu. Carson attrape le sien et fait comme si je n'étais pas là.

– Carson !

Il lève la tête vers moi et ancre ses yeux joueurs dans les miens.

– Tu sais ô combien j'aime que tu cries mon prénom.

Je souffle et ouvre le menu devant ma tête pour ne plus voir son visage. Il rigole légèrement et abaisse la carte pour m'observer, soudain sérieux.

– On mange et on en parle après, OK ?

– OK… marmonné-je avant de reporter de nouveau mon attention sur le menu.

Bien entendu, je n'ai aucun prix en face des plats. Je cherche donc ce qui peut être le moins cher et ne m'attarde pas sur les entrées. De toute façon, je serais bien incapable d'avaler une entrée, un plat et un dessert. Je crois que je vais devoir jeter mon dévolu sur des pâtes, car je pense que ce sera bien ça le moins cher.

– T'as fait ton choix ?

Je relève la tête. Carson m'épie. Je rougis et baisse les yeux.

– Les lasagnes.

Il ouvre son menu et cherche le plat des yeux. Il lève son visage et me regarde d'un air consterné.

– C'est le plat le moins cher, Iris.

– Je sais, avoué-je en haussant les épaules.

Il secoue la tête, mais ne dit rien. De toute façon, la serveuse arrive très vite pour prendre notre commande.

***

Je repose ma fourchette après m'être forcée à terminer mon assiette. Les lasagnes étaient délicieuses, mais j'ai un petit estomac. Carson finit en même temps sa viande et m'adresse un sourire quand il remarque que je le dévisage. Je me racle la gorge et joue avec ma serviette.

– Donc la suite de la tournée s'est bien passée ?

– Super. Mais il me manquait une certaine petite brune au premier rang, puis dans mon bus après.

Je glousse et lui lance ma serviette, oubliant que nous sommes dans un resto de luxe. Je regarde la salle, mais personne n'a vu. Ce n'est vraiment pas un lieu pour moi. Je crois que Carson en a marre, lui aussi. Il regarde les gens qui se tiennent droits comme des piquets, guindés, et qui ne sourient pas. Il lâche un long souffle et me demande :

– Tu veux prendre un dessert ici ou à l'hôtel en même temps que tu parles à ma manager ?

– Partons d'ici ! m'écrié-je, soulagée, avec un grand sourire.

Carson appelle la serveuse.

– Pourrait-on avoir la note, s'il vous plaît ?

– Vous ne voulez pas de desserts ? questionne-t-elle avec un air choqué.

Carson refuse gentiment et lui donne sa carte. C'est vrai, j'avais oublié que monsieur était plein aux as. Une fois le repas payé, Carson se lève et m'aide à enfiler mon manteau.

– Cette façon de parler, ce n'est pas toi, dis-je avec un petit rire en lui rappelant la façon dont il s'est adressé à la serveuse.

– Je sais m'adapter, affirme-t-il avec un sourire joueur.

Nous sortons dans la rue, et la fraîcheur de la nuit me fait resserrer mon manteau autour de mon cou.

– L'hôtel où tu loges est loin ?

– Non. À cinq petites minutes, si ça ne te dérange pas de marcher.

– Allons-y alors.

Carson passe son bras autour de mes épaules et m'attire à lui pour que nous marchions collés l'un à l'autre. Sa chaleur corporelle me réchauffe tout de suite, et je me rends compte que je suis bien contre lui ; j'en oublie complètement le risque que l'on nous prenne en photo. Je passe mon bras droit autour de ses hanches sous sa veste.

– Si t'as mal aux pieds, tu peux monter sur mon dos.

– Crois-moi, les lasagnes m'ont fait prendre dix kilos. Tu tomberas par terre si je monte sur toi.

– Mais bien sûr, éclate de rire Carson. T'es une plume, ma belle.

Je ne sais pas si les gens le reconnaissent ou s'étonnent de nos tenues assorties, mais nombreux sont les regards que l'on récolte sur le chemin qui nous sépare de l'hôtel.

Quand nous arrivons devant celui-ci, le portier nous salue d'un signe de tête.

– Monsieur Parker, mademoiselle.

Dans l'ascenseur, deux couples âgés montent derrière nous. Nous sommes donc obligés de nous serrer l'un contre l'autre dans le fond de la cabine. Carson m'attire devant lui, mon dos contre son torse, pour laisser de la place aux couples qui ne s'enlacent même pas. Sous mon manteau, les mains de Carson caressent mes côtes. Je ne devrais pas mais je me laisse aller contre lui.

Le premier couple descend au troisième et le deuxième reste avec nous jusqu'à notre étage, le dernier. Carson enlace de nouveau mes épaules de son bras et nous emmène vers ce que je suppose être sa chambre d'hôtel.

Il ouvre la porte avec la carte magnétique et me laisse entrer la première.

– Waouh, c'est magnifique.

Je suis subjuguée par la beauté de la chambre. Tout est en noir et doré, du plafond au sol. Le lit est gigantesque et, grâce à la porte qui n'est pas fermée, je remarque que la salle de bains est encore plus belle.

Si je pouvais, et si j'avais des affaires de rechange, je serais directement partie prendre une douche dans cette salle de bains pour en profiter.

Alors que j'avance dans la pièce, Carson sur mes talons, je remarque un petit salon avec un canapé et un fauteuil où se trouve une jeune femme. Je mets quelques instants à la reconnaître : Alya, la manager de Carson et la femme de Mason. Elle est encore plus belle que ce que je pensais, elle doit faire une quinzaine de centimètres de plus que moi, elle est pulpeuse et son blond est vrai. Elle n'est pas maquillée ce soir, et ce que je voudrais être aussi belle au naturel ! Elle se lève avec un grand sourire et me prend dans ses bras pour m'enlacer.

– Je suis heureuse de te rencontrer, Iris. Il n'a fait que parler de toi depuis votre rencontre.

Elle éclate de rire et adresse un regard équivoque à Carson.

– N'importe quoi, marmonne mon idole, mais je remarque qu'il rougit légèrement, et je n'en mène pas large non plus.

Alya saisit mon bras pour m'inviter à prendre place sur le canapé.

– Laisse-la au moins se mettre à l'aise déjà, au lieu de la brusquer comme tu le fais avec nous, grogne Carson avant de m'aider à retirer mon manteau, qu'il pose sur le dos du canapé.

Alya le regarde avec des yeux énormes.

– Bah merde, alors, t'es galant avec une fille.

– Je t'emmerde.

Il se tourne vers moi et s'adoucit.

– Assieds-toi. Tu veux quelque chose à boire ? À manger, peut-être ?

Bah merde, en effet.

Je ne connaissais pas cette face prévenante de sa personnalité. J'en reste pantoise quelques secondes, mais me reprends très vite.

– Je veux bien un café, si c'est possible.

– Tout est possible, j'arrive tout de suite.

Je le remercie d'un grand sourire et le regarde s'éloigner, mon cœur battant la chamade.

Une fois qu'il est sorti du petit salon, je me tourne vers Alya, qui me regarde avec un air éberlué.

– T'es magicienne, ou quoi ?

J'éclate de rire, mais secoue la tête.

– Et si tu me parlais plutôt de cette proposition ?

– Oui, bien sûr, acquiesce-t-elle. Attendons juste que Carson revienne.

Ce qu'il fait très rapidement, avec mon café et deux bouteilles de bière, une pour lui et l'autre pour Alya. Carson s'installe sur le canapé à côté de moi.

Il pose une main sur ma cuisse, qu'il serre légèrement, mais je me décale sur le côté pour éviter son contact. Son regard me brûle la peau pendant que je fixe sa manager. Si elle l'a remarqué, elle ne dit rien et je ne l'en remercie que davantage. J'ai même l'impression qu'elle a changé de visage, passant du décontracté au professionnel.

– Donc, commence-t-elle d'un ton presque sec, je ne vais pas te cacher que Carson a merdé, il n'y a pas d'autres mots, en disant que tu étais sa community manager.

Elle lui lance un regard noir et je m'éclaircis la voix, embarrassée de leur avoir causé des problèmes à mon tour.

– Tu ne vas pas remettre ça sur la table, Alya ? grogne Carson. Elle était harcelée, tu voulais que je dise qu'on avait couché ensemble deux fois, peut-être ?

– Carson ! m'écrié-je, honteuse.

Qu'il en parle quand on est tous les deux, OK, mais pas à toute la terre ! Je suis persuadée que toute sa team est au courant.

– Bref, cela étant dit, on n'a plus le choix.

Je regarde Alya et la questionne.

– Comment ça, on n'a plus le choix ?

– La maison de disques m'a appelée sur-le-champ pour savoir ce qu'il se passait. Si, sur le coup, ils ont été énervés que Carson ait fait ça dans leur dos, ils ont ensuite trouvé que c'était une bonne idée.

– Une bonne idée ? Mais pourquoi ? répété-je, perplexe.

– Ils te veulent réellement comme la CM de Carson. Ils sont allés voir ton profil, ton travail, tes contrats en France... Tu es bilingue, tu ne t'es apparemment pas laissée marcher sur les pieds par Carson, tu aimes la musique, tu es une anonyme et heureuse de l'être, qui n'aura pas d'exigences de diva... Bref, en y réfléchissant, ils m'ont dit qu'ils voulaient tenter le coup.

– Tu vas devoir d'abord nous suivre immédiatement à Los Angeles, précise Carson, puisque la tournée est finie, puis tu viendras avec nous partout où le groupe sera demandé.

Est-ce que j'ai bien compris ?

Il ne me demande pas mon avis, en fait ?

Mais ils sont fous dans cette équipe.

Je secoue la tête.

– Vous ne pouvez pas juste décider comme ça à ma place !

– Tu vois, dit Carson à Alya d'un ton sec. Je savais qu'elle allait refuser.

Je lui jette un regard noir.

– Tu croyais quoi ? Que j'allais te suivre comme un petit toutou ! Cette situation arrive par ta faute, et c'est à moi de tout quitter ?

– Bien sûr, comme d'habitude, c'est ma faute, s'exclame Carson d'un ton mauvais.

Je m'emporte et le pointe du doigt.

– C'est toi qui m'as rejointe sur la piste de danse à la boîte, c'est toi qui as fait tout un manège avec ma meilleure amie pour entrer chez moi. C'est toi qui as voulu baiser une deuxième fois parce que t'étais vexé que je sois partie la première fois !

Carson se lève d'un bond, serrant les poings, et me domine de sa hauteur. Alors je me lève à mon tour et le repousse.

– Non, lui balancé-je. Non, je ne viendrai pas avec vous à Los Angeles. Non, je ne serai pas ta community manager parce que tu l'as décidé à ma place.

– C'est quoi le problème ? craque-t-il en hurlant presque. Je t'offre une place en or et tu refuses. C'est quoi ton problème ? Les autres meufs rêveraient d'être à ta place.

– Les autres meufs, hein ? Mais va te faire foutre.

Alya se place entre nous et nous sépare.

– Si on se calmait ?

Elle pousse Carson à se rasseoir et prend ma place sur le canapé pour que je prenne la sienne sur le fauteuil. Je m'y assieds et croise les bras contre ma poitrine.

Comment en est-on arrivés là, au fait ?

Ah oui, j'ai craqué parce que j'ai beau le cacher, j'ai du mal à supporter cet engouement autour de ma personne sur les réseaux sociaux depuis un mois. Le fait que l'on me dise de déménager à Los Angeles, sans me demander mon avis et si c'est possible, a été la goutte d'eau qui a fait déborder le vase.

– Si on reprenait tout depuis le début ? propose Alya avec un doux sourire. Que penses-tu de cette idée, Iris ?

J'observe Carson : ses yeux sont sombres et sa mâchoire ne fait que se contracter.

– J'ai ma vie à Paris, j'ai des clients que je ne peux pas abandonner pour m'occuper exclusivement de Carson. Je ne peux pas laisser ma meilleure amie payer toute seule le loyer de notre appartement. Je ne peux pas juste dire oui sans y réfléchir !

– Je peux le payer, ton putain de loyer, lance Carson d'un ton bourru.

– Me faire entretenir ? ironisé-je. Non, merci.

– Écoute, reprend Alya, tu as encore beaucoup de contrats actifs ?

Je fais un rapide récapitulatif dans ma tête et me rends compte que non, je suis bientôt à la fin de chaque contrat avec mes clients du moment.

– Les contrats sur lesquels je suis en ce moment sont des missions ponctuelles. Ils sont bientôt tous terminés.

– Donc, est-ce que tu ne pourrais pas les boucler en télétravail de Los Angeles ? Quant à nous, on s'engage à te verser le même salaire que ce que tu gagnes en ce moment et même plus.

– Vous avez réellement besoin de moi pour me payer plus que nécessaire ?

Alya hausse les épaules et m'adresse un grand sourire.

– Que veux-tu ? Tu fais du bon travail. Et je crois que la maison de disques a raison, tu es la seule à pouvoir t'opposer à Carson comme tu viens de le faire. Tu arriveras peut-être à lui interdire de dire des conneries sur Twitter. Ta réaction, là, bien que peu professionnelle dans la forme, me prouve que tu as les pieds sur terre ! Au lieu de dire oui et de négocier un énorme salaire, tu rappelles à Carson que tout le monde n'a pas de l'argent qui coule à flots et connaît parfois des contraintes pratiques.

– Je n'avais pas vu ça comme ça, admet Carson pour mon plus grand plaisir.

– Eh oui, continue Alya, on s'est rendu compte que tu pourrais nous être très utile pour la promo des prochains albums et pour nous suivre sur les futures tournées. En plus, tu es jeune, sans famille à charge, donc tu pourras facilement voyager avec nous. C'est pour ça que la maison de disques te veut et qu'ils sont prêts à égaler voire augmenter ton salaire actuel.

Waouh.

– J'aurai donc une rémunération plus importante que ce que j'ai maintenant en ne m'occupant plus que d'un seul client ?

– Ouais, c'est bien ça, acquiesce Alya. Alors qu'en penses-tu ? T'es partante ?

– J'ai plusieurs conditions.

Elle me fait signe de continuer, alors je me lance.

– Premièrement, ce n'est pas parce que la maison de disques m'engage que je serai salariée. Je reste autoentrepreneur à part entière. Deuxièmement, je veux que Carson et le groupe soient d'accord avec mon embauche, je ne peux pas travailler avec des gens contre leur gré. Et troisièmement, il faudra me loger dans les premiers temps, car je continuerai à payer mon loyer tant que ma meilleure amie n'aura pas trouvé quelqu'un pour me remplacer.

– D'accord pour le statut d'autoentrepreneur, le groupe est déjà d'accord pour que ce soit toi leur community manager, me répond Alya. Ils adorent ta façon de décrire les concerts sur ton compte…

Je rougis, de plaisir cette fois, face à ce compliment.

– Et pour le logement…

– Elle habitera chez moi, la coupe Carson. Avant de crier au scandale, Iris, réfléchis, ce sera plus simple, le groupe est tout le temps fourré chez moi, tu apprendras à les connaître. C'est assez grand pour que tu aies ton intimité. Je me suis comporté comme un con tout à l'heure, mais je serais vraiment content que tu acceptes le poste et la colocation avec moi.

– Je préfère quand tu me laisses le choix, lui avoué-je en souriant. OK pour la colocation, mais tu gardes tes mains pour toi !

– Tu veux que je garde mes mains pour moi alors que tu seras chez moi ? Et puis quoi encore ? râle-t-il, comme un gamin.

Je me remets droite et ancre mon regard dans le sien pour le défier.

– C'est ça ou rien.

Carson s'apprête à dire quelque chose, mais Alya se lève d'un bond et me tend sa main.

– Tout est bon, bienvenue dans la team, Iris. Et j'ai oublié de te dire : si jamais ça ne fonctionnait pas de notre côté ou du tien, on te garantit un salaire d'un an après la rupture de contrat. Voilà, tout est réglé, il faut juste que tu signes cette clause de confidentialité, on verra après pour le contrat.

Je n'en reviens pas. Ce contrat, c'est de l'or. Je vais tout quitter, mais c'est une chance inespérée ! Si j'arrive à gérer la pression des réseaux sociaux sur ma propre personne, je suis sûre que tout ira bien !

Mathilde ne va pas en revenir !

Avec un grand sourire, je serre la main d'Alya en retour puis elle regarde son téléphone.

– On prend l'avion demain soir. Nous avions déjà pris un billet pour toi, au cas où ; je te l'envoie par mail.

– D'accord.

Je lui donne mon adresse mail et, tout de suite après, une notification m'assure que je l'ai bien reçu. J'attrape mon manteau que j'enfile sans un regard pour Carson. Je l'affronterai plus tard, mais pas ce soir.

– Sur ce, je rentre chez moi pour faire ma valise. Merci beaucoup ! Et bonne soirée !

– Salut, Iris, me lance chaleureusement Alya.

Carson se lève et s'apprête à me suivre, mais je secoue la tête.

– Pas la peine de me raccompagner, je connais la sortie et la ville. Je te laisse en compagnie d'une autre fille si tu le souhaites.

– Iris…

– T'inquiète, aucun souci pour moi. À demain.

Sur ces paroles, je sors du salon et de la chambre. Puis je rentre chez moi, éprouvant des sentiments mitigés quant à mon avenir. Sur le trajet, l'euphorie est un peu descendue. D'un côté, je suis heureuse d'exercer enfin mon métier pour un musicien, et pas n'importe lequel ! Je ne vais pas mentir, je suis aussi ravie des avantages financiers et des voyages que ce poste va me permettre. Vivre à Los Angeles était aussi mon rêve et je vais le réaliser ! Mais d'un autre côté, je n'aime pas vraiment la façon dont j'ai obtenu cette proposition et je suis effrayée à l'idée de ne pas être à la hauteur, mais aussi de vivre avec mon idole.

***

Le lendemain, alors que tous les documents dont j'ai besoin pour continuer à suivre mes clients à distance sont rassemblés et que mes valises sont prêtes, après que Mathilde m'a pratiquement enfermée dans ma chambre pour que je les fasse, je suis plus calme. Je me rends compte de mon pétage de plombs de la veille et je m'en veux. Je ne m'énerve généralement pas de cette façon, mais je commence à comprendre que Carson met mes nerfs à rude épreuve.

C'est donc après une bonne nuit de sommeil, une introspection et un bon petit déjeuner que je me prépare à partir. Les au revoir avec Mathilde sont difficiles, mais comme elle me l'a dit hier, elle est heureuse pour moi et elle m'a assuré qu'on se débrouillerait toujours pour se voir.

Quand je prends enfin la route pour l'aéroport, je ne suis plus énervée contre Carson, car je sais que j'ai été dure et que tout n'est pas sa faute. Néanmoins, je vais faire en sorte de garder certaines limites et de ne pas dépasser le stade de l'amitié avec lui.

12

Carson

– Bordel, Carson ! Pose ton cul, tu vas creuser un trou dans le sol.

Je regarde Mason, qui a l'air réellement exaspéré de me voir trépigner d'impatience.

– Et si elle a changé d'avis ?

– Elle ne changera pas d'avis, grogne Kevin plus loin.

J'arrête de piétiner et m'affale dans le fond du siège, tout en continuant d'agiter la jambe. Je ne quitte pas l'horloge du regard.

Nous sommes dans une salle privative de l'aéroport Charles-de-Gaulle. Notre avion part dans moins d'une heure maintenant, et nous attendons Iris, qui prend tout son temps pour venir. Si c'était quelqu'un d'autre, je m'en foutrais que la personne ait changé d'avis.

J'ai envie qu'Iris soit avec moi ; je veux qu'elle fasse partie de mon équipe et qu'elle vive chez moi. À même pas une heure de l'embarquement, je suis nerveux à l'idée qu'elle soit revenue sur sa décision.

Je relève la tête d'un coup quand j'entends la porte s'ouvrir, mais ce n'est qu'Alya qui revient des toilettes. Néanmoins, elle arbore un grand sourire.

– Iris vient d'enregistrer ses valises et de passer les contrôles, elle sera là dans une minute.

Bien qu'Alya me confirme la chose, je serai toujours aussi nerveux tant qu'elle ne sera pas dans cette pièce, tant qu'elle ne sera pas enfermée dans l'avion et tant qu'elle ne sera pas chez moi. Mon amie regarde un de mes gardes du corps.

– Tu peux aller la chercher et l'emmener jusqu'ici ? Tu te rappelles à quoi elle ressemble ?

Mon garde du corps, Tyler, m'adresse un regard qui en dit long.

– Comment pourrais-je oublier, avec lui qui en parle tous les jours ?

Il quitte la pièce et mon équipe éclate de rire pendant que je souris légèrement.

Cinq minutes plus tard, quand la porte s'ouvre de nouveau, j'ai le nez sur mon écran de portable. Même si je ne l'ai pas encore vue, je sais qu'elle est là, car je sens de l'électricité partout dans mon corps.

Je lève le regard seulement quand Alya lâche un cri de joie et qu'elle serre Iris dans ses bras comme si elles étaient meilleures amies depuis des années. Iris est légèrement gênée, mais toujours empêtrée de son sac à main et de sa valise cabine.

– Je suis contente de te revoir, ma belle, tu vas bien ?

– Ça va, merci, sourit Iris, puis son regard dévie sur nous.

Elle s'approche et mes potes se lèvent pour l'accueillir. Elle ne m'a pas encore regardé, pourtant je l'ai déjà matée de la tête aux pieds. Elle est canon dans sa tenue décontractée. Elle n'a pas l'air du genre à se prendre la tête quand elle voyage. Elle porte un tee-shirt blanc noué d'un petit nœud sur son ventre ; un legging de sport noir moule son corps à la perfection ; une paire de baskets et un perfecto noir aussi. Elle est magnifique. Je remarque aussi qu'elle ne porte pas de maquillage, mais des lunettes de vue. Ça lui donne un petit air d'intello hyper sexy.

Enfin, elle s'approche de moi, mais je ne me lève pas comme mes potes pour voir ce qu'elle va faire. Soit elle va se pencher, ce qui m'arrangerait, car j'aurai une vue sur son décolleté, soit elle va m'ignorer superbement. Dans tous les cas, je m'en fous : elle est là et elle n'ira nulle part ailleurs, je m'en assurerai. Mon petit lion a un sourire malicieux qui orne sa belle bouche quand elle m'atteint. J'ai les jambes écartées, elle se faufile donc entre elles et se penche. Oh, ouais, elle se penche, et bien, pour que je voie ce qu'elle cache en dessous de son tee-shirt.

Bordel de merde ! Pourquoi j'ai mis un jogging ?

Je ne pourrai jamais cacher l'effet qu'elle me fait. Elle ne porte qu'une brassière en fine dentelle blanche et je devine facilement ses tétons sous le tissu. Je vais crever. Elle passe son bras autour de ma nuque et m'enlace comme elle l'a fait avec mes potes et… c'est tout. Elle se recule au bout de deux secondes et part s'asseoir à côté d'Alya. Je n'ai même pas eu droit à un bisou. Au moins, ça a l'avantage de faire retomber mon érection.

***

Au moment de monter dans l'avion, j'ai conscience qu'elle est choquée que nous soyons en classe économique. Mais étant donné que nous sommes nombreux, c'est le meilleur moyen pour ne pas faire de trou dans les économies. Nous sommes assis l'un à côté de l'autre, brillante idée d'Alya qui pensait que ça serait sympa que nous soyons ensemble. Je la suis donc de près alors qu'elle cherche sa place.

– Ici ! s'exclame-t-elle en pointant du doigt notre rangée.

Tiens, c'est le premier mot qu'elle m'accorde depuis qu'elle est arrivée. Elle se retourne vers moi et me tend sa petite valise cabine avec un sourire mutin.

– Je suis trop petite pour la ranger.

Sale peste, pensé-je, mais je range tout de même sa valise au-dessus de nos têtes en souriant discrètement, puis la rejoins. Elle est côté hublot, je suis au milieu et une dame âgée se trouve à ma droite. Cette dernière me regarde de la tête aux pieds et hausse un sourcil hautain quand elle remarque tous les tatouages sur mon corps. Ça ne me fait plus rien, je suis habitué aux regards méprisants des vieux et des personnes que les gens comme moi dégoûtent. Mais apparemment, ça ne plaît pas à Iris, qui se met à pester dans sa barbe.

– Vieille bique.

– Je vous demande pardon ? s'indigne ma voisine qui finalement a entendu Iris.

Ça aurait pu me faire rire, mais que ça soit Iris qui se rabaisse à ça, cela me plaît moins. Je pose ma main sur sa cuisse et la serre.

– Laisse tomber.

Mais mon petit lion ne m'écoute pas et se redresse sur son siège.

– Pardon ? Vous avez entendu quelque chose ? Parce que moi non.

– Je ne vous permets pas, jeune fille !

– Jeune fille, répète Iris dans un grand rire, je me permets toute seule.

Heureusement que je suis entre les deux, sinon elles se seraient déjà sauté dessus. Je saisis l'épaule d'Iris et la ramène contre son siège en faisant barrage entre elle et la vieille.

– Laisse tomber, Iris. Tu vaux mieux qu'elle, alors ne te rabaisse pas à son jeu.

Mon petit lion fait la moue et croise les bras contre sa poitrine, ce qui relève ses seins, à mon grand désarroi. Ce n'est pas le moment d'avoir une érection avec la vieille bique à mes côtés.

– Ce n'est pas parce que t'es tatoué partout que t'es un monstre.

Malgré moi, je souris, car ça me touche profondément qu'elle me défende. Je l'attire à moi et embrasse le haut de sa tête, sous le regard dédaigneux de la vieille, au moment où la voix s'élève dans les haut-parleurs.

– Veuillez attacher vos ceintures et couper vos appareils électroniques, nous allons bientôt décoller.

Iris, et sa bonne humeur retrouvée, se tourne vers le hublot quand l'avion commence à rouler, et ses yeux pétillent en regardant le sol s'éloigner au décollage. L'avantage qu'elle soit petite, c'est que je peux regarder par-dessus sa tête. Une fois que nous sommes à bonne altitude, elle déplie la couverture et la pose sur ses jambes.

– Quelle idée d'avoir mis un legging, ça caille.
– Je ne me plains pas, perso.
– Tu m'étonnes, je t'ai vu mater mes fesses tout à l'heure.
La vieille lâche un hoquet de surprise, mais Iris ne la calcule même plus.
– En même temps, elles étaient juste sous mes yeux. Je les aurais bien mordues mais, sous le regard de mes potes, ça ne le faisait pas.
Je pensais m'attirer ses foudres, mais non, elle secoue la tête et rigole. Apparemment, quand je la traite bien, elle me laisse dire ce que je veux sans s'énerver. C'est bon à savoir. Je vais en prendre soin, de mon petit lion.
Je dégaine mon téléphone et ouvre Insta pour poster en story.
– Viens.
J'attire Iris pour qu'elle pose sa tête sur mon épaule et je nous prends en photo. Elle me regarde écrire : « Je vous présente ma nouvelle CM. »
– Tu sais, je ne pense pas que c'est une bonne idée de poster ça de cette façon.
Je regarde notre photo et ne trouve pas que quelque chose cloche.
– Pourquoi ?
– Je n'ai pas du tout l'air d'une personne qui travaille pour toi.
– Mais si, dis-je avec un petit rire en postant la photo avant qu'elle ne l'efface. Tous les membres de mon équipe sont comme mes frères et sœurs.
Iris éclate de rire et saisit mon portable. Je la regarde taper : « Voici ma nouvelle CM, Iris, si vous avez des

questions, n'hésitez pas à les lui poser, car elle sera souvent sur ce compte. » Elle ajoute aussi l'option qui permet de poser des questions, puis elle la publie. J'avoue que c'est plus intelligent et plus professionnel.

– Je ne voudrais pas être ta sœur, Carson, vu ce qu'on a fait.

Les images de nos deux corps nus me reviennent en tête.

– Ouais, clairement pas, ça serait glauque.

Puisqu'il n'y a aucun film intéressant, je prends mon ordi et l'allume pour en choisir un parmi les miens.

– Tu veux regarder quelque chose en particulier ? Pas de comédie romantique, s'il te plaît.

Elle me lance un regard noir.

– J'ai une tête à regarder des comédies romantiques, moi ?

Je l'observe, elle et son visage d'ange.

– Bah ouais.

Elle siffle entre ses dents et prend mon ordi pour chercher un film sur ma clé USB. Elle lâche un petit cri quand elle semble avoir trouvé son bonheur et me retend mon ordi. Je le pose sur la petite tablette. Elle ne se colle pas contre moi ; je râle un peu, car j'adore sentir la chaleur de son corps contre le mien, et elle me lance un sourire mutin. Néanmoins, je souris, satisfait, quand le générique du premier *Harry Potter* commence.

OK, une femme à mon goût.

Je lui tends une oreillette d'écouteurs et enfile l'autre, puis nous plongeons tous les deux dans les aventures du héros, que l'on connaît déjà tous par cœur.

***

– Monsieur…

J'émerge subitement quand on me secoue et me retrouve nez à nez avec une hôtesse de l'air.

– Nous allons bientôt atterrir. Vous pouvez réveiller votre compagne, s'il vous plaît ?

Ma compagne ?

Ah oui, Iris est avec moi, c'est vrai. Et en plus de ça, elle est collée contre moi en train de dormir.

J'acquiesce naturellement, comme si c'était normal qu'Iris dorme sur moi alors qu'elle tente de limiter nos contacts. La femme me sourit avant de s'éloigner. Je me frotte les yeux avec mon bras droit, car le gauche est toujours entre les mains d'Iris, qui dort la tête entre mon épaule et ma nuque. Toujours de ma main libre, je caresse la joue de l'endormie et retire les cheveux qui se sont éparpillés devant son visage. Elle marmonne je ne sais quoi et se serre encore plus contre moi, me tirant un sourire.

– Réveille-toi, petit lion, on va atterrir.

Elle grogne, mais se relève tout de même, et lâche doucement mon bras, que je ne sens absolument plus. Elle m'observe de ses petits yeux fatigués. Sa joue, qui était appuyée contre moi, est rouge, et je fonds complètement devant sa bouille trop mignonne.

– Je me suis endormie quand ?

– Aucune idée, poupée, je ne sais même pas pour moi. On a dû s'endormir en même temps.

À vrai dire, je ne me rappelle même pas avoir baissé le capot de mon ordi. Peut-être qu'une hôtesse de l'air qui passait par là s'en est occupée, parce que ça ne risque pas d'être la vieille.

***

L'air chaud de Los Angeles nous encercle dès que nous sortons de l'aéroport et je vois qu'Iris a des étoiles plein les yeux.

– Je n'arrive pas à croire que je suis enfin en Californie.

Elle lâche ses valises pour taper dans ses mains sauf que l'une d'entre elles se met à rouler et je la rattrape de justesse. Iris me regarde, la bouche tordue et prête à rigoler.

– Oups.

Je secoue la tête et nous attendons que les Uber commandés arrivent pour nous ramener chez nous.

Alya prend Iris à part et l'emmène plus loin, si bien que je n'entends pas ce qu'elles se disent.

– Hé bah, mon pote, t'es complètement mordu, constate Mason en regardant Iris.

– Qu'est-ce que tu racontes ?

– On aurait dit un petit couple dans l'avion.

– C'est clair, intervient Aaron en me tendant son téléphone. Regarde.

Je scrute l'écran et nous reconnais avec Iris. J'ai la tête appuyée contre le siège, tandis que celle d'Iris repose dans mon cou, ses mains entourant mon bras.

– Depuis quand tu dors dans l'avion, toi ? L'agité de la vie ?

– J'étais crevé, c'est tout.

Kevin éclate d'un rire si fort qu'il fait se retourner les filles vers nous, et elles nous questionnent du regard. Il se calme et me met un coup de poing à l'épaule.

– Avoue surtout qu'Iris te tranquillise, mec.

Le choix de ses mots m'amuse.

– T'as cru que c'était un médoc, ou quoi ?

Soudain, une petite main attrape mon bras. Je baisse la tête et découvre Iris qui me lance un sourire éclatant.

– La voiture est là. Vite, je veux découvrir Los Angeles !

Je ne sais pas quel pouvoir elle a, mais même les mecs la regardent comme si elle venait de leur donner le monde. Elle est capable d'adoucir des hommes qui font le double de son poids et de sa taille. C'est impressionnant.

– On se voit demain soir chez moi comme prévu ? demandé-je au groupe alors qu'Iris me tire déjà vers la voiture.

Ils acquiescent et nous montons dans le véhicule.

13

Iris

Dans la voiture, je suis aussi nerveuse qu'impatiente ; je suis enfin à Los Angeles après l'avoir tant rêvé. Je suis crevée par le voyage, même après avoir dormi comme un bébé contre Carson. Chose qui m'a choquée, étant donné que je suis habituellement incapable de dormir dans les transports.

Malgré la fatigue, je suis si contente à l'idée d'être ici que je pourrais aller visiter la ville dès maintenant. Mais vu le nombre de valises que nous avons, ce n'est clairement pas possible. Nous allons donc tout de suite chez Carson. Je sais déjà où il vit et à quoi ressemble sa maison puisqu'il en avait fait la visite pour une interview. Mais je suis angoissée d'entrer sur son territoire et de vivre avec lui.

Malheureusement, on arrive très vite à Malibu, la voiture s'arrête devant le portail de la maison. J'ai été étonnée quand le Uber est arrivé devant nous tout à l'heure, mais je peux comprendre que Carson n'ait pas voulu laisser sa voiture autant de temps sur un parking pendant la tournée. Il m'aide à descendre et me tend les clés.

– Vas-y, entre, je te rejoins avec les valises.

– Mais c'est chez toi, je t'attends.

Il prend ma main et y fourre les clés avant de refermer mes doigts dessus.

– Entre. C'est aussi chez toi maintenant.

– D'accord.

Gênée, je rougis et me détourne prestement pour trottiner jusqu'à la porte d'entrée. Une fois devant, je souffle un grand coup et tourne la clé dans la serrure. Je pousse le battant et me prends carrément un coup. Je suis définitivement dans son univers, tout crie son nom. C'est extravagant mais simple pour une célébrité, sombre et lumineux à la fois.

Je sursaute quand j'entends la porte se fermer derrière moi et découvre Carson qui a déjà apporté mes valises et les siennes dans le hall d'entrée.

– Je pensais que tu l'avais déjà vue avec la vidéo.

– C'est le cas, confirmé-je en haussant les épaules et en levant la tête au plafond pour regarder le magnifique lustre en diamants. Mais ce n'est pas pareil en vidéo que dans la réalité.

– Ouais, je peux comprendre. Je te fais la visite en vrai, du coup ?

Il me tend une main amicale, que je saisis avec plaisir.

Nous déambulons déjà au rez-de-chaussée, qui compte une énorme cuisine, un peu sombre à mon goût, mais tout de même très belle. Nous entrons ensuite dans le salon, qui doit faire aussi office de salle de jeux avec des bornes d'arcades. Le canapé est si gigantesque que j'ai envie de me vautrer dedans et de disparaître entre les nombreux coussins. Plusieurs guitares et tableaux de ses records de ventes de disques sont accrochés au mur ; ça change comme déco, et j'aime bien. Mais ce que j'aime le plus dans cette pièce, ce sont les nombreux tapis qui ornent le sol. Ils ont tous des motifs, des matières et des couleurs différentes, mais c'est ce qui donne le charme à la pièce. Bien entendu, l'antre d'un mec n'en serait pas vraiment un sans un grand écran plat, des haut-parleurs qui font ma taille et de nombreuses consoles de jeux vidéo.

Nous montons ensuite à l'étage où se trouve sa chambre, dans laquelle j'évite de m'attarder sur l'énorme lit. Il y a aussi de nombreuses autres chambres, car Carson m'apprend que ses musiciens dorment souvent ici quand ils enregistrent leurs albums. Ou, bien évidemment, quand ils sont trop bourrés pour reprendre la route après une fête chez lui. Finalement, nous arrivons au bout du couloir.

– Je suppose que tu veux beaucoup d'intimité. Donc je te laisse la chambre d'ami la plus éloignée de la mienne, m'informe Carson en ouvrant la porte.

– Merci ! J'apprécie l'attention, même si je me serais contentée de n'importe quelle chambre.

Eh merde, il ne fallait pas dire ça, Iris, pensé-je en voyant son regard s'allumer.

– Même la mienne ?

Je préfère ne pas répondre et entre dans la pièce qui sera maintenant mon lieu de paix. Le lit fait la taille du sien, la déco est sommaire, mais je pourrais très vite rendre cette pièce beaucoup plus cosy. Carson s'assied sur le lit et m'observe.

– Ça te plaît ?

– C'est parfait, merci.

– Bien, dit-il en pointant du doigt deux portes, tu as une salle de bains privative et un dressing. Et puis, comme tu as vu, si t'as besoin de quoi que ce soit, ma chambre est juste au bout du couloir.

C'est aussi grand qu'un studio parisien !

– Ça marche.

Il se relève et me tend la main.

– Viens, j'ai encore une pièce importante à te montrer.

Je fronce les sourcils, mais saisis tout de même sa main et me laisse emporter au rez-de-chaussée, puis nous descendons encore des escaliers.

– Je n'ai pas dévoilé cette pièce dans la vidéo, car c'est mon repaire et mon jardin secret.

Alors pourquoi souhaite-t-il me la montrer ?

Mal à l'aise, je me mords la lèvre et lui fais remarquer :

– Tu n'es pas obligé de me la faire visiter dans ce cas.

– Si, j'en ai envie. Et de toute façon, t'y seras souvent.

Nous arrivons en bas des escaliers, devant une porte matelassée. Carson l'ouvre et je découvre une pièce illuminée seulement de quelques néons violets.

Je devine tout de suite que c'est son studio d'enregistrement. J'ai l'impression d'être au paradis. J'ai toujours rêvé d'entrer dans un studio, même si je ne sais absolument pas chanter. Je relève la tête quand Carson lâche un petit rire.

– C'est là que la magie opère.

– Je pensais que tu m'aurais dit ça pour ta chambre, tu vois.

Avec un sourire malicieux, Carson s'approche

dangereusement de moi. Par réflexe, je me recule et bute dans la table de mixage. Ses mains saisissent mes hanches pour que je ne m'affale pas en arrière. Puis, d'un ton langoureux, il me chuchote :

– Tu veux tester pour voir ?

Malgré moi, je suis subjuguée par son regard et j'avale difficilement ma salive. Mais je pose mes mains sur son torse pour le repousser.

– Je sais que tu n'as pas oublié ma condition.

– En effet. Mais tu as oublié que je suis chez moi.

Je le défie du regard et joue ma dernière carte en me dirigeant vers la porte du studio pour sortir, car je commence à sécher face à son regard déstabilisant :

– C'est chez moi aussi maintenant, lui rappelé-je en remontant les escaliers.

– Sale peste, crie-t-il derrière moi.

J'éclate de rire, saisis mes bagages et monte dans ma chambre pour ranger mes affaires, mais aussi pour échapper à son emprise.

***

Plus tard dans la soirée, je sors de la salle de bains, habillée d'un simple short molletonné noir et d'un débardeur blanc. Le changement entre la température de Paris et celle d'ici est radical. Je crève de chaud. Je m'empare de mon ordi afin de travailler un peu avant d'aller au lit quand un gros bruit sourd se fait entendre à l'autre bout du couloir. Tout de suite après, j'entends Carson jurer. Je sors de ma chambre et prends la direction de la sienne. Sa porte est entrouverte.

Je la pousse et m'apprête à lui demander si ça va, mais je reste bouche bée en découvrant l'état de sa chambre.

– Oh ! Bordel de merde, murmuré-je, plus pour moi-même que pour lui.

Carson ne porte qu'un short bas sur ses hanches et observe le foutoir qu'est devenue sa chambre. Il lève le regard vers moi et, d'un signe de la main, me fait comprendre de laisser tomber avant de s'affaler sur son lit.

– Tu as besoin d'aide peut-être ?

– Non, c'est bon. Il est trop tard pour s'occuper de ça. Je le ferai demain.

– T'es sûr ? insisté-je, car si j'étais lui, je serais incapable de dormir dans un tel bazar.

Il se relève sur ses coudes et m'observe avec un air d'envie. Sa mâchoire se contracte et je le vois avaler sa salive difficilement.

– Oui, je suis sûr. C'est toujours comme ça de toute façon quand je reviens de tournée, ne t'inquiète pas.

– D'accord, mais ça ne me dérange pas.

– Putain, Iris, tu ne portes même pas de soutif ! gronde-t-il.

– Et alors ? demandé-je en posant les mains sur mes hanches.

Dans cette position, ma poitrine est mise en avant. Carson ne lâche pas mes seins du regard. Je suis tentée de me cacher quand je sens mes tétons pointer. Mais je ne le fais pas.

– Tu les as déjà vus. Laisse-moi t'aider, à deux on aura fini avant d'aller se coucher.

Carson lâche un long grognement rauque puis se lève d'un coup du lit pour venir dans ma direction, sans se soucier de ce qu'il peut écraser. Il referme la porte derrière moi et me fait reculer contre le battant. Son corps frôle le mien, faisant augmenter ma température corporelle et les battements de mon cœur. Je prends une grande inspiration quand Carson baisse la tête pour venir chuchoter à mon oreille.

– Je ne rigole pas, Iris. Si tu ne veux pas finir à poil sur mon lit, sors de cette chambre.

Je déglutis difficilement, il se recule tout en me fixant de son regard dur et chaud. Je me racle la gorge et décide de sortir immédiatement pour me réfugier sur mon territoire. Il fait décidément bien trop chaud dans cette maison.

***

Je me réveille en sursaut, désorientée, et je mets bien une minute à me rappeler où je suis. Je saisis mon téléphone : il n'est que trois heures du matin. Déjà midi en France, voilà donc pourquoi je suis en pleine forme. Je balance le drap sur le côté et sors du lit.

Quand je sors de ma chambre, la porte de Carson est fermée. Je descends les escaliers aussi doucement que possible. De toute façon, je suis pieds nus, alors je ne risque pas de faire beaucoup de bruit. Dans la pénombre de la cuisine, illuminée seulement par la lune, je savoure la fraîcheur de l'eau qui coule dans ma gorge.

Mais alors que je m'apprête à remonter dans ma chambre, une faible lumière s'élève de la terrasse. Le seul endroit de la maison que je n'ai pas encore visité. À pas de loup, j'approche doucement et reste ébahie devant le tableau qui se joue devant moi.

Ne portant qu'un caleçon, Carson est assis au bord d'une chaise longue, en train de fumer un joint. S'il n'était déjà pas assez magnifique, la fumée qui sort de sa bouche avec laquelle il s'amuse à faire des ronds le rend encore plus attirant.

Il tourne légèrement la tête quand il m'entend arriver et se décale pour me laisser de la place sur le transat. Je m'y installe pendant qu'il continue à tirer sur son joint.

– Tu ne dors pas ? me questionne-t-il après avoir recraché sa fumée.

– Non, le *jet-lag*, je pense, et j'avais soif aussi.

Il hoche la tête et regarde au loin pendant que je me focalise sur son profil.

– Et toi ? demandé-je doucement.

Carson secoue la tête et hausse les épaules.

– Insomnie, comme d'hab.

– Tu ne prends pas de cachets pour t'aider à dormir ?

Il lâche un rire et lève son joint.

– C'est ça, mon médoc. Mais à force, ça ne me fait même plus rien.

J'observe le joint. Je n'ai jamais été tentée par la drogue, et même pas par la cigarette. Nombreuses étaient les personnes que je côtoyais qui fumaient de l'herbe quand j'étais plus jeune. On m'en a souvent proposé, mais j'ai tout le temps refusé.

Ce n'est pas un secret pour les fans que Carson adore la drogue. Si je n'ai jamais tenté, le fait qu'il fume aussi naturellement me rend très curieuse. J'ose alors ce que je n'ai encore jamais fait.

– Je peux essayer ?

Carson tourne tout à coup la tête vers moi et me questionne :

– De quoi ?

Je tends un doigt tremblant vers son joint.

– De fumer, dis-je, nerveuse.

Carson rit sèchement et secoue la tête, refusant d'accéder à ma demande. Je fronce les sourcils et croise les bras pour me réchauffer après son indifférence.

– Pourquoi ?

– Parce que tu ne toucheras jamais à cette merde, Iris, gronde-t-il, la voix toujours aussi sèche.

– Pourquoi ?

OK, j'ai l'impression d'être une enfant, là.

– Je ne veux pas que tu te niques la santé. Regarde-moi.

Je me rapproche et pose ma tête sur son épaule. Je le sens se tendre, mais il ne recule pas.

– Une seule fois, s'il te plaît. Je voudrais au moins connaître le goût.

– Iris… me prévient-il, la voix sombre.

Je lève les mains autour de ma tête.

– Je sais que ça rend vite addict et je te jure que je n'y toucherai plus après.

Il lâche un long grognement torturé. Puis il secoue la tête et je sais que j'ai gagné.

– Redresse-toi face à moi.

Toute contente, je me redresse en tapant dans mes mains. Carson me lance un regard désapprobateur, mais saisit quand même ma mâchoire à pleines mains.

– Première et dernière fois, OK ?

De son regard, il me supplie d'accepter, alors je hoche la tête.

– Promis.

Il fouille mon regard et ce qu'il trouve doit le convaincre.

– Ouvre la bouche.

Sans plus attendre, je lui obéis pendant qu'il tire une latte de son joint. Il garde la fumée dans sa bouche et l'approche de la mienne.

Ah, je n'avais pas vraiment prévu de fumer *comme ça*…

Tout mon corps tremble, autant d'impatience que d'appréhension, mais je laisse Carson coller sa bouche contre la mienne dans laquelle il recrache la fumée. Je sais que je dois inspirer puis expirer quand il s'écarte et, même si j'ai envie de tousser, je me retiens. C'est complètement paradoxal, mais alors qu'une partie de moi sait que je dois juste rester amie avec Carson pour notre propre bien à tous les deux, l'autre a envie de lui plaire.

J'expire enfin la fumée sur son visage dans un geste que j'espère sexy.

Je crois que ça marche, car ses yeux se dilatent. Il saisit tout à coup mon visage de ses deux mains et écrase ses lèvres contre les miennes. Son baiser brusque me laisse pantelante au début, mais je lui réponds très vite. Une de ses mains abandonne rapidement mon visage pour enlacer mes reins afin de me coller à lui. Son baiser se fait moins brusque et plus langoureux. Son odeur à lui et celle de la *weed* se mêlent, me rendant complètement folle. Alors mes mains glissent sur sa nuque ; l'une remonte dans ses cheveux. Sa main sur mes reins passe la barrière de mon gilet et de mon petit top pour venir caresser ma peau.

Sentir ses doigts froids sur ma peau me fait réagir. Mon cerveau comprend enfin ce qui est en train de se passer.

Bordel, j'avais dit « plus de rapprochements ». Et là, je fais n'importe quoi !

Mon corps est un sale traître !

Je me détache de lui.

– Je… hésité-je en évitant de lui lancer un coup d'œil. Je vais retourner dans ma chambre.

Carson fronce les sourcils, mais ne dit rien. Il me lâche même pour me laisser partir. Le baiser m'a laissée tellement pantoise que j'ai du mal à tenir l'équilibre en me relevant. Mais une fois celui-ci retrouvé, je retourne dans ma chambre comme si j'avais le feu aux fesses. Je préfère me dépêcher pour ne pas réfléchir, et surtout pour ne pas faire demi-tour et reprendre là où on en était.

***

Je ne sais pas depuis combien de temps je suis revenue dans ma chambre ni depuis combien de temps j'essaie de me rendormir, quand la porte s'ouvre. Ça ne peut être que Carson. Je le laisse approcher, curieuse. Je sens le drap se lever, laissant un courant d'air rafraîchir mon corps. Le lit s'affaisse sous le poids de Carson, qui vient s'appuyer contre mon dos. Il ne dit rien, je reste silencieuse à mon tour et le laisse enlacer mon corps de son bras sur mon ventre pour me rapprocher encore plus de lui. Je ne sais pas combien de temps je mets à me rendormir, mais en tout cas c'est très rapide.

14

Iris

Je prends petit à petit mes marques dans cette grande maison, pendant que Carson dort toujours dans mon lit, après m'avoir rejointe cette nuit. J'ignore quand il compte se réveiller, mais je décide de tout de même préparer le petit déjeuner avec ce que j'ai trouvé dans son frigo. Celui-ci a dû être rempli avant que Carson ne rentre de tournée. Soudainement, j'entends la porte d'entrée s'ouvrir et se refermer. Puis des clés qui se posent sur le meuble du hall.

– Yo ! Ça sent bon les pancakes ici, déclare une voix d'homme que je ne reconnais pas.

Ce n'est donc pas un de ses musiciens. Mais si la personne a les clés, c'est qu'elle est la bienvenue, non ?

L'homme entre enfin dans la cuisine, le nez dans son téléphone. C'est un grand brun, sans doute de la même taille que Carson. Mais tous ses amis sont géants, ou quoi ? Je commence sérieusement à me demander si je dois aller m'acheter des échasses ou non. Il porte une tenue de fitness, donc je suppose qu'il faisait son jogging avant de passer par ici.

– Bah alors, mec, tu ne réponds pas ?

Je me retiens de rire et me racle plutôt la gorge. Il relève tout à coup la tête, pour ensuite me dévisager de la tête aux pieds.

– OK, tu n'es clairement pas Carson.

Je le reconnais maintenant, c'est son meilleur ami qui est comédien, Kyle, si je me souviens bien. Je rigole et secoue la tête.

– Non, pas du tout. Je suis Iris, je travaille pour Carson.

– C'est toi ? s'exclame Kyle avec les yeux qui pétillent comme si je lui avais offert le plus beau cadeau au monde.

Alors lui aussi me connaît déjà ?

C'est drôle et limite flippant.

Le nouveau venu s'installe sur un tabouret autour de l'îlot central. Je lui tends donc une assiette de pancakes, car j'en ai fait bien trop. Il me remercie d'un grand sourire.

– Oui, c'est moi, Iris.

– Bah merde, alors. Moi, c'est Kyle, un ami de Carson, dit-il en s'étouffant presque avec la tonne de pancakes qu'il enfourne dans sa bouche. Tes pancakes sont délicieux, en passant.

Je lui souris et le questionne :

– Il voulait dire quoi ce « bah merde, alors » ?

– Carson a tellement parlé de toi, mais je pensais que tu n'existais pas.

Je lâche un rire et m'appuie contre la cuisinière.

– Pourquoi n'existerais-je pas ?

– Il parle de toi comme si tu comptais réellement, comme

si tu étais son amie, et il n'a presque aucune amie fille. Tu vois ce que je veux dire ?

Selon ma définition de l'amitié, des amis ne couchent pas ensemble. Et se sautent encore moins dessus à tout bout de champ… Je n'ai pas le temps de réfléchir à ce qu'il vient de dire que Carson entre dans la cuisine en se frottant les cheveux.

Toujours aussi à l'aise avec sa nudité, apparemment.

Il ne porte qu'un simple boxer. Je m'oblige à détourner les yeux pour ne pas loucher sur une partie bien mise en évidence, et me concentre sur leurs retrouvailles.

– T'étais pressé de me revoir, ou quoi ? questionne Carson à son meilleur ami alors qu'ils se font une poignée de main.

– Ouais. Mais finalement, je suis venu pour les pancakes. J'en ai senti l'odeur de l'autre bout de la rue, précise Kyle en pointant son assiette maintenant vide.

Carson éclate de rire et s'approche de moi. De son bras, il entoure mes épaules et m'attire à lui afin de m'embrasser la tempe.

– Salut, petit lion.

– Salut…

Je rougis, pas du tout préparée à cet accès de tendresse.

Est-ce que c'est un geste amical, ça ?

Kyle nous fixe intensément. Je me détache de Carson le plus diplomatiquement possible et me retourne vers la plaque de cuisson.

– J'ai fait des pancakes, t'en veux ?

Carson acquiesce tout en se servant une tasse de café. Il saisit l'assiette que je lui tends et s'assied à côté de son meilleur ami.

Me sentant de trop avec ces deux hommes, et surtout ne me faisant toujours pas à l'idée de côtoyer des stars maintenant tous les jours, je préfère me réfugier dans ma chambre afin de me préparer pour la journée. Mais j'oublie que Carson a des yeux de loup. Il me remarque dès que je fais un pas et me retient par le poignet.

– Tu vas où ?

– Je vous laisse rattraper le temps, je vais me préparer.

Je vois la confusion passer dans son regard.

– Mais t'as mangé au moins ?

– Oui.

C'est un mensonge, mais je me sens légèrement nauséeuse. Je ne sais pas si c'est le décalage horaire, le changement de climat ou alors sa proximité.

– Mais tu venais de terminer quand je suis arrivé, intervient Kyle, attirant le regard lourd de questions de mon hôte.

– Je mangeais en cuisinant, inventé-je.

Je me défais de l'emprise de Carson et m'éloigne.

– C'est un plaisir de t'avoir rencontré, Kyle, à plus, lancé-je rapidement.

Je n'attends pas sa réponse et sors de la cuisine. Mais j'entends bien la discussion qui suit avant de monter les escaliers.

– Elle est cool, dit Kyle.

– Ouais, tu ne l'approches pas, menace Carson, me faisant grimacer.

– Hé, mec ! s'emporte Kyle. J'ai dit qu'elle était cool. T'inquiète, je sais que tu la kiffes.

– Je ne la kiffe pas, gronde le chanteur.

Kyle ne répond pas, mais j'entends très bien son rire. Je

préfère ne rien entendre d'autre, alors je monte les marches et me réfugie dans ma chambre, qui sent maintenant l'odeur de Carson.

***

Je sors de la douche et je souffle, exaspérée. J'ai oublié la moitié de mes affaires dans la chambre, comme d'habitude.

Pourquoi suis-je étonnée ?

J'enfile le peu que j'ai pensé à prendre, c'est-à-dire ma lingerie. Puis je sors de la salle de bains pour aller récupérer ma tenue du jour. Cependant, je ne m'attendais absolument pas à découvrir Carson assis sur mon lit. Je sursaute et lâche un petit cri.

– Tu m'as fait peur, tu pourrais prévenir.

Mais il ne me regarde déjà plus dans les yeux. Il lorgne mon corps qui n'est recouvert que d'un ensemble de lingerie en dentelle noire. Je ne me cache pas, parce qu'il faut bien reconnaître qu'il m'a déjà vue nue. Et puis, sans que je sache pourquoi, je me sens à l'aise avec lui. Mais j'éprouve un malin plaisir à lui rappeler où se trouvent mes yeux.

– Mes yeux sont plus hauts.

Parce que je doute fortement que mon sexe en soit doté. Avec un petit rire, Carson secoue la tête et la relève pour me regarder.

– Qu'est-ce que tu fais là ? Tu n'étais pas avec Kyle il y a quelques minutes ?

Je lui tourne le dos et attrape mes affaires que j'avais bien sorties mais seulement posées sur la commode. Je sens son regard brûlant longer mon dos, mes fesses, mes jambes, puis revenir sur mes fesses pendant que j'enfile mon short taille haute en jean et un *crop top* jaune.

– Il est parti, m'annonce-t-il. J'étais venu te demander ce que tu voulais faire aujourd'hui. Mais j'ai une idée bien précise de ce qu'on pourrait faire.

Je me retourne et pose les mains sur mes hanches.

– Cette idée ne serait-elle pas que l'on se retrouve à poil tous les deux ? Si c'est ça, non, merci.

Je repasse devant lui pour aller à la salle de bains, mais sa main s'enroule autour de mon poignet. Carson m'attire à lui alors qu'il est toujours assis sur le lit. Je me retrouve entre ses jambes, mes mains sur ses épaules et les siennes sur mes hanches. Je dois faire appel à tout mon sang-froid pour ne pas flancher et l'embrasser. Ce mec me rend folle, mais je fais tout ce que je peux pour que cela ne se voie pas. Il louche sur mes lèvres avant de relever le regard.

– D'accord, on oublie mon idée. Mais j'ai envie d'apprendre à te connaître et de passer du temps avec toi.

Je fouille son regard et n'y lis que de la sincérité. À quoi je m'attendais ? Ce mec ne ferait jamais quelque chose qu'il n'a pas envie de faire. Alors je hoche la tête et souris, faisant briller son regard de joie.

– Je veux que tu m'emmènes sur la jetée.

Oui, j'avoue, c'est mon rêve depuis des années. J'ai toujours dit que la fois où j'irais à Los Angeles, la première chose que je ferais, ça serait d'aller sur la jetée. Carson sourit grandement, dépose un baiser sur ma joue et me laisse libre de mes mouvements.

– C'est comme si c'était fait. Rendez-vous en bas dans trente minutes.

Je me recule et tape dans mes mains, puis je sautille vers la salle de bains pour finir de me préparer.

***

Une heure plus tard, Carson se gare sur le parking de Pacific Park. Le parc n'est pas encore ouvert, car il n'est que onze heures du matin. Le chemin entre sa maison à Malibu et la jetée de Santa Monica a été plus long que prévu à cause des embouteillages, mais le trajet s'est super bien déroulé. Nous n'avons pas parlé tant que ça, mais l'ambiance était détendue et j'en ai profité pour regarder les paysages autour de moi.

C'est encore irréel pour moi de me trouver à Los Angeles. Et encore plus d'être en sa présence. J'ai un peu l'impression que je vais me réveiller d'une minute à l'autre, dans mon appartement parisien. Mais en attendant, c'est bien Carson qui m'ouvre la portière de la voiture.

– Donc je te propose qu'on aille se promener sur la plage et on reviendra quand le parc ouvrira. Ça te va ?

– Oui, c'est parfait, approuvé-je timidement en replaçant une mèche de cheveux derrière mon oreille en un geste nerveux.

Il y a des moments où j'oublie qui il est, et je me sens à l'aise avec lui. Mais après, ça me revient et je prends conscience qu'il est une célébrité. Je me sens tout à coup beaucoup plus nerveuse.

Carson esquisse un geste pour saisir ma main dans la sienne, mais je le repousse doucement et m'en félicite quand nous entendons le bruit typique d'un appareil photo. Nous

nous retournons et découvrons un paparazzi, pas si bien caché derrière son arbre.

– Ça commence, gronde Carson, mais il enlace tout de même mes épaules de son bras.

– Si on se tient comme ça, ils ne vont pas se faire des idées ?

– Ils s'en feront quoi qu'il arrive ! Et je prends aussi Alya dans mes bras. Au début, ça rendait les papz dingues et, maintenant, ils ont oublié. Crois-moi, il faut juste les ignorer, on n'a pas le choix.

Il a raison. En acceptant le poste, j'ai aussi implicitement dit que j'étais prête à subir l'attention des médias, cela fera même partie intégrante de mon travail : répondre aux rumeurs lancées par la presse people, démentir les accusations les plus excessives, m'amuser avec les fans de certaines informations loufoques…

Alors autant s'habituer dès maintenant !

Nous marchons donc ainsi jusqu'à la plage, le bras de Carson toujours passé autour de mes épaules.

Je fais tout pour ignorer le bruit de l'appareil photo qui nous mitraille, mais j'ai l'impression qu'il ne s'arrête jamais. Ça ne devrait pas me faire rire, mais je crois que c'est nerveux. Carson baisse la tête vers moi et me questionne du regard.

– Qu'est-ce qui te fait rire ?

– Rien, c'est juste que je sors à peine de chez toi que j'expérimente déjà les paparazzis.

Il tord la bouche dans un geste contrit et me lance un regard désolé.

– Ouais, je sais, désolé. Je m'étais tellement habitué à en avoir un peu moins sur le dos en tournée que j'avais oublié qu'ils étaient partout ici. J'aurais dû demander à Tyler, mon garde du corps, de nous accompagner. Je pensais qu'on serait tranquilles.

Je serre sa main dans la mienne.

– Ne t'inquiète pas, ce n'est pas grave.

Nous arrivons enfin sur la plage et je me rends compte que le paparazzi n'est plus là. En revanche, il y a déjà du monde sur le bord de mer, mais Carson nous trouve une place plutôt bien isolée. Je sors du panier les serviettes que j'ai préparées avant de partir et nous nous asseyons dessus. Il fait encore frais, ce matin, donc nous restons habillés. Pendant que nous nous installons, Carson m'explique que les journalistes people n'aiment pas trop les plages bondées comme celle-là, car nous sommes dos à eux s'ils ne viennent pas sur le sable et, s'ils s'avancent trop, ils se font vite remarquer ; or, rester anonyme leur garantit les meilleurs clichés. En effet, si les stars ne les reconnaissent pas, ils peuvent les approcher plus discrètement et obtenir les meilleures photos. C'est plus difficile aussi de porter plainte contre un journaliste sans avoir son nom. Carson me raconte tout ça comme si c'était tout à fait normal.

– Je t'admire, tu sais, lui avoué-je. Tu sembles gérer cette attention autour de toi avec une certaine sérénité.

– On va dire surtout que je me suis habitué, je ne fais rien d'exceptionnel à part essayer de les oublier. Mais j'aime bien quand tu m'admires, précise-t-il avec son sourire arrogant.

Je lui donne un petit coup de coude dans les côtes en riant. J'aime déjà les moments que l'on passe ensemble et je prends de plus en plus mes aises chez lui. Mais je me demande quand je vais commencer à travailler pour lui. Il ne m'en a encore jamais parlé, et je ne sais pas trop comment aborder le sujet.

Je prends une grande inspiration et me lance.

– Donc, quand est-ce qu'on va parler de mon taf ?

Carson lâche un rire et s'allonge sur ses coudes.

– Tu crois vraiment qu'on va parler taf alors qu'on est en *date* ?

Je m'étrangle avec ma salive, lui provoquant une moue moqueuse.

– Parce que c'est un rendez-vous, là ?

Il sourit malicieusement, me faisant secouer la tête dans un signe désapprobateur.

– Carson… grondé-je. Je travaille pour toi, je ne suis pas là en vacances.

Il hausse les épaules et balance nonchalamment :

– L'un n'empêche pas l'autre.

– Mais bien sûr que si, m'exclamé-je un peu trop fort. On ne peut pas faire ça, Carson, on doit mettre des limites entre nous.

Il hausse de nouveau les épaules et regarde au loin, pendant que je commence réellement à paniquer. Je ne suis pas sûre d'être capable de gérer un mec comme lui, et encore moins de gérer une relation, même si elle doit rester amicale, avec une célébrité.

Puis, faut bien avouer que je suis légèrement phobique des sentiments, et certains que je tente de nier enflent de plus en plus. Carson tourne de nouveau la tête de mon côté. Il plonge son regard chaud bouillant dans le mien et dit :

– Si tu veux mettre des limites, fais-toi plaisir. Mais ça ne m'empêchera pas d'avoir ce que je veux.

– Et qu'est-ce que tu veux ? demandé-je prudemment.

– Toi.

Je glousse, gênée, et regarde à mon tour l'océan. Nous restons silencieux deux petites minutes, car je ne sais plus quoi dire, et parce qu'il est aussi bavard que moi. Mais à mon étonnement, c'est lui qui brise le silence.

– Écoute, si tu veux parler taf, on va parler taf. Je te paie déjà cette semaine, mais ta prise de poste n'est censée commencer que la semaine prochaine, quand on va parler de mes projets et faire le point sur cette tournée. Je retournerai sûrement en studio après cette réunion, donc ton taf commencera aussi. Ce n'est pas que je ne veux pas en parler avec toi, mais ce n'est pas mon domaine et je préfère qu'Alya soit avec nous.

Je hoche la tête, contente qu'il m'ait éclairée sur le sujet, et lui lance un sourire qu'il me rend.

– Mais je peux quand même te parler de mes idées pour toi ?

Il m'observe et se mord la lèvre alors qu'il réfléchit.

– À une condition, tu me parles de toi après.

Je lève un sourcil et me redresse pour lui faire face.

– À une condition, répété-je malicieusement, le faisant rigoler, je veux que tu me parles de toi, toi aussi.

– Tu comptes me défier chaque fois ? rétorque Carson en se marrant, avant de reprendre plus sérieusement. Tu me connais déjà.

– Non, je connais la super star, continué-je, mon doigt sur son torse. Je ne te connais pas toi, le vrai Carson Parker.

Il attrape mon doigt et m'attire contre lui. Je me retrouve affalée sur son torse, mais je me relève vite pour m'allonger perpendiculairement à lui, la tête sur sa cuisse.

– Parle, femme.

Je le sens se redresser et son regard brûle mon profil. Je rougis, mais je me lance sur la discussion de travail pour oublier mon embarras.

– Bon, je sais que tu ne sauras pas me répondre, mais as-tu déjà une stratégie sociale média en marche ?

Je relève la tête pour l'observer quand le silence me répond. Carson m'observe attentivement, un sourcil levé.

– Je n'ai strictement rien compris à ce que tu m'as demandé. Tu devrais peut-être voir ça avec Alya, elle saurait sans doute mieux te répondre que moi.

– Une stratégie sociale média, ce sont les moyens que tu mets en place pour créer ta communication sur Internet, expliqué-je alors qu'il me regarde toujours aussi attentivement.

– Tu sais que t'es sexy quand tu parles comme ça.

J'éclate de rire et frappe son torse gentiment.

– Concentre-toi, Carson !

Il lâche un long souffle et réfléchit.

– Je ne saurais pas te dire s'il y a vraiment eu des moyens, mais on m'a demandé de partager le plus possible sur les réseaux, surtout en stories Instagram.

– C'est un bon début, acquiescé-je. Donc ma première idée, c'est que tu restes impliqué dans ta communication mais que je prenne le relais pour te dégager du temps. C'est-à-dire que je pourrais par exemple filmer certaines de tes sessions en studio sans dévoiler quoi que ce soit de confidentiel et les partager sur ton compte. Mais si, toi, tu as envie de parler de cette session après, tu pourras le faire aussi. Tu seras toujours aussi libre quant à ce que tu veux écrire sur Twitter ou poster sur Instagram. Je peux te conseiller, te dire ce qui fonctionne ou pas, répondre aux retours et t'aider à créer ton contenu, surtout quand tu es occupé à écrire, enregistrer ou performer sur scène.

Je relève la tête et découvre qu'il me fixe avec un grand sourire.

– Quoi ? demandé-je, sentant mes joues rougir.

– Rien, je t'admire, juste.

C'est définitif, je dois être rouge tomate.

– Mais sinon, reprend-il, ça me va.

– Par contre, ajouté-je en pointant un doigt menaçant vers lui, c'est moi qui m'occupe maintenant des *haters*, et même si tes fans sont les premiers à te défendre, je me chargerai de veiller à ce que tu n'alimentes pas plus les problèmes.

Carson éclate de rire et mord mon doigt, me faisant crier légèrement.

– Mais ça ne va pas ? m'exclamé-je en rigolant. Je ne savais pas que t'avais des tendances carnivores.

– Bébé, tu t'engages sur un terrain glissant pour le coup, là. Tu sais bien que mon deuxième prénom est connard, suivi de problèmes.

Et c'est bien ce qui me fait peur, justement. Néanmoins, je garde cette pensée pour moi, car il approche son visage bien trop près du mien. Je retiens ma respiration en me demandant ce qu'il va faire. On n'a pas échangé de baisers depuis celui de cette nuit sur la terrasse. Il approche ses lèvres des miennes, puis s'arrête quand seulement un centimètre nous sépare.

– Et il y a bien une autre partie de toi que j'aimerais mordre.

Puis il se recule avec un sourire suffisant, me laissant à bout de souffle et les yeux écarquillés.

Carson m'observe toujours avec insistance. J'aimerais lui faire bouffer son sourire qui crie « j'ai gagné ! », mais au lieu de ça, je regarde l'heure sur mon téléphone pour éviter de le fixer comme un merlan frit. Et c'est comme si le bon Dieu avait entendu mes prières :

– C'est l'heure ! m'exclamé-je en tapant dans mes mains, contente de changer de sujet. Le parc a ouvert !

Carson me reluque toujours avec un grand sourire pendant que je me mets debout et range ma serviette dans le panier. Il se redresse à son tour. Nous allons remonter la plage quand des cris se font entendre. Je me crispe. Carson me lance un regard désolé quand les hurlements se rapprochent. Je me tourne et fais face à cinq personnes qui courent à notre rencontre : trois filles et deux mecs.

– Carson ! s'exclame une des filles. On peut avoir une photo ?

Ce dernier me questionne du regard, mais je hausse les épaules, je n'ai pas mon mot à dire.

– Oui, bien sûr, mais rapidement.

– Cool, s'époumone la fille avant de sortir son téléphone.

Mais elle doit faire ma taille, je comprends tout de suite, avant qu'elle n'essaie, que ça va être compliqué de prendre son selfie. Alors j'interviens.

– Je peux vous prendre en photo, si vous voulez.

La fille se tourne, comme si elle remarquait enfin ma présence. Elle me scanne de la tête aux pieds. Elle grimace en nous observant chacun à notre tour avec Carson. Elle ne dit rien, mais me tend son téléphone. En me prenant de haut, je crois. Elle doit probablement imaginer qu'il se passe quelque chose entre Carson et moi. Elle se demande aussi certainement si je suis connue ou non. Je lève les yeux au ciel et saisis malgré tout son téléphone. Elle part ensuite poser à côté de Carson.

Si mon idole garde ses mains près de son corps, elle n'hésite pas à se coller contre son torse et à poser ses mains partout sur lui. Je fais mine de ne rien ressentir, mais en moi c'est autre chose. Je fulmine de jalousie, je ne l'avouerai jamais, bien entendu.

Une fois qu'on a fini avec elle, je prends aussi les autres en photo. À la différence de la fille, ils me sourient et me remercient.

Quand ils partent, nous remontons également la plage vers la jetée. Encore énervée, je fouette sévèrement le sable avec mes pieds. Carson ricane à côté de moi. Puis je le sens bouger pour venir se coller dans mon dos. Ses mains se posent sur mon ventre et il me serre contre lui.

– J'adore que tu sois jalouse, me chuchote-t-il.

Je tape ses mains et me justifie.

– Je ne suis pas jalouse. Elle était juste hyper malpolie, et je n'aime pas ça.

Carson m'arrête et me retourne pour que je lui fasse face. Il encadre mon visage de ses deux mains et dépose un baiser sur mon front.

– Ne t'inquiète pas, ce n'était même pas une fan.

Je fronce les sourcils et le questionne.

– Comment le sais-tu ?

Carson soupire et reprend notre marche en me tirant par la main.

– Aucune discussion, juste l'envie d'une photo. Je les avais déjà remarqués quand on est arrivés, et je sais reconnaître les vrais fans des autres maintenant. Je ne voulais juste pas les rembarrer devant toi et que tu me prennes pour un connard.

Je lâche un rire et serre sa main dans la mienne.

– Tu sais, tu peux faire quelque chose de bien ou de mal et être un connard, ça ne changera rien à la façon dont je te vois. Tu es mon idole avant tout.

Il serre ma main à son tour et me lance un sourire éblouissant.

– Regarde-toi, par exemple. Quand on s'est rencontrés, tu ne m'as même pas demandé de photo. Tu m'as parlé comme si j'étais normal et t'as même fait semblant de ne pas me connaître.

Je crois entendre de la rancune cachée derrière sa voix pourtant douce, et ça me fait sourire.

– Tous les fans ne sont pas les mêmes. Alors oui, peut-être que ceux qu'on vient de croiser ne voulaient qu'une photo et qu'ils ne sont même pas fans. Mais tu ne sauras jamais ; je suppose que c'est le problème quand on est une star. On ne sait jamais qui croire et à qui faire confiance.

15

Carson

– J'ai confiance en toi et je sais que tu es une fan en or.

Elle rougit et baisse la tête.

– Merci.

Je prends toujours un malin plaisir à la faire rougir. J'avoue, je n'ai jamais été le genre de mec à être attiré par les meufs timides. Quoique, en fait, je ne recherchais toujours que de la baise et je n'allais pratiquement que vers des escorts ou vers celles qui voulaient la même chose que moi : du sexe. Donc les filles timides, je n'en ai pas vu souvent.

Mais Iris n'est pas timide, elle est à l'aise avec moi et elle ose me défier, la tête haute malgré sa petite taille. Pourtant, j'ai remarqué à quel point elle a horreur qu'on la complimente. Elle ne recherche pas l'approbation. J'ai donc envie de la féliciter chaque minute de la journée.

J'ai plutôt bien aimé notre matinée et je sens que je vais adorer le restant de cette journée. C'est une jeune femme complètement rafraîchissante. Elle est mature, tout en faisant preuve d'une certaine insouciance qui me rend complètement marteau. J'ai envie de la serrer dans mes bras toutes les minutes. En fait, j'ai envie de la serrer dans mes bras et de ne plus jamais la laisser partir.

Tout à l'heure, alors qu'elle m'expliquait en gros son travail, j'étais plus scotché à ses lèvres qu'à ce qu'elle me disait. Elle était confortablement installée, la tête sur mes cuisses, mais elle n'avait aucune idée derrière la tête. Elle le faisait parce qu'elle avait envie de passer du temps avec moi, et je veux dire par là, ailleurs que dans mon lit. Je crois que je l'apprécie davantage pour ça, même si j'adore la pousser dans ses retranchements en lui disant ô combien j'ai envie d'elle.

Ce qui est, entre autres, la vérité aussi. J'ai du mal à savoir si elle a envie de moi ou non. Ça lui arrive de me regarder avec la même lueur qu'elle avait avant que je ne l'allonge dans mon lit dans le bus, mais elle a aussi l'air de me détester. Honnêtement, j'ai en horreur cette deuxième situation et j'ai peur de foirer au point qu'elle me déteste ! Je sais qu'elle m'a dit que je pourrais faire n'importe quoi, qu'elle ne me détestera jamais, car je suis son idole. Mais je ne veux pas juste être celui qu'elle admire de loin.

Et ça me fout quand même les jetons.

Je repense soudainement à cette nuit. J'ai cru péter un plomb quand elle m'a demandé de tirer une latte de mon joint. Je ne veux pas qu'elle devienne exactement comme moi, à force de me côtoyer, ça me briserait complètement. Néanmoins, elle m'a excité comme jamais. Quand elle est partie après notre baiser sauvage, j'ai voulu la rattraper pour terminer ce qu'on avait commencé. Mais le regret dans son regard a abattu mes résolutions.

Au moment où j'ai décidé de remonter dans ma chambre, sa porte m'a fait de l'œil. Je l'ai imaginée sous les draps. J'ai imaginé nos deux corps collés l'un contre l'autre. Je n'ai pas pu m'empêcher d'entrer dans sa chambre. Elle ne m'a pas repoussé et s'est vite rendormie contre moi. Personnellement, je commence à croire qu'elle est le remède à mes cauchemars.

– Hé, oh ! Tu m'écoutes, Carson ?

Je reviens à la réalité quand je sens sa petite main tirer mon bras, et je me rends compte qu'on approche du guichet, alors je sors mon portefeuille.

– Désolé, je pensais à un truc. Tu disais ?

– On fait le grand huit et on va manger ?

Sa joie me contamine et je ne peux qu'acquiescer.

– Tout ce que tu veux.

Je me tourne vers l'homme derrière le guichet et dépose du liquide sur le comptoir.

– Deux billets, s'il vous plaît.

Il me les tend et nous entrons dans le parc.

– J'aurais pu payer, marmonne Iris, me faisant rire.

– Ou pas. Donc le grand huit, c'est ça ?

Un grand sourire de gamine étire ses lèvres et je me prends à l'imiter. Je n'ai jamais autant souri que depuis que je côtoie cette fille.

Par chance, puisque c'est l'heure d'ouverture, il n'y a pas encore grand monde, la file d'attente n'est pas longue et personne ne semble s'intéresser à nous. J'adore ces moments où je passe incognito, pas de fan ou de paparazzi en vue.

J'ai l'impression d'avoir une petite fille qui découvre la vie à côté de moi, tellement Iris jubile. Ça me rend heureux de la voir comme ça, alors je ne dis rien et me laisse submerger par sa joie contagieuse.

– C'était trop bien, s'exclame Iris en sortant du grand huit.

– Je m'attendais à ce que tu m'écrases la main, mais même pas.

Elle éclate de rire et broie mes doigts dans sa petite poigne avant de les lâcher.

– Promis, la prochaine fois, je ferai semblant de faire la femme en détresse rien que pour que toi, homme de Cro-Magnon, tu fasses ton travail.

Si c'était une autre, je crois que je l'aurais mal pris. Mais comme d'habitude, elle touche juste. Néanmoins, pour ne pas entacher mon image de gros dur, je n'acquiesce pas et me venge en ébouriffant ses cheveux.

– Sale peste.

Iris me tire la langue puis scrute le parc. Son attention, lourde de sens, s'arrête sur un resto de hamburgers. Je secoue la tête et l'entraîne à ma suite.

– Allons remplir ton ventre, morfale.

– Hé, je n'ai pas mangé depuis hier, j'ai faim, moi.

Il me faut un temps pour comprendre ses paroles, mais une fois que c'est fait, je me stoppe net et la retiens.

– T'as dit quoi ?

Au fur et à mesure qu'elle se rend compte de sa connerie, ses yeux s'ouvrent en grand et son sourire disparaît.

– Que je n'ai pas mangé depuis ce matin, tente-t-elle de se reprendre, mais trop tard.

– Pourquoi tu ne m'as pas dit la vérité ?

– Je ne sais pas… avoue-t-elle en baissant les yeux, mais de mon doigt sous son menton, je la force à relever la tête.

– Pourquoi ? grondé-je, vexé de son mensonge servi avec autant de facilité.

– Ce monde est encore nouveau pour moi, geint-elle, la mort dans l'âme. Je n'étais juste pas à l'aise ce matin avec toi et Kyle dans la même pièce. J'ai paniqué, je suis désolée.

Je lève la tête au ciel et lâche une longue expiration pour me détendre. Dans ce monde de merde qu'est la célébrité, on ne sait jamais à qui faire confiance. Et le mensonge est une des choses que j'exècre le plus, surtout quand ça vient de quelqu'un auquel je suis énormément attaché. Mais je suis conscient qu'Iris n'a pas voulu me nuire pour le coup, alors je laisse tomber et retrouve ma sérénité.

– Allons manger.

Iris se mord la lèvre, baisse la tête et me suit jusqu'au resto où cette fois la foule est plus importante.

Dans la file, nous attendons en silence. Iris se racle la gorge et, quelques secondes après, je sens son petit doigt s'accrocher au mien. Je baisse la tête vers mon petit lion qui me lance un regard suppliant.

– Tu m'en veux ?

Comment en vouloir à cette bouille, au juste ? Je souris légèrement et l'attire à moi. Elle enroule son bras autour de mes hanches et pose sa tête sur mon torse. Je me baisse et dépose un baiser sur sa tête.

– Non.

– Promis ? marmonne-t-elle contre ma poitrine.

– Promis. Mais ne me mens plus, surtout pour ça. Tu peux me parler, tu sais ?

– Oui.

– Bien. À partir de maintenant, je vais faire en sorte que

tu te sentes à l'aise chez moi, avec moi et avec mes amis.

Elle hoche la tête. Puis arrive enfin notre tour de commander. Nous allons ensuite nous installer à une table à l'abri des regards. Je me mets volontairement dos à la foule du parc, pour éviter au maximum qu'on me reconnaisse. Je pensais qu'Iris allait se mettre face à moi, mais non, elle s'assied juste à côté de moi, et je ne vais absolument pas m'en plaindre.

De ma jambe, je pousse celle d'Iris, qui gardait le silence jusqu'à maintenant.

– Tu sais que tu dois toujours me parler de toi, n'est-ce pas ? lui rappelé-je.

Iris baragouine en mâchant son hamburger ; je ne comprends pas, alors j'attends qu'elle termine.

– Je disais : tu veux savoir quoi ?

– Je ne sais pas, dis-je en haussant les épaules. Tout.

Elle lâche un rire et me lance un regard malicieux.

– On fait le jeu des dix questions ?

– Ça marche.

Je lui souris, mais honnêtement je n'aime pas spécialement qu'on m'interroge. Mais si je peux en apprendre plus sur elle, je veux bien faire un effort.

– Pourquoi tes parents t'ont appelée Iris ?

– C'est ma mère qui a choisi, répond-elle en souriant. Elle a toujours aimé ce prénom, surtout pour la chanson de Goo Goo Dolls. Mon père est américain et ma mère française et italienne. C'est la raison pour laquelle je n'ai eu aucun problème de visa pour vous suivre juste après notre rendez-vous à l'hôtel. Je suis née à New York, mais ma mère a dû rentrer en France quand j'avais 1 an, et mon père l'a suivie.

Sinon, mon prénom veut dire arc-en-ciel en grec.

Je l'observe de la tête aux pieds et approuve.

– Y a pas à dire, t'es un vrai arc-en-ciel. À toi !

Elle rougit, mais ne se cache pas pour une fois.

– Si tu n'étais pas devenu chanteur, tu ferais quoi aujourd'hui ?

Bonne question.

J'aurais sans doute mal tourné en y pensant. Je serais même sûrement en taule ou déjà dans une tombe. Mais on va rester soft. Je ne veux pas que notre premier rendez-vous, même si elle croit toujours que ça n'en est pas un, tourne au vinaigre.

– Je me ferais sans doute chier, car je ne t'aurais pas rencontrée.

Iris éclate de rire, mais me lance un regard inquisiteur pour m'inciter à continuer.

– Franchement, je n'en ai aucune idée. J'ai toujours détesté l'école et je n'ai jamais réellement su quoi faire. Même la musique m'est tombée dessus comme ça du jour au lendemain. Et toi ? Pourquoi vouloir travailler dans le monde de la musique ?

– La musique a toujours été une partie intégrante de ma vie. Il n'y a pas une seule journée où je n'en écoute pas. J'ai toujours voulu jouer d'un instrument, de la guitare ou de la batterie, mais mes parents n'ont jamais eu les moyens de me payer des cours. Je me rattrape donc professionnellement, même si je ne fais pas de la musique personnellement. Et toi, pourquoi la musique ?

– Exactement pour les mêmes raisons que toi. Je ne peux pas m'en passer, ça a été ma thérapie quand tout a basculé dans ma vie, et ça l'est toujours. Quel a été ton meilleur concert ?

– Le tien sans hésiter, répond-elle avec sincérité et ça me touche énormément. C'est le concert où j'étais à ma place, où j'ai réellement été témoin de la vraie relation qu'un chanteur peut avoir avec ses fans. J'ai eu l'impression « d'être à la maison », pour ainsi dire.

Bordel, j'ai envie de l'embrasser, là, tout de suite, maintenant.

Mais pas le temps d'y réfléchir qu'elle embraie déjà sur sa prochaine question.

– Tu as dit « quand tout a basculé ». C'est ce qui s'est passé avec ton père et ta mère, c'est ça ?

Je me doutais qu'elle allait me poser cette question, car j'en parle assez dans mes chansons pour que mes fans soient au courant. Il y a des personnes avec qui ça me soûle d'en parler et d'autres avec qui ça me fait du bien. Comme c'est le cas avec Iris. Son regard rempli de bienveillance et d'une certaine gêne m'encourage à m'ouvrir.

– Ouais, acquiescé-je. Ça a été difficile après que mon père a trompé ma mère avec une plus jeune femme. Ma mère a sombré dans l'alcool et la drogue. Je n'ai pour ainsi dire plus existé pour elle, pas plus que pour mon père, qui n'a jamais repris de mes nouvelles depuis.

Je fais une pause et secoue la tête pour éviter de m'énerver. Iris pose sa main sur la mienne et j'enlace nos doigts pour me donner de la force. Alors la tête baissée, je continue :

– À force de voir de la drogue et les bouteilles de ma mère traîner partout dans la baraque, j'y ai touché bien trop tôt, sans réellement savoir ce que c'était. Finalement, j'y ai pris goût moi aussi et j'ai mal tourné. C'est là que j'ai découvert la musique, ou qu'elle m'a trouvé. Mais même une fois que j'ai ressenti une sorte de paix avec la musique, j'ai continué à me droguer, car je ne savais pas comment m'en passer. Tu connais le reste, tu sais que j'ai failli faire une overdose et qu'à cause de ça je suis parti en *rehab*[1]. Aujourd'hui, je continue seulement l'herbe et la bière, car c'est ce qui me permet de ne pas replonger complètement dedans.

Après lui avoir avoué ça, je fouille son regard pour voir si je la dégoûte ou si elle a pitié de moi comme beaucoup de personnes.

Pour toute réponse, elle écarte mes bras de la table et vient se lover entre eux. Je resserre mon étreinte autour de son corps, je loge ma tête dans son cou et inspire profondément son odeur apaisante.

– Je suis sincèrement désolée, murmure-t-elle.

Elle semble triste pour moi, et sa réaction me touche. J'embrasse sa peau, prenant plaisir à la voir se parsemer de frissons. Elle tente de prouver le contraire, mais je sais que je lui fais de l'effet.

– Merci, ma belle. Mais ça va mieux aujourd'hui, notamment grâce à la musique, aux fans et à mes amis, dont tu fais partie maintenant. Et toi, ta famille ? Aussi perturbée que la mienne ?

Elle éclate de rire et secoue la tête.

– Non, je suis fille unique et mes parents sont plutôt cool et me soutiennent. Je m'entends relativement bien avec le restant de ma famille.

– Bon, les opposés s'attirent, ricané-je.

Elle hoche la tête et se redresse en me lançant un grand

1. Terme anglais pour « cure de désintoxication ».

sourire et je souris à mon tour. Elle retire l'élastique de son poignet et commence à s'attacher les cheveux en une queue-de-cheval. Mais puisque j'ai une bonne vue sur son profil, un détail derrière son oreille attire mon attention.

– Attends, ne bouge surtout pas.

Elle s'arrête d'un coup, les mains toujours en l'air dans ses cheveux.

– Quoi ? J'ai une bestiole ? Retire-la-moi tout de suite ! J'ai la phobie des insectes !

J'éclate de rire.

– Mais non, petit lion, tu n'as aucun insecte sur toi. Je veux juste voir quelque chose.

Je la tourne légèrement et c'est bien ce que je me disais. Elle a le même tatouage que moi derrière son oreille, au même endroit que le mien.

– Aaaah, réalise-t-elle enfin, c'est le tatouage !

Elle se tourne vers moi et m'adresse une moue contrite.

– Désolée, c'est le seul que j'ai et j'oublie souvent qu'il est là.

– Tu t'es fait tatouer mes initiales dans une clé de sol.

Ce n'est pas une question, mais je suis juste sous le choc. Ça aurait pu être les initiales de quelqu'un d'autre, mais c'est le symbole de la musique qui me fait comprendre que c'est pour moi. Je suis habitué à ce que les fans aient des tatouages à mon effigie. Mais je ne m'attendais pas à ce que ma petite Iris, à la peau complètement vierge, ait cette marque. Je ne sais pas si c'est le tatouage qui lui va bien ou si c'est elle qui le sublime, mais en tout cas ça me fait réellement quelque chose.

– Oui, juste avant de te voir en concert.

– Mais pourquoi je ne l'ai pas vu avant ? T'avais les cheveux attachés dans l'avion !

– Mais j'avais mes lunettes, me rappelle-t-elle.

Elle n'a pas tort.

– C'est vrai. Je ne m'y attendais pas du tout.

– Contente d'avoir surpris le grand et l'imperturbable Carson Parker, raille-t-elle.

– C'est ça, rigole. Alors comme ça, t'as peur des insectes ?

Iris rougit, mais ne se laisse pas faire. Elle me frappe gentiment le bras.

– Hé ! C'était à moi de te poser une question. Mais ouais, donc si un jour tu m'entends hurler ton prénom chez toi, tu sauras pourquoi.

– Ça marche, je viendrai te sauver des gros méchants insectes qui te mangeront toute crue, me moqué-je à mon tour.

Mais Iris n'est pas du genre à se vexer pour un rien. Non, elle me tire la langue et se lève de table.

– Allons continuer ce jeu dans la grande roue !

Nous prenons à peine place dans la nacelle du manège qu'Iris reprend ses questions.

– Quel est ton genre de fille ?

Je hausse un sourcil et la mate comme si deux têtes venaient de lui pousser.

– T'es sérieuse ? Je pense que t'as bien remarqué que je n'ai pas de genre.

Elle rougit, mais ne se laisse pas abattre.

– Non, pas le genre de fille que tu baises. Ça oui, je sais que tu n'as pas besoin qu'elles aient un style particulier, mais qu'elles aient juste un vagin. Je voulais savoir quel est le genre de fille dont tu pourrais tomber amoureux.

Juste un vagin ?

Je ris intérieurement.

– Tu sais que ça fait déjà deux questions ? riposté-je narquoisement, mais son regard me presse de répondre, alors je le fais. Pour être honnête, je ne sais pas. Sans doute qu'il faut qu'elle croie en moi et en ma musique. Qu'elle me soutienne dans les bons, comme dans les pires moments. Qu'elle soit passionnée, aimante, douce, mais qu'elle ait aussi du caractère et de la repartie, car je ne suis pas le mec le plus facile à vivre.

Iris me sonde avec un étonnement non feint, me mettant légèrement mal à l'aise.

– Quoi ?

– Tu n'as pas parlé de physique ! s'exclame-t-elle comme si elle ne me croyait pas.

Je lâche un rire nerveux et passe ma main dans mes cheveux.

– Bien entendu qu'il faut qu'elle soit belle et que je la désire. Mais si je dois en tomber amoureux, les qualités morales comptent bien plus.

Elle acquiesce silencieusement, mais son regard méfiant ne me lâche pas. Oh oui, elle sait ce qui va suivre, et même si le tour de grande roue se termine, on ne sortira pas tant qu'elle ne m'aura pas répondu.

– Tu seras cette fille ?

Iris détourne les yeux et regarde le sol, dont nous nous approchons de plus en plus au fur et à mesure que les gens montent dans la grande roue.

– Tu sais bien que ce n'est pas possible.

– Et pourquoi ? rétorqué-je vivement. Tu es une fan, donc tu crois en moi et en ma musique. Tu es passionnée par beaucoup de choses et tu es passionnante. Tu es intelligente, et je sais déjà que tu me soutiendrais dans n'importe quelle situation. Tu es aimante, douce et tu n'as pas peur de me défier et de me rembarrer. Et en plus, t'es canon.

Elle glousse légèrement, me lance ensuite un coup d'œil morne avant de regarder ses pieds.

– Mais tu as oublié que je travaille pour toi et ça prend le dessus sur toutes ces qualités que tu crois voir en moi.

L'animateur de l'attraction nous fait sortir de la nacelle, Iris ne se fait pas prier, mais je la rattrape bien vite. Nous marchons vers le bout du ponton, nous gardons une distance de sécurité entre nous, mais je ne tiens plus et noue mes bras autour de son corps pour me lier à elle.

Nous observons l'océan. Tout du moins, elle l'observe, moi je m'abreuve de son profil alléchant. Je sais que ce n'est pas le fait de travailler pour moi qui l'effraie ; en plus, toute mon équipe l'adore. Non, elle a peur de mon monde et de la réaction des fans.

– Tu sais que ton excuse de travailler pour moi ne vaut rien. On a déjà couché ensemble.

– Oui, mais c'était avant d'officialiser notre contrat de travail, rétorque Iris en levant les yeux au ciel.

Cette situation commence à m'irriter. Ça me soûle quand je n'ai pas ce que je veux et surtout quand une fille me résiste. Et puis, c'est quoi, cette façon de parler purement professionnelle et froide ? Où est passée ma tendre et solaire Iris ? Je sais qu'elle a remis ses barrières autour d'elle après ma dernière question. Mais je sais comment les défoncer, ses barrières, maintenant. Elle se liquéfie chaque fois que ma peau entre en contact avec la sienne. Bon, je la comprends, car moi je m'enflamme dès qu'elle est à proximité. Il n'y a personne aux alentours pour nous surprendre, alors je m'assieds au sol, dos à la barrière, et oblige Iris à m'y rejoindre. Si elle résiste au début, elle se baisse finalement et s'installe entre mes jambes, dos à moi. Sa queue-de-cheval me facilite le passage vers sa nuque, où je dépose de doux baisers.

Je la sens lâcher prise de plus en plus, alors j'en profite pour passer mes mains sur son ventre, sous son petit haut moulant. Elle émet un discret gémissement, qu'elle aurait aimé retenir, la connaissant, et des frissons naissent sur sa peau.

– Tu vas vraiment nier l'alchimie qu'il y a entre nous ? soufflé-je contre la peau de sa nuque.

Mais plus obstinée qu'elle, ça n'existe pas ; elle acquiesce donc d'un geste minime de la tête.

– Il le faut, Carson. Je te l'ai dit, on ne couchera plus ensemble.

Je lâche un rire sec et m'apprête à passer à la vitesse supérieure. Je connais la parfaite technique pour la faire réagir.

– Donc tu ne vois aucun inconvénient à ce que je baise une autre nana ce soir ?

C'est complètement faux et je n'en ai aucune envie, franchement. Mais j'ai déjà remarqué que ses yeux se remplissent de jalousie quand je mentionne d'autres filles ou quand elle pense à mon style de vie. Je sais que c'est ce qui la fera réagir.

– Ce soir ?

Je jubile devant son air étonné.

– Ouais, j'organise une soirée à la maison avec les potes. Au début, je comptais repousser pour passer la soirée avec toi mais, puisque ça doit rester professionnel entre nous, je peux faire ma fête.

Elle semble décontenancée pendant un moment, mais se reprend très vite, et c'est comme si je voyais ses barrières se reformer autour d'elle. Néanmoins, j'ai toujours les mains sur elle. *Ah non, elle les repousse. Ne jamais parler trop vite.*

– D'accord, rétorque-t-elle en se levant. Non, je n'y vois aucun problème. C'est ta vie, tu fais ce que tu veux.

– Parfait, tu ne viendras pas te plaindre après, balancé-je d'un ton sec.

– Pourquoi je me plaindrais ?

Elle pose les mains sur ses hanches et lève le menton pour me défier avec un sourire narquois.

– J'ai toutes les qualités pour que tu tombes amoureux de moi, ce qui n'est pas le cas de la nana que tu vas baiser ce soir.

Puis elle m'abandonne là, fait demi-tour et s'éloigne vers la sortie du parc. Je reste comme un con, la bouche ouverte en grand. La peste. Je la rattrape mais, pour une fois, reste à une distance raisonnable. On n'a même pas fini notre jeu des questions.

Mais j'en ai appris bien plus sur elle qu'elle ne le pense.

16

Iris

Je n'ai pas revu Carson depuis que nous sommes rentrés de la jetée. Le trajet en voiture a été plus que tendu des deux côtés. Et bizarrement, il y a eu plus d'embouteillages sur le chemin du retour qu'à l'aller, comme si c'était fait exprès pour nous mettre davantage sur les nerfs.

Je suppose qu'il avale difficilement le fait que je le repousse tout le temps. Et personnellement, j'essaie de contrôler mes émotions. Car même si je ne veux plus coucher avec lui pour préserver mes sentiments, je prends mal le fait qu'il me balance comme si c'était normal qu'il couche avec une autre fille ce soir.

D'ailleurs, comment ça, il voulait repousser sa fête pour passer la soirée avec moi?

Ce mec me donne déjà des nœuds au cerveau.

À peine étions-nous rentrés chez lui qu'il se roulait un joint et rejoignait la terrasse. Pour ma part, je suis montée dans ma chambre pour faire du sport afin d'évacuer ces mauvaises énergies.

***

Ça fait deux heures que je suis enfermée et je n'entends strictement rien au rez-de-chaussée. Je commence à avoir une petite faim, je me faufile donc jusqu'à la cuisine, sans croiser Carson une seule fois. Sa maison est peut-être grande, mais ce n'est pas non plus un manoir. S'il était là, j'aurais déjà dû le croiser.

Quand j'arrive dans la cuisine, une feuille de papier posée sur l'îlot central attire mon attention. Je reconnais l'écriture brouillonne de Carson :

Je suis parti acheter
quelques trucs pour ce soir.
Fais comme chez toi.
C.

J'avais raison, il n'est pas à la maison. Je saisis une pomme, me sers un café et vais dans le salon pour m'affaler sur le canapé face à la télévision et lancer Netflix. Je ne fais pas vraiment attention à ce que je visionne, car je scanne le salon qui sera rempli de monde ce soir. Il ne m'a pas dit le nombre de personnes qu'il va recevoir ni s'il y a un thème à la soirée. Je me demande si je vais y participer ou si je vais rester enfermée dans ma chambre. Franchement, après la matinée sur la jetée, je ne serais pas étonnée qu'il ne me veuille pas dans ses pattes.

La porte d'entrée qui claque me coupe dans mes pensées. Je me retourne et remarque le coup d'œil surpris que me lance Carson en me voyant sur son canapé. Il m'a dit de faire comme chez moi, donc bon. Il me lâche du regard et se dirige vers la cuisine avec ses sacs de courses. Je me lève et le suis.

– Tu as besoin d'aide ?

– Non, ne t'inquiète pas. Je mets juste les bouteilles et les sachets de chips sur la table et les gens se débrouillent. Les pizzas arriveront plus tard.

Il lâche les courses des yeux et me reluque de la tête aux pieds. Je prends conscience, sous son regard insistant, que je porte toujours ma tenue de sport. Cette dernière n'est composée que d'une brassière rembourrée, d'un mini débardeur et d'un short moulant.

J'ai l'impression qu'elle me moule bien plus qu'elle ne le fait déjà. Je n'ai qu'une envie : enfiler un jogging bien ample et un pull. Carson déglutit difficilement et son torse se soulève quand il prend une grande inspiration.

Finalement, il reprend une allure nonchalante et, d'un signe de la tête, me montre les escaliers menant à l'étage.

– Tu peux aller t'habiller, les mecs arrivent vers dix-neuf heures trente.

Je jette un œil à l'horloge, il me reste donc deux petites heures !

– Il y a un dress code particulier ?

Carson ricane.

– On n'est pas à un gala, c'est une soirée tranquille. On ne sera qu'une cinquantaine. Tu t'habilles comme tu veux. Tu peux même rester comme ça si tu le souhaites, me dit-il en me lançant un clin d'œil et je grogne en retournant dans ma chambre.

***

Ça fait trente minutes que je cherche dans mes affaires la tenue parfaite pour la soirée. Je déteste devoir m'habiller quand je suis à la maison. Déjà, je refuse de porter un soutien-gorge, donc il me faut quelque chose de confortable. Mais si je ne ressemble à rien, c'est sûr que Carson va baiser une autre meuf ce soir. Malgré tout ce que je peux dire, je veux qu'il sache que je suis là, et le séduire.

Mon Dieu, Iris, c'est n'importe quoi !

J'ai dit que ça ne me dérangeait pas et que je souhaitais rester professionnelle avec lui. Mais si je suis honnête, c'est juste une technique pour me protéger et ne pas tomber amoureuse de lui. Car, autant se l'avouer, je suis sur le bon chemin pour. Donc le fait de l'imaginer avec une autre me fait rager intérieurement alors que ça ne devrait pas m'atteindre.

Nickel, situation idéale, quoi !

Mon regard tombe sur mon short biker, et une idée parfaite germe dans ma tête. Mais pour ça, il faut que j'aille dans la chambre de Carson. J'ouvre ma porte, j'entends le son de la télé dans le salon et surtout la voix de Carson, qui parle au téléphone avec je ne sais pas qui.

J'avance donc prudemment et pose la main sur la poignée de la porte de sa chambre. En espérant qu'elle ne grince pas comme dans les films d'horreur, alors qu'elle ne grince jamais d'habitude. Par chance, elle ne le fait pas. Son parquet ne fait pas de bruit non plus quand je marche doucement dessus. Je me dirige vers son dressing, plein à craquer.

Après deux petites minutes, je trouve enfin ce dont j'ai besoin : une chemise blanche. J'ai des sueurs froides quand je vois l'étiquette de la marque, je n'ai pas intérêt à l'abîmer.

– Le diable s'habille donc bien en Prada, murmuré-je pour moi-même.

Soudain, j'entends sa voix se rapprocher.

– Attends, je dois l'avoir dans ma chambre.

– Merde, merde, merde, pesté-je en chuchotant.

Je panique et la première chose qui me vient à l'esprit, c'est de me cacher dans sa pile de sacs de voyage au sol. Heureusement que son dressing est dans une autre pièce. Je prie pour qu'il n'y entre pas.

– Ouais, c'est bon. Il est là, ton casque, je te le rends ce soir.

Je n'entends pas ce que lui dit la personne, mais Carson le salue rapidement.

– À ce soir, mec.

Puis il quitte la chambre. J'attends qu'il ait définitivement descendu les escaliers pour sortir de ma cachette. C'était moins une. Je ne perds pas de temps et retourne me préparer.

Quand je sors de la douche, j'enfile la chemise de Carson qui m'arrive au milieu des cuisses et qui est très large pour moi, mais je la resserre avec une ceinture tour de taille que j'avais pensé à prendre dans ma valise. Elle cintre ma taille pour marquer mes formes. Je ne ferme pas les trois premiers boutons, pour laisser apparaître mon décolleté, mis en valeur par ma simple brassière en dentelle. *Confortable et sexy !*

Enfin, j'espère…

J'enfile ensuite le short biker noir sous la chemise, mais le remonte jusqu'en haut de mes cuisses pour qu'il ne se voie pas. Même si les gens vont croire que je ne porte rien en dessous, je sais qu'il est là et ça me permet d'être à l'aise.

Je garde ma queue-de-cheval, mais l'arrange juste pour que

mon décolleté reste à son avantage. Je décide de faire simple pour mon maquillage, je ne mets rien sur mon teint pour le laisser respirer, car l'avion ne m'a pas réussi. Mais j'étire mon regard avec un trait de liner, l'approfondis de mascara et applique ma couleur fétiche sur mes lèvres : le rouge.

J'entends déjà des voix au rez-de-chaussée, masculines comme féminines. Est-ce que Carson a déjà jeté son dévolu sur une des filles présentes ? Mon portable vibre à côté de moi sur le meuble de la salle de bains. Je le saisis et remarque que Mathilde m'a appelée sur WhatsApp, mais ce n'est pas elle qui a fait vibrer mon téléphone, c'est un message de Carson.

[T'es prête ? Les mecs sont déjà arrivés.
Descends quand tu peux.]

[J'arrive bientôt.
Je dois juste rappeler Mathilde.]

[OK.]

Je reçois ensuite un message d'un numéro inconnu.

[Je peux avoir le numéro
de Mathilde, STP ? Drew.]

J'éclate de rire, enregistre son numéro et lui réponds.

[Je lui demande si je peux et je te redis ça.]

[Cool, merci, t'assures.]

Je rappelle ensuite Mathilde. C'est la nuit en France, mais je suppose qu'elle ne dort pas puisqu'elle m'a appelée. Elle décroche au bout de la première sonnerie.

– Hello, ma petite Américaine préférée !

– Hello, mais il est cinq heures du matin en France. Tu ne dors plus ?

Elle lâche un long grognement et je fronce les sourcils.

– Le lendemain matin de ton départ, un nouveau a emménagé dans l'appart vide à côté du nôtre. Et tu ne sais pas quoi ? Il met sa musique à fond toute la journée. Il a commencé quand je t'ai appelée et il m'a réveillée.

– Sérieux ? T'en as parlé à Peggy ?

– Ouais, hier. Elle essaie de joindre le proprio de l'appart, mais il ne répond pas.

– Ouais, mais bon, ça ne peut pas continuer. Encore, que t'écoutes de la musique dans la journée ou quand tu fais une soirée, OK, mais pas le matin alors que le commun des mortels dort.

– Tu crois que c'est un vampire ? chuchote Mathilde, me faisant éclater de rire.

– Je sais que c'est bientôt Halloween, mais non, ne t'inquiète pas, tu ne vas pas te faire mordre.

– En parlant de se faire mordre, tu t'es fait mordre par ton cher et tendre Carson ?

Je crois qu'il faut que je sois installée confortablement pour cette discussion. Je sors de ma salle de bains et m'allonge sur mon lit.

– Non, Mathilde. Et je ne me ferai pas mordre.

– Mais tu vis chez lui ! proclame-t-elle avec étonnement.

– Et donc ?

– Et donc, répète-t-elle, vous n'avez pas couché ensemble ?

– Mathilde… soupiré-je.

– Oui, oui, je sais, professionnellement parlant, ça ne le fait pas. Mais vous êtes autant attirés l'un que l'autre. Alors pourquoi ne pas mêler plaisir et travail ?

– Vous vous êtes passé le mot, ou quoi ? grondé-je en levant les yeux au ciel.

– Comment ça ?

– Parce qu'il m'a sorti le même discours tout à l'heure.

– Tu vois ! s'exclame d'une voix aiguë Mathilde.

– Ouais, mais c'est mort de toute façon, dis-je en haussant les épaules même si elle ne peut pas me voir.

– Pourquoi ?

– Parce que j'ai de nouveau refusé et qu'il va coucher avec une autre meuf ce soir pour se venger.

– Ce soir ? Il a invité une meuf chez vous ?

– Chez lui, corrigé-je. Et non, il fait une petite fête.

– Et tu me parles au téléphone ? s'égosille mon amie. Mais enfin, descends et montre-lui qu'il ne voudra jamais coucher avec une autre fille que toi.

J'éclate de rire et secoue la tête.

– Arrête, Mathilde, tu sais de qui on parle ? Ce n'est pas parce qu'il est attiré par moi que je serai la seule dans son lit jusqu'à la fin de sa vie.

– S'il tombe amoureux de toi, si. Ça se voit qu'il est dévoué quand il aime quelque chose ou quelqu'un.

Je me racle la gorge et garde sous silence qu'il a dit que je pourrais être la fille dont il pourrait tomber amoureux. Je préfère éviter que Mathilde ne se fasse des films. Elle serait capable de prendre un avion jusqu'ici et de nous jeter dans les bras l'un de l'autre.

Mon téléphone vibre, m'annonçant l'arrivée d'un message, de Drew encore, qui me rappelle de demander le numéro de Mathilde.

– Au fait, il y a Drew, le batteur de Carson, qui me demande si je peux lui donner ton numéro.

– Mon numéro ? s'étouffe Mathilde. Mais pour quoi faire ?

J'éclate de rire. Mathilde est douée pour me faire la morale, mais quand ça la touche, elle, plus personne n'est là.

– Je ne sais pas. Peut-être que tu lui plais.

– Tu ferais quoi à ma place ?

– Je pense que j'accepterais, pour voir de quoi il retourne. Et si ça ne te plaît pas, tu peux arrêter la conversation.

– OK. Donne-lui, alors.

– Cool, comme ça, il arrêtera de me harceler.

Nous rigolons puis nous parlons de travail et de tout et rien jusqu'à ce que je me rende compte que ça fait une heure que nous sommes au téléphone.

– Bon, Mathilde, je vais y aller. Je suis prête depuis longtemps déjà et je ne suis pas encore sortie de ma chambre.

– Au moins tu l'auras fait mariner, plaisante Mathilde. Allez, va lui faire perdre la tête. Je t'aime, tu me manques.

– Tu me manques aussi.

Je laisse mon téléphone sur mon lit, me regarde dans le miroir et arrange la chemise qui était remontée. Je sors ensuite de ma chambre, que je ferme à clé. Je préfère éviter que des gens aillent coucher dans mon lit. J'entends la musique dès que je sors de la pièce. Je descends les escaliers et débouche sur la pièce à vivre qui grouille d'une centaine de personnes. Il y a aussi des invités dans la cuisine, sur la terrasse et même à l'avant de la maison. Je suis désolée, mais on est loin d'être seulement une cinquantaine.

Je cherche Carson et le trouve finalement installé sur le canapé, entouré de ses amis et de filles, dont une qui est assise sur ses genoux.

Eh bien, ça commence, reste calme, Iris !

Drew est le premier à me remarquer.

– Hé, Iris, viens !

Carson relève la tête tout à coup et son regard attrape le mien puis il parcourt mon corps, s'arrêtant déjà sur ma poitrine mise en valeur, mes cuisses, mes jambes et mes pieds nus. Non, je n'avais pas non plus envie de porter des chaussures. Je ne sais pas s'il a reconnu sa chemise, mais sa mâchoire se crispe et il perd son sourire.

Je le lâche des yeux pour me concentrer sur ses amis et, d'un signe de la main, je leur fais comprendre que je vais à la cuisine avant. En passant, je crois reconnaître quelques stars, mais il y a aussi des inconnus. Dans la cuisine, je saisis une bouteille de bière et rencontre le regard insistant d'une fille. Elle lorgne mon corps avec un air dédaigneux. Mais elle m'excusera, je reste toujours plus habillée qu'elle.

– Un problème, peut-être ? demandé-je froidement.

Si elle paraît étonnée que je l'attaque avant elle, elle se rattrape vite.

– T'es nouvelle ? questionne-t-elle d'un ton hautain. Je ne t'ai jamais vue avant.

J'aurais aimé ne jamais la voir du tout. D'un ton sec, je dis :

– Je travaille pour Carson.

– Et tu vis chez lui ? T'es quoi ? Sa groupie attitrée ?

Je ris jaune. Je m'attendais à ce que ce soit une garce, mais elle y va fort.

– Est-ce que je te dis que t'as l'air d'une groupie parce que tu ne portes pratiquement rien ? Non, parce que moi, au moins, j'ai du respect. Occupe-toi de ton cul.

Sur ces paroles, je fais demi-tour et sors de la cuisine pour retourner dans le salon. Comme s'il attendait que je réapparaisse, Carson me fixe dès que je suis dans son champ de vision. Je m'approche du groupe et compte m'installer entre Drew et Kyle. Mais alors que je passe devant Carson sans lui accorder une quelconque attention, il attrape mon poignet.

– C'est quoi, cette tenue ? crache-t-il.

– TA chemise, insisté-je bien sur le premier mot, et la fille sur ses genoux nous regarde l'un après l'autre avec un air perplexe.

Oui, ce n'est pas très professionnel de ma part, et je peux passer pour une petite copine jalouse. J'en suis gênée, mais j'en ai marre de me mentir, je ne supporte pas de voir mon idole avec une autre fille.

Carson la dégage de ses genoux puis se lève et saisit mon bras.

– Vous nous excusez, dit-il à ses amis, choqués, avant de nous emmener à l'étage.

Je traverse sa chambre, car oui, elle n'est toujours pas rangée et aller de la porte à son lit relève d'une épreuve de *Koh Lanta*. Je m'assieds sur son lit en attendant qu'il parle.

– Tu t'es habillée comme ça pour te venger, ou quoi ? gronde-t-il en passant ses mains sur son visage.

– Non, parce que je voulais être à l'aise.

– Mais on voit pratiquement ton cul, hurle-t-il, perdant

patience. C'est ce que tu veux ? Montrer ton cul aux mecs comme certaines meufs qui traînent en bas ? Putain, tu vaux mieux que ça, Iris.

Il n'est pas sérieux ? Si ?

Malgré tout, je garde mon calme, car ça ne sert strictement à rien de crier.

– Je ne montre pas mon cul… expliqué-je en me mettant debout pour relever le bas de la chemise afin qu'il voie mon short. Je porte quelque chose en dessous donc, non, je ne voulais pas ressembler aux meufs qui traînent en bas. Et quand bien même je serais sortie sans short, c'est ma vie. Mais merci de la comparaison.

Carson lève les bras et passe les mains dans ses cheveux pour tirer sur les pointes avant de souffler.

– Putain de merde.

Je décide de sortir, car je refuse de m'éprendre encore plus d'un mec qui traite les femmes comme ça. Je déverrouille la porte et l'ouvre de quelques centimètres. Mais sa main la referme sauvagement, me faisant sursauter. Je n'ai pas peur de lui, mais clairement je ne m'y attendais pas.

– On n'a pas fini, tu comptes aller où ? crache Carson.

Je lève la tête et le défie du regard.

– Montrer mon cul, bien évidemment.

– Arrête, supplie-t-il en s'éloignant pour me laisser de l'espace puis en s'asseyant au bord du lit. Je ne pensais pas ce que j'ai dit. Je suis désolé.

Je m'approche doucement pour me placer en face de lui.

– Tu ne t'excuses jamais d'habitude, pourquoi tu le fais une deuxième fois ?

Il relève la tête et m'observe d'un regard coupable.

– Parce que tu es importante pour moi, je ne veux pas te faire de mal.

Je souris faiblement et écarte ses jambes pour me faire une place entre elles. Ma poitrine se trouve juste devant sa tête, mais ce sont mes yeux qu'il fixe sans relâche. Touchée, je chuchote, car j'ai peur de l'avouer à voix haute :

– Toi aussi, tu es important pour moi. Et je n'ai pas supporté la manière froide dont s'est terminée notre journée.

Ses mains se posent sur le bas de mon dos et il m'attire contre lui, enfouissant sa tête dans ma poitrine. Je passe mes mains sur sa nuque puis lui caresse le cuir chevelu. Carson gémit contre ma peau, me donnant des frissons.

Nous restons dans cette position quelques instants en silence, suffisamment pour que les paroles de la fille de la cuisine et celles de Carson me reviennent en tête. Mal à l'aise, je demande :

– Est-ce que je ressemble vraiment à une groupie vulgaire dans cette tenue ?

Carson relève la tête d'un bond, me faisant sursauter et reculer. Heureusement qu'il a toujours ses mains dans mon dos et qu'il m'aide à me stabiliser.

– Iris, je t'ai déjà expliqué que je ne pensais pas ce que je t'ai dit.

– Non, non, m'empressé-je de préciser, je ne parlais pas de toi.

– De qui alors ? Qui t'a dit ça ? s'impatiente-t-il, le regard déjà rempli de colère.

Ne souhaitant pas créer de drame, j'essaie de lui faire oublier mes paroles en posant ma main sur sa joue, mais sa mâchoire reste aussi crispée.

– C'est qui ?

– Je ne sais pas. Elle est blonde, mais ça ressemblait plus à du jaune.

Il inspire fortement et relâche une longue expiration.

– Ouais, je vois qui c'est.

Il me pousse et se lève du lit, prêt à sortir de la chambre, mais je le rattrape par le bras.

– S'il te plaît, ne fais rien.

Il me scrute, étonné.

– On ne s'en prend pas aux gens qui sont importants pour moi, sache-le.

– Mais…

Carson me coupe en déposant un baiser sur mes lèvres ouvertes.

– Laisse tomber, Iris, tu ne gagneras pas cette bataille.

Il prend ma main et me tire après lui dans les escaliers. Mais avant que nous ne retournions dans le salon, il me fait passer devant lui et chuchote contre mon oreille.

– Ma chemise te va mieux qu'à moi. Tu me rends fou avec.

Je rougis jusqu'aux oreilles, mais ma joie ne dure pas longtemps, car la fille de tout à l'heure se matérialise devant nous. Carson se tend derrière moi. Je l'incite à rejoindre ses amis, mais comme il est bien plus grand et plus fort que moi, je n'arrive même pas à le faire bouger.

Il fusille du regard la fille. Elle le remarque, un sourire hypocrite étire ses lèvres et elle demande :

– Un problème ?

– Dégage de chez moi, ordonne sèchement Carson.

– Pardon ? s'offusque-t-elle.

Carson s'approche d'un pas menaçant. Je m'interpose

et pose mes mains sur son torse.

– Arrête, le supplié-je.

– Personne n'insulte ma famille, dégage ! gronde-t-il par-dessus ma tête.

La fille me lance un regard noir, mais elle décide tout de même de sortir.

– Carson !

Il m'accorde enfin son attention. Je fais pression sur sa main et chuchote :

– Merci.

Carson me suit enfin jusqu'au canapé où se trouvent toujours ses amis. Kyle est le premier à nous remarquer.

– Vous avez fait des bébés, ou quoi ? demande-t-il en éclatant d'un rire sonore qui fait retourner les gens sur nous.

Je suis soulagée que personne ne me fasse de remarque sur mon attitude complètement déplacée ou sur le fait que j'aie pris la chemise de Carson.

Je vois que Drew a les yeux dilatés, c'est peut-être pour ça qu'il ne dit rien, il a sans doute oublié ce qu'il s'est passé. Je secoue la tête en riant légèrement. Il est déjà pété. Je crois que je vais attendre un peu pour lui donner le numéro de Mathilde.

– Hé, Iris, m'appelle Kevin et je lui retourne un regard presque choqué. Viens, on n'a pas encore beaucoup parlé.

Je m'assieds à ses côtés, Carson me suit. Aaron et Mason, qui n'étaient plus là, reviennent de la terrasse.

– Apprenons à connaître notre future belle-sœur, s'exclame Aaron en me tendant une bière et en y cognant la sienne.

– Et si vous arrêtiez de raconter de la merde ? les rembarre Carson en levant les yeux au ciel.

J'apprécie qu'il ne m'incite pas à venir sur ses genoux, mais je crois que j'aime bien aussi qu'il enlace mes épaules et me colle contre lui. Comme ça, on pourrait croire que nous sommes presque amis, ou meilleurs amis, ou amis avec avantages. Bref, en tout cas, on ne ressemble pas à un couple.

Moi, contradictoire? Complètement!

– Donc on célèbre quoi? demandé-je en les regardant chacun à leur tour.

– Rien de spécial, me répond Kevin. Juste la fin de la tournée, en espérant en refaire une bientôt.

Je souris en comprenant que, malgré ce que l'on peut penser, il est aussi accro à la musique que les autres.

– Il y a plus de monde que prévu, non? questionne Aaron en regardant autour de lui.

– Ouais, constate Carson. Mais c'est toujours comme ça.

– Une vraie chaîne sans fin, soupire Mason. Les gens invitent leurs amis, qui invitent les leurs. Tu devrais limiter la prochaine fois, Carson.

Ce dernier confirme d'un hochement de la tête et mon attention dérive vers un mec qui somnole à moitié à l'autre bout du canapé.

– Il a pris quelque chose, n'est-ce pas?

– Ouais, acquiesce Carson en pinçant les lèvres. J'essaie d'éviter au maximum la drogue, mais je ne peux pas contrôler tout ce monde. Donc, fais gaffe et n'accepte un verre que de ma part, OK?

J'acquiesce et replie mes jambes afin d'être confortablement installée. Carson me lâche quelques minutes afin de se rouler un joint.

Il s'apprête à tirer dessus, mais il disparaît tout à coup de ses doigts.

– Salut, la compagnie, s'exclame une fille aux cheveux bleus, dont le visage me dit vaguement quelque chose.

Carson tente de récupérer son joint, mais la fille le met en bouche. Maintenant, je la reconnais, c'est la chanteuse qui a fait un duo avec lui sur son dernier album !

– Content de voir que t'as pu venir, Kiera, mais c'était mon joint, ça.

– Oh, pauvre chou ! Je suis sûre que ce n'était pas ton premier de la soirée, rétorque-t-elle en lui soufflant la fumée au visage.

– Eh bien, si, figure-toi, rouspète Carson en m'enlaçant de nouveau, attirant le regard de Kiera sur moi.

– Bien évidemment, s'exclame-t-elle avec un grand sourire, tout en poussant Kevin pour s'asseoir à côté de moi.

– Vas-y, fais comme chez toi, grogne ce dernier.

– Toi aussi, tu m'as manqué, Kevin.

Je l'adore ! Kiera se tourne de nouveau vers moi et m'adresse un grand sourire amical avant de me prendre dans ses bras.

– Enfin, je te rencontre, Iris !

– Toi aussi, tu me connais ?

Kiera lève les yeux au ciel et pointe du doigt Carson.

– On a une conversation commune tous ensemble et ça fait des semaines qu'il ne parle que de toi.

– Je crois que je ne veux pas savoir ce qui se dit dans cette conversation, rétorqué-je, les yeux écarquillés.

– Oh ! Ne t'inquiète pas. À part quelques allusions au fait que tu le rendes dur, il ne dit que des trucs trop mignons sur toi. (En passant, elle saisit son téléphone et me le tend.)

Entre ton numéro pour être dans la conversation aussi.

Je jette un coup d'œil alarmé à Carson, ayant peur qu'il ne refuse que je m'incruste encore plus dans sa vie. Mais il hausse les épaules, me faisant comprendre que je fais ce que je veux. Alors je saisis le téléphone de Kiera et y entre mon numéro. Tout de suite après, je reçois un message sur le mien.

Une fois que je suis dans leur discussion commune, Kiera saisit ma main et se lève, m'entraînant avec elle.

– Allons danser.

– Je… commence Carson, mais elle le coupe en le frappant derrière la tête.

– Je te promets que je ferai attention à ta chérie, et oui je ferai attention à ce qu'on ne lui donne pas de verre.

Carson croise les bras, à court de repartie, pendant que je lâche un rire nerveux. Notre relation ambiguë est-elle invisible pour tout le monde, excepté pour l'entourage proche de Carson ? Kiera m'emmène sur la piste de danse improvisée, en saisissant par la même occasion des shots d'alcool, de la vodka, je crois, selon l'odeur. Je sens toujours le regard de Carson dans mon dos, il pourrait presque me brûler la peau. Sur la piste, je me rends compte que Kiera n'est pas beaucoup plus grande que moi, elle ne doit faire que dix centimètres de plus. C'est donc assez facile de bouger ensemble. Mais j'avoue, je ne suis pas encore très à l'aise de me déhancher alors que Carson me fixe.

– C'est fou comme il ne te quitte pas des yeux, s'amuse Kiera.

– Il a juste peur qu'on me drogue ou quelque chose comme ça, expliqué-je en haussant les épaules.

– Pense ce que tu veux, ma belle, mais je sais que t'es la

seule qu'il mate comme ça.

Je ne réponds pas car je ne veux pas m'avancer et je ne veux surtout pas y réfléchir. Mes actions, ces derniers temps, me déroutent assez comme ça. Je décide alors de me laisser entraîner par la musique et par l'alcool pour oublier.

Au fur et à mesure des chansons, nous prenons toutes les deux nos aises avec l'une et l'autre, surtout grâce à l'alcool qui coule dans nos veines. Je suis maintenant dos à elle, les bras en l'air. Nous nous balançons dans un geste lancinant et, quand j'ouvre de nouveau les yeux, je surprends ceux dilatés de Carson qui scrutent mon corps.

Alors que j'allais me déhancher encore plus pour lui, une fille que je n'ai pas vue arriver se plante juste entre ses jambes écartées. Je vois sa main aux ongles de sorcière se poser sur l'épaule de Carson. Il la repousse gentiment, mais elle continue de revenir à la charge.

– Va marquer ton territoire, me murmure Kiera à l'oreille.

Si je n'étais pas alcoolisée, je n'aurais rien fait. Mais ce n'est pas le cas, alors je ne me le fais pas dire deux fois. Je me dirige à grands pas vers eux et entends ce que la fille dit.

– La mini meuf est partie ?

Elle parle de moi, là ?

Carson lui assène un regard noir et ouvre la bouche pour répondre.

– La petite est là, merci de ton inquiétude.

Sur ces paroles, je m'assieds sur les genoux de Carson. Il attrape tout de suite mes hanches pour me coller contre lui. Désinhibée, je me laisse aller sans penser aux conséquences que pourrait provoquer mon manque de discernement à cause de l'alcool.

– Hé, mon lion.

Bon, ce n'est pas très original puisque c'est le surnom qu'il me donne, mais je n'ai pas mieux sur le coup.

– Hé, mon petit lion.

Il m'adresse un sourire lubrique et attrape mes lèvres avec les siennes pour un baiser bien plus langoureux que nécessaire, et dans lequel je devine toute son impatience et son désir.

– Eh bien, c'est chaud entre vous, on fait un plan à trois ? s'incruste Kiera en s'asseyant à ma place de tout à l'heure.

– Même pas en rêve, gronde Carson en m'enlaçant pour que je reste dans ses bras.

Serait-il jaloux ?

Je ricane intérieurement, mais sa possessivité m'excite malgré moi. Et je commence à comprendre que je devrais éviter l'alcool quand je suis dans la même pièce que lui.

Est-ce que je me mens à moi-même depuis le début ? Ne serais-je pas définitivement en train de prendre l'excuse de travailler avec lui pour ne pas me poser de questions sur ce que je ressens réellement ?

C'est Kiera qui me ramène parmi eux en boudant :

– Ouais, je m'en doutais pour le plan à trois. T'aurais pu faire venir des meufs bonnes aussi. Iris est la seule beauté de la soirée.

Je connaissais déjà l'orientation sexuelle de Kiera, mais je pense qu'elle a aussi deviné la mienne. Je la remercie d'un grand sourire pour son compliment.

Elle saisit son portable, qui devait vibrer, et son sourire s'éteint de plus en plus. Carson le remarque aussi et lui demande :

– Un problème ?

Kiera souffle de mécontentement et balance son téléphone entre nous sur le canapé.

– Ouais, mon frère ne peut pas venir me chercher. Et je ne peux compter sur personne ici pour me ramener, car personne n'est sobre.

– Ça va, soupire Carson. Je n'ai pas bu ni fumé tant que ça. Je peux te ramener chez toi.

Il est fou, ou quoi ?

– Non, rétorqué-je, la voix dure. Tu ne sais pas ce qui peut se passer sur la route, je refuse que tu prennes le volant.

– Petit lion…

– Non, c'est bon, le coupe Kiera. Je suis d'accord avec Iris.

– Bah, tu vas faire quoi, alors ? Tu peux rester dormir ici, mais les mecs vont rester aussi et il n'y aura plus de chambres.

Ils réfléchissent tous les deux alors que j'ai la solution. Je ne sais pas si c'est une bonne idée, mais je refuse que Kiera rentre par ses propres moyens alors qu'elle a bu et fumé.

– Tu peux prendre ma chambre. Je dormirai avec Carson, dis-je sur le coup, et deux têtes interloquées se tournent vers moi.

– Tu veux dormir avec moi maintenant ? questionne-t-il, ses lèvres s'étirant dans une moue satisfaite.

Merde ! Pourquoi j'ai bu ? J'essaie de me rattraper, mais je sais que c'est trop tard.

– Ou on peut dormir ensemble avec Kiera.

– Tss, tss, se moque Carson en tapant sur le bout de mon

nez. Trop tard, Iris, il fallait réfléchir avant.

J'aurai essayé. Je n'ai plus qu'à m'en prendre à moi-même maintenant. Est-ce une bonne idée de dormir avec lui avec de l'alcool dans le sang ?

– Je n'aurais pas refusé, avoue Kiera en haussant les épaules. Mais ça me va. T'es OK, Carson ?

– Vous êtes sérieusement en train de me demander si ça me dérange de dormir avec Iris ?

Nous le regardons toutes les deux avec insistance, car il n'a toujours pas répondu.

– Vous êtes tarées, je n'attends que ça.

Il me pousse à me mettre debout.

– Allez, au lit, on a des choses à faire.

J'éclate de rire et le pousse à se rasseoir.

– On ne fera rien du tout à part dormir.

17

Carson

Après notre dernière discussion avec les filles, c'est parti en vrille. Iris, bien plus à l'aise, s'est laissée aller, et je la soupçonne d'être complètement bourrée, même si elle prétend le contraire. Je me demande si c'était une bonne idée d'inviter Kiera, parce que ces deux-là s'entendent comme cul et chemise et n'ont pas arrêté de danser.

Sinon, quand elles ne dansent pas, elles rigolent pour un rien. Mais je ne vais pas me plaindre, car avec de l'alcool dans le sang, Iris a moins de barrières et se colle bien plus que nécessaire contre moi.

Putain, depuis quand c'est moi qui suis pratiquement sobre, et elle bourrée ?

Jamais je n'aurais cru ça possible.

Je reviens de la terrasse où j'étais allé discuter musique avec un pote quand je remarque qu'Iris n'est plus où je l'avais laissée, c'est-à-dire avec les mecs sur le canapé. Soit dit en passant, ils ne sont plus là non plus. Je tourne sur moi-même pour chercher

Kiera, mais même chose. Ils se sont tous volatilisés, ou quoi ?

Je m'apprête à retourner sur la terrasse quand un son que je connais bien s'élève par-dessus la musique.

Je descends les escaliers jusqu'à mon studio, dont la porte est ouverte. J'entre, me demandant ce que je vais y trouver, mais je n'imaginais pas du tout voir Iris et mes potes faire un jam. Iris est à la batterie et Drew à ses côtés la surveille, pendant que Mason, Aaron et Kevin jouent de leur instrument : Mason au clavier, Aaron à la basse et Kevin à la guitare. Kiera est au centre et tente d'improviser une chanson.

Étant donné qu'ils sont tous pétés, le résultat est hilarant, mais je remarque qu'Iris est ô combien à fond dans son jeu de batterie. Elle donne tout, elle a un sourire épanoui et, franchement, elle est plutôt douée. Même Drew semble subjugué devant son talent.

Soudain, Iris lève les yeux, lâche un cri en me voyant et fait tomber une des baguettes en passant. Je secoue la tête, hilare, puis m'appuie contre le mur et les regarde pendant qu'ils jouent un autre set. Le concert alcoolisé de mes potes est bien plus intéressant que la fête en elle-même.

Une fois qu'ils ont fini leur petit concert, nous remontons au salon et Iris s'affale contre moi sur le canapé.

– Carsooonnn, m'appelle-t-elle d'un ton traînant alors qu'elle pose la tête sur mon épaule et passe une jambe par-dessus les miennes.

Je la serre contre moi d'un bras autour de ses épaules pour qu'elle ne tombe pas.

– Oui, beauté ?

– Je suis fatiguée et j'ai la tête qui tourne, bredouille-t-elle dans mon cou.

– Tu m'étonnes, dis-je dans un rire. Allez, je t'emmène au lit.

Je pousse sa jambe, me lève puis me penche pour la porter. Elle a quand même le réflexe de nouer ses mains autour de mon cou et ses jambes autour de mon bassin. Sinon, tout son corps est mou contre le mien.

Je traverse le salon assez facilement, puisqu'il ne reste plus qu'une dizaine de personnes maintenant, et je monte les escaliers jusqu'à ma chambre. Je crois qu'entre-temps, Iris s'endort dans mes bras, car son souffle est devenu régulier contre ma peau. Un bras sous ses fesses, j'ouvre la porte de l'autre et la referme tant bien que mal avec mon pied. Je dépose doucement Iris sur mon lit pour ne pas la réveiller et me relève pour l'observer.

Je suis censé faire quoi, maintenant ?

Je souffle fortement et m'assieds au bord du lit avec toujours un œil sur elle.

Même dans cet état, elle est magnifique. Et la voir dans mon lit, ça me fait clairement quelque chose. Je ne saurais pas dire quoi, mais je suppose que je trouverai pour écrire mes futures chansons, car sans aucun doute elle aura sa part de responsabilité dans mon prochain album.

– Salut…

Je sursaute et me tourne vers Kiera, qui entre prudemment dans la chambre. Elle me tend une bouteille d'eau.

– Je pensais qu'elle en aurait peut-être besoin, vu son état.

Je me frappe mentalement de ne pas y avoir pensé. J'étais si content de la voir enfin céder à l'idée de dormir avec moi que je n'ai pas pensé à son bien-être. Je devrais peut-être me rattraper, non ? Je dis la première chose qui me passe par la tête :

– Je dois la démaquiller.

Kiera lève les yeux au ciel.

– Elle ne va pas mourir parce qu'une fois elle ne s'est pas démaquillée. Détends-toi. Ce n'est pas grave.

Je ne réponds pas et observe Iris. Je ne sais pas pourquoi, mais j'ai besoin qu'elle se sente à l'aise.

– Depuis quand t'es aussi attentionné ? glousse Kiera. C'est la première fois que je te vois comme ça, alors qu'elle n'est pas la première fille dans ta vie.

Je lui jette un regard noir et me lève pour poser la bouteille sur la table de nuit près d'Iris.

– C'est bon, j'essaie juste d'agir au mieux.

Kiera lève les mains en l'air et se retient de rire, je décide donc de la chasser de ma chambre.

– Sors et va dormir aussi, tu tiens à moitié debout.

– D'accord, papa.

Je l'entends rire même après qu'elle a fermé la porte et tout le long du chemin jusqu'à la chambre d'Iris.

En parlant de cette dernière, je m'assieds à côté d'elle et détache ses cheveux de sa queue-de-cheval. Ils retombent autour de ses épaules et sur son front, je les dégage pour avoir accès à son visage.

Je regarde ensuite son corps et me demande si je dois la déshabiller ou non. Je commence par défaire la ceinture qui retenait ma chemise cintrée autour de sa taille. Je ne me suis toujours pas remis du fait qu'elle ait osé me piquer ma chemise pour la porter. En fait, je ne me remets pas de l'effet que cela me fait. Dès que je l'ai vue, j'ai voulu lui sauter dessus et la ramener dans la chambre pour la baiser, mais aussi pour lui interdire de se promener comme ça. Bien que, finalement, elle portait un short qu'elle avait caché.

Petite peste, va.

Une fois la ceinture au sol, ma chemise se détend autour de son corps et je ne trouve Iris que plus sexy comme ça. J'aimerais qu'elle porte mes vêtements à jamais.

Elle se retrouve maintenant avec son short biker. Je le retire en le faisant glisser sur ses jambes délicates. Une fois cela fait, je la laisse avec ses sous-vêtements et ma chemise.

Je suis déjà au bord du supplice. Ma queue est dure dans mon boxer et je me demande comment je vais faire pour me calmer. Je crois que rien ne fonctionnera.

Je me désape en entier, car je déteste dormir ne serait-ce qu'avec un boxer, puis rejoins Iris dans mon pieu.

***

Je me réveille en sursaut, me demandant quelle heure il est. J'écarquille les yeux quand je vois neuf heures sur mon téléphone. J'ai dormi six heures, sans avoir bu ni fumé juste avant de me coucher. Et surtout, je n'ai pas fait de cauchemar ou d'insomnie.

Waouh, exploit.

Je devrais cocher cette date sur le calendrier.

Je suis toujours dans la position dans laquelle je me suis endormi, à un détail près : Iris n'est plus à mes côtés, mais tout simplement sur moi, ses jambes de part et d'autre des miennes et sa tête dans mon cou. Ses cheveux se raccrochent à ma barbe de trois jours. Elle sourit légèrement, elle doit faire un rêve agréable, j'espère que je suis dedans.

Je laisse ma main se balader du haut de son dos jusqu'à

ses fesses, et remonte tout en laissant mes doigts traîner sur ses reins. Iris se met tout à coup à gigoter sur moi et elle laisse même échapper un rire alors qu'elle dort toujours.

Serait-elle chatouilleuse ?

Mais je remarque aussi les frissons qui sont nés tout à coup sur sa peau.

Aurais-je donc trouvé son point faible ?

Intéressant.

Elle gigote de plus en plus et je sens que sa respiration change. Elle est sur le point de se réveiller. Justement, ses paupières papillonnent et s'ouvrent ; elle ancre son regard dans le mien. Une rougeur mignonne s'étend sur ses joues et elle cache sa tête dans mon cou.

– T'es réveillé depuis longtemps ?

Elle gémit et se laisse aller contre moi.

– Ça va ?

Elle hoche la tête, se laisse glisser sur le côté, mais dans la foulée je vois son visage changer de couleur.

– Non, ça ne va pas.

Puis d'un bond, elle se lève et court dans ma salle de bains où elle régurgite tout ce qu'elle a avalé hier soir. Je me lève à mon tour et décide d'aller la soutenir.

J'arrive derrière elle et mon cœur se serre quand je la vois retenir difficilement ses cheveux. Avec une douceur que je ne me connaissais pas, je pose une main sur son épaule et la masse pour la détendre, en même temps que, de l'autre main, je retiens ses cheveux.

– Plus jamais je ne bois, bafouille-t-elle.

Je rigole légèrement en la revoyant avaler shot sur shot hier soir.

– J'admets que tu n'y es pas allée de main morte.

– Pourquoi tu ne m'as pas empêchée ? demande-t-elle, la voix remplie de remords.

– Crois-moi, j'ai essayé.

Elle lâche un long râle puis se relève. Je prends une brosse à dents neuve en rab, que j'avais dans mon tiroir, et lui tends.

– Tiens.

– Merci, rougit-elle, embarrassée.

Elle se tourne vers le miroir et sursaute en voyant son reflet.

– Tu ne m'as pas déshabillée ?

L'étonnement dans sa voix ne m'échappe pas.

– Non, je pensais que t'aurais aimé avoir le choix si tu avais été sobre.

– Ce n'est pas faux, merci.

Puis pendant qu'elle se brosse les dents, je cherche une aspirine dans mon placard, que je lui donne quand elle a fini. Une fois le comprimé avalé, nous retournons dans la chambre et elle s'affale en étoile de mer sur le lit.

– Je suis fatiguée, j'ai mal au ventre et j'ai mal la tête.

Je souris légèrement et enfile un boxer, histoire de ne pas continuer à me balader à poil.

– T'as faim ? Quelque chose te ferait plaisir ?

– Un pain au chocolat, baragouine Iris, le nez dans l'oreiller.

J'éclate de rire et frappe son cul gentiment.

– Tu n'es plus en France, petit lion.

– Oh, c'est vrai, réalise-t-elle d'un ton morne. Très bien, des pancakes alors.

– Ça marche, rejoins-moi quand tu veux.

J'ouvre la porte de ma chambre, mais elle me rappelle.

– Carson ?

– Mmm ?

– On n'a rien fait hier soir, hein ? questionne-t-elle, tout à coup sérieuse.

Je n'ai jamais profité d'une femme en état d'ébriété, alors le fait qu'elle puisse le penser me fait me sentir mal. Seulement, j'essaie de ne rien laisser paraître.

– Non, je ne t'aurais jamais fait ça, lui juré-je, et j'obtiens un sourire reconnaissant en récompense.

***

Quand j'arrive au rez-de-chaussée, Mason regarde la télé dans le salon. Pour ne pas changer, il a dû se réveiller à la première heure afin de nettoyer la maison, tel le maniaque qu'il est. On a largement de quoi se payer une femme de ménage après nos soirées, mais lui refuse de rester dans la crasse.

– Hé, le salué-je en passant, merci d'avoir remis ma maison sur pied.

– La nuit était bonne ? me questionne-t-il en me suivant dans la cuisine où je sors les ingrédients dont je vais avoir besoin.

Je ne suis pas un pro, mais je sais au moins faire des pancakes.

– Tranquille, et toi ? T'as dormi où, déjà ?

– Aaron et moi on a pu avoir les deux autres chambres d'ami restantes, tandis que Drew et Kevin se sont coltiné le canap'. Drew est sur la terrasse et Kevin a dû partir ce matin en vitesse, car sa mère avait besoin de lui. Mais attends, tu vas cuisiner ? s'étonne-t-il.

Je hausse les épaules et prépare la pâte.

– Ouais, Iris a la gueule de bois et veut des pancakes.

Mason éclate d'un rire tonitruant à s'en tenir le ventre. Je le questionne du regard et il arrête de rigoler tout à coup.

– Parce que t'es sérieux ? Tu vas vraiment cuisiner ? Merde, mec, t'es accro à elle.

– Ferme-la, sinon tu te prends un coup de poêle dans la gueule, dis-je en rigolant.

Je le mets en garde et il lève les mains au ciel tout en continuant de jubiler.

– Bonjour.

Nous nous retournons tous les deux pour apercevoir Iris qui fait son entrée dans la cuisine. Si elle a une gueule de bois, ça ne se voit plus.

– Salut, beauté, l'accueille Mason en la prenant dans ses bras. Il faut qu'on joue plus souvent, c'était trop bien hier ! Drew pourrait t'apprendre encore plus la batterie.

Je grince des dents tout en me concentrant sur les pancakes, pour ne pas les jeter à la tête de Mason.

Non, je ne suis pas jaloux de mon pote, pas du tout.

– Salut, lui répond doucement Iris. Je ne me souviens pas de tout pour être honnête, mais je sais que j'ai adoré notre concert improvisé. J'ai toujours aimé la batterie.

Si elle n'est pas encore entièrement à l'aise avec eux, j'ai l'impression que leur jam d'hier a aidé à les rapprocher. C'est vrai qu'ils avaient entendu parler d'elle pendant toute la fin de la tournée, tandis qu'elle ne les avait vus qu'une ou deux fois avant hier.

Je la sens ensuite s'approcher de moi dans mon dos. Je ne

bouge pas et attends de voir ce qu'elle va faire. Puisque je ne sais jamais quand madame a ses barrières ou non, je la laisse contrôler. Mais ça ne va pas durer longtemps avant que je ne déclare la chasse gardée. Elle dépose un doux baiser sur mon épaule. Je souris malicieusement quand je devine qu'elle s'est mise sur la pointe des pieds.

Elle va ensuite s'asseoir à côté de Mason, et je lui sers les premiers pancakes cuits.

– Et moi ? s'insurge mon pote.

Je hausse un sourcil et lui tends la poêle pour qu'il se débrouille.

– T'as cru que j'étais ton cuisinier, ou quoi ?

– Garde-les, tes pancakes de merde, râle-t-il.

– Ils sont très bons. Tu raterais quelque chose, intervient Iris en me lançant un clin d'œil joueur.

Mon pote la regarde avec un air ahuri puis descend prestement du tabouret. Il sort ensuite de la cuisine en s'exclamant :

– C'est pas vrai, elle est comme lui.

– C'est seulement maintenant que tu t'en rends compte ? lance Kiera avant qu'elle n'entre dans la cuisine, mon Smartphone en main. Il sonnait dans ta chambre, j'ai vu que c'était Alya, alors j'ai décroché.

Iris s'étouffe avec ses pancakes pendant que je récupère mon appareil. Je suis habitué maintenant à ce que mon amie fasse comme chez elle partout, mais je peux comprendre que cela choque. Je reprends la ligne :

– Ouais ?

– Salut, Carson, tu te rappelles le Festival Roll and Scream à New York qu'on avait refusé parce qu'on ne connaissait pas encore les dates européennes de la tournée ?

Bien sûr que je m'en souviens. C'est un festival que j'adore, mais ma tournée européenne était plus importante.

Et heureusement car, sans cette tournée, je n'aurais jamais rencontré Iris.

– Ouais, et ?

– Eh bien, un des groupes leaders du dimanche ne peut pas venir. Ils sont donc revenus vers moi pour demander si tu peux y jouer étant donné qu'on a fini la tournée.

– C'est quand, déjà ? demandé-je en fronçant les sourcils et en parcourant mon emploi du temps mentalement.

– Ce dimanche.

Nous sommes mardi, donc ça laisse de la marge pour se préparer et s'y rendre.

– Bah, écoute, je suis partant si les mecs n'ont rien de prévu.

– Cool. Mason est toujours chez toi ?

– Ouais, il est là. Kevin est parti, mais je vais l'appeler.

– OK, ça marche. Tu diras à Mason de vite rentrer à la maison. Et tu demanderas à Iris si elle veut commencer son taf plus tôt et t'accompagner au festival ?

– Attends, elle est avec moi. Je te mets sur haut-parleur.

– Salut, Iris, tu vas bien ? questionne d'emblée Alya, une fois que j'ai fait la manipulation.

Iris avale son bout de pancake et répond avec un grand sourire, même si mon amie ne peut pas la voir.

– Salut, Alya, ça va, merci. Et toi ?

– Ça ira quand Mason sera rentré, gronde-t-elle avant de reprendre. Donc je ne sais pas si t'as entendu, mais je disais à Carson qu'il pouvait participer à un festival ce dimanche à

New York. Est-ce que ça t'irait de commencer ton contrat plus tôt et de l'accompagner ?

Un sourire épanoui éclaire le visage d'Iris.

– Oui, bien sûr.

– T'es sûre ? Si tu ne veux pas commencer sans avoir signé, tu peux tout de même accompagner Carson.

Bon, dans tous les cas, elle vient, je n'envisage même pas qu'elle dise non.

Alors, qu'elle y bosse ou non, je m'en fous.

– Non, ne t'inquiète pas, la rassure Iris. Ça ne me dérange pas de commencer plus tôt, au contraire.

– Bon bah, super, je vais vous laisser, alors. Tu me reconfirmes, Carson ?

– Ouaip, pas de souci.

Je vais pour raccrocher, mais Alya me relance.

– Non, attends, Carson, j'allais oublier quelque chose. Vous logerez, toi et les mecs, dans les mêmes chambres que celles prévues pour le groupe qui s'est désisté. Mais du coup il faut une chambre en plus pour Iris. Donc, confirme-moi au plus vite si tout le monde est dispo pour que je leur dise de réserver une chambre supplémentaire, s'ils peuvent.

J'allais m'aventurer à proposer qu'Iris partage ma chambre, mais je ne sais pas comment elle réagirait. Et puisqu'elle reste silencieuse et garde la tête baissée sur son petit déjeuner, je suppose qu'elle ne dira rien. Donc je me tais aussi.

– J'en parle aux mecs et je te rappelle. Kiera, l'apostrophé-je après avoir mis fin à l'appel, je pense à un truc, là. Puisque notre clip vient de sortir, la semaine dernière, tu veux venir avec nous pour qu'on chante notre chanson ?

L'intéressée tire la grimace et pince les lèvres.

– J'aurais aimé, mais j'ai un concert à San Francisco dimanche.

– Ah oui, c'est vrai ! C'est comment, la tournée en première partie ?

Elle lâche un rire ironique.

– À ton avis ?

– Ouais, tu m'étonnes, je suis content d'avoir passé cette étape. Mais tu vas voir, t'as un talent, Kiera, le public va s'en apercevoir.

Faire les premières parties de chanteurs ou groupes, c'est à la fois grisant et déstabilisant. On ne sait jamais si on va plaire ou non au public, qui n'est pas venu pour nous. Alors je peux comprendre que Kiera ne soit pas si emballée, mais elle est passionnée, elle y arrivera.

Je me tourne vers Iris qui écoute notre discussion avec un grand intérêt.

– T'en penses quoi, petit lion ?

Elle lance un regard à Kiera et lui sourit.

– Eh bien, pour être honnête, je t'ai découverte grâce à ton duo avec Carson. Mais je suis d'accord, t'as vraiment une voix spéciale et t'es douée. Je suis persuadée que tu vas devenir de plus en plus connue.

Je crois que c'est la première fois que je vois Kiera rougir et elle semble réellement touchée de l'entendre.

– Merci beaucoup, Iris, t'es un ange.

– Ou pas, dis-je en faisant exprès de tousser, et je me récolte deux regards noirs.

J'éclate de rire et lève les bras en l'air en signe de reddition, avant de m'éloigner des filles.

– Je vais parler aux mecs, je vous laisse entre vous.

Kiera hoche vivement la tête et d'un geste me fait comprendre qu'il faut que je déguerpisse très vite. Mais avant de complètement sortir de la cuisine, je me retourne et interpelle Iris. Elle pivote sur son tabouret et m'adresse un regard lumineux.

– T'es toujours partante pour m'aider à ranger ma chambre ?

– Bien sûr, s'exclame-t-elle avec joie.

Alors je ne sais pas si elle est heureuse de ranger ma chambre ou de passer du temps avec moi…

Mais peu importe, tant qu'elle est avec moi, je me fous de ses raisons.

– Parfait, je t'y attends donc.

Je suis à peine sorti de la cuisine que Kiera questionne Iris.

– T'es amoureuse de lui ? Allez, dis oui, s'il te plaît !

Iris recrache, son café sûrement, mais elle ne répond pas. Elle doit rougir.

Merci, Kiera, de l'avoir mise mal à l'aise et au pied du mur, car elle va se refermer à l'aide de ses barrières.

Je rejoins les mecs qui sont tous autour de la table sur la terrasse. Je m'y assieds et Drew me tend un joint. J'ai l'impression que ça fait des siècles que je n'en ai pas fumé un. Je tire la première latte et recrache la fumée en gémissant.

Putain, c'est bon.

– Les gars, commencé-je, on a la possibilité de faire le festival à New York ce dimanche, ça vous tente ?

– C'était celui qu'on avait annulé parce qu'on ne connaissait pas les dates de la tournée européenne ? questionne Mason.

– Ouaip, et le groupe qui devait performer le dimanche soir en tant que *leads* a été obligé de se désister, alors les organisateurs ont pensé à nous.

– Moi, je suis partant ! acquiesce Drew en tirant sur son joint.

– Aussi, répondent en même temps Mason et Aaron.

– Parfait, commenté-je en sortant mon téléphone de ma poche. J'appelle Kevin pour lui demander. S'il peut, je rappelle Alya pour qu'elle confirme. Et, Mason, elle veut que tu rentres au plus vite chez vous.

– Ouais, j'y vais dès qu'on a la réponse de Kev.

Ce dernier décroche à la première sonnerie.

– Salut, mec, quoi de neuf ?

– Salut. Dis, tu n'as rien de prévu le dimanche qui vient ?

– Non, pourquoi ?

– Le festival à New York, t'es chaud ?

– Putain, mais ouais ! rugit-il.

– Nickel. Tu reviens chez moi dans l'aprèm pour qu'on s'organise avec la *setlist* et tout ?

– Pas de souci, je serai là.

Je raccroche et préviens immédiatement Alya pour lui confirmer et lui dire que Mason est en route. Joyeuse, elle me raccroche presque au nez pour rappeler les organisateurs.

– Bon, eh bien, je crois qu'on va tout de même faire ce festival, explosé-je en tapant sur la table.

Aaron et Drew rugissent et me suivent, à taper sur la table, attirant les filles qui doivent se demander ce qui se passe. Elles enlacent Drew et Aaron pour leur dire bonjour. Mason en profite pour rentrer chez lui après nous avoir tous salués. Quand Iris arrive à ma hauteur, je l'attire sur mes genoux et respire son odeur qui me rend fou. Elle se tient droite sans s'appuyer contre moi, sans doute gênée d'être dans cette position sans alcool dans le sang devant nos amis. Mais elle ne se relève pas non plus, alors j'en profite. Elle a de petits yeux flous et je la soupçonne d'avoir mal à la tête, mais elle fait bonne figure.

– Donc, commence Aaron en s'adressant à Iris, tu viens ?

Elle lui décoche un grand sourire et hoche la tête.

– Oui ! Vous allez maintenant avoir une deuxième présence féminine sur votre dos pendant toutes vos tournées, rit-elle.

Les mecs font semblant d'être atterrés, mais je sais qu'ils l'adorent. Jamais ils ne diront quelque chose de méchant sur elle.

– J'en connais un qui est heureux, dit Drew, me décochant un regard taquin.

Je sens Iris se tendre légèrement, mais je passe une main sur son dos sous son tee-shirt et elle se détend instantanément. Elle s'appuie contre mon torse, sa tête sur mon épaule, et esquisse un sourire apaisé. Je lui fais autant d'effet qu'elle m'en fait, je crois. J'ai l'impression d'avoir avancé de dix pas depuis hier soir… en espérant ne pas en refaire dix en arrière bientôt. Mon téléphone posé sur la table se remet à sonner. C'est Alya qui rappelle.

– Ouais ?

– Les organisateurs sont d'accord. J'ai voulu réserver une chambre pour Iris, mais l'hôtel est complet à cause du festival. Donc il va falloir que vous vous arrangiez.

– Attends, je leur demande. L'hôtel est complet, on ne peut pas réserver de chambre pour Iris. Donc, soit deux mecs dorment ensemble, soit je dors avec Iris. Qu'en pensez-vous ?

Je prie mentalement pour que tout le monde choisisse la deuxième option. On regarde tous Iris, qui hausse les épaules et s'appuie de nouveau contre moi.

– Mec, je veux pas te vexer, ose Aaron, mais tu as un sommeil plutôt agité. J'ai pas spécialement envie de passer la nuit à esquiver les coups, surtout avant un concert.

Les autres acquiescent, tout en ajoutant qu'en même temps ce n'est pas à Iris de subir mes problèmes de sommeil.

– Je peux dormir avec Carson, sans problème, intervient-elle. Surtout qu'avec moi il n'ose pas bouger ! Et puis, ce n'est pas comme si c'était la première fois.

Iris rougit à l'évocation, devant tout le monde, de nos nuits passées ensemble. C'est la première fois qu'elle en parle aussi librement. Elle a vraiment fait dix pas en avant.

Espérons que ça dure !

Je hoche la tête tout en me retenant de sourire en signe de victoire et reprends la ligne avec Alya.

– Iris dormira avec moi.

Au bout du fil, mon amie soupire.

– Carson…

– Quoi ?

– Fais attention avec elle. Elle bosse pour toi, pour nous, maintenant. Tu ne peux pas…

– On s'est arrangés entre nous, comme on l'aurait fait avec les mecs.

– OK, capitule Alya, sentant qu'elle ne gagnera pas cette bataille, mais je t'avertis juste : c'est elle qui se prendra les critiques et les remarques, c'est elle qu'on traitera de salope qui couche pour obtenir un poste.

Je jette un coup d'œil à mon petit lion.

Putain, si quelqu'un osait dire ça…

Mais pour une fois, je ne monte pas en pression. Je comprends ce que dit Alya. Même si je ne vais pas revenir sur ma décision, il faut que j'essaie d'être vigilant pour protéger Iris.

– Tu as raison, Alya, je ferai gaffe.

– Et bah… Je suis ravie de te l'entendre dire. Merci, Carson. Tout est OK du coup de mon côté. On se tient au courant pour l'orga !

***

– Ce que t'es bordélique, me reproche Iris gentiment alors que nous sommes remontés dans ma chambre pour enfin la ranger. On commence par où ?

Je sors un joint de ma table de nuit et l'allume avec un briquet.

– Par fumer.

Elle secoue la tête, désapprouvant mon choix, mais ne dit rien. Elle prend dans ses mains mon sac de voyage Supreme déjà vide et va le déposer avec mes autres sacs dans mon dressing. C'était celui qui avait fait du bruit en chutant au sol le premier soir où Iris était venue dans ma chambre. Je l'avais posé sur ma commode, mais puisqu'il était lourd, il avait basculé et s'était vidé sur le sol.

– C'est déjà ça de fait, marmonne-t-elle en revenant dans la chambre.

Elle pose les mains sur ses hanches et observe avec un visage consterné le sol de la pièce. Elle lève la tête vers moi, je lui souris innocemment et elle se met à râler.

– Tu m'exaspères déjà. Je te préviens : on la range cette fois, mais après, à toi de t'en occuper.

– Compris ! Tu sais que je pourrais le faire tout seul, mais que j'accepte uniquement pour être avec toi.

Elle rougit ; je rigole avant de poser mon joint dans un cendrier pour aller l'aider. Elle s'assied sur le sol au milieu de mes affaires et m'enjoint de faire de même. Je m'installe et elle m'explique.

– On va faire deux tas pour la lessive, un pour la couleur et un pour le blanc, dit-elle en me lançant un tee-shirt rouge. Occupe-toi de la couleur.

– Mais je ne porte pratiquement que de la couleur, m'exclamé-je, les yeux grands ouverts.

– Raison de plus pour que tu t'en occupes, raille-t-elle.

– Sale peste.

Je me reçois un jean à la figure et nous éclatons de rire. Puis nous nous attelons à la tâche, parce que ça ne va pas se nettoyer seul. Je me surprends à bien aimer ranger ma chambre avec elle. Elle commente tout ce qu'elle voit et s'écrie quand elle fait tomber quelque chose de trop cher à ses yeux.

– Carson ? m'appelle Iris pendant que je tente de trier mes caleçons.

Mais ça commence tellement à me soûler que je vais même mettre aussi les propres à la machine à laver. Iris semble attendre pour parler, alors je lève la tête. Je me mords la lèvre quand je vois pendre au bout de son doigt le string qu'elle avait laissé dans mon bus. Elle me jette un regard noir.

– Tu comptais me le rendre quand ?

Je lève un sourcil vers elle.

– Jamais. Il est à moi maintenant.

Je tente de l'attraper, mais elle recule sa main.

– Iris, rends-le-moi.

– Mais il m'appartient ! s'exclame-t-elle en croisant les bras.

– Non. Tu l'as laissé dans mon bus, je l'ai reniflé et gardé tout ce temps. Il est à moi.

– Berk ! Tu l'as reniflé ?

Elle me le jette à la figure avec une mine horrifiée et dégoûtée.

– C'est dégueulasse, tu peux te le garder.

Elle tente de garder un visage contrarié, mais elle a un fou rire exactement dix secondes après.

Putain, elle me rend dingue.

18

Iris

Alors qu'il devait préparer le festival, Carson a quand même pris le temps de m'emmener faire du shopping. J'ai acheté ce qui me manquait pour chez lui ; notamment des vêtements, car je n'ai pas pu prendre toute ma garde-robe de France.

On a passé le reste de la semaine en studio, auquel j'ai librement accès en tant que CM.

En plus, depuis la soirée, Drew m'incite à jouer régulièrement de la batterie sous le regard quelquefois jaloux de Carson, mais également fier quand il voit que j'apprends vite, d'autant que j'adore ça. Il sait aussi en jouer, alors, quand Drew n'est pas là, c'est lui qui m'apprend et j'aime encore plus sentir ses mains sur les miennes, ses bras qui m'entourent et son torse collé contre mon dos.

Je les ai pris en photo pendant qu'ils se mettaient d'accord sur la *setlist* du festival, et j'ai partagé la nouvelle sur le compte Instagram de Carson. Quelques fans ont compris que les posts étaient de moi et que je travaillais vraiment pour lui, donc j'ai aussi reçu des messages sur mon compte personnel. On me demande s'il reste encore des places pour le festival, si telle ou telle chanson sera chantée. Par moments, je reçois quelques messages haineux. Comme celui-ci : « C'est bon, on a compris que vous avez couché ensemble. T'es qu'une pute. »

C'est petit et facile, mais ça réveille toutes les peurs que j'avais avant d'accepter le poste.

Entre Carson et moi, hormis des regards appuyés et quelques caresses de sa part, il ne s'est plus rien passé et nous n'avons plus dormi ensemble. Depuis la soirée, notre relation est une sorte d'entre-deux, avec des gestes qui laisseraient penser que nous sommes en couple, alors que non. J'ai de plus en plus de mal à le repousser et vais même un peu trop vers lui. Il faut dire que sa façon de prendre soin de moi quand j'avais trop bu m'a touchée et a un peu fendillé ma carapace. Je commence à avoir des sentiments pour lui et je préférerais éviter de les développer.

Même si j'essaie de ne pas craquer, ma porte n'est jamais fermée à clé et j'espère chaque soir, quand je l'entends sortir de sa chambre, qu'il vienne dans la mienne. Mais il garde lui aussi ses distances.

***

Je viens de me réveiller. Nous sommes samedi matin et nous prenons l'avion dans quelques heures pour New York. J'ai déjà visité cette ville il y a quelques années et j'ai toujours souhaité y retourner. Je suis donc excitée comme une puce, mais aussi légèrement nerveuse de faire mon premier concert en tant que community manager. J'ai l'impression d'être en plein rêve et j'ai peur de me réveiller à tout moment. Mais ce n'est pas le cas, car Carson entre dans ma chambre après avoir frappé.

Je suis sur le ventre, la couette ne me couvre pas le dos, je sens son regard bouillant dessus et pourtant je ne me cache pas. Je mentirais si je disais que je n'aime pas voir l'effet que je lui fais. Au contraire, je jubile d'exciter le grand Carson Parker, qui n'a plus touché aucune fille depuis qu'il m'a rencontrée. Il me l'a dit, ses potes me l'ont dit, Kiera me l'a dit, alors j'y crois aussi et je fais une danse de la joie à l'intérieur.

Carson se racle la gorge, s'approche pour s'asseoir sur mon lit, sans me toucher, par contre.

– Salut, on prend l'avion à midi.

Je hoche la tête et lâche mon téléphone.

– Ça marche, je n'ai plus que ma valise à faire, de toute façon.

Pour autant, Carson ne quitte pas ma chambre et regarde par la fenêtre, pensif. Son regard m'a l'air éteint. Je ne comprends pas, il était hyper heureux ces derniers jours à la perspective de faire le festival et maintenant il semble triste alors que le concert a lieu demain.

– Ça ne va pas ? demandé-je en m'asseyant après avoir ramené la couette sur moi.

Ma voix semble le faire revenir sur terre, il m'adresse un regard terne, puis se lève en haussant les épaules, prêt à quitter ma chambre. Sans que je contrôle mon geste, je le retiens par la main.

– Carson…

– C'est complètement con, souffle-t-il d'un air las, tout en se rasseyant tout de même.

La couette toujours autour de ma poitrine, je m'installe à califourchon sur ses genoux pour qu'il soit obligé de me regarder. Ses mains ne m'agrippent pas comme d'habitude, donc c'est clair qu'il se passe quelque chose.

– Dis-moi.

– Non, c'est juste que je ne souhaite pas te forcer à faire quoi que ce soit.

– Comment ça ? questionné-je en fronçant les sourcils. Tu ne me forces à rien, Carson.

– Mais si. Ce soir, tu vas devoir dormir avec moi à New York, et j'ai compris que tu préférais ne pas le faire.

– Quoi ? m'étonné-je. Mais c'est complètement faux.

Il souffle et baisse la tête pour ne plus croiser mon regard. Je pose une main sur sa joue.

– Hé, regarde-moi.

Mais il s'obstine à garder les yeux vers le sol.

– Carson ! grondé-je.

Il plante finalement son regard dans le mien.

– Ça ne me dérange pas de dormir avec toi.

– Alors pourquoi tu n'es pas revenue dans mon lit ? geint-il.

Je souris malicieusement et caresse sa joue du bout des doigts.

– Pourquoi tu n'es pas venu, toi ?

Dans un premier temps, il me lance un regard interloqué, puis il m'attire enfin contre lui dans un second temps. Il me serre si fort dans ses bras que j'ai du mal à respirer. Mais je le laisse faire, car j'ai comme l'impression qu'il en a besoin. J'aimerais qu'il se confie beaucoup plus à moi, même si ça ne fait pas longtemps que je suis chez lui. Je sais qu'il a besoin de parler, mais il garde tout pour lui et ça me fait mal. J'aimerais l'aider à aller mieux. Soudainement, ses lèvres se posent sur mon front, puis il se recule.

– Je vais me préparer pour partir.

Je lui lance un petit sourire encourageant, puis il sort de ma chambre, au moment où mon téléphone sonne. C'est Mathilde. J'ai à peine le temps de décrocher qu'elle me crie dans les oreilles.

– Salut, ma Californienne, tu me manques !

– Tu me manques aussi. Mais s'il te plaît, je viens de me réveiller.

– Je n'y arriverai jamais, avec ce décalage horaire, dit-elle en rigolant.

– Tu devrais venir ici, on ne sera plus embêtées et on sera ensemble, dis-je avec espoir.

– Il faut que je voie avec mon agenda.

– Mathilde, pouffé-je. T'es la première à me rabâcher qu'on est libres de faire ce que l'on veut puisque l'on est free-lance.

– C'est vrai…

– En plus, j'en connais un qui serait heureux de te voir, dis-je d'une voix malicieuse en faisant référence à Drew. Vous vous parlez, alors ?

– Oui… avoue-t-elle d'une petite voix et je l'imagine détourner le regard.

– Et ? m'impatienté-je. Tu ne vas rien me dire ?

– Et toi ? C'était comment, cette fête, alors ?

– C'est ça, change de sujet, m'exclamé-je en riant puis je reprends mon sérieux. Honnêtement, je ne me souviens plus très bien de la seconde moitié de la soirée. J'ai fait un concert improvisé avec ses musiciens, on parlait et après trou noir jusqu'à ce que je me réveille dans le lit de Carson.

– Vous avez…

– Non, coupé-je Mathilde en ouvrant grand les yeux de stupeur. J'étais habillée.

– C'est sympa de sa part, approuve Mathilde.

Je pourrais acquiescer, mais je me perds dans mes pensées, en repensant à la bienveillance de Carson envers moi et aux sentiments que je développe petit à petit.

– Iris ? T'es là ? questionne Mathilde.

– Je crois que je suis en train de faire une bêtise…

– Comment ça ?

– Est-ce que je suis en train de tomber amoureuse de lui ?

Mathilde souffle longuement et je l'imagine pincer les lèvres, comme chaque fois qu'elle me reproche quelque chose, mais c'est d'une voix douce et emplie de compassion qu'elle me répond.

– Je pense, oui. Mais c'est normal, vous êtes fourrés ensemble tout le temps, tu travailles pour lui, vous avez couché ensemble et c'est ton idole.

– J'ai peur. Il me fait peur.

– Je sais. Tu n'as pas choisi le plus facile des mecs, ricane gentiment Mathilde et je rigole aussi.

– En même temps, c'est un peu toi qui m'as poussée dans ses bras !

– C'est vrai. Tu m'en veux ?

– Non, avoué-je sincèrement. Je suis heureuse ici et, sans toi, finalement, ça ne serait pas arrivé.

– Oh, je suis contente de te l'entendre dire, l'Américaine !

– D'ailleurs, en parlant d'Amérique, on part pour New York dans quelques heures et j'ai encore ma valise à faire. Je suis désolée, Mathilde, mais je vais devoir raccrocher.

– Hé, tu voyages, constate-t-elle.

– C'est pour le taf. Carson participe à un festival.

– Tu me promets de faire attention à toi et à tes sentiments ? questionne-t-elle, tout à coup sérieuse.

– Je te le promets, je t'aime.

– Je t'aime aussi. Et je fais tout pour essayer de venir.

– Super !

***

Mon sac est prêt, je n'ai pas beaucoup de choses à apporter puisqu'on ne passe que deux nuits à l'hôtel, avant de reprendre l'avion lundi matin. Je descends mes affaires dans le salon et tombe sur un bordel monstre. Le canapé est recouvert de mille et une fringues. Carson se trouve au milieu de celles-ci en simple caleçon.

– Euh, Carson ?

Je m'approche prudemment pour ne pas marcher sur des vêtements qui doivent coûter plus que mon salaire. Il lève la tête et m'adresse un grand sourire chaleureux.

– Tu sais qu'on part dans une heure pour l'aéroport ?

– Oui, oui, ne t'inquiète pas, je serai prêt. Je dois juste choisir ma tenue pour le concert.

– Ouais, justement, se plaint une fille qui sort de la cuisine avec un verre d'eau à la main. Tu dois choisir UNE tenue, mais on y est depuis trente minutes. Pourquoi t'es aussi indécis ?

Ah, ça doit être sa styliste.

– Je n'en sais rien, moi, si t'avais moins de fringues stylées aussi, j'y arriverais.

Je glousse et m'approche du canapé. Je saisis un pantalon en jean déchiré. Je sens les regards curieux de la styliste et de Carson sur moi, mais je reste concentrée. Je saisis aussi un tee-shirt noir transparent à travers lequel ses tatouages seront mis en valeur et des Converse montantes blanches. Je tends le tout à Carson.

– Essaie.

Carson observe la tenue, me questionne du regard, puis se tourne vers la femme, qui lève un pouce en l'air.

– Écoute ta copine, elle paraît savoir ce qu'elle fait.

– Je ne suis pas sa copine.

– Elle n'est pas ma copine.

Nous répondons en même temps avec Carson, nous nous regardons en nous demandant ce qui vient de se passer. Puis il me prend les affaires des mains pour les enfiler devant nous. Pendant ce temps, la jeune femme me tend la main, que je saisis avec un sourire.

– Iris, c'est ça ? Je suis Amy, la styliste.

– C'est bien ça, et moi je suis la CM.

Un raclement de gorge nous interrompt. Nous tournons la tête vers Carson, il se remet droit et Amy tape dans ses mains.

– C'est parfait, je valide.

– Mais, et mon avis ? demande Carson, estomaqué.

– Pas besoin, ça va te plaire. Tu pourras garder les fringues. De toute façon, t'es le seul à pouvoir porter ça.

Et quand Carson enfile ses vêtements habituels de voyage, un jogging gris, un tee-shirt blanc et des Converse, je ne peux que donner raison à sa styliste : je jure que tout va parfaitement à ce mec.

***

À New York, c'est une pluie torrentielle qui nous accueille et ça caille. Je vais attraper la crève. Et qui sont les cons qui ont tous oublié de prévoir des habits pour la flotte ?

Eh bien, c'est nous.

– Putain, génial, grommelle Carson en retirant sa veste pour la porter au-dessus de sa tête et en m'attirant contre lui pour me protéger aussi.

Je me colle à lui comme jamais et je remercie la nature de l'avoir fait si grand.

Par chance, le van qui doit nous emmener à l'hôtel ne met pas longtemps à arriver. Nous nous engouffrons tous dedans très rapidement comme si on avait le feu aux fesses. Tyler, le garde du corps de Carson, s'installe côté passager.

– On a un problème, intervient le conducteur quand nous roulons dans New York.

– C'est-à-dire ? demande Carson.

– Je suis obligé de vous laisser descendre ici. Les fans et les paparazzis coupent complètement la route.

– Merde, jurent les mecs en même temps.

Je regarde par la vitre, la pluie n'a toujours pas cessé, elle a même empiré, alors, pas confiante, je questionne :

– Il est loin, l'hôtel ?

– Au milieu de la rue.

– Bon bah, on n'a pas le choix, s'écrie Mason en ouvrant la portière.

Il sort le premier et se retrouve déjà trempé. Aaron, Drew et Kevin le suivent, nous laissant Carson, Tyler et moi seuls avec le conducteur.

– Vous mettez le trajet sur ma note, comme d'hab, dit Carson avant de s'extraire de l'habitacle et de me tendre la main.

– J'appelle la sécurité que j'ai fait venir en renfort, annonce Tyler. Ils sont déjà à l'hôtel, mais je vais leur dire de venir à notre rencontre au milieu du chemin.

Nous nous retrouvons tous sous la pluie à nous regarder les uns et les autres pour savoir quoi faire. Nous sommes censés passer inaperçus tous groupés comme ça ? Ah, eh bien, ça ne risque pas, car Drew crie tellement fort que les gens se retournent.

– Le dernier arrivé est une poule mouillée.

– T'es déjà mouillé, Ducon, éclate de rire Carson avant de se mettre à courir, m'entraînant avec lui, car il tient toujours ma main.

Les mecs nous suivent, ainsi que Tyler, qui nous traite d'imbéciles. Sur le chemin, le renfort de gardes du corps nous rejoint et nous arrivons devant l'hôtel essoufflés, trempés, mais morts de rire. Comme je l'avais dit, on ne passe pas inaperçus, des fans reconnaissent tout de suite les mecs et les cris fusent.

Carson et les gars s'arrêtent quelques instants pour accorder des photos aux fans jusqu'à ce que la sécurité nous escorte dans l'hôtel.

À l'intérieur, Drew secoue ses cheveux, m'éclaboussant au passage.

– Hé, va secouer ta crinière ailleurs, espèce de trouduc,

m'écrié-je, le faisant éclater de rire.

Pendant ce temps, Carson s'approche de l'accueil et s'adresse à la réceptionniste.

– Bonjour, c'est pour une réservation de quatre chambres au nom de Carson Parker.

Elle l'observe comme si elle n'y croyait pas, puis son regard le scanne de la tête aux pieds. Carson souffle discrètement et patiente le temps qu'elle se reprenne. Finalement, elle acquiesce et lui tend quatre clés magnétiques.

Enfin !

– Dernier étage. Les chambres sont les unes à côté des autres, baragouine-t-elle, en admiration devant Carson.

Je lève les yeux au ciel. Mason remarque mon geste et me lance un clin d'œil.

– Serais-tu jalouse, beauté ?

– Aucunement, grondé-je, puis je sursaute quand un bras s'enroule autour de mes épaules.

– Jalouse de qui ? questionne malicieusement Carson.

Je lui fous un coup de coude dans les côtes, il fait semblant d'avoir mal et me lance un sourire narquois.

– Allez, on y va !

Je me défais de son emprise et monte dans l'ascenseur, sous les rires des garçons.

***

Quand nous entrons dans notre chambre, je suis époustouflée devant tant de beauté. Je ne sais pas combien d'étoiles a cet hôtel mais, clairement, il est magnifique. À cause du décalage horaire – il est bientôt vingt heures –, du vol, du trafic new-yorkais et de cette course improvisée sous la pluie, je suis crevée. Les mecs n'ont justement rien prévu pour ce soir, à part dormir.

Je me tourne pour faire face à Carson, mais ce dernier fait tomber son jean et son caleçon au sol au même moment, me prenant par surprise. Revenant enfin à moi, je gronde et me retourne sur-le-champ.

– Carson !

J'entends ce con éclater de rire derrière moi.

– Quoi ? Je n'ai pas envie d'attraper la crève avant demain. Je dois chanter, moi.

– Oui, je sais, mais tu aurais pu le faire dans la salle de bains.

Il ne me répond pas, je lui lance un regard discret par-dessus mon épaule et sursaute quand je remarque qu'il est juste derrière moi. Ses mains se posent sur mes hanches et il attire mon corps contre le sien, mon dos contre son ventre. Ensuite il se penche pour chuchoter à mon oreille :

– Ce n'est rien d'autre que ce que tu n'as pas déjà vu.

Puis il me lâche, termine de se déshabiller et enfile un nouveau caleçon. Je tente de cacher mon trouble mais il sait que je l'observe, alors, en se redressant, il m'adresse un sourire lubrique et désigne la salle de bains d'un signe de la tête.

– Je commande un *room service*, tu peux aller te changer si tu veux ou rester à poil, ça ne me dérange pas.

Je lève les yeux au ciel et pars m'enfermer dans la salle de bains.

Pour lui rendre la monnaie de sa pièce, j'en ressors en serviette. Carson est sur son téléphone. Il relève les yeux quand il m'entend, mais je fais style de ne pas le calculer. Je me déhanche jusqu'à ma valise et me baisse outrageusement pour chercher mes affaires.

– Je sais ce que tu fais, gronde Carson sur le lit.

– Ouais, je cherche mes affaires. Bien vu, Sherlock.

Je l'entends rire légèrement. Je me relève, mes affaires en mains, et me retourne. Carson est allongé sur le lit, ce qui fait que je vois très bien la bosse qui tend le tissu de son caleçon. Je fais tomber ma serviette. Ses yeux remplis de désir scannent mon corps entier, en s'arrêtant sur ma poitrine, puis sur mon entrejambe. Même quand j'enfile ma culotte, un short en coton et un léger débardeur, il ne cesse de me fixer intensément.

Et c'est le corps embrasé par le désir que je lis dans ses yeux que je monte sur le lit. Comme si de rien n'était, je saisis les plats qui ont été apportés par le *room service* : hamburgers et frites, miam. Je pose l'assiette près de lui et prends la mienne sur mes genoux.

– Tu vas réellement me laisser comme ça ? résonne la voix rauque de désir de Carson.

Je ne dis rien, lui adresse un regard en coin et lui tire la langue. Il lorgne mes lèvres puis secoue la tête et saisit son hamburger.

Finalement, nous mangeons dans un silence apaisant. Je suis sur mon téléphone pendant que Carson écrit dans son cahier de chansons. Je l'ai déjà surpris, à plusieurs reprises, en train de me regarder pendant qu'il en noircissait les pages cette dernière semaine. Je ne sais pas s'il écrit à propos de moi. Je n'en parlerai pas, sauf s'il le veut, lui. Mais en tout cas, j'ai l'air de l'inspirer. Si, au début, son regard fixé sur moi me gênait, je commence à m'y habituer et ça ne me fait pratiquement plus rien.

– Iris ?

– Oui ?

Je me tourne vers lui en l'interrogeant du regard. Ses yeux pétillent de malice, et il approche sa main de mes lèvres. Son doigt récupère une goutte de ketchup puis il l'emmène à sa bouche pour le lécher. Je deviens rouge pivoine, mais soutiens son regard.

– Si je fais quelque chose, tu vas encore me repousser ? demande-t-il, la voix sombre.

Je devrais répondre oui. Mais la vraie réponse à cette question est : « Non, je ne te repousserai pas, car j'ai beaucoup trop envie de toi. »

– Essaie pour voir, le défié-je tout en sachant qu'il ne le faut pas.

Carson attrape mon visage entre ses deux mains pour l'approcher du sien. Il écrase ses lèvres sur les miennes. Son carnet tombe au sol quand je m'assieds sur ses genoux et passe mes mains autour de son cou. Carson lâche mon visage, car il sent qu'il n'a plus besoin de s'assurer que je ne m'envole pas. Ses mains glissent le long de mon dos pour venir prendre mon cul et le presser ; j'ouvre la bouche dans un cri silencieux. Sa langue en profite pour s'y glisser à la rencontre de la mienne et nous menons une bataille pour savoir qui gagnera, mais il me domine bien vite et je penche la tête sur le côté pour lui laisser plus de place.

Il se retire, mord ma lèvre entre ses dents et la lèche ensuite pour apaiser la douleur qu'il a créée. Je gémis, à court de souffle. Sa bouche suit la ligne de ma mâchoire et descend dans mon cou, où il dépose de nombreux baisers. Il suce ma clavicule et lèche mon cou jusqu'à mon oreille, puis il mordille mon lobe.

Je ne suis plus que gémissements. Son désir pour moi pousse sous mes fesses, m'excitant encore plus. Je me redresse et enlève moi-même mon débardeur, car je sais qu'il ne prendra pas l'initiative. Ma poitrine nue jaillit et son regard s'enflamme.

– Tu me rends fou.

– Je sais, dis-je, fière de moi.

D'une main derrière sa tête, je l'emmène à ma poitrine et il ne se fait pas prier avant de mordre une pointe tendue, me faisant hurler de désir, avant de la lécher pour calmer la morsure en même temps qu'il caresse mon autre sein. Je geins tout en commençant à me déhancher contre son sexe dur, toujours comprimé dans son caleçon. Carson râle contre ma peau, qui se parsème immédiatement de frissons.

Je me redresse, décidée à enlever mon short, mais il ne me laisse pas faire. Il me rattrape et me fait basculer sur le dos. Allongée, je me redresse sur les coudes pour le regarder enlever mon short en même temps que ma culotte.

– Je te l'avais dit, que ça ne servait à rien de te rhabiller.

– Quel…

Connard, sauf que je n'ai pas le temps de le dire que sa bouche mord sauvagement l'intérieur de ma cuisse gauche. Je lâche un cri qui se transforme instantanément en gémissement quand sa bouche se pose sur mon sexe. Mon clitoris disparaît entre ses lèvres, puis sa langue prend les commandes.

– Carson, crié-je en me courbant.

– T'aimes te faire sucer autant que moi, mon ange, ironise-t-il en insérant deux doigts d'un coup, tout en me léchant.

– Bordel, juré-je. Tu verras, je te couperai la chique aussi quand je te sucerai.

Un troisième doigt s'ajoute et j'ai l'impression de voir des étoiles. Carson pose sa main libre sur mon ventre pour m'empêcher de bouger et ça me rend encore plus fébrile.

– Est-ce une menace, petit lion ?

J'essaie de retirer mon bassin de sa poigne, mais ce serait oublier qu'il est plus fort que moi. Je gémis de plaisir et agrippe ses cheveux, que je serre si fort que j'ai l'impression que j'en ai plein les doigts. Il grogne contre mon sexe, me faisant décoller par la même occasion.

– Une putain de promesse, crié-je en même temps que mon orgasme me prend de plein fouet.

Je le sens me lécher de bas jusqu'en haut pour récolter le fruit de ma jouissance. Mais mon sexe est maintenant hyper sensible, sa langue me torture.

– Arrête… le supplié-je, je n'en peux plus.

Avec un sourire carnassier, il m'embrasse avant de se relever pour aller fouiller dans son sac. Il en sort un préservatif, déchire l'emballage avec ses dents et l'enfile sous mes yeux scrutateurs.

Il avance entre mes jambes, les noue autour de sa taille et me pénètre d'abord doucement, car même si je suis mouillée, je reste toujours aussi étroite par rapport à sa taille. Sa tête se loge dans mon cou pendant qu'il me pénètre en entier. Je suis néanmoins un peu plus à l'aise si l'on compare aux deux premières fois. Je m'habitue à lui et à sa fougue ; mon corps reconnaît le sien. Je ne suis pas aussi expérimentée que lui, mais j'ai de moins en moins peur de ne pas être à la hauteur en sentant le désir dans ses mouvements.

– J'ai l'impression que t'es toujours vierge tellement tu me serres, putain.

J'émets un léger rire qui se noie quand Carson entreprend un va-et-vient langoureux. Mes ongles s'enfoncent dans ses épaules. Je réponds tant bien que mal à ses coups qui deviennent de plus en plus brusques, mais j'adore.

Carson saisit mes bras, les plaque au-dessus de ma tête pour me tenir pendant qu'il me pénètre comme s'il voulait marquer son territoire. Le fait de ne pas pouvoir bouger devrait me terrifier, tellement j'aime avoir le contrôle. Mais avec lui, c'est tout le contraire. Je sais que je peux le laisser faire ce qu'il veut, car il ne me blessera jamais. Et comme tout à l'heure, sa brusquerie m'excite encore plus et je sens mes parois se refermer autour de lui, signe que j'y suis presque. Il le sent aussi, sa main libre vient jouer avec mon clitoris et j'explose. Cet orgasme n'a rien à envier aux précédents ! Mon corps se tend et je ferme les yeux sous l'intensité du plaisir. Mon dos retombe sur le lit trempé de sueur. Le souffle court, j'observe Carson, la mâchoire serrée, en train de faire un dernier aller-retour avant d'exploser à son tour dans un long râle. Il se retire, enlève la capote et revient s'installer à côté de moi pour m'attirer contre lui.

– Pourquoi le sexe est comme ça avec toi ?

Je le regarde sans comprendre où il veut en venir. Alors il m'explique :

– Bah, je n'en sais rien. J'ai toujours détesté le missionnaire et avec toi j'ai l'impression que c'est le paradis.

– Je ne sais pas, peut-être parce que justement c'est l'effet de nouveauté.

Carson lâche un rire sec.

– Ouais, non, c'est tout simplement toi qui me mets la tête à l'envers.

J'éclate de rire et caresse son torse du bout des doigts, le faisant frissonner.

– Tu m'excuseras, mais j'en suis fière.

– Oh, j'imagine, se moque-t-il en pinçant ma fesse. Il faut qu'on parle sérieusement.

Je le fixe, surprise.

– Parce qu'il y a vraiment des choses sérieuses pour toi ?

Là, ce n'est plus un pincement, mais carrément une claque joueuse que je me prends.

– Je sais que t'aimes mon cul, mais va falloir que t'arrêtes de le pincer ou de le claquer quand ça te chante.

Car non, ce n'est pas la première fois. J'ai arrêté de compter le nombre de fois où sa main est entrée en contact avec mon cul cette semaine.

– Pas ma faute, t'as un petit cul hyper bombé qui ne demande qu'à être claqué.

– Si glamour, rouspété-je.

– Donc, reprend Carson, qu'est-ce qui te rend curieuse dans le sexe ?

Je ricane.

– C'est donc ce qui est sérieux pour toi ? Le sexe ?

– Bah ouais. Tu ne vas pas me dire que tu détestes ça, car là je ne te croirais absolument pas.

Je continue à caresser son torse en m'attardant sur les contours de ses tatouages.

– Qu'est-ce que tu veux savoir ?

Mon cerveau carbure déjà.

Va-t-il me demander si je regarde du porno ?

Oui, ça m'arrive et je n'ai pas honte.

Va-t-il me demander si j'ai des fétiches ?

Honnêtement, je n'en ai aucune idée.

Ou alors va-t-il me demander de le faire maintenant sans capote ?

Et pour le coup, je ne suis pas sûre de savoir quoi répondre.

Je lui fais confiance, c'est certain. Mais je n'ai pas confiance en son passé.

– Quelles positions te rendent curieuse ? Car OK, j'adore le missionnaire avec toi, mais j'aimerais beaucoup varier un peu.

Intérieurement, je souffle de soulagement alors que je reste de marbre face à lui. On reste donc sur un terrain neutre. Parfait.

– Pour être honnête, je suis curieuse de tout.

Et c'est la vérité. Je suis prête à tout. Il pourrait me parler de coucher à trois que je ne refuserais pas sur-le-champ. Je suis curieuse de tout, en fait.

– Tout ? s'étonne-t-il, la voix remplie de surprise. Pourtant tu étais vierge.

– Oui. Comme t'as pu le remarquer, je n'ai rien contre le sexe. J'étais vierge avant toi, car je refusais de me mettre en couple. Je n'étais pas sûre de réussir à coucher avec un inconnu, car je ne fais que très peu confiance. Toi, tu n'étais pas tant que ça un inconnu. Maintenant, pour ce qui est des positions, je ne sais pas ce que j'aime, mais je suis prête à tout essayer, du moment qu'on s'arrête si je n'aime pas quelque chose.

Carson me décoche un regard voilé de désir.

– Ça me va complètement, putain.

– Tu m'étonnes, gloussé-je, me prenant une nouvelle claque sur les fesses.

Je pointe un doigt vers lui et le fusille du regard.

– Ça suffit.

Il prend mon doigt dans sa bouche et le suce avant de le lâcher.

– Ou pas.

– T'es irrécupérable, ce n'est pas possible. Il faut que l'on parle de demain.

– Comment ça ? interroge Carson en fronçant les sourcils.

– Toi et moi. (Je fais un signe entre nous deux.) On doit rester pro, on ne peut pas se toucher.

– Même un câlin ? demande Carson en me faisant rire.

– Non.

– Mais…

Je pose un doigt sur sa bouche pour qu'il arrête de parler et, d'un ton très sérieux, lui fais comprendre :

– Je ne suis pas ta copine, Carson, je travaille pour toi.

Il soupire longuement, mais ne dit plus rien. Il acquiesce d'un signe de la tête et me lance un petit sourire forcé.

– D'accord. Tant que j'ai le droit de te toucher en privé, je peux me retenir en public.

Désespérée, je secoue la tête. Ce mec va me rendre dingue.

19

Iris

C'est la cohue ! Mais vraiment la cohue. Nous sommes dans notre loge sur le terrain vague derrière la scène du festival. Et j'ai le nez scotché contre la vitre à regarder les gens aller et venir. Il y a beaucoup d'inconnus, c'est-à-dire des gens qui travaillent pour les artistes et leurs proches. Mais il y a aussi des chanteurs connus, et mon Dieu ce qu'il y en a. Je ne suis jamais allée dans un endroit qui grouillait autant de musiciens talentueux, et j'ai l'impression que ma tête va exploser. En tant que passionnée de musique, c'est le paradis pour moi.

– Tu comptes rester à la fenêtre toute la journée, Iris ? me demande Carson qui se trouve sur le canapé face à la télévision en train de jouer à un jeu vidéo avec Drew.

– Mais il y a plein de musiciens !

Les mecs rigolent, je me tourne vers eux en posant les mains sur mes hanches.

– Arrêtez de vous moquer de moi.

Les mecs continuent de se foutre de ma gueule. Carson

tapote la place entre eux sur le canapé. Je m'y installe et il presse doucement ma cuisse de sa grande main, qui est aussi capable de gestes brusques que j'aime tellement.

– Je peux savoir pourquoi tu fais la groupie avec eux et pas avec moi ?

Je le regarde et lève un sourcil.

– Qu'est-ce que tu crois ? Si j'avais fait la groupie, tu ne m'aurais même pas regardée. C'était une tactique d'approche, et elle a plutôt bien marché.

– Alors tu vas me dire qu'à l'intérieur tu hurlais quand tu m'as vu ?

– À ton avis, idiot ? T'étais mon idole !

Drew éclate de rire, mais il se fait renverser par Yoshi.

– Hé ! Je t'ai fait quoi ? s'insurge-t-il.

– Rien, t'étais sur mon chemin, se marre Carson.

Ah oui, j'ai oublié de préciser, ils jouent à Mario Kart. Yoshi, c'est Carson, pendant que Drew est Bowser.

– Enculé, gronde ce dernier en essayant de rattraper Carson.

Je souris, attendrie devant leurs attitudes de gamins, ébouriffe les cheveux de Drew et dépose un baiser sur la joue de Carson avant de retourner près de la fenêtre. Au même moment, Aaron et Kevin font leur entrée dans la caravane.

– Où est Mason ? les interrogé-je quand je ne le vois pas arriver avec eux.

– Il avait des problèmes avec son clavier. Il est en train de les régler, me répond Aaron. Sinon tu viens avec nous pour qu'on te montre la scène et comment tu devras filmer pour le live ?

– Ouaip, j'arrive.

Voilà que je me mets à parler comme Carson maintenant. Il déteint sur moi.

Enfin bon, ce n'est pas si grave, non ?

J'enfile mes chaussures, ma veste en jean, et m'apprête à sortir quand Carson donne sa manette à Kevin.

– Tiens, prends ma place. J'accompagne Iris et Aaron.

– Tu pouvais continuer à jouer, dis-je, gênée qu'il se sente obligé de venir.

– Non, j'ai juré à Alya de garder un œil sur toi tout du long.

– Pas que ça, dis-je en toussant, mais Aaron comprend et il lève les yeux au ciel.

– Des enfants, ricane-t-il avant de se faire charger par Carson.

Bon, y a pas à dire, Aaron est plus musclé que Carson, mais ils font la même taille. Si Carson arrive à bousculer dans un premier temps son guitariste, il se fait vite jeter sur le canapé et s'ensuit une gentille bagarre de gamins de 5 ans. Je capture bien évidemment le moment en vidéo pour le poster plus tard afin de faire plaisir aux fans, car ils aiment voir les moments de complicité entre leur chanteur préféré et ses musiciens. Je le sais, car moi aussi, en étant fan, j'adorais voir ce genre de vidéo. Et cet enregistrement nous permettra aussi d'en garder le souvenir.

Les mecs, enfin calmés, se remettent debout, et nous partons enfin pour la scène. Il est dix-neuf heures, c'est donc bientôt le tour de Carson de performer. Il monte sur scène à vingt et une heures, mais il y a la première partie à vingt heures ; on va donc faire les repérages avant.

Devant tout le monde, on ne se touche pas, avec Carson. Personne ne pourrait soupçonner qu'il se passe quelque chose, sauf s'ils sont nos amis. Sur notre chemin vers la scène, les mecs s'arrêtent souvent pour saluer des personnes : célébrités comme inconnus.

Je récolte souvent des regards curieux, mais ils remarquent vite le badge accroché autour de mon cou où « STAFF » est écrit en gros.

Eh ouais, je fais partie du staff.

Je jubile toujours autant que ce matin quand on me l'a donné. Extérieurement, je fais très professionnelle, mais à l'intérieur, je ressemble à la gamine que j'étais dans la caravane.

Nous arrivons derrière la scène et le bruit de la foule déjà compacte se fait entendre. Apparemment, la fosse est noire de monde et s'étend déjà sur de nombreux mètres au loin.

– Donc c'est là que je ferai mon entrée, commence Carson en me montrant la sorte d'ascenseur prévu pour l'entrée sur scène, mais il s'arrête tout à coup et me fixe.

– Quoi ?

– Pourquoi je t'explique ? Tu connais déjà tout.

– Ce n'est pas faux, confirmé-je en m'avançant vers l'ascenseur. Je dois donc te suivre jusqu'ici pour te filmer le temps que tu montes sur scène et après je vais sur le côté ? Comme chaque concert ?

Aaron rejoint Mason, qui termine de régler le problème. C'est quand même bien, je trouve, d'avoir un compositeur avec soi sur chaque date de la tournée. Il crée des instrus, autant qu'il fait partie des musiciens sur scène, en arrangeant les sons pendant le concert et jouant du clavier.

– Ouais, acquiesce Carson. Peu importe, tu te places où tu le sens. Côté gauche ou droit, ça ne me dérange pas, car tu l'as vu, je bouge beaucoup.

– Je propose de me mettre sur la gauche, car de l'autre côté, il y a la batterie imposante de Drew qui va prendre toute l'image. Je pense que c'est peut-être plus simple que je filme à ta gauche.

Carson acquiesce et je regarde l'espace à l'arrière de la scène, en réfléchissant.

– Mais à gauche je n'aurai que Mason et Aaron puisque Kevin et Drew sont à droite… En soi, ce n'est pas si long pour rejoindre les deux côtés. Je pourrai changer au moment où tu fais tes pauses.

Carson me regarde avec un air étrange.

– Je t'ai déjà dit que j'aimais quand tu étais en mode pro ?

Je rougis, regarde ailleurs et décide d'embrayer sur ma prochaine question pour ne pas me laisser déconcentrer.

– C'est possible que je descende entre la fosse et la scène ?

Carson pince les lèvres et tire une grimace contrite.

– C'est un non ? demandé-je, inquiète.

– Non, ce n'est pas ça, soupire-t-il en passant les mains dans ses cheveux. C'est juste que je ne pourrai pas rester concentré si je te sais en bas. J'aurai trop peur qu'un fan ne te reconnaisse et ne te saute dessus.

Je regarde autour de moi et ne vois personne qui pourrait nous tomber dessus. Je m'approche donc de Carson et me colle contre lui en posant mes mains sur ses hanches. Je suis obligée de pencher la tête pour le regarder.

– Laisse-moi faire mon travail, susurré-je en embrassant son menton.

Il soupire, regarde aussi autour de lui avant de me soulever dans ses bras pour déposer un baiser chaste sur mes lèvres.

– Tu n'y restes pas longtemps, deux, trois photos et vidéos et c'est tout, OK ?

– D'accord.

Des pas s'approchent, alors il me repose tout à coup. Je reprends contenance, comme si de rien n'était, mais ce n'est que Mason, qui éclate de rire.

– Ne vous inquiétez pas, ce n'est que moi. Vous pouvez continuer, personne n'est là.

Je rougis de nouveau et me racle la gorge, gênée.

– Au fait, Iris, m'interpelle Mason, il y a moyen que tu me filmes aussi pour mon Insta ce soir ? Et même pour les autres dates ?

J'acquiesce, rien de mieux que de travailler pour eux aussi. Pour commencer, je n'ai été embauchée que pour Carson, puisque c'est lui, le chanteur, c'est son nom qui fait vendre. Il n'a pas encore été question que je gère les réseaux sociaux des musiciens puisqu'ils ne sont officiellement pas un groupe. C'est Carson qui insiste depuis leurs débuts pour avoir toujours ses potes comme musiciens, mais le label serait tout prêt à lui en attribuer d'autres. Et à l'inverse, Aaron, Mason, Kevin et Drew jouent avec d'autres groupes ou chanteurs. Enfin, quand ils ont le temps ! Car, avec le succès de la tournée européenne, je doute qu'ils aient une minute à eux maintenant.

De toute façon, vu le salaire que me verse Carson, je pourrais travailler pour tous ses musiciens gratuitement que je serais toujours trop payée.

– Bien sûr, Mason, aucun problème pour ton Insta ! Si jamais je fais mes preuves, il faudra que je voie avec la maison de disques si je peux m'occuper de votre communication à vous aussi par la suite.

– Génial, t'assures, merci. Je suis sûr que tu t'en sortiras très bien !

On répète une dernière fois avec Carson, puis quand tout est bon pour moi et pour lui, nous retournons à la caravane.

***

Je suis seule dans la loge à mettre le point final au contrat avec la maison de disques française pour laquelle je devais alimenter les réseaux sociaux de leur nouvelle chanteuse avant de partir pour les États-Unis. La chanteuse a aimé mon travail et elle me remercie. Quant à la directrice, elle me fait savoir qu'elle me recontactera avec plaisir si elle fait face à une nouvelle situation de ce genre à l'avenir. Les garçons sont partis manger avec des potes à eux sous une toile de tente du festival. Mon idole n'était pas chaude pour me laisser seule, mais j'ai réussi à la convaincre de passer un peu de temps avec ses amis. Je lui fais confiance.

Du moins, j'espère que je peux lui faire confiance.

Je ne suis seule que depuis une dizaine de minutes quand on frappe à la porte. Intriguée, car je n'attends personne, d'autant plus que les mecs viennent de partir, j'ouvre légèrement le battant. Sur le palier, je découvre une femme.

Loin de moi l'idée de vouloir la juger à sa tenue, mais je connais le milieu de la musique depuis assez longtemps pour comprendre qu'elle n'est là que pour une seule chose : le sexe.

J'ouvre la porte en grand, elle m'adresse un grand sourire pendant que je me mords la joue pour garder mon calme.

– Je peux vous aider ? demandé-je, la voix sèche.

– Oui, avec mes amies nous aimerions parler à Carson et à ses musiciens.

Je lâche un rire dédaigneux en m'appuyant contre le chambranle de la porte et croise les bras.

– Tu peux approcher les mecs si tu veux, mais certainement pas Carson.

Elle mâche son chewing-gum vulgairement et me regarde de la tête aux pieds. Je porte encore mes vêtements de la journée, donc rien de spécial, puisqu'on n'a rien fait d'important. Elle remonte sur mon visage et le sien s'éclaire comme si elle venait d'avoir une illumination.

– Mais t'es la copine de Carson !

– Je ne suis pas sa copine, râlé-je en levant les yeux au ciel.

Elle m'observe, tentant de me faire flancher. Mais à moins d'être médium, elle n'obtiendra rien de moi.

– Alors, je peux entrer ?

– Je n'y crois pas, putain, dis-je en la fusillant du regard. Je suis seule ici et je ne sais pas où est Carson. Maintenant, si tu veux bien, j'ai du travail.

Je lui claque la porte au nez, je l'entends pester puis elle s'en va.

Bon vent.

Sauf que, maintenant, je suis incapable de me concentrer.

Va-t-elle essayer de le trouver ? Si elle y arrive, que va-t-il faire ?

Nous ne sommes pas en couple, mais je ne supporterai pas de le voir avec une autre. Je ferme le capot de mon ordi, saisis ma veste et sors de la loge. Il faut que je les retrouve.

J'arrive rapidement dans la tente où sont rassemblées un

nombre incalculable de célébrités en train de dîner. Mais pas le temps de m'extasier, je cherche la bande du regard. Je les trouve au fond de la salle. Je deviens nerveuse au fur et à mesure que je m'approche de leur table, car je n'y vois pas Carson. Mason est le premier à m'apercevoir.

– Hé, beauté, tu viens enfin manger avec nous ?

– J'ai déjà mangé, annoncé-je en rigolant, légèrement nerveuse devant les regards de leurs potes célèbres, dont je connais certains.

Ils m'adressent tous des sourires, puis reprennent leur discussion.

– Où est Carson ? demandé-je à Mason.

– Au téléphone avec Alya derrière la tente. Il n'entendait rien ici.

– D'accord, merci.

Je sors de la tente et fais le tour. Carson est bien là, un joint à la main. Il n'est pas au téléphone, mais bien avec *l'autre* qui l'a finalement trouvé avant moi. Mon estomac se retourne mais, décidée à voir jusqu'où elle est prête à aller, je m'approche discrètement.

– On pourra se retrouver après le concert ? minaude-t-elle.

– Non, désolé, je vais à l'after.

– Je peux venir ? insiste-t-elle.

Putain, mais il t'a dit non, salope.

Carson souffle sur son joint en la regardant avec cet air qui fait clairement comprendre qu'elle le fait chier.

– Écoute, ça me flatte, mais les groupies, ce n'est plus trop mon truc ni à mes potes. Donc non, tu ne peux pas venir.

Les joues de la fille se colorent de rouge tellement elle fulmine.

– T'es en couple avec elle, hein ?

Carson lève les yeux au ciel.

– Avec qui ?

La fille lâche un rire plein de mépris.

– La fille de ta loge. C'est celle des photos.

Elle lui tend son téléphone et je vois le regard de Carson se remplir de colère. Je t'en foutrais de « la fille des photos ».

Mais attends, quelles photos ?

Je suis prête à me montrer, mais ce que dit Carson m'arrête dans mon élan.

– Elle travaille simplement pour moi et elle ne compte pas. Je ne suis en couple avec personne et je ne veux pas baiser avec toi. Alors, dégage.

Oh, waouh. Ma raison me dit qu'il agit de cette façon pour préserver mon identité, c'est commun dans ce monde. Mais, mes sentiments étant mis en jeu, ça fait tout de même mal. Il l'a dit avec une telle froideur que j'ai l'impression que c'est réel.

La fille fait demi-tour ; il jette rageusement son joint, saisit un sachet transparent de la poche de son jean. Je ne vois pas ce que c'est, mais ça ressemble à un cachet. Je mettrais ma main à couper que ce n'est pas un simple Doliprane. Il fait passer le cachet avec une bière. J'avale de travers en découvrant cette facette de Carson en vrai. Je sais pour le cannabis et l'alcool. Mais je ne pensais pas qu'il prenait des drogues dures. Je m'apprête à partir, mais il se retourne. Son regard croise le mien. Je vois le remords teindre son visage.

– Iris…

Il tend la main vers moi, mais je secoue la tête.

– Non.

Puis je fais demi-tour pour retourner à la loge.

– Iris ! crie Carson.

J'accélère le pas quand je l'entends courir derrière moi. Malheureusement, grâce à ses grandes jambes, il ne met pas longtemps à me rattraper. Il saisit mon bras et me plaque contre l'arbre le plus proche.

– Lâche-moi, grondé-je en regardant mes pieds.

Je refuse de le regarder, car il se rendrait compte que je suis choquée par ce que je viens de voir, mais surtout à quel point ses mots m'ont atteinte et à quel point je suis ridicule de me sentir blessée, alors qu'il a fait exactement ce qu'il fallait pour me préserver.

– Regarde-moi, ordonne Carson d'une voix blanche, mais je secoue la tête.

Il me force donc à lever le visage vers lui. J'essaie de regarder ailleurs, mais il attrape mes joues à deux mains.

– Putain, ne me dis pas que tu as cru ce que j'ai dit ! Je ne le pensais pas ! Tu me connais, enfin…

Je le connais ? Vraiment ?

J'avais l'impression de mieux le connaître avant de le rencontrer. Tout ce qu'il a bien voulu me dire, je le savais déjà. Je prends conscience à cet instant que, non, je ne le connais pas. Je ne veux pas le blesser mais j'ai besoin qu'il comprenne.

– Je sais que tu ne le pensais pas…

Je vois sa satisfaction, mais je continue malgré moi, car je ne peux plus m'arrêter.

– Mais non, je ne te connais pas. Tu ne te livres jamais, tu passes ton temps à fumer des joints ou à prendre des cachets, comme à cet instant, pour oublier ta souffrance.

Il baisse les yeux, honteux.

– Tu peux continuer à prétendre que tu es honnête avec les autres, que tu ne mens pas, mais tant que tu ne le seras pas envers toi-même, envers ta propre souffrance, tu ne le seras jamais envers les autres.

Ce que je lui dis est dur et, avant ce soir, je ne me rendais pas compte à quel point ça me pesait. Carson oscille toujours entre légèreté, humour ou colère. Il n'y a pas d'entre-deux : il ne se livre jamais. Il cache sa souffrance sans cesse.

Il se cache tout court.

C'est pour ça que je ne le connais pas.

Ce constat m'effraie.

De mes deux mains sur son torse, je le repousse doucement et il se laisse faire. Quand je suis dos à lui, je l'entends me rappeler. Je m'immobilise sans me retourner.

– Je t'en supplie…

– Tu me supplies de quoi ? crié-je en me retournant. D'arrêter de te dire la vérité ? Eh bien, désolée, je ne suis pas ce genre de personne.

Je m'arrête en sentant les larmes me monter aux yeux puis, d'une voix basse pour ne pas craquer, je poursuis :

– Je suis perdue, Carson. Je t'admire et je t'aime beaucoup, mais ce que tu caches au fond de toi me fait peur. Je viens tout juste de le comprendre. Ça n'a aucun rapport avec ce que tu as dit à cette fille, car tu avais raison de le faire. C'est juste que… que je viens seulement de réaliser à quel point je ne sais rien du vrai toi. Qui est le Carson qui ne fait pas semblant que ses insomnies ne sont que des détails ? Celui qui ne se cache pas derrière ses bières et ses joints ? Qui ne prend pas tout à la légère ?

Je pars, la tête baissée, il ne me retient pas. Je me retourne et c'est seulement là que je laisse mes larmes couler sur mes joues. Je les essuie rageusement, m'enferme dans la loge, prends mes affaires pour le concert et rejoins la scène pour m'installer.

Je suis incapable de comprendre ce qu'il vient de se passer. Je suis passée en quelques minutes par des émotions trop intenses pour moi. J'ai d'abord été blessée par des mots qui ne voulaient rien dire, pour finir attristée par un constat qui me fait mal au cœur.

Carson me fait ressentir les choses tellement violemment que je ne sais plus où j'en suis.

Et je ne sais plus si c'est une bonne ou une mauvaise chose.

***

– Où est Carson ? me demande Mason quand j'arrive près d'eux.

Je hausse les épaules et m'assure que tous mes appareils ont de la batterie.

– Aucune idée, je ne l'ai pas trouvé.

Mason m'observe d'un air sceptique, mais je me détourne, car je sais que j'ai les yeux rouges. Justement, voilà Carson qui arrive. Il me lance un regard noir. Alors, pour échapper à son emprise, je saisis mon téléphone et ouvre son compte Instagram pour me tenir prête.

Je détourne ensuite le regard et découvre le photographe qui suit Carson partout lors des tournées. Je m'approche de lui et me présente.

– Salut, je suis Iris.

– Je sais, lâche-t-il amicalement en me donnant une accolade. Moi, c'est Dylan. On se partage la scène ce soir, alors ?

– Ouais, dis-je maladroitement, ne t'inquiète pas, je ne te gênerai pas dans ton travail.

– Oh, pas de souci. Je n'y ai pas pensé une seule seconde. Bienvenue dans l'équipe.

– Merci beaucoup, dis-je, touchée qu'il m'accueille aussi facilement sur son territoire.

Me sentant épiée, je me retourne et rencontre le regard assassin de Carson qui nous fixe, Dylan et moi. Et comme pour me narguer par rapport à ce que je lui ai dit, il fume un joint et siffle une bouteille entière de bière, alors que nous attendons que le signal pour monter sur scène soit donné.

– Les mecs, c'est à vous, déclare enfin un technicien. Carson, c'est à toi dans deux minutes.

Carson jette son joint et attend qu'un assistant lui installe son micro pendant que les garçons montent sur scène. Mettant de côté notre dispute, je mets en route le live Instagram. Carson se retourne, me fixe avec ses yeux dilatés à cause de la drogue et de l'alcool, puis il s'adresse aux fans qui regardent le live en direct d'Instagram, mettant lui aussi de côté tous ses problèmes pour se consacrer uniquement à sa passion. Je l'ai toujours admiré pour ça.

– Yo ! On est au Roll and Scream Festival de New York, vous êtes prêts ?

On entend Drew donner le rythme de l'instrumental de la première chanson à la batterie. Ensuite, Mason lance l'audio grâce à son ordinateur et finalement Aaron et Kevin suivent avec la basse et la guitare. L'intro du concert dure environ une minute cinquante. Ça laisse le temps à Carson de se placer.

– On y va, Carson, intervient un technicien.

Je le suis devant l'ascenseur et il se retourne pour parler une nouvelle fois aux fans.

– Donc voilà ce que vous ne voyez jamais, pendant toute l'intro, j'attends ici avant d'entrer.

Il rajuste sa veste et adresse un sourire à la caméra.

– Allez, j'y vais, peace, et bon concert !

Carson se retourne, les portes s'ouvrent et je filme son dos tout du long jusqu'à ce qu'il entre sur scène. Une fois que les portes de l'ascenseur se sont refermées, je fais le tour pour me placer sur le côté gauche, à côté de Mason et Aaron. Dylan est déjà en bas de la scène.

Je vais filmer en live sur Insta jusqu'à la cinquième chanson du concert, puis je continuerai à le prendre en photo et en vidéo. Déjà, quand je l'ai vu en concert, je l'ai trouvé énorme, de la fosse. Mais là, d'être si près de lui, c'est encore autre chose. Il émane de lui une puissance incroyable. Il joue avec le public tout en s'approchant de moi pour chanter face à la caméra, faisant s'agiter les fans qui suivent le live. Ils sont plus de dix mille ce soir à travers le monde à le regarder.

Parmi les commentaires, je vois plusieurs fois mon nom apparaître, je remonte la discussion et me rends compte que beaucoup se demandent si c'est moi qui filme. Une réponse me fait presque pouffer : « Ouais, je pense. Elle est hyper petite par rapport à lui. » Une autre lui répond : « Mais ils vont bien ensemble, je trouve. Elle a l'air adorable et c'est une fan apparemment. »

Je rigole et décide d'arrêter de lire, je n'y ai vu que du positif et je ne veux absolument pas voir des commentaires haineux. Surtout pas après notre dispute. On mettra ces choses au clair à l'avenir, si besoin.

Je me concentre de nouveau sur ce qui se passe autour de moi, Carson est déjà en sueur alors que ce n'est que la quatrième chanson. Mais vu tout ce qu'il donne sur scène, ça ne m'étonne pas. Comme certains fans l'ont remarqué, je suis petite. Je passe donc la majorité de mon temps à ajuster ma position en fonction de celle de Carson.

Une fois la cinquième chanson finie, Dylan me fait signe de le rejoindre devant la scène. Je perçois le regard inquiet de Carson, malgré tout ce qui s'est passé, mais il semble se détendre quand il voit que je suis avec leur photographe.

J'entends des chuchotements qui proviennent de la fosse dans mon dos et je sais très bien que j'en suis l'objet. Mais je n'y fais pas attention et mitraille Carson de photos et vidéos avant de remonter.

Cette fois, je filme Mason. Il m'adresse un clin d'œil et s'amuse même à faire des gestes à la caméra. Je m'approche ensuite des autres mecs. Aaron est concentré sur sa basse, Kevin à la guitare me tire la langue, et Drew pointe la caméra de son stick à batterie.

Finalement, si je trouvais au début qu'être en backstage n'était pas la meilleure des choses si on voulait entendre un son net, je m'amuse comme une folle à les photographier et à les prendre en vidéo pour leurs réseaux sociaux. Le concert défile comme une étoile filante et Carson sort très vite de scène. L'adrénaline de mon corps redescend pour laisser les remords de notre dispute reprendre le dessus dans mon esprit.

– C'était ouf, je suis content qu'on ait finalement pu le faire ! s'exclame Drew quand il descend le dernier de la scène puisque c'est lui qui clôt le concert avec son solo de batterie.

– Ouais, tu m'étonnes, avoue Carson sans me regarder. On va à l'after, ou quoi ?

Les mecs rugissent pendant que je ne dis rien, je ne sais pas si je suis invitée donc je préfère me taire.

L'after se déroule dans le parc du festival. Nous retournons à la loge pour qu'ils se douchent. En attendant, je trie les photos et les vidéos du concert. Je ne garde que les meilleures pour les poster après sur le compte de Carson et envoyer les autres aux mecs. Je me connecte ensuite sur le compte Twitter de Carson et twitte plusieurs fois : « C'était le dernier concert de la tournée mondiale. Vous êtes venus à quelle date ? Envoyez les photos que vous avez prises. Et si vous êtes chanceux, elles seront peut-être repostées. » Puis je twitte une deuxième fois : « Ce n'est pas parce que la tournée est finie que tout se termine. Un prochain album est en production. En attendant, voici le lien du site où vous pouvez vous procurer des vêtements à mon effigie et tous mes disques. Pour vous remercier, des soldes sont en cours. »

Les réponses fusent instantanément. Je reçois plusieurs photos de personnes qui ont assisté à différentes dates de la tournée. J'enregistre des clichés aussi fous qu'hyper bien réussis. Je veux que tous les fans se sentent inclus. J'ouvre mon logiciel de montage et les importe pour en faire une mini vidéo d'une minute, pour la poster ensuite sur les réseaux sociaux de Carson.

Je sens le canapé s'affaisser à mes côtés. Je tourne légèrement la tête pour découvrir Carson, tout propre et qui sent bon, un mélange de gel douche, shampoing et parfum qui me fait fondre. Il enfile ses chaussures puis relève la tête pour me fixer.

– J'ai twitté trois fois sur ton compte, deux Tweets promotionnels et une vidéo avec des photos qu'ont prises les fans à tes concerts dans le monde entier. Mais je te laisse les remercier comme à ton habitude.

Il acquiesce, mais change de sujet :

– Tu viens avec nous ?

Je croise les bras sur ma poitrine et m'appuie contre le dossier du canapé.

– Tu veux que je vienne ?

Il hausse les épaules et m'adresse un regard en coin.

– Peu importe. C'était pour savoir si j'allais pouvoir me droguer en paix.

– Carson ! gronde Mason qui vient de sortir de la douche à son tour.

Je lance un regard noir à Carson, il ignore Mason et sort de la loge en claquant la porte, me faisant souffler.

– Je suis désolé, s'excuse Mason en s'asseyant à mes côtés, puis en passant son bras autour de mes épaules. Ne t'occupe pas de lui, mais viens avec nous quand même. Ça va être fun !

– Je ne sais pas, murmuré-je. Il ne veut clairement pas de moi.

Et moi, je ne sais plus ce que je veux non plus.

– Mais nous, on veut de toi, me dit Mason comme en écho à mes propres pensées.

Il me lance un grand sourire et je ne peux pas résister. Alors j'accepte d'un signe de la tête et il me force à me mettre debout.

Quand nous arrivons sur le lieu de l'after, l'alcool coule déjà à flots et la drogue est pratiquement dans toutes les mains. Carson est assis dans l'herbe, entouré d'autres de ses amis célèbres. Une fille est collée contre son bras, il ne la touche pas, mais il ne la repousse pas non plus. Il fume un joint énorme. Finalement, il m'aperçoit et lève une bouteille de vodka dans ma direction. Je secoue la tête en le fusillant du regard pendant qu'un sourire acerbe étire ses lèvres. La fille surprend son regard sur moi, elle me reluque de la tête aux pieds, puis elle tente d'embrasser Carson. Mais il la repousse durement et elle s'en va.

Bon, c'est déjà ça, au moins.

Mason nous conduit tout de même à lui et je suis malheureusement obligée de m'asseoir à la dernière place libre : celle de la fille, aux côtés de Carson. On ne se touche pas, mais je crève d'envie ne serait-ce que de poser ma tête sur son épaule. Alors, pour me retenir, je saisis la bouteille de vodka de ses mains et bois au goulot.

Quelques minutes après, je sens qu'on tape sur mon épaule. Je me retourne et découvre un mec. Je sais que c'est un rappeur connu mais, sur le coup, je suis incapable de mettre un nom sur lui. Il n'a pas l'air de le prendre mal, car il me tend la main.

– Tu viens danser ?

– Je…

– Non, me coupe sèchement Carson.

Le mec sursaute légèrement, mais ne se démonte pas et s'adresse maintenant à lui.

– Pardon ?

– J'ai dit non.

– Je… tenté-je pour enfin en placer une, mais le mec me coupe à son tour.

– Et c'est toi qui décides ?

Je souffle longuement, mais les deux m'ignorent. Alors je croise les bras et attends qu'ils finissent enfin leur combat de coqs. Carson se lève d'un bond et pousse le mec en arrière, qui chancelle à cause d'un trop-plein d'alcool sûrement.

– C'est ma copine, enculé. Donc, non, elle ne dansera pas avec toi.

Ma bouche s'ouvre en grand sous le choc.

Sa copine ? Ah bon, depuis quand ?

Le mec remarque mon étonnement et ricane.

– Je pense qu'elle n'était pas au courant.

Il se tourne de nouveau vers moi et m'adresse un clin d'œil.

Oh, non, mec, mauvaise idée.

– Alors, on va danser ?

Eh merde, il insiste.

Je lâche un cri quand mon soi-disant petit ami lui fonce dessus. Ils atterrissent au sol, Carson au-dessus.

– Putain mais t'es sourd ou quoi ? C'est MA copine. Jamais tu ne la touches, est-ce que c'est clair ?

Il lève son poing, prêt à lui en foutre une, mais Mason saisit son poignet pendant qu'Aaron le tire en arrière. Une fois debout, les deux essaient de se sauter dessus de nouveau, mais Drew et Kevin retiennent le rappeur dont je ne connais pas le nom. Tyler l'emmène plus loin. Le choc passé, je fais face à Carson.

– Regarde-moi, lui ordonné-je.

Mais il ne lâche pas du regard le rappeur, même s'il est loin maintenant. Je pose ma main sur sa joue ; il se détend un peu, sans pour autant reporter son attention sur moi.

Je pose alors mon autre main sur son cœur, et son regard plonge enfin dans le mien. Je n'ai pas besoin de parler pour qu'il se calme.

C'est comme ça entre nous.

Mason et Aaron se rendent compte qu'il ne fera plus rien, ils le lâchent et Carson passe son bras autour de mes épaules pour me coller contre son torse.

Quand je suis sûre qu'il s'est calmé, je me recule.

– Désolé… commence Carson, mais je le coupe en levant la main.

– Je crois qu'il vaut mieux que je rentre à l'hôtel.

Ses épaules s'affaissent et il me lance un regard rempli de remords.

– Je viens avec toi, alors.

– Non, tu as besoin de te retrouver avec tes potes tout seul, comme avant.

– Iris… souffle-t-il de dépit. Rien n'est plus comme avant.

– Justement, insisté-je d'une voix blanche.

J'ai tellement l'impression de m'être infiltrée dans sa vie. En lui disant frontalement qu'il se cache derrière ses joints et l'alcool, je lui demande implicitement de changer, et je prends conscience que c'est aussi lui demander d'arrêter de faire ce qu'il avait l'habitude de faire, maintenant que je suis là. Je refuse d'être ce genre de fille. Si Carson doit changer, il doit le faire seul et d'abord pour lui.

Et pour ne rien arranger, j'ai l'impression qu'être toujours avec lui ne me permet pas de prendre du recul sur mes sentiments. Je ne sais pas quoi faire. J'aimerais continuer, quelle que soit notre relation, mais sa souffrance et son univers me terrifient toujours autant.

Pourtant je suis sûre et certaine d'une chose, c'est que je suis irrémédiablement attirée par son âme et son énergie, malgré tous ses défauts.

Quand je pars, je l'entends jurer, mais il ne me retient pas.

***

Je me réveille en sursaut en entendant la porte de la chambre claquer ; un juron s'élève dans la pièce.

– Putain de merde.

Mon téléphone m'indique qu'il est deux heures du matin. Ça ne fait qu'une heure que je me suis endormie. Quand je suis rentrée, j'ai profité du calme pour faire un montage regroupant les vidéos que j'ai prises lors du concert avec des effets spéciaux pour que cela soit plus esthétique et engageant. Je l'ai ensuite posté sur le compte Instagram du chanteur. C'est donc dans le vague que je demande :

– Carson ?

Il entre finalement, titubant et l'allure complètement débraillée. Il est pété, bourré ou les deux en même temps. Il balance ses chaussures dans la pièce et tente de se déshabiller, mais il tombe sur le lit.

– Tu veux que je t'aide ? demandé-je, la voix douce et ensommeillée.

– Non, gronde-t-il. Je n'ai pas besoin de ton aide.

Au moins, c'est clair. Je me retourne sur le côté et le laisse se débrouiller. C'est évident que l'alcool n'a pas contribué à calmer sa frustration, ou je ne sais quoi, envers moi. Je l'entends batailler cinq minutes avec ses vêtements puis il s'allonge sur le lit.

– Tu sais, j'ai bu, mais je ne suis pas bourré.

Sa voix est rauque, à cause de sa nuit de folie, de l'alcool et sûrement de la drogue. Mais elle réveille tout de même les frissons sur ma peau.

– Bien entendu, dis-je sarcastiquement.

– J'ai fumé aussi, beaucoup, ajoute-t-il.

Qu'est-ce qu'il essaie de me dire, là, au juste ?

– Je sais, j'étais là et je me doute que tu as continué après, acquiescé-je, maintenant dans l'attente de ses prochaines paroles ou prochains gestes.

Il reste silencieux une petite minute avant de se tourner et je sens son regard sur mon dos.

– Je ne suis pas bon pour toi.

– Je pense que c'est à moi de décider ce qui est bon ou non pour moi.

Il lâche un long râle et sa main suit la ligne de ma colonne vertébrale, de mes reins jusqu'à ma nuque.

– Qu'est-ce que tu me trouves ? Je ne suis qu'un incapable.

Je me tourne sur le dos et regarde le plafond.

– Je préfère avoir cette discussion quand tu seras sobre, je n'aurai pas besoin de me répéter.

– Je suis sobre, contre-t-il en bégayant.

Malgré moi, un sourire amusé étire mes lèvres.

– Bien évidemment.

Il bouge sur le lit, se rapproche de moi et sa tête se pose sur ma poitrine. Je ne suis même pas sûre qu'il se rende compte que je suis nue. Je pose ma main à la base de sa nuque et caresse ses cheveux. Il geint et se serre encore plus contre moi.

– Iris ?

– Mmm ?

– Tu m'en veux toujours ?

Si je lui en veux toujours ?

Je n'arrive jamais à lui en vouloir vraiment, c'est comme ça. Je me frappe mentalement, pour ne pas répondre.

– Quelles étaient les photos que t'a montrées la fille ?

– Toi et moi sur la jetée, mais aussi à ma fête. On te voit assise sur mes genoux, on nous voit nous embrasser et surtout quand je te porte dans mes bras à l'étage alors que t'es dans les vapes.

Un frisson de dégoût s'empare de mon corps quand je comprends que même chez lui on n'est jamais à l'abri.

– C'est pour ça que je lui ai dit que tu ne comptais pas, que tu travaillais seulement pour moi. T'es à peine arrivée que je ruine déjà ta carrière.

– Tu ne ruines rien du tout.

– Tu te fous de moi ? demande-t-il à voix basse, mais je reconnais bien la rage qu'il tente de contenir. Tu n'es là que depuis une semaine et tu es déjà dans la presse people. Je ruine toujours tout ce que je touche.

Mon cœur se serre en l'entendant dire ça et mes doigts relâchent ses cheveux.

– Je savais dans quoi je m'embarquais en travaillant pour toi et je l'ai accepté.

Il ne dit plus rien, mais sa respiration n'est pas régulière, me faisant comprendre qu'il ne dort toujours pas.

– Carson ? l'appelé-je doucement.

Il lâche un long gémissement rauque contre ma peau puis il enfonce encore plus sa tête dans ma poitrine.

– Tu détestes que je me drogue et que je boive, hein ?

Je soupire, complètement désemparée qu'il me le demande maintenant.

– Non, je ne déteste pas, concédé-je tout en y réfléchissant avec sincérité. Je sais que c'est ce qui t'a fait tenir pendant toutes ces années. Mais j'espère réellement qu'un jour tu seras suffisamment heureux pour t'en séparer. J'espère que tu trouveras cette personne qui te soutiendra envers et contre tout, cette personne qui sera là dans les bons comme dans les pires moments. Cette personne avec qui tu seras suffisamment heureux pour ne plus penser à te droguer et à boire.

– Tu pourrais être cette personne, souffle-t-il contre ma peau.

– Je ne sais pas, Carson, avoué-je, une boule dans la gorge.

– Moi, je le sais.

– Comment ? le questionné-je, confuse. Tu ne me connais même pas, on ne se côtoie réellement que depuis une semaine. Je suis sûre que tu pourrais trouver cette personne ailleurs.

– Peut-être, oui, mais je te veux, toi. Je veux apprendre à te connaître et je veux voir jusqu'où on peut aller tous les deux.

– Carson… supplié-je.

Je n'ai toujours pas fait le point sur mes sentiments, et je suis terrifiée à l'idée d'en développer encore de plus profonds envers lui. Mais sa sincérité, ce soir, me touche plus que tout.

Même s'il est une grande star, il reste tout de même un

humain avec des sentiments et des problèmes. Ça me touche bien plus que je ne pourrais l'avouer, qu'il se livre enfin à moi sans fard.

– S'il te plaît, me supplie-t-il à son tour, laisse-moi t'inviter à un vrai rendez-vous. On apprendra à réellement se connaître, je veux que tu aies assez confiance en moi pour qu'on s'affiche en public.

Il se tait, puis il murmure d'une voix si basse que j'ai du mal à entendre. Mais quand les mots s'inscrivent dans mon cerveau, je ne sais plus quoi faire de mes émotions, et mes yeux se remplissent de larmes.

– J'ai tellement besoin de toi.

Comment refuser ?

Je me penche et embrasse son crâne.

– D'accord.

Il se détend tout à coup et sa respiration devient de plus en plus régulière jusqu'à ce que sa tête pèse plus lourd contre ma poitrine. Mais je ne bouge pas et continue à caresser ses cheveux pendant qu'il m'enlace toujours aussi fort, comme s'il avait peur que je m'envole.

Je ne sais pas dans quoi je me suis embarquée, mais le Carson de ces dernières minutes m'a tellement touchée que je suis persuadée que plus jamais je ne le regarderai de la même façon. Ce soir, derrière ces quelques mots, j'ai senti une lueur d'espoir pour nous deux. J'ai moi aussi besoin de lui, de son sourire joueur, de son rire, de ses bras, de ses jurons et de ses problèmes. Je ne sais pas s'il se souviendra de cette discussion demain mais, en tout cas, pour moi, elle est gravée à jamais.

20

Carson

Je n'ai même pas besoin d'ouvrir les paupières pour sentir que j'ai un mal de tête carabiné. Mais je devine que je ne dors pas sur un oreiller, parce que c'est dur et moelleux à la fois. J'ouvre doucement mes paupières pour éviter que la lumière du jour ne me donne encore plus mal au crâne. J'ai la tête sur la poitrine nue d'Iris, qui est sur le dos.

J'ai sérieusement pioncé sur son corps nu toute la nuit, sans le remarquer ?

Je devais être complètement HS hier soir.

Je me décale doucement pour ne pas la réveiller. Je rigole en découvrant sa position : elle a la tête sur le côté et les deux bras en l'air. *Si belle, putain.* En l'observant, la discussion d'hier soir, ou plutôt de ce matin quand je suis rentré de l'after, me revient en mémoire. Comme je lui ai dit, je n'étais pas bourré, j'avais en tout cas conscience de ce qu'il se passait. Certes, j'avais la tête qui tournait, ce qui explique pourquoi j'ai eu du mal à me désaper. Et puis, je savais que j'étais sur sa poitrine, je n'avais juste pas remarqué qu'elle était nue. L'important est que je me souviens de tout ce que j'ai dit.

Et je ne le regrette pas.

Je ne sais pas pourquoi mais, avec elle, je me sens libre et assez en confiance pour parler. Alya a toujours pensé que j'avais besoin de quelqu'un de vrai, qui serait toujours là pour moi, pour ce que je suis, pour ma musique et non pour mon argent. Je sais qu'Iris correspond à tous ces critères ; c'est ce qui m'a poussé à lui parler hier. Je n'ai menti sur absolument rien, j'aimerais plus que tout arrêter la drogue et l'alcool, mais ce n'est pas si facile.

Malgré tout, j'ai remarqué que je fume moins depuis qu'Iris vit chez moi. Je fume seulement quand je fais mes cauchemars ou quand elle me prend la tête, comme hier soir. Je voulais à tout prix vivre ce festival à fond avec elle. Tout allait bien jusqu'à ce qu'elle me dise mes quatre vérités.

Honnêtement, je ne peux pas lui en vouloir. Elle a raison sur toute la ligne, mais ça fait quand même un mal de chien. J'étais content qu'elle vienne à l'after malgré ce que j'avais dit, mais j'ai encore merdé.

Tout a commencé par ces fichues photos. Si je retrouve celui ou celle qui a pris ces clichés à ma soirée et qui les a balancés à la presse, il ou elle va passer un sale quart d'heure. Mais vraiment.

Iris bouge à mes côtés, ses yeux s'ouvrent et s'ancrent directement dans les miens. Elle m'observe discrètement, une lueur inquiète dans le regard, alors je souris et embrasse son cou.

– Je te l'ai dit, je n'étais pas bourré.

Iris pouffe et ses joues se colorent d'une rougeur adorable.

Elle se tourne sur le côté et colle son corps au mien.

– Donc tu pensais réellement tout ce que tu as dit ? demande-t-elle d'une voix douce.

– À ton avis ? m'exclamé-je en riant.

Elle me frappe alors gentiment le torse avant de poser sa main sur mon cœur.

– Tu sais, commence-t-elle, je ne te forcerai jamais à aller en *rehab*. Il faut que tu le décides toi-même. Mais je pense réellement que ça pourrait t'aider. Dans tous les cas, je serai là pour t'épauler, même quand tu n'auras plus besoin de moi et que je partirai de chez toi.

J'avale de travers en y pensant et je serre Iris dans mes bras, bien plus fort que nécessaire. Je ne lui réponds pas et elle ne me force pas. Tout ce qu'elle fait, c'est me serrer à son tour dans ses bras.

Alors que je réfléchis à ses derniers mots, un coup à la porte nous fait sursauter et la voix de Tyler se fait entendre. Sauvé par le gong, comme on dit.

– Yo, Carson, Iris ! Vous êtes réveillés ? Rendez-vous dans trente minutes dans le hall.

– On sera là, promets-je pendant qu'Iris geint dans mon cou.

– Vos journées sont tellement chargées, j'ai envie de dormir.

Je m'esclaffe et frappe son cul tendu. Elle marmonne je ne sais quoi contre moi.

– Allez, mon petit lion, tu te reposeras dans l'avion.

Elle se redresse et s'étire en tendant les bras vers le ciel, me révélant sa petite poitrine alléchante. Mais en voyant la fatigue teinter les beaux traits de son visage, je me sens coupable.

Pourquoi je ne suis jamais capable de bien faire les choses avec elle ?

– Je suis désolé de t'avoir réveillée et tenue éveillée cette nuit.

Elle m'adresse un sourire solaire et prend ma main.

– Ne t'excuse surtout pas.

Elle dépose un baiser chaste sur mes lèvres et se lève du lit pour aller dans la salle de bains. Quelques instants après, le robinet se met en route et je la rejoins sous la douche. On ira toujours plus vite à deux.

***

Le vol n'a pas été de tout repos, à cause de gosses qui ont braillé tout du long. J'adore les enfants mais, franchement, ils m'ont soûlé, eux. On voulait tous profiter du voyage pour se reposer avant la réunion, mais on n'a pas eu cette chance. J'ai récupéré ma voiture sur le parking à l'aéroport et Iris s'est tout de suite endormie. J'ai toujours pu me promener sans chauffeur et garde rapprochée, comparé à certains de mes collègues qui font de la pop, qui se font suivre à longueur de journée. Néanmoins, maintenant qu'Iris est là et que j'ai peur pour elle chaque seconde, Tyler est plus présent qu'avant. Comme aujourd'hui où il nous suit avec sa voiture jusqu'à la maison de disques.

On a de l'avance donc, quand je m'arrête sur le parking, je la laisse encore un peu se reposer pendant que j'attends les mecs qui vont arriver d'une minute à l'autre. Ils avaient pris la même voiture, celle d'Aaron, pour venir à l'aéroport, donc ils arrivent tous en même temps. Je me penche vers

Iris et pose ma main sur sa cuisse.

– Petit lion, l'appelé-je. Réveille-toi.

Ses yeux s'ouvrent doucement, elle bâille et s'étire.

– Bien dormi ?

– Pas assez. Quand on rentre, je dors jusqu'à demain.

Je lâche un rire et sors de la voiture. Elle me rejoint et nous montons dans les locaux avec les mecs. Alya est déjà là. Elle accueille dans un premier temps son copain en lui sautant au cou, puis elle nous regarde.

– Mon Dieu, les têtes de déterrés. Allons faire cette entrevue pour que vous rentriez vous reposer, ordonne-t-elle en ouvrant la marche vers la salle de réunion.

Iris m'attrape la main et la serre très fort, je me penche et embrasse sa tête.

– Ne sois pas nerveuse, c'est juste une réunion informative. Je t'ai déjà engagée, et tu as fait du bon travail lors du festival.

Elle hoche la tête et lâche ma main, car nous venons de faire notre entrée.

– Carson ! s'exclame chaleureusement le patron de la maison de disques. Comment s'est passée ta tournée ?

Iris me lance un regard choqué en entendant le patron être aussi informel avec moi. Je hausse les épaules, car je ne sais pas moi-même pourquoi, mais c'est comme ça depuis le début de ma carrière. Je crois que je suis le seul avec qui il agit de cette façon, excepté mes musiciens. Je lui souris pour la rassurer et le patron le remarque tout de suite.

Il se tourne vers elle et la prend dans ses bras, la faisant sursauter dans un premier temps puis grimacer, même si elle essaie de se contenir.

– Iris, c'est ça ? Je suis Josh, directeur de la maison de disques.

– Euh oui, oui, c'est moi, s'étouffe-t-elle dans son étreinte.

J'éclate de rire et la dégage de ses bras.

– Tu vas me la briser en deux, mec.

Il nous observe avec un regard suspicieux.

– Il se passe toujours quelque chose entre vous deux, n'est-ce pas ?

Iris se tend à mes côtés et je vois la panique envahir son visage. Je saisis sa nuque et la caresse pour la détendre, comme elle l'a fait pour moi dans la nuit. Si ça a fonctionné, ça devrait marcher pour elle aussi. J'ai juste, car elle se relâche un peu.

Le patron a bien compris qu'il l'a fait paniquer, alors il s'empresse d'ajouter, en levant les mains autour de sa tête :

– Oh ! Vous faites ce que vous voulez, les jeunes. Je m'en fous que vous couchiez ensemble, le travail a été particulièrement bien fait, et j'aimerais vraiment qu'il le reste.

Iris le remercie d'un sourire et se redresse.

– Peu importe ce qui se passe, je compte rester professionnelle et me consacrer à mon travail. C'est le but premier de ma venue ici.

Je gronde et m'attire les foudres d'Iris et le regard curieux de Josh. Est-ce que je vais réussir à la faire plier un jour ? Quand est-ce qu'elle va enfin arrêter d'avoir peur de ce que notre relation peut engendrer ? Peut-être qu'un vrai rendez-vous la ferait changer d'avis. Je reviens à moi quand Josh prononce mon nom :

– Si on s'installait pour parler de ton travail, et puis après il faut qu'on discute du prochain album, Carson.

Nous acquiesçons et nous nous asseyons autour de la table ronde, Iris en face de moi, aux côtés d'Alya, tandis que les mecs sont près de moi.

– Donc, commence le patron en me regardant, tout d'abord, félicitations pour cette tournée à guichets fermés, autant chez nous qu'à l'étranger.

Je le remercie d'un geste de la tête puis il se tourne vers Iris.

– J'ai bien aimé ce que tu as fait hier soir sur les réseaux sociaux de Carson. L'engagement avec les fans est important, et je suis content que tu aies pensé à les faire participer. Que comptes-tu faire pour promouvoir le prochain album ?

– J'ai l'intention de filmer les séances en studio sans son pour ne pas dévoiler les chansons tant qu'elles ne sont pas finies. Ensuite, avec votre accord, celui d'Alya et de Carson, j'aimerais faire des montages vidéo avec des extraits de quelques-unes des chansons pour promouvoir la sortie de l'album quand la date sera définie. Quand les premières chansons seront sorties sur toutes les plateformes, ce serait bien que Carson se filme en format vertical en disant qu'elles sont disponibles. De même pour l'album.

Josh approuve de la tête et se tourne ensuite envers moi.

– Donc, cet album, déjà des chansons prêtes ?

– Ouais, acquiescé-je, j'en ai déjà écrit plusieurs, mais ce ne sont que des brouillons. On repart en studio dès cette semaine.

J'évite volontairement d'en dire plus sur les chansons, car elles sont pratiquement toutes à propos d'Iris. Je suis persuadé qu'elle sait que j'écris sur elle, car elle a déjà remarqué que je la fixais pendant que je travaillais sur mes textes. Mais elle ne m'en a encore jamais parlé et je la soupçonne de ne pas vouloir me presser.

– Et j'ai déjà créé plusieurs sons, intervient Mason. Je les fais écouter à Carson tout à l'heure.

– Bien. Le prochain album a intérêt à être encore meilleur que le précédent, assène Josh en guise de conclusion à cette réunion.

***

Nous venons de rentrer à la maison et on a décidé de commencer à bosser sur le prochain album avec les mecs, tellement nous sommes excités de repartir en tournée. La musique rythme nos journées et on s'ennuie vite sans. Quant à Iris, elle monte se coucher direct pour une sieste. Je sais que pour quelqu'un qui ne vit pas ce rythme depuis longtemps, c'est fatigant au début. Il lui faudra quelque temps pour s'y habituer, mais après, ça deviendra aussi naturel pour elle, tout du moins je l'espère, car j'ai de plus en plus de mal à l'imaginer hors de mon quotidien. Certes, j'ai besoin de la drogue et de l'alcool pour tenir mais Iris a bien plus de courage que moi.

Je redescends dans le studio avec des bières à la main et les tends aux mecs. J'entends les reproches d'Iris sur l'alcool dans ma tête, mais j'évite d'y penser.

– Donc t'as déjà écrit ? me demande Mason en reprenant la discussion où on l'a laissée en partant du bureau.

– Ouais.

Je lui tends mon carnet, où trois chansons sont déjà écrites. Je les ai appelées « You drive me crazy », « Paris Night » et « Héroïne ».

La première est en fait la dernière que j'ai écrite, j'y parle de tout ce que me fait ressentir Iris. La seconde, eh bien, comme son nom l'indique, parle de notre première nuit à Paris. Et la dernière est plus subtile. Je la compare à de l'héroïne, car elle me fait le même genre d'effet intense et elle m'énerve autant que je l'adore.

Mon carnet passe d'un de mes potes à un autre, le temps que tous étudient mes chansons. Mason, mon compositeur, les étudie beaucoup plus longuement et je le vois réfléchir.

– J'ai travaillé sur un son hier à l'hôtel et je suis presque sûr qu'il pourrait coller à « Héroïne », dit-il en tapotant sur mon carnet avec un stylo.

– Tu crois ? demandé-je, légèrement prudent, car c'est sans doute l'une de mes chansons préférées pour le moment.

– Ouais, à 100 %. Le son que j'ai produit est vraiment sombre, il colle bien à la chanson. Il faudrait qu'on essaie.

– Tu l'as avec toi ? questionné-je en montrant son ordinateur portable d'un signe de tête.

– Ouaip, je vous fais écouter. En attendant que je le mette en route, servez-vous.

Il sort de son sac à dos un sachet de cannabis. Honnêtement, j'en ai plus que besoin, là… et Iris dort. Elle ne pourra donc pas me surprendre et quand elle se réveillera la drogue se sera évaporée de mon corps. Ce n'est pas réglo de ma part de profiter de son absence pour me défoncer. Eh oui, j'ai honte mais j'ai *besoin* de me défoncer. Ce n'est pas comme si je fumais seul. Je suis avec mes potes et c'est notre style de vie. Mason ouvre son PC, pianote quelques instants dessus avant que le début du son ne résonne dans le studio, et nous planons déjà tous.

Moi, peut-être un peu plus que les autres.

Drogués, certes, mais toujours aussi attentifs si ce n'est un peu plus. Nous écoutons le son une première fois. Il n'y a rien dessus, aucun instrument et aucune voix, juste des beats. Mais j'avoue qu'il déchire. Nous l'écoutons une deuxième fois et nous commençons à hocher la tête en rythme, puis à y ajouter les pieds. Drew se met à taper un rythme sur le bois du tabouret comme si c'était sa batterie. À la fin, nous nous regardons tous et nous approuvons d'un commun accord. Ce sera la première chanson du prochain album.

Drew a déjà une batterie dans mon studio, j'ai aussi des basses et des guitares pour Aaron et Kevin, mais ils préfèrent les leurs. Et pour l'instant, l'ensemble de nos instruments est toujours en transit entre New York et L.A. Ils devraient arriver demain. On convient donc de se retrouver ici dès que les instruments seront arrivés pour commencer l'enregistrement.

Mais on n'a pas fini pour aujourd'hui. Mason nous fait écouter les autres sons qu'il a produits depuis le début de la tournée, car il n'arrête jamais. Nous en sélectionnons quelques-uns sur lesquels on pourrait envisager de placer des paroles et que l'on pourrait enregistrer pour le prochain album.

***

Le temps d'une pause, je monte vérifier qu'Iris dort toujours, car mon dealer doit arriver incessamment et je n'aimerais pas forcément qu'elle le voie. J'ouvre doucement la porte de sa chambre, mais je me rends bien vite compte qu'elle n'est pas dans son lit. J'ouvre la porte de sa salle de bains ; elle n'y est pas non plus.

– Bah merde, chuchoté-je.

Je ressors de la chambre et m'apprête à descendre, car elle s'est peut-être réveillée entre-temps.

Si elle tombe sur mon dealer, je suis bon pour creuser ma tombe.

Elle a dit qu'elle te soutiendrait quoi qu'il arrive.

Ouais, mais pas sûr qu'elle apprécie pour autant.

Un détail attire mon attention. La porte de ma chambre n'est pas entièrement fermée, elle est entrouverte. Alors que c'est un réflexe pour moi de toujours la fermer.

Je la pousse doucement et c'est avec étonnement que je découvre Iris, emmitouflée sous mes draps, serrant mon oreiller entre ses bras. Je souris, attendri, et m'assieds près d'elle. Je replace en arrière la mèche de cheveux qui est tombée sur ses yeux. Ce qu'elle est belle. Elle paraît si sereine actuellement. Jamais une fille n'a eu cet air apaisé en dormant dans mon lit. Je pourrais croire que je l'apaise autant qu'elle le fait. Je donnerais tout pour la rendre heureuse, mais j'ai peur de ne pas y arriver, de ne pas avoir droit au bonheur.

Bien entendu que je n'ai pas oublié notre discussion sur la drogue, mais je ne suis pas encore prêt. Justement, mon téléphone vibre dans ma main. Mon dealer est là. Malgré moi, je me sens tiraillé. J'aimerais tellement arrêter pour elle, mais en même temps je suis un addict… Certains diront que c'est déjà un premier pas de le reconnaître, mais pourquoi j'ai l'impression que ça ne m'aide pas spécialement ?

– Carson, chuchote Iris, me faisant sursauter.

Je me retourne, prêt à lui faire face, mais elle dort toujours.

Putain, j'ai l'impression de la trahir.

Je me passe les mains sur le visage pour essayer de me

calmer puis je me relève en soufflant, irrité par moi-même. Je dépose un baiser sur son front et chuchote à son oreille.

– Je suis désolé.

Elle lâche un gémissement, mais ne se réveille pas. Je déglutis difficilement et sors finalement de ma chambre. Idéalement, j'aurais espéré qu'elle se réveille, qu'elle m'en empêche en me prenant dans ses bras. Mais ce n'est apparemment pas le moment.

***

Une fois les *mushrooms*[1] en main, je redescends au studio. À peine installé, j'en avale un, puis l'effet des champignons magiques se fait sentir. J'ai l'impression de planer, le studio tourne autour de nous et je me sens plus que bien. Libéré de toute pression, de mes sentiments pour Iris et de mes démons. Autant dire que notre énergie a monté d'un cran, ainsi que mon euphorie. Cela faisait longtemps que je n'avais pas autant rigolé.

***

Quand nous sommes sûrs que l'on a fini de bosser pour aujourd'hui, nous nous affalons sur les canapés. Ma tête part en arrière contre le mur. Mais je la relève quand je crois entendre la porte du studio s'ouvrir.

Ce que je vois me cloue sur place, mes yeux s'ouvrent en grand et la bouche m'en tombe. Iris s'y tient, mais pas habillée comme je l'ai laissée dans ma chambre. Non, elle porte une

---

1. Terme anglais pour désigner les champignons hallucinogènes.

putain de robe de mariée, et je remarque que son ventre est légèrement arrondi.

Merde, c'est quoi, ce délire ?

Elle m'adresse un sourire lumineux et s'avance vers moi alors que je reste statique. Je me frotte les yeux, secoue la tête et me rends compte qu'elle a disparu.

– Oh, bordel, maugréé-je en rejetant la tête en arrière.

C'était une putain d'hallucination. Ces champignons devaient m'aider à ne plus penser à rien. Ils devaient m'apaiser, et non me faire voir Iris de cette façon. Là, c'est foutu pour oublier ce qu'elle me fait ressentir. Si la drogue ne peut plus rien pour moi maintenant, je ne sais plus vers quoi me tourner.

Comme si cette vision était un électrochoc, je sens finalement l'effet des champignons disparaître petit à petit de mon corps. Quand je regarde l'heure sur mon téléphone, je me rends compte qu'on les a pris il y a déjà trois heures.

Malheureusement, après l'euphorie et les hallucinations, la descente est difficile comme toujours. Même si je dois bien avouer que depuis le temps que j'en prends, je suis habitué et ne vomis plus après. Non, moi, tout ce qui me reste, ce sont mes angoisses et mes regrets. Quand les mecs repartent, je reste au studio, comme si je me punissais en demeurant sur le lieu de mon crime pour ne pas contaminer la maison tout entière.

Je pense encore et toujours à mon hallucination. Je n'ai jamais été le genre de mec à vouloir plus que tout me marier et avoir des gosses. Je vais avoir 25 ans ; certes, je devrais peut-être y penser et j'y pense, mais ça n'a jamais été mon but suprême. D'autant que la célébrité ne fait pas bon ménage avec une vie de famille. Je n'y avais jamais réfléchi jusqu'à ce qu'Iris entre dans ma vie, et surtout jusqu'à ces dernières heures.

Je sais bien que je ressens quelque chose pour elle. Je l'ai quand même présentée comme ma petite amie devant des inconnus, même si l'objectif était de faire fuir le connard prétentieux qui voulait danser avec elle, et clairement je ne l'avais encore jamais fait avec une fille. Franchement, ça me fout les boules. Avant, j'aurais eu quelques remords de me voir utiliser la drogue pour annihiler mes sentiments. Mais maintenant, je le regrette bien plus et j'ai surtout l'impression de lui faire du mal.

Décidé à gommer de mon esprit tout ça, je prends mon ordinateur sur les genoux et commence mes recherches pour dénicher un endroit où emmener Iris. Peu importent tous les arguments qu'elle pourra inventer pour protester, je l'emmènerai en rendez-vous et on apprendra à mieux se connaître. Je compte surtout lui faire comprendre que je la connais déjà. Je sais même qu'elle chante ! Mais c'est assez bizarre, car sa voix est différente quand elle chante seule ou entourée de gens. Quand elle est seule, sa voix est très belle. Mais quand quelqu'un est avec elle, sa voix est moins harmonieuse. Je ne sais pas si elle le fait exprès pour que l'on croie qu'elle ne sait pas chanter ou si elle est trop mal à l'aise pour laisser sa voix s'exprimer. Une fois, je l'ai entendue chanter une de mes chansons ; en fait, elle ne chante pratiquement que mes chansons. Mais j'en suis tombé sur le cul. Elle avait choisi la mélodie la plus mélancolique et lente de mon ancien album. Sa voix l'a rendue plus douce et encore plus belle. J'aimerais un jour qu'elle chante en studio avec moi, d'autant que chaque fois qu'elle s'y rend, elle a des étoiles plein les yeux.

Mais pour le moment, ma mission avant qu'elle ne se réveille : trouver un coin tranquille où peu de papz se trouvent.

21

Iris

Je me réveille de ma sieste qui, selon mon téléphone, a duré bien plus longtemps que prévu, puisqu'il est déjà seize heures. Quand je m'assieds sur le matelas, je ne reconnais pas tout de suite l'endroit où je me trouve. C'est finalement quand je sens le parfum de Carson que je me souviens que j'ai dormi dans son lit, pendant qu'il était au studio avec les mecs.

En sortant, je ferme la porte, comme elle était avant que je n'entre, pour ne pas qu'il se doute de quelque chose, et me mets à sa recherche. Il n'est pas dans le salon, ni dans la cuisine, et encore moins sur la terrasse.

J'entends soudainement des accords de guitare provenant du studio. J'y descends et ouvre prudemment la porte, espérant ne pas le déranger. Je le trouve seul, les garçons ont dû partir. Carson est assis sur un des canapés, une guitare sur les genoux, à jouer avec les cordes. Il hoche la tête, possédé par la musique, alors je m'approche sur la pointe des pieds. Il doit sentir ma présence, car il arrête de jouer et relève le regard.

Il sursaute presque. Ses yeux m'examinent de la tête aux pieds intensément et presque pensifs. Je fronce les sourcils, prête à l'interroger, mais il revient à lui et m'adresse un sourire moqueur.

– Salut, petit lion, bien dormi dans mon lit ?

Mes épaules s'affaissent et je soupire longuement.

– Tu l'as vu.

– Eh ouais. Je suis venu voir comment t'allais, et quelle a été ma surprise quand j'ai vu que tu n'étais pas dans ta chambre, mais dans la mienne.

Ne sachant quoi dire, je lui tire la langue, le faisant marrer. Puis il tapote la place à ses côtés sur le canapé.

– Viens.

Je m'assieds, contente qu'il ne cache pas son carnet de chansons. Mais je me demande ce qu'il fait quand il me tend une feuille. Je baisse les yeux et me rends compte que ce sont les paroles de ma chanson préférée, tous albums confondus. Je crois que c'est le moment de paniquer.

– Je dois en faire quoi ? questionné-je prudemment.

– Chanter.

Je lâche un rire incrédule et lui rends les paroles.

– Je ne sais absolument pas chanter, Carson.

Il n'en a que faire et il commence à jouer le rythme de la chanson. Mes yeux s'écarquillent et j'avale ma salive de travers. J'en ai envie mais je suis incapable de chanter entourée de gens, même en face d'une seule personne.

– Je sais que tu chantes, Iris, je t'entends souvent.

Ce n'est pas possible, si ? Les murs ont bien des oreilles,

apparemment. Le cœur qui bat à cent mille à l'heure, je le fixe et sens mes mains devenir moites autour de la feuille.

– Je… je ne peux pas, tenté-je d'articuler.

– Si.

Carson arrête de jouer, pose la guitare et saisit mes mains dans les siennes.

– Regarde-moi, Iris.

J'ancre mon regard dans son bleu océan et j'avale de nouveau de travers.

– Tu as une voix magnifique, qui a besoin de travail, certes, mais elle est très belle et je l'adore. Ce n'est que moi, personne d'autre. Ferme les yeux et accompagne-moi.

Malgré moi, je lui obéis et ferme les yeux. Il reprend le rythme de la musique et, au moment où je dois chanter, ma voix s'évanouit dans ma gorge. Il commence sans moi, mais ne s'arrête pas pour autant. Je prends une grande inspiration et me concentre sur sa voix, qui me calme.

Je ne sais pas si c'est l'émotion de chanter enfin comme quand je suis seule devant quelqu'un, mais je ressens tellement d'énergie entre Carson et moi. Nos voix se mélangent plutôt bien, et j'aime beaucoup notre duo. Je prends mon pied et je trouve que la chanson se termine bien trop vite, au point que je refuse d'ouvrir les yeux quand c'est terminé. J'ai trop peur de voir la tête de Carson. Je le sens poser la guitare, puis il attrape mon visage à pleines mains. Ses doigts caressent mes lèvres que j'entrouvre. Son nez vient caresser le mien et ses lèvres embrassent mes paupières fermées avant de se coller contre mon oreille.

– Regarde-moi, chuchote-t-il, me donnant des frissons de la racine de mes cheveux jusqu'à mes orteils.

J'obéis difficilement. Je suis scotchée par son regard fiévreux de désir et rempli de fierté. Sans plus de cérémonie, il approche ses lèvres des miennes pour un baiser si doux que j'en tremble. Mes doigts s'accrochent au tissu de son tee-shirt, et malgré cette barrière, la chaleur de sa peau me réchauffe instantanément. Il n'y a pas de brusquerie dans nos gestes, juste de la tendresse.

Sous l'émotion, mes yeux se remplissent de larmes que je voudrais retenir, car j'ai horreur de pleurer, mais c'est impossible, elles coulent déjà sur mon visage, donnant un côté salé à notre embrassade. Carson se recule pour les essuyer tout en m'adressant un sourire rassurant.

– Je suis fier de toi.

Je ris, gênée, et cale ma tête contre son épaule pour me cacher. Il me serre dans ses bras tout en embrassant ma tempe.

– Si tu allais te préparer ? J'ai prévu quelque chose.

Je penche la tête sur le côté et fronce les sourcils.

– C'est le *date* dont tu m'as parlé cette nuit ?

Un grand sourire étire ses lèvres, mais il ne dit rien.

– Va te préparer, on part dans trente minutes. On a une heure de route, mais beaucoup plus avec les bouchons.

J'acquiesce et me lève du canapé, prête à remonter, mais Carson me rappelle et me lance un clin d'œil.

– Enfile un maillot de bain.

***

Nous venons d'arriver sur une plage que je ne connaissais absolument pas et, pourtant, j'en connais des choses à

Los Angeles. C'est Hermosa Beach, bien plus tranquille que la jetée de Santa Monica.

Nous foulons le sable et nous réussissons à trouver un coin reculé. Je remarque quelques regards insistants et des sourires qui nous sont adressés. Sûrement des fans, mais qui ne veulent pas nous déranger. Néanmoins, j'ai très bien remarqué qu'il n'y avait aucun paparazzi à la ronde.

– C'est normal qu'aucun appareil photo ne soit en train de nous mitrailler ? demandé-je à Carson en même temps que nous étendons nos serviettes.

– Cette ville est reconnue pour ça. Aucun paparazzi ne traîne par là. Je voulais qu'on soit tranquilles.

Je ne savais pas qu'il était possible de passer inaperçu en Californie, mais apparemment si.

C'est sûrement pour cette raison que Tyler n'est pas là. Tant mieux, j'ai envie de dire. Je remercie Carson d'un sourire, puis il retire son tee-shirt et son bermuda pour rester en bas de maillot de bain. Il scrute ensuite mon corps.

– T'attends quoi, poupée ? À poil.

J'éclate de rire quand il fait descendre mon short sur mes jambes et qu'il retire mon tee-shirt, découvrant mon maillot de bain rouge. Il le fixe avec des yeux débordants de désir.

– Putain de merde, t'aurais dû garder tes fringues, plutôt.

Fière de moi, je tortille du cul pour l'aguicher avant de m'asseoir sur ma serviette. Je suis contente que mon plan ait marché. Pour lui faire payer de m'avoir fait chanter, même si j'ai finalement adoré, j'ai décidé de mettre mon maillot de bain le plus sexy que j'ai dans ma collection. Le haut est un push-up qui remonte donc bien ma poitrine et le bas est une taille haute coupée en V.

Sa serviette est collée contre la mienne, donc nous nous touchons quand il s'installe à son tour. Même si le soleil va se coucher dans moins d'une heure, je préfère protéger mon corps. Je donne le tube de crème solaire à Carson et lui montre mon dos. Il applique la crème en des massages fermes, tout en restant sensuel.

Soudain, je sursaute quand ses doigts entrent en collision avec mes reins.

Oh, non, il n'a pas réussi à trouver mon second point faible après mon cou ?

– Je le savais ! s'exclame-t-il.

– Quoi donc ? feins-je de ne pas comprendre.

– Tes reins sont aussi un point sensible.

– Ce n'est pas vrai.

Mais ses doigts glissent dessus et je sursaute encore une fois, en même temps que des frissons s'emparent de mon corps.

– Tu vas encore nier ou je continue ?

– Non, c'est bon, avoué-je, vaincue, en me tortillant pour qu'il arrête. Comment l'as-tu su ?

– Un matin, tu dormais et je te caressais le dos. Je suis passé sur tes reins et tu as frissonné dans ton sommeil.

Même en dormant, il me fait de l'effet, ce con. Je me tourne vers lui, croise les bras et le nargue.

– Je m'en fous, car moi je n'ai pas besoin de le chercher pour savoir où est le tien.

– Ah ouais ? demande-t-il avec entrain. Et il est où, petite maligne ?

Je grimpe sur ses genoux, il pose directement ses mains sur mes fesses pour me serrer fort contre lui. De mes doigts, je suis les contours de ses tatouages qui recouvrent tout son torse et ses bras. Arrivée sur ses épaules, je les embrasse chacune avant de m'attaquer à son cou. Il gémit et me serre plus contre lui. Mes lèvres remontent sur son menton, frôlent ses lèvres, mais je ne m'y attarde pas et dérive sur sa joue avant de remonter vers son oreille. J'en fais le tour avec ma langue, appréciant sa respiration haletante et ses mains empoignant fort mes fesses. J'embrasse son oreille et, brusquement, mords son lobe, le faisant geindre, puis je descends de ses genoux.

– Tu me tues, râle-t-il avant d'arranger son érection dans son short, me faisant éclater de rire. Ouais, moque-toi. En attendant, je suis sûr que tu mouilles aussi.

– Tu ne sauras pas, dis-je en me levant pour courir vers l'eau.

– Hé ! Attends-moi, sale peste, crie-t-il derrière moi.

Mais très vite il me rattrape, me soulève dans ses bras pendant que je ris aux éclats, et il me balance dans l'eau. Je remonte à la surface, pousse mes cheveux en arrière et m'accroche à ses épaules. Il me soulève de nouveau dans ses bras, je noue mes jambes autour de sa taille et viens chuchoter contre son oreille.

– Alors je mouille ?

Il éclate de rire, regarde autour de lui pour s'assurer qu'il n'y a personne et dépose un baiser chaste et mouillé sur mes lèvres.

– Allons nous rasseoir pour regarder le spectacle.

– Quel spectacle ? demandé-je, maintenant perplexe.

– Tu verras.

Carson nous ramène sur nos serviettes, me tenant

toujours dans ses bras, puis me dépose sur la mienne. Quand je regarde au loin, je vois le soleil se coucher et tout à coup je comprends.

– Tu es romantique, en fait, le nargué-je.

– Tais-toi et observe, ordonne-t-il d'un ton doux.

J'ouvre ses cuisses et me faufile entre elles pour coller mon dos à son torse.

– Ce qu'elle est chiante, cette fille, marmonne-t-il, taquin, tout en posant ses mains sur mon ventre.

– Tais-toi et observe, plaisanté-je en répétant ce qu'il vient de me dire.

Il rigole dans mon oreille, pose sa tête sur la mienne et nous observons en silence le soleil se coucher.

Bon, allez, j'arrête de faire la meuf pas du tout romantique.

– C'est magnifique.

Mais alors que je suis émerveillée par le spectacle qui se déroule sous nos yeux, Carson lève tout à coup son téléphone devant lui et nous prend en photo. Sauf que j'ai les yeux écarquillés de stupeur.

– Y a pas à dire, t'es magnifique, se moque-t-il.

– Arrête, ce n'est pas drôle. Je n'étais pas prête, on en refait une.

Il sourit et tend de nouveau son téléphone devant nous. Il pose ses lèvres sur ma joue et je ne peux empêcher un grand sourire niais d'étirer les miennes.

Je remarque aussi que mes yeux n'ont jamais autant pétillé qu'à cet instant.

C'est donc ça, être heureux ?

C'est comme si je me prenais une claque dans la figure.

Jamais je n'ai souri de cette façon sur une photo. Je souris, bien entendu, car j'ai une vie plutôt réussie et je suis épanouie, mais je ne l'ai jamais autant été qu'à présent.

Je me sens bien en sa présence. C'est peut-être ironique vu l'agité qu'est Carson, mais je me sens apaisée quand je suis avec lui. Quand il pose ses yeux sur moi, je vibre. Quand il me sourit, mon cœur s'accélère. Quand il me lorgne avec désir, ma respiration se coupe. Et quand il pose ses mains et ses lèvres sur moi, je me consume pour lui. Serait-il vraiment mon âme sœur ? J'aimerais y croire.

Une fois le soleil définitivement couché, je reste collée contre lui, car je ne veux réellement plus bouger et je veux profiter de ce bonheur le plus longtemps possible.

– J'ai compris que tu voulais qu'on apprenne à mieux se connaître, mais j'ignore par quoi commencer. De mon côté, j'ai déjà réellement l'impression de te connaître. Je ne saurais vraiment pas quelle question te poser pour en savoir plus. Et puis je sais surtout le principal : tu adores la musique et surtout la mienne, me taquine Carson.

– Moi, je sais que tu es très modeste, rétorqué-je d'une voix amusée, mais il garde son sérieux.

– Tu adores la mode et on a les mêmes goûts, t'aimes le maquillage même si tu préfères ne pas être maquillée et tu adores voyager. Je sais que tu choisirais de manger un hamburger ou une pizza plutôt que dans un resto de luxe. Tu prends plaisir à cuisiner, et honnêtement je n'ai jamais aussi bien mangé que depuis que tu vis chez moi. Je sais que t'estimes plus ton pyjama que tes vêtements. On a déjà remarqué qu'on a les mêmes goûts cinématographiques et je sais que tu détestes les comédies romantiques alors que tu adores lire de la romance. La chose que j'adore chez toi, c'est que tu n'es pas une grande bavarde. J'ai compris que si tu ne parles pas, ce n'est pas parce que tu fais la gueule, mais parce que tu n'as rien d'important à dire. Tu n'es pas comme ces filles qui bavardent tout le temps pour que l'on porte notre attention sur elles. De toute façon, que tu prononces un mot ou non, tu as cette énergie qui fait qu'on ne peut pas te quitter des yeux !

Je l'observe, à court de mots. Comment dois-je rester de marbre après ça ? On ne m'avait jamais aussi bien décrite. J'ai l'impression qu'il peut lire en moi, tellement tout ce qu'il vient de dire est juste. C'est impossible de ne pas tomber amoureuse de lui.

Il se rend compte de mon ahurissement, il rigole légèrement et pose sa tête sur la mienne.

– Trop d'un coup ? Je te laisse souffler, alors. Pourquoi la romance en livre et pas en film ?

– Tu vois que tu ne connais pas tout de moi, m'exclamé-je en rigolant après m'être remise de mes émotions. Je n'aime pas les comédies romantiques, car tout est prévisible et m'ennuie vite. Par contre, j'adore les romances, car je me plonge dans l'histoire avec les personnages, c'est comme si je vivais avec eux. Ils ont une telle profondeur qu'ils paraissent réels. Et je ne sais pas, je trouve les livres plus intéressants que les films.

– Tu voudrais avoir les histoires de ces personnages ? demande-t-il, réellement curieux.

Je secoue vivement la tête en imaginant une vie comme dans les romans.

– Certainement pas, tout est bien trop compliqué. J'aime

les romances pour me dépayser, pour me libérer du quotidien et non pour rêver de la même chose. Et toi, pourquoi tu adores les comics ? demandé-je, intéressée, en repensant à sa gigantesque collection de BD dans sa chambre.

– Comme toi, ça me permet de changer du quotidien. Et c'est aussi le seul format que je suis capable de lire, je ne suis pas un intello comme toi, se marre-t-il. T'as un super-héros préféré, en parlant de ça ?

– Je ne dirais pas que j'ai un super-héros préféré, car j'admire à peu près tous les films de super-héros, mais je suis fan de Thor. Dommage que les super-héros n'existent pas, j'aurais peut-être plus envie de vivre leurs aventures que celles de mes héroïnes de romances.

– Ouais, c'est clair. Ils auraient pu m'aider à ne pas sombrer dans l'alcool et la drogue, avoue Carson d'un ton sombre.

J'avale de travers, n'étant pas prête à ce qu'il me fasse une confidence de ce genre. Je lâche ses bras et saisis ses mains dans les miennes afin de lui faire comprendre que je suis là.

– Est-ce qu'il y a quelque chose que personne ne sait de toi ?

– Il y a surtout beaucoup de choses que les fans ne savent pas, esquive-t-il.

– D'accord, dis-je, ne souhaitant pas le forcer.

– Tu ne veux pas savoir ? s'étonne-t-il.

– Seulement si tu veux m'en parler, sinon non.

Il lâche un long soupir et fourre sa tête dans mon cou pour chuchoter comme s'il souhaitait que je sois la seule au courant.

– Je suis déjà allé en *rehab* et ça n'a rien fait. Je perçais à l'époque et je venais de rencontrer Mason et Alya. Je ne voulais pas les mêler à ça, alors je n'ai rien dit. Mais j'ai replongé dès le lendemain de ma sortie. J'ai commencé à me faire tatouer, pas parce que c'était fun ou à la mode, mais pour me faire mal.

Je sens les larmes me monter aux yeux quand j'entends la douleur dans sa voix. J'aurais tellement voulu être déjà là pour lui. Mais je ne dis rien et le laisse poursuivre.

– Ensuite sont arrivées la célébrité et les femmes. Le sexe me faisait penser à autre chose, mais ce n'était pas toujours suffisant. J'ai déjà failli me suicider. Si Mason n'avait pas été dans la même pièce que moi, je serais mort d'overdose depuis des années.

Impossible de retenir mes larmes. Elles coulent désormais à torrents sur mes joues. Carson me serre fort dans ses bras, comme pour me réconforter alors que c'est lui qui en a le plus besoin.

– Je me demande comment ça se serait passé si mon père n'était pas parti. Et en même temps, je souhaite qu'il ne soit plus de ce monde. Je suis complètement foutu ?

Je me retourne pour lui faire face, les lèvres tremblantes. Je pose mes mains sur ses joues et secoue la tête.

– Tu n'es pas complètement foutu, tu es juste légèrement cassé et je vais tout faire pour te réparer.

Carson lâche un rire que je ne sais pas interpréter. Je lui dis que je veux l'aider et il rigole !

– Ça veut dire que tu vas rester ici ?

Ah, c'est donc ça ? Il a peur que je parte ?

S'il savait, je ne peux plus le quitter.

– Autant de temps que tu voudras de moi, lui promets-je.

– C'est bien ce que tu voulais, n'est-ce pas ? demande Carson, inquiet.

– De quoi ? Vivre à Los Angeles ? Oui, c'est mon rêve depuis toujours.

– Mathilde ne te manque pas ?

– Si, beaucoup, mais on se parle le plus possible au téléphone. Et peut-être qu'elle viendra en vacances aussi. Elle attend juste que je me trouve un appart.

Carson fronce les sourcils et se recule comme si je lui avais donné un coup.

– Un appart ?

– Bah oui… dis-je, hésitante, sans comprendre. Je ne vais pas rester chez toi à vie.

Il hausse les épaules comme si ce n'était rien.

– Si t'es ma copine, si. Et puis j'aime bien ta présence chez moi.

– Est-ce ta façon de me demander d'être ta copine ? questionné-je, la voix joueuse.

Ça, c'est du moi tout craché. Quand quelque chose devient trop sérieux, je cache mes émotions derrière les blagues. Ça passe ou ça casse, malheureusement. Mais je ne peux pas m'en empêcher. J'ai envie d'être avec lui, c'est indéniable. Je ne peux plus cacher mes sentiments, mais sa vie me fait peur. Carson me fait peur, en lui-même. Je n'ai pas le temps de diverger plus qu'il replace une mèche derrière mes cheveux et me répond, la voix amusée :

– Ouais. Je sais que j'ai mal fait hier, mais là je te le demande, donc décide-toi.

– Si tu crois que je vais accepter de cette façon, tu te mets le doigt dans l'œil, grondé-je, mais justement ses doigts entrent en collision avec mes hanches et je me tortille sur lui dans une crise de fou rire.

– Arrête, Carson, supplié-je au bord des larmes tellement je rigole.

– Décide-toi, ordonne-t-il, mais tout en riant aussi.

Je ne réponds pas, je me débats, et il redouble la pression de ses doigts tout en me tenant fermement pour ne pas que je m'évade. J'abdique finalement au bout de longues secondes de lutte. Je lève les mains au-dessus de ma tête.

– OK, OK. Oui, je suis d'accord pour être ta copine, crié-je, et ses doigts s'arrêtent instantanément.

Je rouvre les yeux et découvre son regard sérieux qui me fixe sans relâche. Je rougis et me cache derrière mes cheveux.

– T'acceptes vraiment ?

– Bah oui, idiot, rétorqué-je, toujours à bout de souffle.

Il lui faut quelques instants pour réaliser, puis il écrase brutalement ses lèvres sur les miennes. Je noue mes bras autour de son cou pendant que ses mains caressent mes fesses et mes hanches. Je colle ma poitrine à la sienne quand sa langue caresse la mienne. Il mord ma lèvre, descends dans mon cou pendant que je halète déjà. Sa bouche se dirige vers ma poitrine. Il parsème mes seins de baisers. Mais brusquement, il se recule, la respiration chevrotante.

– Il faut qu'on arrête, je n'ai pas de capote.

– Alors rentrons vite, m'exclamé-je en me relevant d'un bond.

Carson se relève aussi rapidement que moi et nous ne prenons pas la peine de nous rhabiller. Il noue nos doigts ensemble et nous remontons la plage en direction du parking.

– Je ne cours pas aussi vite que toi, Carson, j'ai des petites jambes ! m'exclamé-je à bout de souffle, au milieu du chemin.

Soudain, Carson s'arrête, se penche, saisit mes jambes et me jette sur son épaule pendant que je crie de surprise, puis je rigole à gorge déployée.

22

Carson

J'espère qu'on n'a pas croisé de flics parce qu'autant dire que j'ai dépassé les vitesses autorisées. J'ai à peine le temps de couper le moteur qu'Iris saute de la voiture et court dans la maison. Je claque la portière et me mets à sa poursuite, je l'attrape au vol dans les escaliers et nous chahutons jusqu'à ma chambre.

Je la balance sur le lit et descends tout à coup mon short de bain, révélant ma trique, qui n'est pas redescendue depuis tout à l'heure.

Bordel, Iris est ma copine.

Ouais, je n'y crois toujours pas.

Elle m'a fait chier pendant des jours avec son éthique professionnelle, elle m'a fait douter avec ses peurs et, quand je lui demande, elle accepte sans rien opposer. En parlant de son caractère de feu, elle se relève alors que je saisis un préservatif. Je la questionne du regard quand elle me pousse à m'asseoir au bord du matelas. Je crois halluciner quand elle écarte mes jambes et tombe à genoux entre mes cuisses.

Merde, je jure que je n'ai pas repris de champignons depuis tout à l'heure.

Elle saisit mon sexe dans sa petite main et y approche ses lèvres.

– Waouh ! Attends, petit lion, tu n'es pas obligée, m'exclamé-je en posant mes mains sur ses épaules pour la stopper.

Ouais, ça m'en coûte de refuser une pipe, mais je ne veux pas la forcer. Iris me repousse en arrière avec un sourire coquin accroché aux lèvres, puis elle me lance un clin d'œil.

– J'en ai envie.

Putain de merde, elle en a vraiment envie !

Je ne pense plus et gémis en serrant fort la mâchoire dès que sa main s'agite sur ma longueur et je grince des dents quand elle s'amuse à me titiller du bout des doigts.

Nous ne nous lâchons pas du regard quand elle arrête de me branler pour approcher ses lèvres. Je contracte mes abdos et serre les fesses au moment où elle se met à lécher mon sexe.

– Putain de merde, juré-je en la lâchant pour étendre les bras en arrière sur le lit et lui laisser plus d'espace.

Elle est fière de l'effet qu'elle me fait, je le vois dans ses yeux. Elle prend plus confiance en elle et, sans rompre notre lien visuel, elle referme sa bouche autour de mon gland. Je ferme les yeux et émets un juron quand elle entame des va-et-vient en me prenant de plus en plus profondément. Elle ne me prend pas entièrement mais elle ne se démonte pas pour autant. Elle comble la distance qu'il reste avec sa main pour accompagner sa langue, me faisant ouvrir les yeux en grand.

Putain, je crois que je suis au paradis.

J'ancre de nouveau mon regard dans le sien et je vois le désir crépiter dans ses yeux.

Je me force à ne plus fermer les yeux pour la regarder. Je saisis ses cheveux à la base de sa nuque d'un mouvement brusque, mais elle ne dit rien et se laisse faire. Je commence à donner de petits coups de reins pour m'enfoncer plus loin dans sa bouche puis, sans que je me retienne, ils deviennent plus rapides au fur et à mesure que mon orgasme approche. Iris couine et je vois les larmes s'agglutiner dans son regard.

Elle a un réflexe de nausée quand je m'enfonce trop loin, et autant je prends grave mon pied, autant son confort est important pour moi, alors je me retire.

– Merde, pardon, m'excusé-je à bout de souffle.

Mais mon petit lion n'en démord pas, elle secoue la tête, me lèche de bas en haut en reprenant son souffle, puis elle revient à la charge. Elle me fait comprendre que je peux reprendre mes coups de reins. Elle me laisse me déchaîner dans sa bouche.

– Recule, je vais venir, la préviens-je, ne voulant pas jouir en elle pour sa première pipe avec moi.

– Viens, murmure-t-elle autour de moi, et deux allers-retours supplémentaires suffisent à me faire craquer.

Je râle, repousse la tête en arrière et décharge en plusieurs longs jets. Je reporte mon regard vers Iris et je me sens comme un roi quand je la vois avaler tout ce que je lui donne, avant de se relever. Elle essuie sa bouche tout en m'aguichant du regard. Je ne lui laisse pas le temps de parler ; je l'attire à moi. Elle s'écrase sur mon torse et je saisis sa bouche avec sauvagerie.

– Meilleure pipe de ma vie, grondé-je contre ses lèvres, la faisant glousser.

Je sais qu'elle ne me croit pas, alors je la saisis par les hanches et la balance sur le dos dans le lit. J'avance entre ses jambes et mes coudes encadrent son visage de poupée.

– Tu ne vas pas me dire que c'était ta première fois, aussi ?

Non, parce que j'ai quand même du mal à y croire. Je ne l'ai forcée à rien, elle a pris son pied et a tout avalé. Elle sourit sournoisement et acquiesce en haussant les épaules.

– Que veux-tu ? Tu sais que j'adore la romance.

– Putain, juré-je. À partir de demain, je t'achète tous les livres que tu veux.

Iris éclate de rire, mais son rire s'évanouit dans sa gorge quand je fonds sur ses lèvres, son cou, sa poitrine puis son ventre jusqu'à atteindre son sexe luisant de son désir. Je relève les yeux vers elle et, d'une voix malicieuse, je demande :

– Ça t'a excitée de me sucer, hein ?

Elle rougit, mais de sa main sur ma tête elle me presse sur sa chatte.

– T'attends quoi, beau gosse ? Rends-moi la pareille.

J'éclate de rire contre elle, la faisant gémir. Une fois que je sens qu'elle est proche, je me recule. Elle m'assassine littéralement du regard, alors je lui lance un clin d'œil. C'est seulement là que je fais glisser ma langue sur sa fente, lui faisant courber le dos. J'attrape son bourgeon dans ma bouche et le suce doucement pendant que j'écarte ses plis plus sauvagement avec mes doigts. Elle gémit plus fort, me faisant bander de nouveau. Entre ses jambes est devenu mon endroit préféré. Je remplace mes doigts par ma langue, puis quand je sens qu'elle se tortille de plus en plus, je presse son clitoris avec mon pouce, la faisant décoller et jouir sur ma langue. Elle a toujours les yeux fermés quand je me redresse et je presse durement mes lèvres contre les siennes, mélangeant nos goûts. De ses bras, elle me colle contre elle et j'adore l'embrasser, mais je veux être en elle. Je me recule, me récoltant au passage un regard meurtrier qui me fait rire. J'enfile enfin le préservatif sur ma longueur, tout en l'observant.

Elle ne me quitte pas du regard, ne se cache pas non plus, et elle est si belle. Elle peut paraître simple, comparée à toutes les filles que j'ai baisées avant ou avec qui je suis « sorti ». Elle est magnifique naturellement sans artifices. Sa joie quotidienne est une bouffée de chaleur. Elle rigole pour de vrai, même à mes blagues les plus pourries, et je soupçonne que mon rire la fasse rire aussi. Je pense que c'est ce qui me rend accro.

– T'attends quoi ? demande-t-elle, la voix rauque de désir en me tirant par le bras. Amène-toi.

Ouais, elle est aussi impatiente et adore le sexe. Rien de mieux pour m'exciter.

Hilare, je monte sur le lit, défais le haut de son maillot de bain, révélant ses petits seins que j'adore. Je les embrasse avant de faire rouler son bas sur ses petites jambes, dont le galbe me fait rêver. Je remonte entre ces dernières, plaque ses bras au-dessus de sa tête et ne me fais pas plus prier pour la pénétrer.

Iris se tend contre moi, car oui, elle pourra mouiller comme une fontaine, elle sera toujours étroite. J'entre en elle jusqu'au bout, me retire puis repousse d'un coup. Iris hurle son plaisir dans mon oreille et je souris, fier de mon effet.

– Plus vite, geint-elle.

Tout ce que tu veux, ma beauté.

Je relâche ses bras, car je sais qu'elle aime pouvoir me toucher, et j'accélère mes va-et-vient. Elle plante ses doigts dans mes épaules et joint ses mouvements aux miens. En réalité, ça ne fait pas longtemps que l'on couche ensemble, mais c'est comme si ça faisait des années tellement nous sommes sur la même longueur d'onde. Son étroitesse est démente, et quand je m'imagine la baiser sans obstacle entre nous, j'en deviens dingue et je la pilonne encore plus fort.

Le lit tape contre le mur, nos peaux claquent l'une contre l'autre et nos gémissements remplissent la pièce. J'embrasse son cou, le suçote et le lèche. Iris tremble contre moi et, quand elle ouvre la bouche, c'est d'une voix chevrotante qu'elle me dit :

– Je vais venir.

Je sais ce que ça veut dire. De mes doigts, j'appuie sur son clitoris et je le pince, la faisant jouir. Je sens son orgasme s'enrouler autour de ma queue et je la rejoins après un énième coup de reins. Mon orgasme est tellement fort que je dois me faire violence pour ne pas m'écrouler sur elle. Je me retire doucement pour prolonger notre orgasme et enlève le préservatif. Je m'allonge ensuite sur le dos et l'attire contre mon flanc. Comme d'habitude, elle s'amuse à faire le tour de mes tatouages et à les scruter attentivement comme s'ils étaient des œuvres d'art. J'adore quand elle me détaille sans gêne, me prouvant qu'elle est à l'aise avec moi. Sinon, on a encore baisé en missionnaire, si simple et basique, mais génial avec elle. C'est plus personnel et intime qu'une levrette et, même si j'adorerais le faire avec elle un jour, je crois que j'aime beaucoup plus le missionnaire, finalement. J'adore l'avoir enroulée partout autour de moi, j'adore être appuyé contre elle, j'adore pouvoir l'immobiliser et surtout j'aime la regarder dans les yeux pendant qu'elle jouit.

Quand Iris fait glisser ses doigts sur le serpent qui s'enroule autour de mon bras, je la vois songeuse. Je passe ma main dans ses cheveux et lui fais relever la tête pour capter son regard.

– À quoi tu penses, petit lion ?

– Je ne sais pas comment te le demander, admet-elle d'une voix timide.

– Eh bien, comme tu le penses dans ta tête, dis-je simplement.

Je n'aime pas que l'on prenne des gants avec moi, mais ça doit être réellement important pour elle, car généralement elle me dit tout ce qu'elle pense, sans se soucier de comment je vais le prendre. Elle acquiesce et prend une grande respiration.

– Tu sais que je prends la pilule, n'est-ce pas ?

Je suis peut-être un mec, mais j'ai déjà vu à plusieurs reprises sa plaquette dans ma salle de bains. Et puis, elle prend en général les comprimés à la même heure tous les jours. Donc oui, j'avais compris qu'elle prenait la pilule. Alors je hoche la tête pour l'inciter à continuer.

– J'ai confiance en toi, ne va pas penser le contraire. Mais j'aimerais vraiment faire des tests.

Je devrais flipper, car c'est quand même un acte d'engagement, mais non. Au contraire, je la serre fort contre moi et l'embrasse avec passion.

– Demain, première heure, hosto.

Iris éclate de rire et se colle contre moi.

– Je pensais que t'allais me rembarrer, avoue-t-elle, gênée.

– Pour être honnête, si tu avais été quelqu'un d'autre, ouais, je t'aurais sans doute rembarrée. Mais…

Je la fais rouler sur le dos et me replace entre ses jambes.

– Mais ? continue-t-elle.

– Mais t'es ma copine maintenant, et je ferai tout pour que tu le restes.

Elle me lance un grand sourire, qui s'essouffle rapidement, et elle me pose enfin la question que j'attends depuis que l'on s'est rencontrés.

– Je n'ai jamais cru aux rumeurs, tu sais. Mais est-ce que tu as déjà trompé quelqu'un ?

Ces fichues rumeurs à la con.

Chaque fois que je sortais avec une fille et que ça se finissait, c'était forcément parce que je l'avais trompée, alors que pas du tout. Pour être honnête, on s'est toujours quittés en bons termes, parce que ça ne fonctionnait pas. Je ne vois pas l'intérêt de se mettre en couple pour tromper juste après. Alors, pour la réconforter, j'embrasse son front.

– Non, mon petit lion, je n'ai jamais trompé quelqu'un. Et si tu veux que je te parle de mes anciennes relations pour que tu sois au courant de ce qui s'est réellement passé, ça ne me dérange pas.

Elle secoue vivement la tête.

– Merci, mais non merci. Je ne veux pas t'entendre parler de tes relations sexuelles avec d'autres filles.

J'éclate de rire.

– Je ne te parlais pas de ça, petit lion, mais de la façon

dont se sont terminées mes anciennes relations, c'est tout. Crois-moi, si t'avais eu d'autres mecs, je n'aurais jamais voulu que tu m'en parles non plus.

– Non, c'est bon, je te crois. Si tu me dis que tu n'as jamais trompé, alors c'est le cas.

Je souris : j'adore qu'elle me fasse confiance.

***

Je me réveille dans ma chambre, il fait noir, car le jour n'est pas encore levé, mais je ne sais absolument pas quelle heure il est. Je tâtonne à mes côtés pour rapprocher Iris de mon corps, mais je ne la trouve pas. J'ouvre paresseusement un œil et découvre qu'elle n'est pas dans le lit. Maintenant alerte, je m'assieds sur le matelas et regarde autour de moi avant de l'appeler.

– Iris ?

Rien.

Je me lève du lit, personne dans ma salle de bains.

Je sors de ma chambre pour aller dans la sienne, sans réellement comprendre pourquoi elle y serait retournée, mais elle n'y est pas non plus.

OK, je ne le sens clairement pas, là.

– Iris ? crié-je.

– Carson ! hurle-t-elle en retour, la voix paniquée.

Je descends les escaliers presque en volant tellement je cours, et me retrouve nez à nez avec la dernière personne que je pensais revoir : mon père. Il tient fermement Iris par le bras alors qu'elle tente de s'échapper. Elle ne porte que mon tee-shirt et une culotte, bordel.

– Qu'est-ce que tu fous ? aboyé-je à mon père. Laisse-la tranquille.

– Carson, aide-moi s'il te plaît, pleurniche Iris. Il veut que je t'abandonne.

– Quoi ? demandé-je, complètement sidéré.

Je regarde mon père et ce dernier me lance un sourire sadique.

– Tu ne mérites personne dans ta vie, mon fils. J'ai eu la chance de partir et je ne veux pas que cette femme soit brisée comme ta mère m'a brisé.

– Mais je ne veux pas le quitter, je l'aime ! s'écrie Iris en se débattant de nouveau.

Elle m'aime ?

Je tente de faire un pas en avant, mais je ne peux plus avancer. Je la regarde se débattre pendant que mon père la tire pour sortir. Ses larmes coulent sur ses joues et son visage est abîmé par la tristesse.

– Carson ! pleure-t-elle.

Je tente de nouveau de bouger, mais mes pieds sont comme collés au sol. Je tends le bras, mais le sien est trop loin. Alors que mon père l'emmène loin de moi, je hurle son prénom à m'en péter les cordes vocales.

– Iris !!!

– Carson.

Pourquoi son ton est maintenant net, mais lointain ? Pourquoi elle ne pleure plus ?

– Carson, réveille-toi.

Je me réveille en sursaut en m'asseyant sur le lit. Complètement désorienté, je me passe une main sur le visage. Une petite main se pose sur ma joue.

– Hé, regarde-moi.

Je me tourne et découvre le visage peiné d'Iris, elle me sourit tristement.

– Ce n'était qu'un mauvais rêve. Je suis là.

Je reviens finalement à moi au fur et à mesure que mon cauchemar disparaît. Je m'appuie contre la tête de lit, Iris monte sur mes genoux et m'enlace de ses bras.

– Tu es là ? demandé-je comme un con.

– Oui, je suis là, Carson. Je ne vais nulle part, confirme-t-elle.

Je ne peux m'empêcher de la serrer fort contre moi et souffle de soulagement.

– Tu veux en parler, peut-être ?

– Je me suis réveillé seul, je t'ai cherchée sans te trouver. Tu étais dans l'entrée et mon père te tirait pour que tu le suives. Il ne voulait pas que tu restes avec moi, car il ne voulait pas que tu sois brisée comme ma mère l'a brisé. Tu pleurais et tu lui disais que tu ne voulais pas m'abandonner et que tu… m'arrêté-je, ne voulant pas avoir cette discussion tout de suite.

– Que je ?

Je ne réponds pas et l'embrasse dans le cou mais, têtue comme elle est, Iris insiste.

– Que je quoi, Carson ?

– Je ne sais plus.

Elle penche la tête sur le côté et m'observe quelques instants puis elle hausse une épaule et repose sa tête contre mon torse. Je ne sais pas si elle m'a cru, mais en tout cas elle laisse tomber pour le moment et j'en suis soulagé. Je déteste mentir et lui mentir encore plus. Je la serre contre moi.

– J'ai eu tellement peur. Je ne pouvais pas te rattraper, mes pieds ne voulaient plus avancer. Tu pleurais, tu m'appelais et je ne pouvais rien faire.

Ses mains remontent sur mes épaules pour les masser et je me détends.

– Je suis là, Carson, et je ne vais nulle part.

Elle relève la tête vers moi.

– Tu peux aller fumer un joint si tu veux.

Ça me touche qu'elle sache ce dont j'ai besoin pour tenir les cauchemars à distance ou me rendormir, et surtout qu'elle ne me juge pas sur la façon que j'ai de me libérer de mes démons. Mais je refuse d'un mouvement de la tête.

– T'es sûr ? s'inquiète-t-elle.

– Oui. Je pense que c'est le fait de t'avoir parlé de mon père sur la plage qui fait remonter des trucs, mais ça va aller.

En la tenant contre moi, je me rallonge et la garde sur mon torse. Elle me caresse les épaules, mais je sens très vite que ses doigts arrêtent de bouger en même temps qu'elle se rendort. Je l'observe quelques instants, me demandant ce que j'ai fait de bien pour une fois dans ma vie pour qu'on la mette sur mon chemin.

Je lève les yeux au plafond et remercie silencieusement le destin, Dieu ou n'importe qui d'autre, pour m'avoir fait rencontrer cette femme. Puis je ferme les yeux et me concentre sur sa respiration pour me rendormir, malgré les démons qui me guettent toujours.

23

Iris

Nous sommes allés faire nos tests à l'hôpital et la première chose que je fais, une fois rentrée, c'est m'enfermer dans ma chambre pour appeler Mathilde. Il est tôt ici, donc c'est le milieu de journée en France.

– Allô ! dit Mathilde en décrochant.

– Tu ne devineras jamais ! m'empressé-je de lui annoncer et je l'entends retenir sa respiration.

– T'es enceinte ?

Je ne m'attendais pas à ce qu'elle me demande ça, j'ouvre la bouche en grand sous le choc puis explose de rire.

– Mais non ! Carson m'a demandé d'être sa copine.

Le silence se fait complet à l'autre bout de la ligne. Mathilde met quelques instants avant de réagir, puis elle hurle si fort que je suis obligée d'éloigner le téléphone.

– Je le savais ! Comment, où, à quelle heure ? Dis-moi tout !

– Je savais que j'allais avoir droit à un interrogatoire, rigolé-je. Il me l'a demandé hier soir sur une plage. En fait, il a marqué son territoire d'une façon très peu charmante au festival. Je n'ai pas apprécié et je l'ai abandonné. Quand il est rentré à l'hôtel, il s'est ouvert plus que jamais et hier il m'a réellement demandé ça.

– Ça va, je n'aurai pas besoin de le taper. Donc, c'est officiel ?

– Ça l'est tellement qu'on est allés faire des tests pour ne plus mettre de capotes.

– Bordel de merde, Iris. Il veut vraiment être avec toi ! Et toi, tu acceptes enfin d'être en couple !

Je me racle la gorge et même si elle ne me voit pas, je cache mes joues qui rougissent très rapidement. Alors je décide de changer de sujet.

– Et toi, avec Drew ?

J'entends qu'elle souffle longuement à l'autre bout du combiné et je sais qu'elle se frotte la nuque en réfléchissant.

– Je ne sais pas. On parle bien, comme si on était meilleurs potes depuis longtemps. Mais je n'ai pas l'impression qu'il fasse battre mon cœur. Quand son nom s'affiche sur l'écran, c'est comme si c'était toi.

– Tu ne veux toujours pas venir ici ? Peut-être que vous avez besoin de passer du temps ensemble au lieu de sans cesse vous envoyer des messages.

– Peut-être…

– Tu veux que je lui parle ?

– Non, je préfère voir où ça nous mène, déjà.

– D'accord, mais n'hésite pas !

– T'inquiète. Allez, va le retrouver. Il veut sans doute s'enfouir en toi, tellement il est accro.

– N'importe quoi, conclus-je en me marrant, puis nous nous saluons et raccrochons.

Je retrouve mon copain dans la cuisine et le découvre attablé devant un petit déjeuner complet. Il n'a encore touché à rien donc je suppose qu'il m'attendait.

Mais ce n'est pas n'importe quel petit déjeuner, ce sont des pains au chocolat. Un sourire gourmand étire mes lèvres et je me frotte les mains, salivant déjà. Carson remarque mon état et me lance un clin d'œil.

– Je les ai fait livrer d'une boulangerie française.

– Ça fait encore partie de ton rendez-vous romantique ? le taquiné-je en me penchant pour déposer un baiser sur ses lèvres.

Je me détache avant qu'il ne prenne les rênes, car je risque de ne jamais manger mon pain au chocolat et ça serait un sacrilège.

– Peut-être, peut-être pas.

Je ris et m'assieds à ses côtés. Il pose directement sa main sur ma cuisse et exerce une pression.

– Tu parlais avec Mathilde. Et je voulais te faire plaisir.

Je rougis et me redresse pour embrasser le coin de sa bouche.

– Merci beaucoup, ça me fait énormément plaisir. Eh oui, c'était elle. Elle t'aime beaucoup parce que tu m'as proposé d'être ta copine.

Il éclate de rire et se penche pour m'embrasser dans le cou.

– Je l'aime beaucoup aussi pour m'avoir donné les clés de chez toi.

Je n'en reviens pas : Carson est mon petit ami, il a accepté de faire les tests et il est parfait. Heureuse, j'entame avec envie mon pain au chocolat quand son téléphone se met à sonner. Je vois le nom de son meilleur ami s'afficher avant que Carson ne décroche.

– Salut, mec, tu me déranges un peu, là. Je suis en train de petit-déj' avec Iris.

Je n'entends pas ce que lui dit Kyle, mais je vois le regard de Carson s'écarquiller de stupeur. Il passe une main sur son front et secoue d'un air désespéré la tête.

– Attends, attends, le coupe Carson. Tu veux que je garde ton fils aujourd'hui ? Tu veux pas plutôt que je te paie une baby-sitter ?

– …

– Oui, je sais que je l'adore, mais je n'ai jamais eu à le garder, ni aucun gosse, d'ailleurs.

– …

J'entends la voix de Kyle, mais je ne comprends pas ce qu'il dit. En revanche, Carson semble se détendre.

– OK ! Mais laisse-moi demander à Iris si elle est d'accord.

Il se tourne vers moi.

– Kyle a besoin qu'on garde son fils, ça te dérange ou pas ?

Je secoue la tête et croque dans ma viennoiserie.

– Non, ça ne me dérange pas, mais je n'ai jamais fait de baby-sitting.

Il hoche la tête et reprend son téléphone.

– C'est d'accord. Mais si tu comptais sur Iris pour s'y prendre mieux que moi, sache qu'elle n'a jamais gardé d'enfants non plus !

– …

– Ouais, à dans une heure.

– Je ne savais pas qu'il avait un enfant, remarqué-je quand Carson raccroche.

– Ouais, on peut dire qu'il a fait le con ; il ne sortait même pas avec la mère à l'époque. Mais il prend son rôle de père à cœur et il est génial. La preuve : quand sa baby-sitter le lâche, il ne veut pas confier son fils à une autre et préfère que ce soit des gens de confiance comme nous qui le gardent !

– Et la mère, elle est là ? demandé-je.

Carson lâche un rire plein de sarcasme. Je pense avoir ma réponse.

– Tu m'étonnes qu'elle est là. Elle profite bien du fait que Kyle soit célèbre. Il l'aide généreusement tous les mois, mais elle en demande toujours plus…

Je pince les lèvres, mais décide de parler de quelque chose de plus léger.

– Donc c'est un garçon. Il s'appelle comment ?

Carson sourit grandement et je vois ses yeux pétiller de joie. Il a l'air d'aimer le gamin.

– Noah, et il a 2 ans. Il est juste adorable, tu verras. On va très bien s'en sortir !

***

Une heure plus tard, la sonnette retentit dans la maison et Carson est encore sous la douche, alors c'est moi qui ouvre à Kyle. Mon regard s'attarde tout de suite sur le bout de chou dans ses bras, qui me fixe déjà. Mon Dieu, ce qu'il est beau. Il me décoche un petit sourire et me tend les bras. Kyle éclate de rire et me le tend.

– Salut, Iris, t'as déjà un fan. Tiens, prends-le.

Kyle me fourre son fils dans les bras sans que j'aie mon mot à dire.

On en parle que ce soit le premier gamin que je porte dans mes bras, ou pas ?

Je ne crois pas avoir l'instinct maternel, alors je ne sais absolument pas comment va se passer cette journée.

En tout cas, Noah joue déjà avec mes boucles d'oreilles. Il tire un peu, beaucoup, mais je fonds devant cette bouille trop adorable, alors je le laisse faire. Il a les mêmes cheveux bruns que son père, mais ils sont bouclés. Je suppose donc qu'ils lui viennent de sa mère. Il ouvre la bouche et me regarde avec ses petits yeux verts joueurs.

– Is.

Je devine au bout de quelques secondes qu'il dit mon prénom et je rigole.

– Moi aussi, je suis contente de te rencontrer, Noah.

– Carson n'est pas là ? demande Kyle en posant ce que je devine être le sac à langer sur le meuble de l'entrée.

– Je suis là, prononce-t-il dans mon dos en descendant les escaliers.

Il salue d'une poignée de main Kyle puis se tourne vers moi et Noah. Il s'approche et le petit tend directement les bras vers lui. Carson me le prend et le cale contre sa hanche.

Est-ce que j'ai des papillons dans le ventre en le voyant avec un enfant ?

Absolument.

– Tu ne perds pas de temps à sauter dans les bras d'une femme, toi, dis, le taquine-t-il en le chatouillant, et le gamin éclate de rire. Mais je te comprends, elle est canon.

Je secoue la tête et me tourne vers Kyle.

– Tu veux boire quelque chose ?

– Je te remercie, mais je dois y aller.

Il nous fait un topo de tout ce qu'on doit savoir pour le changement de couche, la nourriture, les vêtements de rechange ; j'en ai le tournis tellement il y a de choses ! Une fois que Kyle nous a fait ses dernières recommandations, il s'approche de son fils et lui embrasse le crâne.

– Tu es sage, d'accord ?

Le petit bonhomme hoche vigoureusement la tête et s'intéresse tout de suite aux tatouages de Carson.

– Ça y est, son parrain est là et je perds toute importance, marmonne Kyle, nous faisant éclater de rire. Bon, allez, je vous laisse, amusez-vous bien.

Il sort de la maison et, quand la porte se referme derrière lui, nous nous fixons avec Carson, en nous demandant quoi faire. Noah s'agite dans ses bras, il le pose alors au sol et il file au salon comme si c'était chez lui. Nous le regardons, interdits quelques secondes, puis nous explosons de rire.

– Bon, commence Carson. On va jouer à la petite famille aujourd'hui.

Carson rejoint Noah dans le salon et allume la télévision sur une chaîne de dessins animés pendant que je m'empare du sac à langer.

***

Plus tard, ce sont les rires de Noah qui me font quitter mon ordi, où je planifiais les prochaines publications de communication de Carson, pour aller les rejoindre dans la cuisine.

En plus de ça, j'ai hyper faim.

– On s'amuse bien à…

Je m'arrête quand je constate l'état de Carson, qui tente

de donner à manger au petit, et j'éclate de rire sans pouvoir me retenir.

Le tee-shirt de Carson, parfaitement blanc jusqu'à maintenant, est recouvert d'une sorte de purée et il en a plein les cheveux. Il me lance un regard désespéré tout en amenant de nouveau la cuillère à la bouche de Noah.

– Vas-y, fous-toi de moi.

Le petit ouvre la bouche et laisse Carson glisser la cuillère entre ses lèvres sous son regard rempli d'espoir. Mais il se recule à peine que le petit recrache en gloussant.

– Tu veux que j'essaie ? demandé-je en m'approchant, non sans me retenir de rigoler, bien entendu.

Jamais je n'aurais imaginé Carson dans cette position, mais autant dire que ça m'amuse grandement. Noah aussi, si j'en crois son sourire.

Carson laisse échapper un long soupir, s'essuie avec un torchon et me tend l'assiette en plastique ainsi que la cuillère. Je fronce les sourcils en sentant la fraîcheur de l'assiette et je comprends finalement.

– Tu aimerais manger de la purée froide ?

Le petit me lance un regard qui veut clairement dire : « enfin ». Les yeux de Carson jonglent entre les miens et l'assiette.

– Mais je pensais que c'était déjà chaud, moi.

Je pouffe et mets l'assiette au four micro-ondes.

– Oui, Kyle l'a cuisiné avant, mais il faut faire réchauffer.

– Je ne suis pas prêt à avoir des gosses, je te jure.

Je rigole légèrement, sors l'assiette et m'approche de Noah. Je m'assieds face à lui et il me tend déjà la main pour attraper la cuillère.

***

Après la sieste de Noah, nous décidons d'aller nous balader sur Rodeo Drive. Nous avons abandonné l'idée de le promener en poussette après la crise qu'il nous a faite. Il trottine donc à ma gauche, tout en tenant ma main, pendant que Carson me serre contre lui. Tyler et Tyson, le frère jumeau du garde du corps, qui a été embauché en renfort puisque je suis là maintenant, nous suivent à la trace pour nous protéger, autant de la foule que des supposés paparazzis. Ils n'étaient pas avec nous en voiture, mais ils nous ont suivis avec la leur.

– Tu sais, dis-je à Carson alors qu'on sort d'un magasin pour enfants, je crois qu'il m'aime plus que toi.

– Nan, nie-t-il, c'est juste parce que t'es canon, c'est tout.

Alors que je vais pour lui répondre, mon attention est attirée par un flash dans ma direction. Nous tournons la tête et des paparazzis avancent vers nous.

– Merde, jure Carson. Je suis trop con, je savais qu'ils reviendraient à la charge. Ça faisait trop longtemps qu'ils me laissaient tranquille. Iris, prends le gamin.

– Viens, Noah, dis-je en me penchant pour le porter.

De ma main, je cache sa tête pour que, d'une part, il ne soit pas aveuglé par les flashs, d'autre part, il ne paraisse pas déjà dans la presse à son jeune âge.

Nous tentons d'avancer sans nous soucier d'eux, mais ils nous encerclent assez vite. Carson m'attire contre son torse et je baisse la tête pour me cacher avec mes cheveux.

– Hé, Carson, crie un papz, c'est ta copine et ton gamin ?

– Vous avez eu un gosse caché ? demande un autre.

Carson me serre plus fort et je devine qu'il perd patience.

Tyler, devant nous, tente de repousser les paparazzis tandis que Tyson nous escorte. Mais le premier papz qui nous a adressé la parole enclenche la machine à retardement qu'est Carson.

– C'est ta pute et elle a besoin de fric ?

– Carson, non ! tenté-je de le retenir, mais il me lâche déjà et saute sur le papz pour le bousculer.

– Répète ce que tu viens de dire, enculé ? Vas-y, arrête de filmer. Je vais te la faire bouffer, ta caméra de merde, gronde Carson, mais nos gardes du corps le maintiennent à distance.

Noah se met à pleurer dans mon cou et je panique, car je n'ai jamais eu à réconforter un enfant. Carson se retourne en entendant les pleurs de Noah et se reprend. Il nous rejoint pour retourner à la voiture, mais le paparazzi ne lâche pas l'affaire.

– T'es sûr que c'est le tien, au moins ? Tu vas l'abandonner, comme ton père l'a fait ?

Oh, non…

Je ferme les yeux et prie fort pour que tout ça ne soit qu'un cauchemar, mais quand j'entends les cris des passants, je sais que ce n'est pas le cas. Carson a fait demi-tour et lance maintenant son poing à la figure du paparazzi. Tyler essaie de le retenir mais, dans son état, c'est impossible. Il saisit le papz par le col de sa veste et le jette à terre.

Les autres paparazzis ne se gênent pas pour photographier la scène, bien entendu. Je fourre Noah dans les bras de Tyson et me rapproche vivement de mon copain pour l'empêcher d'aller plus loin.

– Arrête, s'il te plaît.

Mais il ne m'écoute pas. Je décide donc de poser ma main

sur son épaule, ce qui est une mauvaise idée. Il se débat et son coude part, me frappant en plein nez. Je lâche un cri et titube en arrière. Tyler me rattrape avant que je ne tombe au sol et me tend un mouchoir, que je presse contre mon nez qui saigne. Je ferme les yeux pour supporter la douleur.

– Putain de merde, Iris, je t'en prie, excuse-moi. Je ne voulais pas te faire mal, je te le jure.

J'ouvre les yeux pour découvrir Carson qui se tient maintenant juste devant moi, accroupi. Je n'avais même pas senti que Tyler ou Tyson m'avait installée au sol. Carson tend une main inquiète vers moi, mais je la repousse et me relève.

– Rentrons, dis-je d'une voix sèche, en colère contre les papz et leur manque de tact, mais aussi contre Carson pour son grand manque de contrôle de lui-même.

Je reprends Noah des bras de Tyson. Il renifle toujours, alors je frotte sa tête.

– C'est fini, mon grand.

***

Une fois à la maison, Carson part s'enfermer dans le studio pendant que je surveille Noah, qui s'occupe avec ses jouets sur le tapis du salon, en attendant que son père vienne le chercher. Mon nez a enfin arrêté de saigner, mais ce que j'ai mal.

– Is ? m'appelle Noah pendant qu'il joue avec ses petites voitures.

Je lève la tête de mon téléphone auquel j'étais scotchée en attendant que les photos paraissent.

– Oui, mon cœur ?

– Pourquoi t'es triste ?

Je souris, attendrie, et ébouriffe ses cheveux.

– Je ne suis pas triste.

– D'accord.

Waouh, j'aime ce gamin. Depuis quand ça accepte ce qu'on dit, les enfants ?

Soudain, il laisse ses voitures et me rejoint sur le canapé. Je pose mon téléphone et le prends sur mes genoux.

– T'es ma tata ?

Je le regarde, interloquée, jusqu'à ce que je me souvienne que Carson est son parrain. Il a dû comprendre que l'on était ensemble, ce petit être intelligent.

– Je ne sais pas, tu veux que je sois ta tata ?

Le petit hoche vigoureusement la tête et je rigole en le serrant contre moi.

– Alors je suis ta tata. Allez, on va ranger tes affaires, ton père va bientôt arriver.

***

Dix minutes plus tard, Kyle fait son entrée dans la maison pendant que je rhabille Noah. Une fois prêt, le petit court dans les bras de son père. Kyle lui fait un gros câlin, puis il pose un regard peiné sur moi.

– Je suis navré de ce qui s'est passé avec les papz. Tu vas bien ?

Je hausse les épaules, décidée à oublier ce moment.

– J'espère surtout que Noah n'a pas eu trop peur.

– Ouais, je vais faire attention à ce qu'il m'en dit, ne

t'inquiète pas pour lui. Malheureusement, il connaît déjà les journalistes.

C'est tellement triste. Kyle regarde soudain autour de lui.

– Il est où ?

– En bas, dans le studio, je crois. On ne s'est pas reparlé depuis.

– Tu veux que j'aille le voir ?

Je hausse de nouveau les épaules. Il me redonne Noah et descend dans le studio. J'attends avec nervosité son retour, qui ne tarde pas, en tirant une moue contrite.

– Il a pris des *mushrooms*. Il est défoncé, mais ça va passer.

Mes yeux s'écarquillent et ma bouche s'ouvre en grand quand il m'annonce ça comme si c'était normal. Pourquoi ferment-ils tous les yeux sur sa consommation ?

– Merde, jure-t-il sans se préoccuper de ses mots devant son fils. Tu ne savais pas ?

– Si. Mais c'est juste que ça paraît tellement normal pour vous.

Il se frotte la nuque et me lance un regard désolé.

– Ce n'est pas normal, mais ça fait tellement longtemps qu'on a perdu espoir qu'il aille mieux, en fait.

– Je vois, claqué-je en riant jaune.

– Je comprends que tu veuilles l'aider, mais on a déjà tout essayé.

– Et si j'essayais plus ?

– OK, comme tu veux, abandonne Kyle. Mais je t'en supplie, laisse-le redescendre et ne va pas le voir tout de suite.

– Pourquoi ? demandé-je, la voix claire.

– Parce que tu as des hallucinations quand tu prends ces

merdes. Je ne voudrais pas qu'il te blesse plus qu'il ne l'a déjà fait.

Je laisse mon regard se diriger vers la porte du studio.

– Hé, m'interpelle Kyle pour attirer de nouveau mon regard vers lui. Promets-moi que tu attendras qu'il remonte ?

Je hoche la tête, même si je ne tiendrai pas ma parole.

– Promets-le, Iris, insiste Kyle.

– Promis.

– Bien, approuve-t-il avant de poser un baiser sur mon front. Appelle s'il y a un problème, OK ?

– D'accord.

Puis il s'en va avec Noah, me laissant maintenant seule dans cette grande maison. Je sais que j'ai promis, mais j'ai besoin de m'assurer que Carson va bien. C'est donc avec détermination que je descends les escaliers qui mènent au studio.

J'ouvre la porte. À première vue, on pourrait croire qu'il est simplement détendu. Carson lève la tête et son air lointain et détaché me cloue sur place.

– Tu vas bien ? m'inquiété-je doucement.

Il lâche un long grognement et passe la main sur son visage. Puis il m'interroge avec une voix éteinte :

– Qu'est-ce que tu veux ?

– Rien, dis-je en m'approchant prudemment. Je veux juste être là pour toi.

Il lâche un sifflement qui me glace le dos.

– Je n'ai pas besoin de toi.

– Carson… soufflé-je en tendant la main, mais il se recule en me fusillant du regard.

– Tu me pourris la vie, Suzanne, dégage.

Je sursaute et recule à mon tour comme s'il venait de me poignarder. Il est en pleine hallucination, son regard ne m'a jamais paru aussi vide et éteint. Mais hallucination ou pas, il n'y a pas à dire, se faire appeler par le prénom d'une autre, ça fait extrêmement mal.

Je le fixe, mais aucune once de regret ne passe sur son visage. C'est donc le cœur au bord des lèvres que je quitte le studio.

Qui est cette Suzanne ? Quelle place a-t-elle eue dans sa vie pour qu'elle apparaisse dans ses hallucinations ?

Je me refais mentalement toutes les relations connues publiquement qu'il a eues au cours de ces dernières années, mais je n'ai pas le souvenir d'une certaine Suzanne.

Je saisis avec appréhension mon téléphone pour appeler Mason, car c'est lui qui connaît Carson depuis le plus longtemps. Ça ne sonne qu'une fois avant qu'il ne décroche :

– Hé, beauté, ça va ?

– Non… dis-je, la voix tremblante.

J'entends une chaise grincer comme s'il venait de se lever.

– Qu'est-ce qui se passe ?

– Qui est Suzanne pour Carson ?

Je l'entends inspirer, puis jurer tous les noms d'oiseaux qu'il connaît.

– Sa mère.

Oh ! Putain de merde.

Je porte ma main libre à ma bouche et étouffe un sanglot.

– Iris ? Qu'est-ce qui s'est passé ? demande Mason d'un ton inquiet.

J'essaie de lui raconter sans me mettre à pleurer. À la fin de mon récit, je l'entends prendre son ordi, taper sur son clavier, puis s'ensuit un blanc de quelques secondes.

– Les photos sont en ligne ? C'est aussi horrible que ce que je crois ?

– Pour quelqu'un qui n'est pas habitué, j'imagine que oui. Sinon, pour moi, c'est les conneries habituelles. Ils se demandent si t'es la mère d'un enfant caché ou si Carson a adopté ton fils. Ils font un portrait de toi, ils savent que tu es franco-américaine, que tu es la CM de Carson et ils ressortent l'histoire du concert à Paris.

– Génial…

– Iris, ne lis pas ces merdes et encore moins les commentaires sur les réseaux.

– Oh, je les imagine déjà, pas besoin de les lire. « Elle a couché avec lui pour obtenir son poste. » « C'est dégueulasse de lui faire un enfant dans le dos pour profiter de lui. » J'ai bon ?

– Oui, il y a un peu de ça.

– Bon, c'est ce que je redoutais depuis le début. Mais on va dire qu'il y a un point positif : au moins, maintenant, plus besoin de se cacher et, professionnellement, ça va être un sacré challenge de tourner ça en communication positive. J'espère que la maison de disques ne va pas me lâcher.

– À mon avis, ils vont plutôt adorer. Plus on parle de nous, plus ça les arrange. Et ce n'est pas non plus un méga bad buzz. Vous n'avez pas tué quelqu'un que je sache.

– C'est vrai, soupiré-je.

– Iris, ça va aller ? Et pourquoi tu m'as parlé de Suzanne ?

– Oui, ça va, ne t'inquiète pas. En fait, quand on est rentrés, Carson s'est enfermé dans le studio sans que je sache ce qu'il y faisait. Je pensais qu'il écrivait ou un truc du genre. Mais quand Kyle est venu chercher Noah, il est descendu le voir. En remontant, il m'a dit qu'il avait pris des *mushrooms*, et qu'il ne fallait pas que j'aille le voir.

– Putain de merde, le con.

– Je savais qu'il prenait de la drogue dure parfois. Mais des champignons hallucinogènes, pourquoi ? Tu le savais, qu'il en prenait ?

Mason souffle puis, d'un ton désolé, me dit :

– On en prend tous de temps en temps dans la bande. Mais Carson y va toujours plus fort que nous tous et trop souvent. Donc, t'es allée le voir ?

Je hoche la tête et, en me rendant compte qu'il ne peut pas me voir, je rajoute :

– Oui. J'avais besoin de m'assurer qu'il allait bien.

Je lui raconte ensuite ce qui s'est passé.

– Putain, c'est chaud, gronde Mason. Il n'avait pas mentionné sa mère depuis des années.

Ça ne me rassure pas vraiment. Déjà qu'il a rêvé de son père la nuit dernière… Maintenant, il hallucine en me confondant avec sa mère. Franchement, je ne suis pas sûre de lui faire du bien.

– Qu'est-ce que je peux faire ?

– Rien, se désole Mason. Le seul truc possible, c'est attendre que la drogue ne fasse plus effet. Tu as besoin de moi ?

– Non, c'est bon. Je vais attendre.

– T'es sûre ?

Non, mais je veux apprendre à gérer Carson toute seule. Je veux être là pour lui.

– Oui, merci pour tout, Mason.

– Tu m'appelles dès qu'il y a le moindre souci, OK ?

J'acquiesce et raccroche.

C'est seulement une heure après que j'entends la porte du studio s'ouvrir et les pas de Carson remonter les escaliers. Je me tourne doucement vers lui et je sursaute en le voyant presque normal. Il a certes les yeux un peu rouges, mais sinon, on ne dirait pas qu'il a pris quelque chose.

Ça me sidère encore plus. Combien de fois ai-je été en sa compagnie sans me douter un seul instant qu'il était drogué ? Il me fixe intensément en fronçant les sourcils.

– Pourquoi tu me regardes comme ça ?

Ah ! Parce que, en plus, il ne se doute réellement pas que je suis descendue le voir ? Il ne s'en souvient pas ?

Il s'approche et pose sa main sur ma joue. Étant assise sur le canapé, je relève la tête pour le regarder.

– Est-ce que je te pourris la vie ?

Il me lâche la joue et s'accroupit pour être à ma hauteur.

– Quoi ? Pourquoi tu me demandes ça ?

Je prends une grande inspiration et ancre mon regard dans le sien, bien plus vif que tout à l'heure.

– Je suis venue te voir, en bas. Tu as fait une hallucination et tu m'as confondue avec ta mère en disant que je te pourrissais la vie.

Carson écarquille les yeux de stupeur et se relève en passant les mains sur son visage.

– Putain.

– C'est vrai ?

– Mais non, putain ! s'écrie-t-il, me faisant sursauter.

Je regarde ailleurs pour ne pas qu'il voie mes larmes.

Mais il se rapproche tout à coup, tient mon visage entre ses mains et me force à lui faire face.

– Regarde-moi, Iris.

Il tire une grimace en voyant mes yeux larmoyants.

– Tu ne me pourris pas la vie. C'est moi qui pourris la tienne. Oui, je t'ai confondue avec ma mère, mais parce que j'ai projeté mes démons sur toi. Je t'ai frappée, je t'ai fait du mal et tout ça m'a foutu les jetons. Je ne veux pas être comme elle.

Mon cerveau prend quelques instants à assimiler ce qu'il vient de m'avouer, puis le dégoût me fait frissonner.

– Qu'est-ce qu'elle t'a fait ?

Carson secoue la tête et pose son front contre le mien.

– Je ne veux pas en parler.

– Je ne te jugerai pas, Carson, murmuré-je à quelques centimètres de ses lèvres, je veux juste t'aider.

Il prend une grande inspiration, m'embrasse sauvagement et se redresse pour me tourner le dos.

– Quand j'étais encore un gamin et que je ne prenais encore rien, elle passait son temps à se défouler sur moi quand elle était bourrée. J'ai arrêté de compter le nombre de bouteilles et de claques que je me suis reçues, dit-il, la voix chargée de haine.

Je porte ma main à ma bouche pour étouffer mon cri. Carson se retourne et m'observe d'un regard indéchiffrable. Je suis incapable de dire quoi que ce soit, alors il continue.

– Puis, quand je me suis mis à boire et à me droguer comme elle, et qu'elle était plus ou moins sobre, elle essayait de me faire croire qu'elle était là pour moi, qu'elle voulait m'aider. Ensuite, elle buvait et c'était elle qui me pourrissait la vie, de nouveau. Mais c'était ma mère, je l'aimais. Au bout d'un moment, quand j'ai gagné un peu d'argent et que j'ai commencé à tomber dans les drogues dures, elle voulait que je lui achète de quoi se shooter. Mais je refusais, et elle me traitait de tous les noms. Elle disait qu'elle me détestait, que j'étais une erreur et sa plus grosse déception. Je suis parti de chez moi quand j'ai rencontré Mason et Alya. J'ai commencé à devenir célèbre et, quand je suis sorti de *rehab*, elle est revenue vers moi. Elle m'a demandé de l'argent, j'ai refusé. Elle m'a dit que jamais je ne tiendrais sans alcool et sans drogue, car je n'étais bon qu'à ça, comme elle. Le soir même, j'ai replongé. Aujourd'hui, j'essaie de ne tourner qu'au joint et à l'alcool mais, quand c'est trop dur, je prends des champis. On va dire que les *mushrooms* m'évitent de retomber dans pire. Même si, parfois, je craque et je prends un cachet ou un peu de coke, quand la descente est trop dure. Je sais que c'est un cercle vicieux, mais c'est l'équilibre que j'ai réussi à trouver. La solution la moins mauvaise, on va dire. Voilà, tu sais tout. Je suis désolé que tu m'aies vu comme ça et je sais que tu vas me détester. Je t'ai déjà fait flipper tout à l'heure et je comprendrai si tu veux me fuir.

Il s'apprête à s'éloigner, mais je me relève, saisis sa main avant qu'il ne soit trop loin et me colle contre lui. Je relève la tête pour le regarder, mais il esquive toujours mon regard. J'embrasse le creux entre ses clavicules, il ne dit rien, mais me laisse faire.

– Je ne te déteste pas, chuchoté-je contre sa peau. Oui, tu me fais peur quelquefois, mais je veux t'aider.

Ses bras pendant le long de son corps, il refuse toujours de me regarder, alors je pose ma main sur son cœur et répète :

– S'il te plaît, laisse-moi être là pour toi. Laisse-moi t'aider, Carson.

Il souffle en relâchant la pression, puis ses bras se resserrent autour de moi. Il me serre fort en me levant dans ses bras, mais je le laisse faire et il fourre sa tête dans mes cheveux.

– Je suis tellement désolé, murmure-t-il contre moi.

24

Iris

Deux jours plus tard, nous sommes dans un studio photo. Carson doit prendre des photos pour un magazine et, puisque je suis sa community manager, je suis obligée de le suivre. Après ce qui s'est passé, nous avons eu du mal à nous reconnecter. Je ne suis pas en colère pour le coup qu'il m'a donné ni pour ce qui s'est passé avec les papz. En soi, je ne peux pas dire que je suis blessée qu'il m'ait confondue avec sa mère, mais j'ai quand même du mal à digérer, et sa consommation de drogue me fait peur.

J'ai tout de même dormi avec lui, car je dors mieux que toute seule. Quand il est venu se coucher, il n'a pas tenté de me toucher. Malgré tout, je sais qu'il était tourné vers moi, car je sentais son regard brûlant sur mon dos. Alors que je commençais à m'endormir, je l'ai senti se rapprocher, il a déposé ses lèvres sur mon épaule et je me suis tout de suite apaisée.

Le lendemain, les gars sont venus à la maison et ont passé

la majorité du temps en studio pendant que je travaillais sur le planning de contenu de Carson. Ils sont remontés quand je regardais la télévision et ils se sont tous installés à mes côtés sur le canapé. On s'est maté plusieurs films avant qu'ils ne partent. J'ai passé une très bonne soirée, car ils sont toujours de bonne compagnie, mais la tension entre Carson et moi commence à me fatiguer plus qu'autre chose. Je sais que c'est aussi son cas, car depuis ce matin il me regarde, ouvre la bouche puis la referme, comme s'il avait peur de me parler.

Depuis que nous sommes arrivés au studio, je pense à l'incident de notre rencontre avec les paparazzis. Celui que Carson a frappé n'a pas porté plainte. Mais des photos, très peu charmantes, ont tout de même fuité, notamment certaines où on voit Carson me frapper et où je suis au sol. La presse s'en est donc donné à cœur joie, parlant d'un enfant caché, d'un Carson qui, à force de consommer de la drogue, devient dangereux et d'une nouvelle relation mouvementée entre nous deux. Alya a bien évidemment publié un communiqué pour démentir les accusations de la presse, mais aussi pour défendre Carson par rapport au coup qu'il m'a donné. Les fans ne lui en tiennent pas rigueur et sont plus en colère contre les paparazzis. A priori, la maison de disques n'a pas encore prévu de me virer, non plus. Mais j'aurais vraiment aimé que tout ça n'arrive pas. Je sens le canapé sur lequel je suis assise s'affaisser à mes côtés. Je lève la tête de mon téléphone et découvre Alya qui me sourit légèrement.

– Comment tu te sens ?

À la limite de prendre mes jambes à mon cou pour disparaître ? Non, je ne peux définitivement pas lui dire ça.

Alors je lâche un long souffle et me concentre sur Carson, allongé sur un lit, avec pour seuls accessoires un caleçon et sa guitare.

– Ça va.

– Iris… chuchote Alya. On se connaît un peu maintenant. Tu n'es pas très douée pour cacher tes émotions. De plus, je ne connais aucune personne normale qui vivrait bien ce que tu viens de vivre. Tu peux m'en parler.

Justement, j'aimerais lui parler. Mais je ne suis pas sûre qu'elle comprendrait à quel point tout ça me fait peur. Avant d'être sa manager, elle était la meilleure amie de Carson. Ils se connaissent depuis tellement d'années que je suis effrayée à l'idée qu'elle prenne mal tout ce que je pourrais dire.

– Je sais que je peux te parler, dis-je simplement en la remerciant d'un sourire.

Au même moment, mon téléphone vibre dans ma main et je vois le nom de ma meilleure amie s'afficher sur l'écran. Je m'excuse auprès d'Alya et m'éloigne vers la loge de Carson pour être seule.

– Salut… dis-je en décrochant.

– Putain, Iris, explose Mathilde. J'ai vu les photos sur Internet. Tu vas bien ? Il t'a frappée, je vais le tuer.

– Il n'a pas fait exprès. Il était en colère après les photographes.

– C'est pas une raison, maugrée Mathilde.

– Mathilde…

– Non, Iris. Et plus tard, si vous vous engueulez et qu'il se met en colère ? Ne me dis pas qu'il ne fera pas exprès.

Ma meilleure amie est très protectrice. Je ne lui en veux pas de penser à ça, même si ça fait mal. Je préfère l'avoir au téléphone que de visu. Elle serait pire si on était ensemble. Je suis sûre qu'elle aurait déjà frappé Carson.

– Carson n'est pas comme ça. On s'est déjà pris la tête, il n'a jamais levé la main sur moi et il ne le fera jamais, je te le promets.

Mathilde émet un bruit de gorge rauque et je sais qu'elle ne me croit pas pour l'instant. Je serais pareille si elle était à ma place. Alors je lui fais part de mes inquiétudes.

– J'ai peur, Mathilde. Sa vie me fait peur, et je ne suis pas sûre que ça soit pour moi.

– Tu l'aimes ?

Si j'aime Carson ? Je préfère encore garder la réponse pour moi. Je fais une exception pour Mathilde qui me connaît par cœur, alors j'avoue :

– Je crois.

– Donc n'abandonne pas. Je n'ai plus autant confiance en lui, mais je sais qu'il te fait sourire et inversement. Tu n'es pas à l'aise avec la drogue et l'alcool, mais peut-être qu'il changera s'il sait que tu seras là pour l'aider. Ne perds pas espoir. Par contre, si ça devient trop dur pour toi, il faudra le quitter.

– Il est comme ça à cause de sa mère, répliqué-je bien plus sèchement que je ne le voudrais.

– À cause de sa mère ? répète dubitativement Mathilde.

Alors je raconte tout ce que j'ai appris, sans rien oublier, car je sais que je peux la faire changer d'avis sur lui, si je lui dis tout ce qu'il a vécu.

– Putain, c'est chaud, s'écrie Mathilde. Le pauvre. Tu m'étonnes qu'il soit aussi autodestructeur.

– Oui, soufflé-je longuement. Même si je voulais m'éloigner, je ne peux pas. Je ne veux pas l'abandonner.

– Promets-moi juste de prendre soin de toi, s'il te plaît. Je ne supporterai pas de te savoir aussi loin en train de te détruire mentalement.

J'avale difficilement ma salive en prenant conscience que tout pourrait déraper facilement.

– Je te le promets.

Tout d'un coup, la porte de la loge s'ouvre, me faisant sursauter. Carson me jette un regard inquisiteur en fermant la porte. Il s'appuie contre elle et croise les bras.

– Je dois y aller, Mathilde.

– Il est là ?

– Oui.

– Bien, acquiesce-t-elle. Fais attention à toi et à ton petit cœur. Je t'aime.

– Je t'aime aussi.

Mathilde raccroche, je pose mon téléphone sur la table et m'assieds sur le petit canapé. Carson se redresse, s'avance vers moi et s'installe à mes côtés.

– C'est la pause, dit-il simplement.

Je hoche la tête en gardant le silence. Il souffle longuement et je le vois passer une main sur son visage.

– Tu veux rentrer chez toi ?

Pardon ? Je tourne vivement la tête vers lui et fronce les sourcils. Où veut-il en venir ? Souhaite-t-il que je le quitte pour ne pas qu'il ait à le faire ? Mais est-ce que je veux partir, déjà ? Je n'ai pas besoin de réfléchir. Non. Comme je l'ai dit à Mathilde, je n'ai pas envie de l'abandonner. Je ne peux tout simplement pas. Alors je secoue négativement la tête et je remarque ses épaules qui retombent en signe de soulagement.

Carson saisit mon bras et me tire pour que je m'installe sur ses genoux. Je me laisse faire et il se baisse pour fourrer sa tête dans mon cou.

– J'ai l'impression de te perdre. Et je ne supporte pas ça, Iris.

Les larmes aux yeux, je passe une main sur sa nuque et joue avec ses cheveux courts. S'il a eu cette impression, c'est que ça doit être vrai, je ne sais pas cacher mes émotions. Et je m'en veux de lui avoir fait ressentir ça.

– Je suis désolée. J'ai juste besoin de temps pour me faire à ta vie.

Carson se redresse et me lance un regard dur en saisissant mon visage entre ses deux mains.

– Ne t'excuse jamais pour ça. C'est moi qui m'excuse pour tout ce que je te fais vivre. Tu sais que jamais je ne te ferai de mal volontairement, n'est-ce pas ? Je préférerais me tuer que te blesser, tu le sais, hein ?

Je pose mes mains sur ses joues et presse mes lèvres contre les siennes.

– Je le sais.

Carson me serre fort contre lui et hume mon odeur pendant que je caresse ses cheveux comme j'adore le faire. Enfermés dans notre bulle à nous, nous sursautons quand on tambourine à la porte.

– Le shoot reprend, Carson, nous informe Alya.

Carson soupire et me pousse à me lever. Avant que je ne m'éloigne de lui, il saisit mon poignet et me ramène contre lui. Sa bouche se pose sur mon front et il chuchote sur ma peau :

– Quand on a fini, tu es à moi. Je te promets de te faire tout oublier.

***

Une heure plus tard, à la fin de la séance, Carson se rhabille et nous rejoint à grands pas, Alya et moi. Il me prend dans ses bras et je vois le sourire satisfait d'Alya. Elle range ses affaires et m'adresse un regard.

– Dès que j'ai les photos du shoot, je te les envoie pour que tu les postes sur les réseaux sociaux. Pour l'instant, on continue de faire ce qu'on a dit : tu ne communiques pas officiellement sur Carson et toi. Tu fais ton travail et tu le fais bien comme d'habitude, OK ? Et on ne répond à aucun commentaire, sympa ou virulent.

Je hoche la tête, approuvant cette stratégie, et nous sortons sur le parking. Nos gardes du corps montent direct dans leur voiture, prêts à nous suivre quand nous prendrons la route. Alya part de son côté et nous du nôtre.

Nous sommes à peine rentrés que Carson m'embrasse et me plaque contre le mur du hall d'entrée. Il me soulève à sa hauteur et je noue mes jambes autour de sa taille, appréciant déjà l'effet de son désir pour moi, qui déforme son jean. Il m'embrasse passionnément et je me tiens à ses épaules pour ne pas chanceler quand il se met à avancer dans la maison, jusqu'au salon. Il s'affale sur le canapé, me tenant toujours sur ses genoux.

– Putain, Iris, jure Carson en se détachant de ma bouche. Il va falloir qu'on arrête, je n'ai plus de capotes.

Je souris vicieusement et sors de mon sac les deux enveloppes que j'ai attrapées ce matin avant que l'on ne parte pour le studio.

– Moi, j'ai ça.

– Putain, donne ! J'ouvre la tienne et t'ouvres la mienne, gronde-t-il en attrapant celle à mon nom, qu'il déchire tout à coup.

Il rigole en lisant le résultat.

– Ouais, bon, je m'en doutais.

Je ris et ouvre la sienne. C'est négatif, mais je fais durer le suspense.

– Alors ?

Je pince les lèvres et le regarde avec tristesse.

– Putain, Iris, arrête tes conneries !

Il m'arrache la feuille des mains et la parcourt avec fébrilité jusqu'à ce qu'il voie le résultat. Il relève la tête et me lance un regard assassin.

– T'es qu'une peste !

Il commence à me chatouiller et je me tortille sur lui, frottant malencontreusement mon sexe contre le sien. Carson émet un long râle et arrête tout de suite de me chatouiller. Fière de mon effet, comme chaque fois, je me redresse sur ses genoux et commence à déboutonner ma chemise sous son regard chaud. Je n'avais pas attaché les deux premiers boutons donc le troisième révèle tout de suite ma lingerie. Il n'en perd pas une miette jusqu'à ce que ma chemise s'ouvre entièrement, révélant mon soutien-gorge blanc en dentelle. Il est transparent et sans rembourrage.

– Tu portais ça toute la journée ? questionne Carson, les lèvres grandes ouvertes.

J'acquiesce et me lève pour déboutonner mon jean. Je mets un peu de temps à m'en débarrasser. À la vue de ma culotte aussi transparente que mon soutien-gorge, Carson avale de travers. Je me rassieds sur ses genoux et enlève son tee-shirt.

– T'es si belle, gronde-t-il en faisant glisser son nez de mon cou à ma poitrine, dans laquelle il fourre carrément la tête.

Il hume mon odeur, lèche le contour de mon sein et tout à coup tire sur mon téton gauche à travers le tissu de mon soutien-gorge, alors qu'il caresse le droit à l'aide de sa main.

Je me cambre contre lui. Il me maintient d'une main dans mon dos, remonte dans mon cou, puis vient mordre mon lobe d'oreille, m'excitant au plus haut point. De mes mains fébriles, je tente de déboutonner son jean. Il me soulève pour le faire descendre sur ses genoux en même temps que son boxer. Il se retrouve nu et entreprend tout de suite de me retirer mon soutien-gorge. Je veux enlever ma culotte, mais il me retient et me dit d'un ton bourru :

– Tourne-toi sur le ventre.

Il se décale et je m'exécute. Je me demande ce qu'il va faire. Quand son corps se colle au mien, je sens son érection contre mes fesses. Ses lèvres s'abattent à la base de ma nuque. Il dépose de petits baisers le long de ma colonne vertébrale, sur ma fesse droite, descend le long de ma jambe, embrasse mon pied puis refait le chemin inverse sur ma jambe gauche. Je suis toute frissonnante et m'attends à ce qu'il remonte mon dos. Mais non, il s'arrête à la lisière de ma culotte et je sens sa bouche entrer en contact avec ma peau. Il fait descendre le sous-vêtement à l'aide de ses dents, puis le retire complètement avec ses mains. Je suis tellement concentrée sur ses prochaines actions que je ne pense pas à parler. Je le laisse faire, mais je gémis subitement quand sa langue entre en contact avec mon sexe.

– Déjà si trempée. Tu mouilles toujours quand tu es en ma présence, mon petit lion ? susurre-t-il en embrassant mes fesses de ses lèvres humides de mon désir.

– Dès que je pense à toi. C'est-à-dire vingt-quatre heures sur vingt-quatre et sept jours sur sept.

Il serre fort ma hanche et se colle contre mon dos en m'incitant à tourner la tête. Ses lèvres capturent ma bouche, et sa langue plonge sauvagement pour un baiser fiévreux. Son pénis se loge naturellement à l'entrée de mon intimité et je gémis quand je sens son gland nu contre ma peau. Carson me lâche et se relève en tirant sur mes hanches, m'incitant à me mettre sur les genoux. Il pose sa main sur mon dos. Il gronde quand je tends automatiquement mes fesses vers lui, accentuant ma courbure naturellement.

– Tellement faite pour moi, bordel, déclare-t-il la voix rauque en cajolant mes fesses.

Je lis assez de livres pour savoir que s'il les touche comme ça, c'est parce qu'il va me les claquer et je sais déjà ô combien Carson adore mon cul. Même si je m'y attendais, je sursaute quand sa main s'abat contre ma peau. À la place de la gêne que je pensais éprouver, ce n'est qu'un désir immense qui naît dans mon corps. Carson caresse mon épiderme devenu sensible, puis recommence deux fois avant de me pénétrer d'un coup. Je gémis si fort qu'heureusement que nous sommes seuls dans la maison. La sensation de son sexe dans le mien, sans protection, est juste parfaite. Nos peaux claquent et résonnent dans la pièce au fur et à mesure qu'il approfondit ses coups de reins. Nous ne parlons que rarement pendant nos ébats, tellement nous sommes submergés par la passion qui nous lie, mais je suis persuadée que nos gémissements respectifs et nos visages parlent pour nous.

– Plus vite, crié-je.

Carson me relève pour me tenir contre son torse, d'un bras sur ma poitrine. Je laisse tomber ma tête contre son épaule. Il embrasse mon visage, mon cou, caresse ma poitrine sans relâche, tout en continuant à me pilonner en gémissant de plus en plus fort dans mon oreille. Soudain, sa main qui me tenait la hanche s'approche de mon sexe par-devant et son doigt pince mon clitoris, me faisant décoller. Son orgasme explose en même temps. Je crie ma jouissance pendant que la sienne se répand dans mon corps, me remplissant de lui.

– J'en conclus que t'as aimé la levrette ? questionne-t-il, la voix enjouée, après un instant de silence.

– À ton avis ?

Il se retire doucement de mon sexe, laissant des traînées de sperme sur mes cuisses. Nous nous allongeons sur le canapé l'un contre l'autre.

Dès que je lui fais face, il passe mes cheveux derrière mes oreilles pour libérer mon visage ; il me fixe intensément et je rougis.

– Quoi ?

– Rien, t'es encore plus magnifique après le sexe.

J'éclate de rire.

– Arrête, je ne dois ressembler à rien.

– Si, contre-t-il en caressant ma mâchoire. T'es toujours magnifique pour moi, qu'importent les situations.

– Comme quoi, Carson Parker sait être romantique, me moqué-je pour cacher à quel point ça me touche.

– Seulement avec toi, et tu n'as pas intérêt à le répéter, me menace-t-il gentiment.

– Pas de souci, ton secret partira avec moi, dis-je solennellement.

Je fais comme si je fermais ma bouche à l'aide d'une petite clé imaginaire.

Il secoue la tête avec un grand sourire et dépose tendrement ses lèvres sur les miennes. Je ferme les yeux et savoure ce moment.

C'est fou comme j'aime autant les baisers tendres que les sauvages avec lui. Je ne sais toujours pas si on fait l'amour ou si on baise. Mais le fait de l'avoir fait sans protection, de l'avoir senti en moi, m'a complètement déboussolée. Je me suis sentie si liée à lui par un lien invisible.

Il a toujours compté pour moi. Il a été pendant longtemps simplement mon idole. Mais maintenant, il est bien plus que ça. Il est mon idole, mon patron, mon meilleur ami et mon copain. Ce sont beaucoup de termes pour qualifier quelqu'un, mais il est réellement tout ça pour moi, et plus jamais je ne pourrai vivre sans lui.

Peut-être que Mathilde avait raison, finalement : il est mon âme sœur. Mais est-ce que je le suis pour lui ? Certes, on est en couple, on s'est déjà dit que l'on était importants l'un pour l'autre, mais on ne mentionne jamais ce que l'on éprouve.

– À quoi tu penses, petit lion ? demande Carson en me caressant le dos.

– À rien, dis-je rapidement.

Il pouffe et appuie ses doigts sur mes reins, j'essaie de résister, mais la pression est trop forte et me fait craquer.

– Est-ce qu'on baise ou on fait l'amour ?

Ses doigts glissent de mon corps. Appréhendant sa réaction, je relève la tête prudemment et découvre son regard songeur. Ensuite, il me sourit et pince l'une de mes fesses.

– Pourquoi un couple ne pourrait pas faire les deux ? On est jeunes, pourquoi se prendre la tête ?

– Je ne sais pas, avoué-je, je me demandais juste.

Il continue à me sourire puis sa prochaine question m'ébranle.

– Tu veux que je te fasse l'amour, mon petit lion ?

J'agite vivement la tête pour accepter, mais il me prend déjà dans ses bras et nous mène, complètement nus, à l'étage.

– De toute façon, je suis déjà prêt pour un second tour.

Moi aussi, je suis plus que prête.

25

Iris

Comme chaque année, Carson organise une soirée pour Halloween dans un club de la ville. Et cette année, j'y suis invitée. Je me rappelle encore l'année dernière, je l'avais mentionné sur Instagram pour lui demander s'il pouvait me faire venir. C'était pour rire, bien évidemment, et je n'avais eu aucune réponse.

Et voilà que je fais les magasins avec lui à la recherche d'un costume pour Halloween. Si on m'avait dit ça l'année dernière, j'aurais été pliée en deux. Mais apparemment, c'est vrai, beaucoup de choses peuvent changer en quelques mois.

Nous entrons dans un énième magasin, en espérant que ça soit le bon. Tyler et Tyson marchent derrière nous.

– Bon, t'as plus d'idées pour ce magasin ? me demande Carson quand on déambule dans les rayons.

– Parce que t'en as, toi ? rétorqué-je, amusée.

– Ouais, non, avoue-t-il, puis une idée éclaire son visage. Tu sais ce qu'on va faire ? Tu pars d'un côté chercher mon costume, et je pars du mien chercher le tien.

– OK, ça marche.

Je me dirige avec Tyson vers le rayon homme quand je m'arrête tout à coup.

– Carson !

– Ouais, petit lion ? crie-t-il de l'autre côté.

– Pas de déguisement de nonne, ordonné-je, car j'ai remarqué qu'il a tiqué devant le peu de tissu de tous ceux que je lui ai montrés avant.

Je l'entends éclater de rire puis je m'éloigne.

Malheureusement, aucun vêtement ne me fait envie, et même Tyson semble dépité par ce que propose le magasin.

– Vous devriez faire vous-même votre costume. Ça irait plus vite, me conseille-t-il.

Je l'observe et il fronce les sourcils.

– Quoi ? J'ai dit quelque chose de mal ?

– Non, pas du tout, m'exclamé-je. Au contraire, c'est une très bonne idée. Allons retrouver Carson.

Justement, le voilà qui nous rejoint, les mains vides.

– Mais c'est vraiment nul, ce magasin, remarque-t-il, la voix lasse.

– Tyson a eu une bonne idée, dis-je. On va faire nous-mêmes nos déguisements.

À ce moment-là, mes yeux se posent sur un costume de Harley Quinn. Je le saisis, ainsi que la perruque assortie.

– Je vais être Harley Quinn et toi le Joker[1]. Pas le Joker de Joaquin Phoenix, puisque tout le monde le sera cette

---

1. Harley Quinn est un personnage des films *Suicide Squad*, réalisé par David Ayer et sorti en 2016, et *Birds of Prey*, réalisé par Cathy Yan et sorti en 2020. Joker est un personnage des films *Suicide Squad* et *Joker*, réalisé par Todd Phillips et sorti en 2019.

année, mais celui de Jared Leto. Ensuite, je ferai notre maquillage.

Je m'arrête et examine ses cheveux blonds.

– Il nous faut de la teinture verte pour toi !

Carson ouvre de grands yeux ébahis et lève les mains en l'air.

– Je te suis, poupée, fais ce que tu veux.

***

Le lendemain, alors que la fête commence dans deux heures, j'invite Carson à s'asseoir sur le bord de la baignoire.

– Je te teins les cheveux, on les lave et je te maquille.

– Tu vas me maquiller avant toi ? demande-t-il d'un ton surpris et légèrement paniqué.

– Oui, pourquoi ?

– Je ne vais pas supporter autant de maquillage pendant aussi longtemps. Tu ne peux pas me maquiller après toi ?

Je lève les yeux au ciel en esquissant un sourire en coin.

Quelle princesse, je vous jure.

– D'accord.

J'agite la bombe verte, que je vaporise ensuite sur ses cheveux. Il a les cheveux courts donc c'est assez rapide et je n'ai besoin que d'une seule bombe. Carson se penche ensuite en arrière pour que je rince sa tête. Je pensais qu'on allait aller vite, mais malheureusement ma poitrine se trouve au niveau de sa tête et il ne cesse de vouloir l'attraper avec sa bouche ou de la toucher avec ses mains.

– Arrête, lui intimé-je en rigolant. Sinon je te fous de l'eau dans la tronche.

– Quoi ? Ils sont comme un buffet à volonté.

Je le regarde, ahurie. Quelle mouche l'a piqué aujourd'hui ?

– Je ne sais vraiment pas comment prendre le fait que tu compares mes seins à de la bouffe.

– Tu devrais bien le prendre, la bouffe, c'est la vie.

Je secoue la tête. J'ignore comment il fait, mais je l'adore dans toutes ses personnalités, quand il est heureux, quand il rigole, quand il est joueur, mais aussi quand il fait la gueule et quand il est triste. Ce mec me rend folle. Mais jamais je n'aurais pensé qu'on soit aussi à l'aise l'un avec l'autre.

– Tu me fatigues, le taquiné-je.

– Ce n'est pas vrai, tu m'aimes.

Je stoppe tout mouvement sur ses cheveux et arrête de respirer. La panique passe dans son regard et je le surprends à fermer les yeux pour souffler discrètement. Puis il les rouvre et me lance un petit sourire.

– Enfin, je veux dire, tu m'aimes bien, se rattrape-t-il.

Je me racle la gorge et reprends ce que je faisais sur ses cheveux.

– Oui, c'est vrai, je t'aime bien.

Je remarque dans son regard qu'il aurait aimé que je dise tout simplement que je l'aime, mais il se tait, me laissant terminer, maintenant déboussolée par les dernières minutes qui viennent de s'écouler.

***

– À toi, dis-je en le poussant pour qu'il s'asseye de nouveau sur le bord de la baignoire.

Carson est habillé, il est maintenant temps de le maquiller.

Je me place entre ses jambes.

Je blanchis son teint. Heureusement qu'il a les sourcils fins et blonds, ça me permet d'éviter d'avoir à les cacher.

Je m'attaque ensuite à ses yeux pour les assombrir. Mais quand il me voit approcher avec le pinceau, il se recule.

– Hé ! Tu fais quoi avec ça ? s'écrie-t-il, horrifié.

– Tu as confiance en moi, oui ou non ?

– Oui, bien sûr, s'empresse-t-il de répondre.

– Bon, alors, laisse-toi faire. Je vais juste appliquer du fard autour de tes yeux, ferme-les.

Il m'obéit et reste statique, me faisant éclater de rire.

– Tu sais que tu peux respirer.

Il prend une grande inspiration, attrape mes hanches et respire de nouveau.

Ensuite, je prends un eye-liner noir pour écrire « damaged » sur le haut de son front, dessiner une étoile sur sa tempe droite et le « J » sous son œil gauche. Je noircis légèrement son teint à certains endroits avec du fard noir pour le rendre moins net.

Et finalement, j'attrape un de mes rouges à lèvres foncés. Carson ouvre les yeux tout à coup quand il sent le pinceau s'appliquer sur ses lèvres. Je me recule et lui lance un sourire innocent.

– T'es pas sérieuse, là ? Un rouge à lèvres ?

– Si, je suis sérieuse. C'est à ça que ressemble le Joker.

– Aaarg ! T'as de la chance, toi. Je ne ferais pas ça pour tout le monde.

Je souris et colle ma poitrine contre son torse. Il se détend instantanément et pose ses mains sur mes fesses.

– Arrête de parler.

Il referme enfin la bouche et je peux continuer d'appliquer le rouge à lèvres. Je prends ensuite un petit pinceau, et, tant que la matière n'est pas complètement sèche, je l'étire vers le haut. Puis je me recule et apprécie le résultat.

– Et voilà ! Tu ressembles au Joker maintenant.

Il se lève pour se regarder dans le miroir et je vois ses yeux s'ouvrir en grand.

– Waouh ! T'as fait fort, t'es sacrément douée.

Je rougis et passe à mon tour la fameuse tenue de Harley Quinn ainsi que la perruque. Alors que je mets cette dernière, Carson, alias mon Joker, passe derrière moi et me frappe les fesses.

– Putain, ce short te fait un cul d'enfer.

– Je te retourne le compliment, ce pantalon te met en valeur, tu n'as pas idée !

Une lueur de désir apparaît dans les yeux de Carson mais, au même moment, des voix se font entendre au rez-de-chaussée. Les mecs sont arrivés.

– Hé, les amoureux ! Vous êtes où ? nous appelle Drew.

– T'es prête ? me demande Carson en secouant la tête comme pour évacuer les images salaces qu'il avait en tête.

– Ouaip, acquiescé-je.

Il attrape ma main et nous descendons dans le salon. Drew est déguisé en Chucky, Aaron en cow-boy, Mason en mort-vivant et Kevin en un personnage de la série *La Casa de Papel*. Alya et Kiera sont aussi de la partie, elles sont déguisées en Maléfique et en un squelette Dia de Muertos.

– Tu vois, s'exclame Aaron en s'adressant à Drew. Je le savais qu'ils allaient se déguiser en couple. Tu me dois cent dollars !

Drew maugrée, mais lui tend quand même l'argent. Nous faisons ensuite des photos. Sur la nôtre, Carson a son bras autour de mes épaules et me regarde pendant que je fixe la caméra d'un sourire sadique.

Sur la photo de groupe, je me tiens aux côtés de Carson, appuyée sur ma batte de base-ball. Mais pour changer, Carson n'a plus son bras autour de mes épaules, mais sa main carrément sur mes fesses. Cette photo est destinée à être postée et je sais déjà qu'elle va susciter de nombreux commentaires des fans, maintenant qu'ils savent que nous sommes bien plus qu'un chanteur et sa community manager. Mais pour le moment, je m'en fiche et je veux juste profiter de ma soirée.

***

La soirée bat son plein et le club est complet. Bien entendu, nous sommes dans un box privé à l'étage, mais nous avons une vue sur l'ensemble du club qui est carrément bondé de personnes déguisées. À cause du dernier événement avec les paparazzis, la maison de disques a engagé, en plus de Tyler et Tyson, une garde rapprochée postée à chaque coin de la salle pour éviter de mauvaises rencontres. Il reste toujours un risque, mais il est minime. Carson doit chanter d'une minute à l'autre, alors les mecs et lui sont partis s'installer. Une fois qu'ils sont prêts, c'est Mason qui prend la parole.

– Yo, *motherfuckers*, vous êtes prêts à passer la meilleure nuit de l'année ? Si c'est le cas, je veux vous entendre !

Le public ne se fait pas prier et, avec Alya et Kiera, nous les suivons aussi.

– Alors je sais qui vous attendez ce soir, le seul et l'unique Carson Parker, le Joker !

Carson fait sa grande entrée sur la petite scène et le public devient fou. Avec Kiera, nous hurlons et tapons des pieds. Je pensais travailler en même temps que m'amuser ce soir, mais Alya m'a simplement dit de filmer le début de soirée, puis d'arrêter pour en profiter pour souffler un peu.

Le show de Carson ne dure pas aussi longtemps qu'habituellement. Il fait seulement quelques chansons, mais c'est suffisant pour nous mettre dans l'ambiance. Il revient malgré tout en sueur dans son costume ; il le retire et ouvre sa chemise. Je salive devant ce Joker hyper sexy. Il le remarque, me fait un clin d'œil.

Je m'assieds sur ses genoux, m'appuie sur son torse pendant qu'il caresse légèrement mes reins.

– Alors, tu apprécies la vue, ma petite Harley Quinn ?

– Je n'ai pas à me plaindre, confessé-je dans un rire.

Je suis soudain tirée vers l'arrière par Kiera.

– Allons danser ! Tu bouges trop bien.

Je la suis et nous allons nous planter au milieu de la foule sur la piste de danse. Comme nous sommes maquillées et déguisées, personne ne nous reconnaît, et tant mieux. Le club passe beaucoup de chansons de Carson puisque c'est sa soirée. Nous sommes donc dans notre élément, nous les connaissons toutes par cœur. Et c'est seulement à cet instant que je me rends compte de la chance que j'ai. Ce n'est pas offert à tout le monde de vivre cette expérience, et même si je ne suis pas à l'aise à cent pour cent, je reste très reconnaissante. Bosser pour Carson, c'était un de mes rêves les plus fous. Mais sortir avec lui, c'était inconcevable. Et pourtant, c'est la réalité. Lui, ses amis, Kiera et Alya sont devenus ma seconde famille, et je ne pourrais plus m'imaginer sans eux. Je pense bien évidemment à ma famille, à mes parents. Je ne suis pas sûre qu'ils imaginent le quart de ce que je traverse. Je crois qu'ils auraient peur pour moi et qu'ils n'accepteraient pas vraiment notre relation. Mais il serait peut-être judicieux que je les contacte pour les mettre au courant. Même si on ne se voit qu'aux fêtes de famille, je m'entends relativement bien avec mes parents. On ne se donne pas de nouvelles pendant des mois, mais cela n'empêche pas qu'on aime se retrouver. On n'est pas fusionnels, mais il n'y a jamais de drame et on est solidaires quand c'est nécessaire. En apprenant plus de détails sur le passé de Carson avant qu'il ne devienne célèbre, je comprends que j'ai eu de la chance d'avoir une famille soudée. J'aimerais aussi que Mathilde soit avec moi, actuellement. Lui parler au téléphone, ce n'est pas assez alors que je vivais avec elle. Elle me manque et j'ai besoin de la voir.

Je me reconcentre sur Kiera et lève les yeux pour découvrir Carson, appuyé contre la rambarde à nous observer, une bouteille de bière à la main. Je me rapproche volontairement de Kiera, qui comprend le message, et nous nous frottons lascivement l'une contre l'autre.

Carson contracte la mâchoire et je lui tire la langue. Il donne sa bière à Drew et entreprend de descendre les escaliers.

– Je crois qu'on lui a donné envie de venir se trémousser, remarqué-je en me marrant.

Kiera éclate de rire.

– Tu lui as donné envie, tu veux dire, rétorque-t-elle avant de se trouver une nouvelle proie avec qui se déhancher.

Carson fend la foule. Puisqu'il a chanté sur scène, tout le monde le reconnaît, alors on le laisse passer. Une fois à ma hauteur, il prend mon bras et m'attire contre son torse.

– T'as fini de me provoquer ?

– Au contraire, je commence, susurré-je en glissant mon index sur son torse.

Ce soir, je me sens libre et heureuse. J'ai envie de me lâcher.

Carson jure ; j'embrasse le creux dans son cou et me retourne. Je lève les bras, encercle sa nuque et commence à bouger, il pose ses mains sur mes hanches et me tient collée à lui. Il suit bientôt le mouvement et je sens son désir se réveiller.

Nous dansons sensuellement pendant plusieurs chansons. Je me retrouve soit face, soit dos à lui, et je sais que nous attirons les regards. Beaucoup de personnes me fixent en fronçant les sourcils. Je suppose qu'ils se demandent si je suis bien moi. Je ne leur donne pas la satisfaction de leur adresser un regard et me concentre sur Carson, qui colle ma poitrine contre son torse quand un slow commence.

Il enserre ma taille, et ses doigts frôlent mes fesses. Je noue mes mains autour de son cou et nous tournoyons doucement. Malgré nos maquillages, il dépose ses lèvres sur les miennes pour m'embrasser aussi doucement que nous dansons.

– Iris ? chuchote-t-il contre mes lèvres.

– Mmm ?

– Je t'aime.

Mon cœur rate un battement et, heureusement que Carson

me tient contre lui, car je me serais rétamée au sol. Jamais je n'aurais cru qu'il me le dirait en premier, et je n'étais absolument pas prête à ça. Je l'observe avec de grands yeux et il éclate de rire avant d'embrasser mes lèvres ouvertes.

– Je ne m'attends pas à ce que tu me le dises en retour, mais sache que je le pense sincèrement.

Ce n'est pas que je ne veux pas le lui dire, mais je suis effrayée de lui avouer mes sentiments, alors je souris et lui rends son doux baiser.

– Moi aussi.

Un grand sourire étire ses lèvres et il me serre contre lui comme si je venais de lui donner le monde.

***

Plus tard dans la soirée, alors que la foule est toujours compacte, nous sommes tous installés dans le carré VIP, à rire de tout et rien. L'alcool coule plutôt bien dans nos veines. Drew et Kiera racontent déjà n'importe quoi, et c'est un peu grâce à eux et à leurs conneries que nous rigolons beaucoup.

Carson n'a fumé qu'un seul joint pour le moment. En revanche, il ne me lâche pas d'une semelle. Ses mains se baladent sans gêne sur mon corps et je devine qu'il a déjà en tête ce qu'il compte me faire une fois que nous serons rentrés. Je m'impatiente aussi.

Mais en attendant, j'ai une envie pressante. Je me tourne vers lui pour articuler, afin de me faire entendre au-dessus de la musique forte.

– Je vais aux toilettes.

– Tu veux que je vienne ? me demande-t-il.

Je le remercie d'un sourire, mais secoue la tête. Il me lâche et je me lève de ses genoux où j'étais confortablement assise depuis qu'on a arrêté de danser.

Il y a la queue aux toilettes alors j'en profite pour regarder Instagram. À cause de la photo de groupe postée sur les comptes de tous les mecs et de notre photo avec Carson, que ce dernier a postée sur son compte, le mien a explosé.

J'ai des tonnes de nouveaux abonnés, un nombre incalculable de « J'aime », de commentaires sur mes photos et beaucoup de messages en attente. J'ai le temps de poster deux photos en un seul et même post et je reçois tout de suite de nombreux « J'aime ». Carson aussi doit être connecté sur son téléphone, car il aime tout de suite mon post et commente avec trois cœurs. Je lui en réponds le même nombre, et les fans s'en donnent alors à cœur joie. J'en repère surtout un : « Ce qu'ils sont beaux, et comment il la regarde ! » Mais je reçois aussi des : « Tu ne le mérites pas », « Retourne en France ! » Bon, c'est sympathique, tout ça, mais c'était à prévoir.

Je me fais bousculer et lève la tête pour voir une fille qui sort rapidement des toilettes. Elle me fait un petit signe de la main et je lui souris.

Décidément, cette fête est réussie : les gens sont sympas, les déguisements garantissent un certain anonymat et tout va bien avec Carson.

***

Quand je sors des toilettes, je me retrouve nez à nez avec un mec pas du tout déguisé. Il porte un sweat et une casquette noire. Si je suis surprise sur le coup, je ne lui accorde pas plus d'attention que ça, jusqu'à ce qu'il me barre le chemin en se plantant juste devant moi.

– Salut, me dit-il.

– Euh, salut. Mais je dois y aller, là.

Je fais un pas de côté pour le contourner, mais sa main saisit mon poignet. Je tente de me dégager, mais il serre de plus en plus fort, me faisant geindre de douleur.

– Ouais, tu vas le retrouver, lance-t-il hargneusement en retirant sa casquette.

Warren Bass. Un chanteur avec qui Carson s'est battu l'année dernière à une fête. On n'a jamais réellement su ce qui s'était passé, mais c'est de notoriété publique que les deux se détestent.

– Qu'est-ce que ça peut te faire ? demandé-je, la voix sèche.

– Il t'a bien lavé le cerveau à ce que je vois, se moque-t-il.

Je croise les bras contre ma poitrine et le fusille du regard.

– Qu'est-ce que tu racontes ? Laisse-moi passer. Je ne sais pas pourquoi vous ne vous aimez pas, avec Carson, mais ça ne te donne pas le droit de me faire mal. Tu ferais mieux de partir d'ici.

Je le bouscule pour passer et fends la foule pour rejoindre mes amis sans attendre qu'il me réponde. Quand je retrouve Carson, celui-ci me sourit et me ramène directement sur ses genoux. Je tais le fait qu'un mec qu'il déteste est là, et surtout qu'il m'a abordée. Je préfère éviter une catastrophe, d'autant plus que la soirée est bientôt finie.

26

Iris

Nous venons de rentrer à la maison et nous courons comme des gamins directement à la salle de bains pour nous démaquiller et nous doucher. C'est cool, les maquillages de ce genre, mais c'est vite insupportable. Carson me force presque à retirer la peinture de son visage, car il n'en a pas le courage. Je le soupçonne même de s'endormir le temps que j'enlève la teinture de ses cheveux.

Je retire avec un long gémissement la perruque qui commençait à réellement me donner mal au crâne. Carson me tend sa main pour me faire entrer avant lui dans la douche.

Le jet au-dessus de nos têtes se met en route et l'eau froide se déverse sur nous. Je hurle puis éclate de rire. Carson sourit et je me serre contre lui. L'eau devient enfin tiède, mais je ne me décolle pas pour autant de lui. Je remonte mes mains jusqu'à ses épaules alors que les siennes descendent en même temps vers mes fesses.

Nous nous regardons en silence, exprimant les sentiments

que l'on a l'un pour l'autre, jusqu'à ce que ses yeux s'enflamment de désir. Il me soulève soudainement ; je pousse un cri alors qu'il me plaque contre le carrelage et que le froid se propage dans mon corps entier. Mais je suis très vite réchauffée par son corps chaud lorsqu'il s'appuie contre moi. Sa bouche dévore la mienne comme s'il ne m'avait encore jamais embrassée et je peine à suivre son rythme. Finalement, je le laisse dominer et j'en profite pour saisir son sexe dans ma main gauche, pendant que la droite s'accroche fermement à son épaule. Il gémit dans ma bouche quand j'entame des va-et-vient sur sa longueur, qui grossit au fur et à mesure que je le touche.

Finalement, il délaisse ma bouche et vient suçoter mon cou, où il me laissera un suçon pour la première fois, j'en suis sûre.

– Prends-moi, supplié-je quand il commence à lécher et à caresser mes seins.

Ses doigts vont à la rencontre de mon sexe pour vérifier que je suis prête à le recevoir et il gronde quand il sent mon excitation.

– Toujours aussi mouillée, dit-il avant d'entrer en moi d'un coup, me plaquant contre le mur.

Je ferme les yeux de plaisir.

– Plus fort, ordonné-je, et il obéit, me martelant de ses coups de reins.

Il me fait trembler dans ses bras. J'ouvre les yeux et rencontre son regard brûlant alors qu'il me fixe. Je pose ma main sur sa joue, mon front sur le sien et je dépose un baiser léger sur ses lèvres ouvertes. Ce contraste entre la sauvagerie de ses coups de reins et la douceur de ce baiser me rend folle, et lui aussi, si j'en crois ses va-et-vient plus vigoureux. Je me redresse et nous continuons à nous fixer, alors que l'orgasme monte en nous.

Pour la première fois, il n'a pas à appuyer sur mon clitoris pour me faire décoller. J'ai juste à me plonger dans son bleu océan, et lui dans mon brun noisette pour que nous jouissions en même temps.

***

Carson est en bas dans le studio avec les mecs, qui sont arrivés de bonne heure pour commencer à enregistrer le prochain album. Je suis sur mon téléphone, sur le canapé, à répondre aux commentaires sur mon compte Instagram, quand un message attire mon attention, car mon prénom est écrit en gros. Je l'ouvre, m'attendant à ce que ça soit un ou une fan qui me sollicite pour une faveur : par exemple, savoir si Carson peut leur envoyer un mot, une vidéo, une photo, ou pour plein d'autres requêtes, comme j'en ai déjà eu plusieurs.

Mais ce n'est pas du tout le cas. La personne m'a envoyé deux photos que je ne regarde pas tout de suite. Je remonte la discussion pour lire son message : « Je suis désolée de te montrer ça, mais je pense que tu aurais aimé savoir. C'est pendant que tu es aux toilettes lors de la soirée. » Sceptique, je redescends pour voir les photos.

Dès le premier cliché, je sens mon cœur faire une embardée. Il montre Carson en train de se faire un rail de coke. Le second le montre en train de le sniffer. J'étais si heureuse hier soir que je ne me suis aperçue de rien quand je suis retournée auprès de lui. Comment c'est possible ? Il m'avait l'air si normal. Ou alors il s'est drogué en cachette avant de monter sur scène et il l'était toute la soirée. De ce fait, je n'ai pu me rendre compte de rien ?

– Putain, soufflé-je en passant les mains sur mon visage et en prenant une grande respiration pour me calmer.

Toujours rester calme dans ces situations.

Je me lève du canapé et descends dans le studio.

Carson est dans la cabine, il a les yeux fermés et chante une de ses nouvelles chansons tout en fumant un joint. Comme par hasard. Les mecs ne m'ont pas encore vue ; concentrés, ils ont tous la tête penchée. Je m'appuie contre le mur et attends, ce qui fait de plus en plus monter la colère en moi.

– OK, c'est bon, c'est dans la boîte, s'exclame Mason à la régie.

Carson ouvre les yeux et me repère directement. Un grand sourire étire ses lèvres, mais il s'efface quand il voit mon visage. Les gars se retournent vers moi et me questionnent silencieusement.

– Je peux te parler en privé, Carson ?

Il fronce les sourcils, mais sort de la cabine, alors que je remonte au salon sans l'attendre. Néanmoins, j'entends très vite ses pas me rejoindre.

– Qu'est-ce qui se passe, mon ange ?

Je ris jaune et me retourne vers lui. Je suis une seconde déstabilisée par sa réelle inquiétude, mais je passe outre et lui tends mon téléphone, ouvert sur les photos. Il le saisit et le regarde attentivement avant que son visage ne perde de ses couleurs.

– Merde, jure-t-il en passant une main dans ses cheveux. Ce n'est pas ce que tu crois…

– Ah bon ? Alors tu vas me dire que tu n'es pas en train de te droguer alors que je venais de partir ? explosé-je. C'est ce que tu fais chaque fois que je dis non ou que je tourne le dos ? Tu prends de la drogue pour oublier tout ce qui froisse ton ego ? Je pensais pouvoir te faire confiance !

Bon, pour le calme, on repassera.

Je suis persuadée que les mecs m'ont entendue, mais je m'en fous.

– Mais n'importe quoi, s'emporte-t-il à son tour en me fusillant du regard. Je suis tant que ça un connard arrogant à tes yeux ?

Il balance mon téléphone sur le canapé et s'approche dangereusement de moi, mais je ne recule pas. Jamais je ne reculerai devant lui.

– Oui, j'ai sniffé dans ton dos. Mais tu sais pourquoi ? Parce que c'est plus agréable que de se prendre un râteau par la fille que j'aime et qui n'est même pas fichue de me le dire, bordel de merde ! hurle-t-il, le visage rouge.

J'avale de travers et secoue négativement la tête.

– Je ne t'ai pas mis un râteau.

Il ricane méchamment, me tourne le dos et redescend au studio avant de revenir avec un carnet, son carnet de chansons, qu'il me fourre sauvagement dans les mains.

– Lis. Et si avec ça tu n'es pas capable de croire que je t'aime réellement et que tu peux avoir confiance en moi, alors rentre chez toi.

Sur ces paroles, il quitte le salon pour retourner dans le studio, dont il claque la lourde porte si fort que le bruit résonne dans la maison entière.

Les lèvres tremblantes, je m'effondre au sol, le carnet

contre ma poitrine. Je me sens coupable de ne pas être capable de lui avouer mes sentiments, mais j'ai si peur qu'il ne se lasse de moi. Pour moi, c'est toujours irréaliste qu'un mec comme lui puisse m'aimer. Stressée, les doigts tremblants, j'ouvre le carnet. Je lis la première chanson, qui s'appelle « Paris Night », qui parle de notre nuit dans le bus, mais aussi du coup de foudre qu'il a eu pour moi. Il y a marqué qu'il n'avait jamais été aussi attiré par une femme qu'il ne connaissait pas avant. Qu'il n'avait pas eu une seule fois dans sa vie des étincelles comme celles qu'il a éprouvées quand il m'a embrassée. Il ne raconte pas en détail notre nuit, mais il mentionne toutes ses émotions, son désir, mais aussi sa peur, car jamais il ne s'était autant attaché à quelqu'un.

La seconde chanson s'appelle « You Drive Me Crazy », et dépeint tout ce que je fais au quotidien, mon caractère et surtout la tendresse qu'il apprend à accepter quand je pose mes mains sur lui. Tout ce qui le rend fou, en gros.

Et pour finir, la troisième se nomme « Héroïne ». Quand je prends conscience du titre, je flippe, mais ce n'est pas ce que je pense. L'héroïne dont il parle, c'est moi. Il y a écrit noir sur blanc qu'il n'a plus envie de se droguer, car c'est moi sa drogue maintenant. Il dit qu'il ne peut pas s'empêcher de me toucher, de me regarder et de me sentir, car je suis sa drogue. La dernière phrase écrite me coupe carrément le souffle :

« You're my heroine, yeah. I love you as much as I hate you, when you're far away, yeah. »
(Tu es mon héroïne, je t'aime autant que je te hais quand tu es loin de moi.)

Je tourne les pages, mais je reste pétrifiée quand je me vois dessinée. Il n'y a pas qu'un seul croquis, il y en a de nombreux, de moi sous tous les angles. Ils sont datés, et je me rends compte qu'il m'a dessinée une fois par jour depuis que je suis arrivée chez lui. On peut me voir entre autres sourire, rire aux éclats, dormir, me maquiller, être sur mon téléphone et dans de nombreuses autres situations.

Mais depuis quand dessine-t-il ?

Je suis ébahie et, sans que je m'en rende compte, les larmes coulent à torrents sur mes joues.

Le carnet tombe quand je me recroqueville et je lâche tout au fur et à mesure que je me prends dans la figure les sentiments que j'ai pour lui. Je l'ai dans la peau autant qu'il m'a dans la sienne.

Je contrôle mes émotions depuis si longtemps que je ne sais plus comment faire pour arrêter mes larmes.

Tout d'un coup, des bras s'enroulent autour de moi, et je reconnais son odeur que j'aime tant. Je m'attache à lui et ne le lâche pas quand il me soulève dans ses bras pour m'emmener dans sa chambre. Il s'allonge et me berce contre son torse.

– Chut, ça va aller, mon petit lion. Je suis là.

Il caresse mes cheveux, et mes pleurs redoublent encore plus, si c'est possible.

– Je suis désolée, haleté-je contre lui. Je suis désolée de ne pas avoir eu confiance en toi. Alors que tu as eu confiance en moi dès le début. De ne pas avoir osé faire face à mes sentiments, d'avoir eu si peur.

– Je ne t'en veux pas. Et je suis aussi désolé de t'avoir hurlé dessus comme je l'ai fait.

– Pourquoi tu es remonté ? demandé-je d'une petite voix.

Je pensais que c'était moi qui allais devoir faire le premier pas.

– Parce que je ne supportais pas de t'avoir traitée comme je l'ai fait. J'ai voulu remonter dès que j'ai claqué la porte, mais je savais qu'il fallait que je te laisse seule pour découvrir le carnet.

– Tu es si talentueux, avoué-je, les lèvres toujours aussi tremblantes.

– Merci, mon ange.

Il embrasse mon crâne puis lève ma tête pour me regarder. Je remarque que ses yeux sont rouges aussi. Il me sourit légèrement.

– Je déteste te voir pleurer.

– Ils m'ont entendue, n'est-ce pas ? questionné-je, honteuse, en faisant référence aux mecs toujours dans le studio.

– Ouais, mais ne t'inquiète pas. C'est moi qui ai pris une soufflante pour t'avoir laissée seule.

Je lâche un rire gêné et me love contre lui. Il passe ses mains sous mon tee-shirt, mais sans arrière-pensée, il me caresse juste pour m'apaiser. Je crois que les émotions ont été trop fortes, car je m'endors sur lui. J'aurais pu lui dire que je l'aime mais j'ai peur qu'il ne croie que je me force pour le remercier. Je veux lui dire sincèrement et pas pour me faire déculpabiliser.

Quand je me réveille, j'ai mal à la tête et je lâche un long râle de douleur en me frottant le front. Carson n'est plus là, mais il a remonté la couverture sur mon corps. Je souris, attendrie, mais je sursaute quand je capte mon reflet dans le miroir à côté du lit. Pleurer ne me réussit vraiment pas, j'ai les yeux injectés de sang, le nez rouge, le visage bouffi et surtout les cheveux en pétard. J'ai clairement besoin de passer à la salle de bains avant de descendre dans le salon. Je brosse mes cheveux et les attache en chignon approximatif au-dessus de ma tête. Je m'asperge le visage d'eau froide, mais je crois que je ne pourrai rien faire pour mes yeux et mon nez rouges.

Je souffle longuement, honteuse, et sors de la chambre, stressée de revoir les mecs après cette crise. La télévision est allumée, mais ils ne sont pas devant. C'est quand Carson rigole que je devine qu'ils sont sur la terrasse. Je m'y avance à reculons, de peur de découvrir leur réaction, mais c'est un cri d'enfant qui retentit.

– Tata !

Noah saute des genoux de Carson, qui se tourne vers moi. Je soulève Noah, qui s'accroche à ma jambe.

– Pourquoi tes yeux sont rouges ? interroge le petit en posant ses mains sur mes joues.

– Parce que tata a une allergie, intervient Kevin en me lançant un grand sourire.

Je leur souris, les larmes aux yeux à l'idée que ni lui ni les autres ne parlent de ce qui s'est passé. Noah redescend de mes bras et je m'avance vers Carson, qui me tend la main. Je la saisis et m'assieds sur ses genoux. Il noue ses bras autour de mon ventre et dépose un baiser sur ma nuque.

– Ça va ? chuchote-t-il à mon oreille.

– Ça va, lui réponds-je en hochant la tête.

Il dépose un tendre baiser sur ma joue puis se recule.

– J'ai quelque chose à te demander. Ce soir, avec les mecs, on sort au club pour fêter l'anniversaire de Kyle. Est-ce que tu veux venir avec nous ou rester ici et, dans ce cas, est-ce que tu peux garder Noah ?

– C'est ton anniversaire ? m'exclamé-je en me retournant vers Kyle, qui valide avec un grand sourire.

Je descends des genoux de Carson et serre Kyle contre moi.

– Joyeux anniversaire.

– Merci, ma belle.

– De rien.

Je les regarde ensuite tous. Je devrais me sentir vachement inférieure, entourée de tous ces mecs, mais au contraire, je me sens chez moi et surtout hyper protégée.

– Je préfère rester ici ce soir. Sortez, profitez, je m'occupe de Noah.

Carson attrape ma taille et me colle contre lui.

– T'es sûre ?

– Oui, acquiescé-je. Je suis fatiguée et j'ai confiance en toi.

***

Une petite heure plus tard, je me retrouve seule avec Noah. Son père lui a donné à manger avant, car il ne voulait pas m'encombrer de cette tâche. Malheureusement, le petit a fait un caprice pour que ce soit moi qui le lave et non son père. Même Carson et les mecs se sont proposés pour s'en occuper avant d'y aller, mais il n'en démordait pas. Les consignes de Kyle sont simples : le nettoyer, le laisser jouer cinq minutes dans le bain, le sortir, l'essuyer et lui enfiler la couche car, s'il est propre la journée, il lui arrive de ne pas l'être la nuit. Et c'est fini.

Je fais donc tout dans l'ordre. Il m'arrose beaucoup, mais

son rire d'enfant est si contagieux qu'il me donne du baume au cœur, alors je le laisse faire autant qu'il veut, puis les cinq minutes sont écoulées.

– Allez, mon grand, on sort du bain ?

– Non, encore, tata !

Je crois que je ne m'habituerai jamais à ce surnom. Je souris, mais secoue la tête.

– Non, mon grand. Plus vite on termine et plus vite je te lis ton histoire, d'accord ?

– D'accord.

Je le mets debout et l'enroule de son petit peignoir pingouin juste adorable. Je le soulève ensuite pour le faire sortir de la baignoire. Clairement, si je veux un enfant plus tard, j'ai intérêt à me muscler les bras. Je l'essuie, lui enfile son pyjama et le laisse jouer par terre pendant que je prends à mon tour ma douche, tout en le surveillant du coin de l'œil.

– Allez, bonhomme, au dodo maintenant.

J'ouvre la porte de la salle de bains et il court vers le lit de Carson. Je le porte et l'installe au milieu. Je m'assieds contre la tête de lit, et Noah vient se lover contre mon flanc, suçotant son pouce et tenant son doudou contre son visage. Je commence ma lecture tout en lui caressant les cheveux et, très vite, ses yeux se ferment, et sa respiration se fait plus régulière. Noah reste collé contre moi, même après qu'il s'est complètement endormi, alors je n'ose plus bouger. Malgré la longue sieste que j'ai faite, cette journée a été si chargée en émotions que je me rendors.

***

Je suis réveillée en sursaut par mon téléphone qui vibre sur la table de nuit. J'ai cinq appels manqués, des mecs et d'un numéro que je ne connais pas, sûrement Kyle. Je décide de rappeler Drew, car c'est le dernier qui a essayé de me contacter.

– Iris ! Il faut que tu viennes à l'hôpital central, et vite.

– Quoi ? Mais pourquoi ? T'es blessé ?

– Non, je vais bien. Ce n'est pas moi.

Soudainement, je me souviens de ceux qui m'ont appelée. Carson ne l'a pas fait et ça fait tilt dans ma tête. Il a un problème et je commence à paniquer.

– C'est Carson ?

– Oui. On t'explique sur place, mais fais vite.

– Mais, et Noah ?

– Kyle a dit de le prendre avec toi. S'il dort à poings fermés en ce moment, il ne se réveillera pas.

– OK, je… je commande un Uber et j'arrive.

Je me mets en pilote automatique, remarque qu'il est minuit, commande le Uber, qui arrivera dans cinq minutes. J'enfile un jogging, des baskets et une veste. J'habille chaudement Noah tout en le laissant en pyjama et le porte dans mes bras. Pas le temps pour la poussette.

Le chauffeur arrive quand je sors de la maison et ferme la porte à clé. Inquiet, il descend de la voiture quand il voit le petit dans mes bras.

– Vous allez bien ?

– Oui, moi, oui. Je dois juste rejoindre mon copain à l'hôpital. Il a eu un problème.

– Bien, je fais au plus vite alors.

Quand le chauffeur me dépose, je rentre en furie dans

l'hôpital, Noah toujours endormi dans mes bras, et me dirige vers l'accueil.

– Bonsoir, c'est pour ? me demande l'hôtesse.

– Bonsoir, c'est pour Carson Parker.

Elle regarde son registre et hoche la tête, mais ne dit rien. Je fronce les sourcils.

– Euh, je peux avoir son numéro de chambre ?

– Si vous me dites que vous êtes sa copine, comme toutes les autres qui se sont présentées avant vous, je vous mets à la porte.

Toutes les autres ?

– Mais je suis…

– Sa fiancée, et elle est avec nous, intervient Kyle, que je n'ai pas vu arriver.

Il prend Noah de mes bras pour me laisser souffler et me tire par la main gauche, probablement pour que l'hôtesse ne remarque pas que je ne porte pas de bague. Estomaquée, elle ouvre grand la bouche et s'excuse.

– Qu'est-ce qui s'est passé ? demandé-je à Kyle quand on s'éloigne.

– Overdose, m'informe-t-il d'un ton lugubre.

Au début, je ne comprends pas. Je fixe Kyle comme s'il me parlait une autre langue. Puis ses paroles cheminent doucement jusqu'à mon cerveau, et là mon corps se met à trembler, en même temps que mon cœur se brise en morceaux.

– Quoi ? demandé-je, la voix tremblante. Non, ce n'est pas possible.

Je secoue indéfiniment la tête, ne voulant pas y croire.

– Reste forte, s'il te plaît.

Je hoche la tête, puis il m'étreint et me lance un faible sourire.

– Viens, on va dans la salle d'attente, il faut qu'on te parle.

– Mais qu'est-ce qui se passe ?

– Ils ne veulent pas nous donner de ses nouvelles parce qu'on n'est pas sa vraie famille. Du coup, on s'est dit qu'on allait faire croire que tu étais sa fiancée et qu'ainsi tu arriverais à en savoir plus, me dit Drew en passant une main sur son visage cerné.

– D'accord. Si vous me racontiez comment vous en êtes arrivés là ?

Ou n'importe quoi d'autre pour m'éviter de penser. Parce que je vais moi aussi devoir demander une chambre si ça continue, tellement mon cœur bat vite.

27

Carson
Quelques heures plus tôt

Je suis heureux de savoir qu'Iris me fait confiance. Mais je me rends aussi compte ô combien elle a changé ma vie en si peu de temps. Je ne pensais pas un jour dépendre d'une femme et je me retrouve incapable de vivre sans elle.

Je n'ai jamais été aussi proche d'être heureux, mais je n'ai jamais autant flippé non plus.

Comment je vais faire pour gagner réellement sa confiance ? Est-ce qu'elle va vouloir me quitter chaque fois que je prendrai quelque chose ? Et de mon côté, est-ce que je pourrai un jour arrêter de fumer et de prendre des champis ? Est-ce que je ne vais pas lui faire du mal dès qu'on traversera une crise ?

Toutes ces questions me donnent le tournis et je crois que c'est pour essayer d'oublier cette pression que j'ai passé tout le début de la soirée à boire et à fumer joint sur joint.

– Putain, rage Drew, nous faisant tous tourner la tête vers lui.

Il fusille l'entrée du bar d'un regard noir, alors je me détourne pour voir ce qui le met dans cet état. Mais si j'avais su, je ne l'aurais pas fait.

Ce putain d'enculé de Warren de mes couilles se dirige vers nous à grands pas. Son sourire perfide ne m'annonce rien qui vaille. Il s'arrête de l'autre côté de la table, saisit un joint qui traîne et l'allume avec son briquet comme s'il était chez lui.

– Qu'est-ce que tu veux ? grondé-je en me levant.

– Oh, rien de spécial. Je voulais juste te féliciter pour ta soirée. Elle était réussie.

Je ricane intérieurement et croise les bras. C'est impossible qu'il me fasse un compliment en le pensant réellement. Ce mec me déteste depuis qu'on m'a proposé la chanson qui devait lui revenir dans un premier temps et qui m'a propulsé sur le devant de la scène. Mais je m'abstiens de lui faire remarquer et préfère le remercier faussement pour qu'il dégage au plus vite.

– Je te remercie, mais tu peux nous laisser maintenant.

Il hoche la tête avec un sourire suffisant. Il se tourne, prêt à partir, mais il me regarde de nouveau. Il saisit son téléphone et le met face à mon visage.

– Si ta soirée était cool, j'ai bien plus aimé la compagnie de ta chérie. On dirait pas, mais elle est chaude comme la braise.

J'entends les réactions outrées des mecs derrière moi, mais je suis focalisé sur les photos qu'il me montre. Je crois et espère que ce n'est pas elle, mais si ! Je suis pétrifié en le voyant collé à elle, ses mains sur ses fesses, et sa putain de langue dans la bouche de celle pour qui je vendrais un poumon.

– C'est quoi, cette histoire ? s'exclame Mason en se postant juste à côté de moi.

Mais je ne réponds pas, je bouscule l'autre connard et me faufile hors du bar. Je m'en fous d'être seul, sans protection. Si les paparazzis veulent me faire chier, qu'ils viennent. Putain, j'y crois pas ! Iris m'a trompé avec lui. De tous ceux avec qui elle pouvait le faire, elle l'a choisi, lui. Le pire de tous. Je comprends maintenant pourquoi elle ne m'a jamais dit qu'elle m'aimait, même après tout ce que je lui ai dévoilé. Ce n'était pas son but. Non, elle voulait devenir célèbre pour se taper des riches. En même temps, elle a bien couché avec moi juste après le concert, alors qu'elle était vierge. Ça aurait dû me mettre la puce à l'oreille.

Alors que je tourne dans une nouvelle rue, des bruits se font entendre en provenance d'un club. Le paradis pour moi, actuellement.

Je ne regarde personne en entrant et me dirige directement vers le comptoir.

– Le plus fort que t'as, dis-je au barman.

Je vois qu'il me reconnaît, mais il ne dit rien et me sert un verre rempli d'un alcool brun.

J'avale une gorgée et grimace quand l'alcool me brûle la gorge. Super, de l'absinthe.

– Besoin d'autre chose ? questionne une voix sur ma droite.

Je me tourne et découvre un mec, capuche sur la tête, qui me tend discrètement un cacheton : de l'ecstasy.

– S'il te plaît, ne fais pas ça, résonne la voix d'Iris dans ma tête.

Je grogne contre elle. Comme si elle allait m'en empêcher. Je sors une liasse de billets et la file au dealer qui, heureux de se faire un paquet de pognon en quelques instants, détale sans demander son reste. J'observe les cachets dans ma main, me tâte à en prendre. Je ne veux plus de l'emprise d'Iris sur moi, alors j'en porte plusieurs à ma bouche et les avale avec une gorgée de mon verre.

Une femme s'approche et se colle contre mon bras, mais je la repousse. Clairement, je n'ai besoin d'aucune meuf et encore moins d'une en particulier.

La seule dont j'ai besoin actuellement, c'est la drogue. Au moins, je sais qu'elle ne me quittera jamais et que jamais elle ne me prendra pour un con.

Mon téléphone vibre sur le bois du bar, m'indiquant que mes potes m'appellent chacun à leur tour, mais je ne réponds pas.

– Putain, tu ne peux pas répondre ? s'énerve une voix derrière moi, quelques minutes après, pendant lesquelles la drogue a commencé à faire effet sur moi.

Je me sens plus léger. Je me retourne et découvre la bande, me rappelant ce qui s'est passé ce soir. Je maugrée et fourre ma tête entre mes bras.

– Qu'est-ce qu'il a pris ? demande Kyle au barman.

– De l'absinthe, il m'a demandé le plus fort. Et de l'ecstasy, même si c'est interdit dans ce bar.

– Fait chier, gronde Aaron avant de me tirer pour me mettre debout. Allez, on va décuver.

– Je suis assez grand pour tenir debout, bordel.

Mais à peine me suis-je levé que je perds l'équilibre et m'effondre, me cognant la tête au sol. J'entends les mecs crier mon nom et Kevin appeler l'ambulance, je crois. Mais le brouillard me saisit bientôt en entier.

C'est à ce moment-là que la photo ressurgit dans mon esprit, et je comprends que ça ne pouvait pas être Iris sur la photo. Puis je perds totalement conscience.

28

Iris

Quand Drew a fini de me raconter son histoire, je tombe en arrière et c'est Aaron qui me rattrape. Je ne veux pas croire que Carson s'est drogué et a bu jusqu'à l'overdose. Ce n'était pas moi sur la photo mais une fille avec le même déguisement de Harley Quinn ! Pourquoi n'a-t-il pas réussi à me faire confiance ?

Pourquoi ce Warren Bass a-t-il voulu nous séparer ? Imaginait-il que ça irait jusque-là ?

Est-ce qu'il se réjouira quand il apprendra l'overdose de Carson ?

Je veux croire que non.

Qu'est-ce qui a bien pu les faire se détester à ce point ?

Tant de questions, mais la plus importante efface toutes les autres : Carson va-t-il s'en sortir ?

C'est tout ce qui compte.

Tout d'un coup, la porte s'ouvre sur un médecin. Il lève le regard vers moi et m'adresse un sourire.

– Vous êtes Iris ?

– Oui.

– M. Parker vous a demandée tout à l'heure. Alors on se doutait que vous alliez arriver.

– Il va bien ? demandé-je doucement, effrayée d'apprendre quelque chose d'horrible.

Le médecin acquiesce et nous lâchons tous une longue expiration.

– Il est revenu à lui une fois qu'on lui a fait le lavage d'estomac. Il s'est débattu, il vous réclamait, on lui a donc administré un calmant. Il devrait dormir le restant de la nuit. Néanmoins, en chutant, il s'est ouvert la tempe. On l'a donc recousue et on est même étonnés qu'il n'ait pas une commotion cérébrale. Mais est-ce que je peux vous parler en privé ?

Je regarde les mecs, qui me font signe d'y aller, mais je refuse et me redresse devant le médecin.

– Ces gens sont comme sa famille, vous pouvez parler devant eux.

– Très bien.

Le médecin nous regarde tous un par un pendant qu'on le fixe avec prudence.

– Je ne vais pas vous cacher que Carson est dans un mauvais état à cause de toutes les drogues qu'il prend. La meilleure solution pour qu'il s'en sorte, sans aucune maladie cérébrale, serait de le faire interner en *rehab*.

– Putain, grondent les mecs pendant que je reste silencieuse.

Le médecin m'adresse un sourire réconfortant.

– On peut lui demander si c'est ce qu'il souhaite. Je ne

vous cache pas que je connais sa réponse. Vous seriez sûrement capable de l'encourager.

– Je ne sais pas. Je lui en ai déjà parlé, mais il a esquivé la discussion.

Soudain, un bras se pose autour de mes épaules, je relève la tête et découvre Mason.

– S'il te plaît, Iris. Il t'écoutera, toi.

– Et l'album ? questionné-je, angoissée à l'idée que Carson ne perde ce qui compte le plus pour lui.

– Sa santé avant tout, non ?

J'acquiesce et je remarque le soulagement du médecin qui, d'un signe de la main, me montre le couloir.

– Vous venez ?

J'adresse un regard désolé aux mecs qui voulaient sûrement le voir, mais ils me font signe d'y aller. Je n'ai jamais été aussi stressée que quand le médecin ouvre la porte de la chambre de Carson. La vue qui s'offre à moi m'horrifie.

– Mais pourquoi est-il attaché ? m'exclamé-je, stupéfaite.

– Je vous l'ai dit, il se débattait et ne voulait pas qu'on le touche tant que vous n'étiez pas là. On l'a laissé attaché, car on ne sait pas encore comment il va réagir en se réveillant. La drogue a peut-être atteint son système cérébral et on a peur qu'il n'ait des symptômes de double personnalité. On ne le saura qu'après des examens plus poussés, mais on ne veut pas le mettre en péril. Néanmoins, je préfère vous prévenir qu'il est possible qu'il vous repousse quand il se réveillera.

– Mais je suis là et il m'entend, alors détachez-le. Il ne me fera rien.

Le médecin m'adresse un regard rempli de compassion.

– Je suis désolé, mademoiselle, mais c'est la procédure. Je vous laisse avec lui maintenant.

Il sort et je peste contre sa procédure de merde. Je m'approche de Carson et saisis sa main tout en caressant ses cheveux. Je suis soulagée de le savoir en vie, mais je flippe tellement pour ce qui va suivre.

– Salut, mon lion.

Excepté le bruit du monitoring, c'est le silence complet pendant quelques secondes. Je l'observe en tentant de retenir des larmes autant de tristesse que de colère. Il est vivant, mais j'ai l'impression qu'une partie de mon cœur a été arrachée. Pourquoi je ne lui ai pas dit que je l'aimais ? Peut-être que si je lui avais dit, il n'aurait pas cru son ennemi. Soudain, je sursaute quand ses doigts serrent légèrement les miens. Sans ouvrir les yeux, il chuchote.

– Iris ?

– Oui, Carson, c'est moi. Je suis là.

J'embrasse son front et il se détend immédiatement pour repartir dans les bras de Morphée.

Je sais qu'il ne se réveillera probablement pas avant demain, mais je ne bougerai pas d'ici. J'avance le siège vers le lit et, tout en tenant sa main, je me recroqueville sur moi-même pour me rendormir aussi. Seulement, je passe le restant de la nuit à réfléchir à tout ce qu'a dit le médecin.

L'encourager à accepter la *rehab* est quelque chose que jamais je n'aurais pensé faire. C'est une grande responsabilité, et j'ai peur de ne pas être à la hauteur.

Ensuite, je m'en veux, car s'il est là, c'est en partie ma faute.

Il a dit que j'étais sa drogue, et voilà dans quel état il finit à cause de moi. Peut-être que l'on a besoin de prendre du temps pour soi, en étant séparés ? Je ne veux pas le quitter, mais nous sommes arrivés dans la vie de l'un et de l'autre comme une bombe. Est-ce qu'il ne faut pas que Carson se retrouve lui-même, guérisse seul, avant que l'on avance à deux ?

Mais y arrivera-t-il ?

Il a commencé tellement jeune à prendre n'importe quoi, et son choix de carrière ne l'aide pas, il est sans cesse confronté aux tentations.

Je n'avais jamais imaginé que l'amour de ma vie aurait tant de problèmes. Mais aujourd'hui je suis prête à tout pour lui.

***

Le lendemain matin, Carson émerge doucement du sommeil. Il regarde autour de lui, avant de me trouver juste à ses côtés.

– Petit lion, souffle-t-il, soulagé.

S'il est soulagé, je le suis d'autant plus. Je suis si heureuse qu'il aille bien, mais surtout qu'il ne me repousse pas. Il n'a plus l'air de me croire capable de le tromper et tant mieux, je ne sais pas comment j'aurais fait pour le convaincre du contraire, têtu comme il est. Je me baisse vers lui et pose ma main sur sa joue. Mon cœur rate un battement quand il s'appuie contre ma peau en lâchant un gémissement rauque, preuve de la douleur qu'il doit ressentir dans son corps.

– Il faut qu'on parle, Carson, dis-je doucement pour ne pas le brusquer, et il hoche la tête.

– Oui, je sais que je n'aurais jamais dû croire que c'était toi sur la photo, je suis désolé. J'aurais dû comprendre avec l'horloge sur le mur au fond : à l'heure où a été prise la photo, tu étais avec moi.

– Je m'en fous de la photo.

Il écarquille les yeux. Je m'assieds à ses côtés sur le lit et saisis sa main.

– La drogue t'abîme de plus en plus, Carson. Elle commence à attaquer ton système cérébral et tu risques des troubles psychiatriques. Les médecins ont peur que tu ne développes des symptômes de double personnalité si tu continues sur ce chemin.

Je fais une pause pour l'observer en train de comprendre ce que je lui dis. Puis je me lance.

– La meilleure solution pour que tu te rétablisses avant que cela n'empire, c'est que tu arrêtes et que tu ailles en *rehab*.

Carson fouille mon regard, s'attendant sûrement à ce que je lui fasse une blague, mais quand il se rend compte que je suis sérieuse, il détourne le regard.

– Carson…

– OK, accepte-t-il d'une voix si sèche que j'ai l'impression de le trahir, alors je m'empresse de le rassurer.

– Les mecs, Alya et moi ne voulons que ton bien, Carson. Ce n'est pas une punition, on veut juste t'aider.

– Dégage.

– Quoi ? demandé-je, incrédule.

– Tu m'avais dit que tu ne me forcerais jamais, que ça devait venir de moi, bla-bla. Et là, tu veux m'enfermer ? Pendant des années, je n'ai pas eu besoin d'aller en *rehab*. T'arrives et je déconne. Barre-toi.

Le médecin m'avait dit qu'il allait me rejeter, mais je ne pensais pas que ça ferait aussi mal. Alors les mains tremblantes, j'essaie de le toucher, mais il me repousse sèchement. Carson ancre finalement son regard dans le mien. Ses yeux d'habitude bleu océan sont d'un bleu si foncé qu'ils me font sursauter.

– Je t'ai dit de dégager, bordel. Je n'ai pas besoin de toi.

– Je t'aime, m'écrié-je en retenant mes larmes.

– Ouais, ricane-t-il méchamment. C'est seulement maintenant que tu le dis, pour obtenir ce que tu veux de moi.

– Carson, je t'en supplie.

– Putain, mais barre-toi ! hurle-t-il. Je te déteste !

Ce n'est pas un coup qu'il me donne, c'est carrément un poignard en plein dans mon cœur. Je baisse la tête et me lève du lit. Mais je n'arrive pas à me résoudre à partir, je suis incapable de m'éloigner de lui. J'ai besoin de lui pour vivre maintenant. La porte s'ouvre tout à coup sur le médecin, qui entre en trombe dans la chambre.

– Monsieur Parker, vous allez devoir vous calmer.

Son regard noir ne me quitte pas, alors que je le vois de plus en plus mal à cause de mes larmes, et il s'adresse au médecin.

– Faites-la sortir immédiatement.

Des bras m'enlacent et me tirent en arrière. Je reconnais les tatouages de Drew.

– Allez, viens.

À bout de forces, je me laisse tirer hors de la chambre. Dans le couloir, je m'assieds sur une chaise, la tête dans les mains. Je sens Drew s'accroupir devant moi et ses mains viennent saisir les miennes.

– Hé, il ne pense pas ce qu'il dit. Il est juste en colère après lui-même.

– C'est ma faute, murmuré-je entre mes larmes.

Drew relève ma tête vers la sienne.

– Je t'interdis de le penser une seule seconde. C'est lui qui a décidé de faire ce mélange, tu ne lui as pas mis le couteau sous la gorge. Ce qui arrive actuellement est seulement sa faute. C'est tout, OK ?

Je baisse les yeux pour ne plus le regarder.

– D'accord, Iris ? Dis-le.

D'une petite voix, je répète et il semble satisfait.

– Bien, maintenant, debout. Je te ramène chez toi pour que tu fasses tes valises et je t'emmène chez Kiera qui est d'accord pour t'héberger le temps qu'on en sache plus. Et tu n'as rien à dire.

Il me tire par les bras pour que je me relève, alors je le fais malgré mes jambes qui tremblent.

À la maison, je monte dans ma chambre pour récupérer mes valises et commencer à les remplir. Je vais ensuite dans la chambre de Carson, où se trouve l'autre moitié de mes affaires. Je prends en passant un de ses tee-shirts, pour avoir toujours quelque chose de lui. Alors que ma valise est prête, je m'assieds au bout du lit et repense aux derniers événements. Comment ça a pu dégénérer aussi rapidement ? Désemparée, je secoue la tête et regarde par la fenêtre pour retenir mes larmes.

– Iris ? m'appelle Drew dans le couloir, en ouvrant la porte.

Il m'adresse un regard rempli de tristesse et me tend la main pour que je le rejoigne. Il saisit mes affaires puis nous sortons de la maison. Je ferme la porte à clé en soufflant longuement, et nous prenons la route, direction la maison de Kiera.

***

Je passe à peine la porte d'entrée de chez Kiera que je m'effondre dans ses bras.

– Tu as fait le bon choix, ma belle. C'était le mieux pour lui.

– Il me déteste, hoqueté-je contre son épaule.

Elle me repousse légèrement et me tient par les épaules.

– Carson t'aime plus que n'importe qui. Il va s'en mordre les doigts, crois-moi.

– D'accord, dis-je, peu convaincue.

– Bien. Maintenant, va te reposer dans ma chambre, tu ressembles à un zombie.

***

Quand je me réveille quelques heures après, je suis d'abord déstabilisée. Je mets un temps fou à me rappeler que je suis dans la chambre de Kiera. Puis tout me revient en mémoire et, en lâchant un long grognement, je me rallonge, la figure entre les mains. Je ne vais jamais tenir en le sachant à la fois aussi proche et aussi loin de moi, sans pouvoir lui parler, le toucher et être là pour lui. Ça me démolit et pourtant je n'ai pas le choix, je ne sais même pas s'il va accepter la *rehab*. Je vais devoir faire avec et attendre qu'il sorte pour savoir comment va se passer notre avenir, si nous en avons un ensemble. Pour l'instant, j'ai l'impression que ma vie est en stand-by.

Je reconnais la voix d'Alya dans le salon de Kiera. C'est la seule personne que je n'ai pas encore croisée depuis ce qui s'est passé. *Va-t-elle m'en vouloir ?* C'est avec appréhension que je sors de la chambre et descends doucement les escaliers.

La maison de Kiera n'est pas aussi grande que celle de Carson, alors les filles me remarquent tout de suite. Alya se lève d'un bond et me lance un regard empli de sollicitude.

– Comment vas-tu ?

– J'ai connu mieux, avoué-je en rigolant nerveusement.

Elle me lance un sourire contrit en coin.

– Viens, assieds-toi avec nous.

– Tu veux boire quelque chose ? demande Kiera dès que je pose mes fesses sur le canapé, mais je secoue la tête.

– Non, je suis incapable d'avaler quoi que ce soit.

Je me tourne vers Alya, qui m'observe d'un regard concerné, et lui demande :

– Comment va-t-il ?

Alya ricane sèchement en me fusillant du regard.

– Après ce qu'il t'a fait, tu te soucies encore de lui ?

Je fronce les sourcils et penche la tête sur le côté. Je ne pensais pas qu'elle prendrait ma défense.

– Je me soucierai toujours de lui. Pourquoi dis-tu ça ?

– Bien entendu, rétorque Alya avant de souffler longuement pour se calmer. Désolée, je suis juste énervée après lui pour cette overdose stupide, et en plus de ça il a osé te jeter comme une malpropre, alors que t'es la première avec qui il se sentait lui-même. Bref, ils le gardent encore en observation aujourd'hui à l'hôpital, puis il entre demain en cure.

– Il a accepté ? questionné-je en ouvrant les yeux en grand, si stupéfaite que j'oublie de réagir pour ce qu'elle a dit avant.

Je ne savais pas à quoi m'attendre. Au fond de moi, j'avais espoir qu'il accepte, mais j'avais tout de même des doutes. Alors, le fait qu'il ait accepté me redonne foi en l'avenir. Je relève la tête et fixe Alya.

– Pour combien de temps ?

– Ils espèrent qu'une cure de soixante jours sera suffisante. Il fera plus si nécessaire. On ne pourra pas le voir la première semaine, voire les deux premières semaines, le temps que les crises de manque disparaissent. Ensuite, on pourra lui rendre visite petit à petit.

Je prends une grande inspiration tremblante pour contrôler mes émotions. Ne pas craquer, ne pas craquer, ne pas craquer. Je répète ce mantra jusqu'à ce que mon souffle se régularise.

– Les fans sont au courant ?

Les épaules d'Alya s'affaissent et je comprends au regard qu'elle me lance que c'est à moi que revient la tâche de l'annoncer. C'est la première fois que je déteste autant mon métier.

– La maison de disques ne veut pas que tu entres dans les détails. Tu dois juste dire que Carson entre en *rehab* pour un temps indéfini. Les fans savent bien qu'il n'est pas sobre, ça ne les choquera pas, dans la mesure où beaucoup s'attendent à ça. Mais il ne faut pas non plus leur donner trop de faux espoirs. Il faut aussi que tu mentionnes que Carson a une volonté de fer et qu'il va se battre pour sortir au plus vite et reprendre la production du prochain album. Finalement, tu n'as pas besoin de faire de vidéo, écris juste un message en story Instagram, sur Twitter et Facebook. Moi, pendant ce temps, je m'occupe des retombées dans la presse.

Je hoche gravement la tête et sors mon téléphone pour ouvrir les comptes de Carson. Je fais ce qu'Alya et la maison de disques m'ont dit de faire, puis je reste connectée pour voir les premières réactions. Alya a vu juste, les fans n'ont pas l'air d'être si choqués, un peu secoués, car ils ne s'attendaient pas à ce que ça arrive maintenant. Ils souhaitent beaucoup de courage à Carson et promettent qu'ils seront toujours là, à sa sortie.

– Salut !

Je sursaute en entendant la voix de Drew dans la pièce. J'étais tellement plongée dans mon téléphone, à m'abreuver des encouragements des fans pour me donner de la force, que je n'ai même pas entendu la sonnette ou vu Kiera se lever pour aller ouvrir. Drew s'assied à mes côtés et me lance un petit sourire.

– Comment tu vas ?

– Ça va, mens-je.

Je ne veux pas m'épancher sur ce que je ressens, alors qu'ils connaissent tous Carson depuis plus longtemps que moi. Et même s'ils font semblant de ne pas souffrir pour leur ami, je sais qu'ils ont peur.

Drew laisse tomber et me montre le carnet qu'il tient dans la main, celui de Carson.

– Il m'a demandé de lui apporter sa guitare et son carnet de chansons. Tu veux qu'il ait quelque chose de toi ?

Je ne suis pas sûre que Carson veuille quelque chose qui lui rappelle ma personne, vu comme il m'a rejetée. Mais je pourrais lui écrire une lettre qu'il lira s'il le souhaite à la sortie de la cure.

Je saisis le carnet des mains de Drew, arrache une page et pars m'enfermer dans la chambre pour écrire ce que je n'ai pas eu le temps de dire à celui que j'aime.

Salut, mon Carson,

Quand tu liras cette lettre, c'est que tu seras sorti de rehab. Je serai toujours à Los Angeles, mais plus chez toi. Je t'aime du plus profond de mon cœur. Voilà, je le dis sincèrement et non pour t'empêcher de me repousser. Apparemment, c'est plus facile à l'écrit qu'à l'oral, comme beaucoup de choses, tu me diras. Mais je t'aime tant que ça me fait peur. Je t'en prie, crois-moi quand je te dis que je ne veux que ton bien. Je ne sais pas si tu le pensais quand tu m'as dit que tu me détestais. Mais sache que, pour ma part, jamais je ne pourrai te détester.

Pendant tout le temps de ta cure, je ne serai jamais loin de toi. Je penserai à toi chaque jour jusqu'à ta sortie. Si tu veux de nouveau de moi, je reviendrai et je t'aiderai à avancer. Mais si tu me détestes et que tu souhaites ne plus rien savoir de moi, je te promets de ne plus interférer dans ta vie.

Mais surtout, n'oublie pas que je t'aime, Carson, tu es mon idole, mon meilleur ami, mon copain, mon univers. Tout ne tourne qu'autour de toi depuis que je t'ai écouté la première fois. Je me sentais déjà liée à toi et je le serai à jamais, car tu es mon âme sœur. J'espère être la tienne aussi. Si c'est le cas, reviens me trouver quand tu seras sûr de tes sentiments pour moi.

Tu me manques,

Iris, ta plus grande fan

Mes yeux me brûlent quand je pose le crayon, et une larme coule sur la feuille. Comme si ce que j'avais écrit ne suffisait pas et qu'il fallait que ma larme marque le point final pour lui prouver la sincérité de mes mots.

Je retourne dans le salon ; Drew m'attend toujours, assis sur le canapé. Je lui tends la lettre :

– Si tu pouvais ne lui donner qu'à la fin de la *rehab*, ça m'arrangerait.

Le soir même, connectée sur mes propres réseaux sociaux, je remarque que beaucoup de fans m'ont envoyé des messages de soutien. Entre Carson et moi, ce n'était plus un secret, mais je ne pensais pas qu'ils seraient aussi bienveillants avec moi. Ça me touche qu'ils ne me détestent pas, car, en étant moi-même fan de base, je ne sais pas comment je l'aurais pris.

Je remarque que Mathilde est en ligne alors que c'est la nuit en France. Je prends une grande inspiration et lui envoie un message, même si je n'ai pas envie d'en parler. De toute façon, elle saura pour Carson tôt ou tard. Et si je ne lui dis pas, elle m'en voudra de lui avoir caché, car elle n'aura pas pu m'aider.

[Tu ne dors pas ?]

[Non. Je viens de rentrer d'un vernissage.
J'ai cru que ça n'allait jamais se terminer.
Comment ça va à L.A. ?]

[Tu n'as encore rien vu ?]

[De quoi ? Non. Je n'ai pas eu le temps
de me connecter aujourd'hui.
Qu'est-ce qui se passe ? Tu me fais peur !]

[Carson vient d'entrer en rehab…]

[Pardon ? Merde, Iris, tu vas bien ?
Je suis désolée.]

[Ce n'est pas ta faute. Non, ça ne va pas.
Il a fait une overdose, car il a cru que
je l'avais trompé. Puis j'ai dû lui
annoncer qu'il devait entrer en cure.
Il l'a mal pris et m'a envoyée chier
en me disant qu'il me détestait.]

[Il ne le pensait pas. Il doit juste
s'en vouloir de te faire subir ça,
et il ne veut pas que tu le voies
de cette façon.]

[Mais je veux l'aider !]

[Je sais. Mais peut-être qu'il a besoin
de faire ça tout seul.]

[Peut-être…]

Pour éviter de continuer cette discussion, je change de sujet.

[Tu me manques.]

[Toi aussi, tu me manques.

J'aimerais tellement venir,
mais j'ai un gros contrat
pendant trois semaines.]

[Ne t'inquiète pas, ça va aller.]

[Tu me promets de m'envoyer
des messages dès que
ça ne va pas, OK ?]

[Promis.]

[Même si c'est en pleine nuit, ici,
je te répondrai !]

Je souris, je suis soulagée que Mathilde défende Carson ; j'avais peur qu'elle me dise que je ferais mieux de le quitter. Mais je pense qu'elle a compris qu'il était devenu mon oxygène. Et, comme moi, elle croit aux deuxièmes chances ! Je suis si reconnaissante d'avoir cette fille dans ma vie. Peut-être qu'elle est un peu trop du genre entremetteuse, mais elle est d'un soutien sans faille.

[D'accord.]

[Aie confiance en lui, il t'aime.
Vous n'en sortirez que plus forts.]

[Je l'espère. Je vais te laisser
te reposer, bonne nuit. Je t'aime.]

[Bonne nuit, je t'aime aussi, ma belle.
N'oublie pas, tu me contactes quand tu veux.
Je te répondrai toujours.]

29

Carson
Une semaine de *rehab* plus tard

Les sept premiers jours de cure sont sans doute les plus difficiles. Je suis privé de tout, de mes amis, de mon téléphone et de mes fans. Les seules choses que l'on m'a accordées, ce sont mon carnet de chansons et ma guitare. Mais honnêtement, avec les crises de manque, je n'ai pas l'énergie, aucune motivation et aucune inspiration pour écrire quoi que ce soit.

La plupart du temps, j'ai envie de me cogner la tête contre les murs de cette chambre, où je suis enfermé pour faire disparaître cette envie de fumer un joint, de prendre une pilule colorée, n'importe laquelle, du moment qu'elle m'emmène loin d'ici, et de boire. Tout ce à quoi j'ai droit pour oublier, ce sont les cachets du traitement. Au moins, ils me droguent autant que du cannabis.

Tout ce que je fais, c'est rester allongé sur ce lit, qui me déglingue le dos, à souffrir le martyre, à me rouler en boule quand je fais des crises d'angoisse et à suer quand le manque est trop difficile à supporter.

J'évite de penser à mes proches. À *elle*. Je ne peux pas. C'est trop dur. Je ne veux rien ressentir.

Je vais devenir fou. Je ne vais jamais tenir. J'ai besoin de sortir d'ici.

***

Deuxième semaine de *rehab*

Quatorze jours que je suis enfermé ici. Je fais beaucoup moins de crises de manque. J'arrive à réfléchir calmement, je peux me lever et j'ai de l'appétit. Le seul truc, c'est que je ne parviens pas encore à parler au psy.

Ce qu'il m'emmerde, celui-là !

J'ai une séance d'une heure pratiquement tous les jours avec lui, et tout ce que je fais, c'est le fixer, un sourcil levé. S'il savait que jamais je ne lui parlerais.

Les seuls auxquels je pourrais m'ouvrir ne sont pas là. Mes potes me manquent, mes fans me manquent, Iris me manque tellement, putain. Comment ai-je pu être aussi horrible avec elle ? Je ne pensais pas ce que je lui ai dit, bien évidemment, et je ne voulais pas lui faire subir tout ça. Je voulais la détester pour la forcer à partir et à se protéger.

Ouais, c'est lâche de ma part et je sais que c'est à elle de décider si elle veut m'aider ou pas. Mais elle mérite beaucoup mieux qu'un toxico en *rehab*. Je m'en veux tellement.

***

Troisième semaine de *rehab*

Aujourd'hui, j'ai enfin droit à de la visite et à une sortie de ma chambre pour aller dans la cour du centre. Je ricane intérieurement, tu parles d'une sortie ! C'est donc assis sur un banc dans le parc que j'attends mon visiteur ; je ne sais pas qui. On m'a prévenu que je ne verrais qu'une personne de temps en temps et pas longtemps.

J'ai l'impression d'être en taule, bordel.

Ma jambe s'agite nerveusement, effet du manque, quand je me demande si c'est Iris qui va venir ou pas. Mais non, c'est Mason qui passe la porte de la terrasse.

Putain, dire que mes potes peuvent fumer des joints et qu'ils sont libres.

Je sais que je ne devrais pas penser ça, que contrairement à eux, j'ai un problème plus grave. Mais je ne peux m'empêcher de trouver ça injuste.

Mason s'avance nonchalamment vers moi et s'assied à mes côtés.

– Alors, tranquille dans ton spa de luxe ?

Je lâche un rire et secoue la tête en entendant sa connerie, puis il reprend son sérieux.

– Comment vas-tu ?

Je hausse les épaules et regarde au loin.

– On fait avec. Et vous ?

Mason ricane en passant une main sur son visage.

– On se fait chier sans toi.

– Au moins, Drew, Aaron et Kevin ont plus de meufs pour eux quand vous sortez.

Mason éclate de rire pendant que je souris légèrement.

– Tu parles, tu n'as eu d'yeux que pour une seule fille depuis des semaines.

Iris.

Elle est constamment dans ma tête.

Ce qu'elle me manque !

Je m'affaisse sur le banc et agite de plus en plus ma jambe nerveusement en l'imaginant continuer sa vie.

– Comment va-t-elle ?

Mason m'adresse un regard en levant un sourcil.

– À ton avis, Ducon ? Elle t'attend.

Il me jette un regard sévère et son poing frappe mon bras.

– Qu'est-ce que tu croyais ? Qu'elle allait partir parce que tu l'as jetée comme une malpropre ? Mais, mec, cette fille t'aime plus que n'importe qui. Jamais elle ne partira sans réellement se battre.

Au moment où il termine sa phrase, un surveillant apparaît, signalant que c'est la fin de ma première visite.

Déjà ? Ils sont sérieux ?

Je regarde l'heure, je dois aller à ma séance avec le psy. Je déteste toujours ce moment. Mais aujourd'hui, c'est différent. Si Iris m'attend réellement, ça change tout. Je vais faire en sorte de leur donner ce qu'ils veulent pour sortir au plus vite et la retrouver.

– Il est temps d'y aller, monsieur, votre ami a des obligations, informe le surveillant.

Mason souffle, non sans cacher son agacement, puis se lève tout de même.

– Drew est le prochain qui viendra te voir. Prends soin de toi. On t'aime, tu le sais ?

J'acquiesce silencieusement puis il s'en va. Quant à moi,

je me traîne jusqu'au bureau du psy, choqué à l'idée qu'Iris m'attende toujours. Je pensais réellement qu'elle allait me détester après ce que je lui ai dit.

– Bonjour, m'accueille le psy dont je n'ai toujours pas retenu le nom, quand j'entre dans le bureau.

Je le salue d'un signe de la tête et m'assieds sur le canapé en face de lui.

– Comment allez-vous aujourd'hui ? Il me semble que vous avez reçu votre première visite ?

– Oui, mon meilleur ami.

Le psy semble choqué que je lui réponde pour la première fois, mais il se reprend très vite.

– Bien, très bien. Ça vous a fait plaisir ?

À ton avis, Ducon ? Je suis enfermé depuis trois semaines, mais non, je vais demander à mes potes de dégager quand ils me rendent visite.

– Ils sont les seuls à me donner le courage de tenir.

Il écrit dans son cahier puis il relève la tête vers moi.

– Est-ce qu'il y a un « elle » parmi vos amis ?

Iris, mon petit lion.

Mon ventre se crispe toujours autant quand je pense à elle. Je fixe le psy et hoche légèrement la tête. Il acquiesce, mais reste toujours de marbre.

– Est-ce qu'elle viendra vous voir ?

– Non, dis-je sèchement, ce qui le fait m'interroger du regard.

Je regarde par la fenêtre qui donne sur le jardin et prends une grande inspiration.

– Avant de venir ici, je lui ai dit que je ne voulais plus rien avoir à faire avec elle.

– Vous l'aimez ? Autant que vos amis ?

J'approuve d'un signe de tête.

– Alors pourquoi l'avoir repoussée ?

– Elle mérite mieux que moi.

Le psy laisse échapper un sifflement désapprobateur. Je le regarde, choqué, c'est la première fois qu'il montre une quelconque émotion. Il pose son carnet avec son stylo et retire ses lunettes avant de se redresser pour me faire face.

Quel cliché !

– Monsieur Parker, laissez-moi vous rappeler que votre addiction ne vous définit pas. De nombreuses personnes tiennent à vous, et je ne parle pas que de vos amis, mais aussi de vos fans. Ils sont des milliers à vous suivre quotidiennement et ils ne le font pas parce que vous aimez la drogue. Ils le font parce que vous leur apportez quelque chose qu'ils chérissent. Cette femme dont vous me parlez, je pense qu'elle ne voit pas qu'un drogué quand elle vous regarde. Elle doit, sans aucun doute, voir l'homme qu'elle aime avec tous ses défauts, mais aussi avec toutes ses qualités. Donc, je suis convaincu qu'elle ne mérite pas mieux si elle vous aime. Laissez-la décider si elle veut de vous dans sa vie, et non l'inverse. Ne choisissez pas pour elle.

Je le fixe avec des yeux de merlan frit et j'avale de travers quand je prends conscience de tout ce qu'il vient de dire d'une traite. Le pire, c'est que je crois qu'il n'a pas tort. J'ouvre la bouche, mais aucun son n'en sort. Il regarde l'horloge au-dessus de son bureau et se lève. Je fais de même, et il me tend la main.

– On a encore le temps avant la fin de l'heure, mais je vais vous laisser sortir pour digérer tout ça. Bonne fin de journée, monsieur Parker.

Qu'est-ce qu'il vient de se passer au juste ?

Je retourne en pilote automatique dans ma chambre et m'allonge, exténué, sur mon lit.

Bordel de merde, le psy n'est pas aussi con que je le croyais.

Peut-être que cette fois je peux vraiment m'en sortir.

Pour elle.

***

Quatrième semaine de *rehab*

Je me trouve actuellement dans la salle commune avec les autres patients. On m'a accordé ce droit à la fin de la troisième semaine quand ils se sont rendu compte que je n'avais plus aucune crise, que je me tenais bien et que je faisais des efforts. Mais aussi car ma voix, quand je prends ma guitare, apaise les autres malades. Donc, en plus d'être interné ici, je suis également animateur. Je n'aurais jamais cru vivre ça un jour dans ma vie.

Aujourd'hui, il n'y a pas beaucoup de monde dans la salle, donc je ne joue pas pour eux, mais j'écris de nouvelles chansons dans mon carnet. Au moins, quand je sortirai, on pourra directement continuer la production de l'album.

– Hé, Carson, m'interpelle un jeune qui est là depuis une semaine.

– Mmm ?

– Ce n'est pas ta copine à la télé ?

Je relève tout à coup la tête vers la télévision qui diffuse actuellement les informations. *Putain de merde. Pourquoi Iris passe aux infos ?*

Et ne me dites pas que c'est… ma mère avec elle !

– Mets plus fort, dis-je au type qui a la télécommande à ses côtés.

« Alors que le célèbre chanteur Carson Parker est en *rehab*, au grand dam de ses fans, sa compagne Iris le défend corps et âme en l'attendant. »

– Putain de merde, murmuré-je plus pour moi-même que pour quelqu'un d'autre.

– C'est une badass, ta meuf ! Tu l'as trouvée où ?

Je ne réponds pas, trop scotché par les images qui sont diffusées.

30

Iris

Alors que je regarde la télévision avec un pot de glace en main, Kiera se place devant moi, les poings sur les hanches, me bouchant la vue. Je laisse retomber ma cuillère dans le pot et l'interroge du regard.

– Viens, je vais te changer les idées.

– Je n'ai pas besoin de me changer les idées, râlé-je.

– Mais oui, bien sûr, ça fait trois semaines que je te laisse te morfondre, mais c'est fini. Allez, donne-moi ce truc trop sucré et lève-toi.

Elle ne me laisse pas le choix et me force à me mettre debout. Tout en ronchonnant, je la suis à l'étage dans une chambre vide qui a été aménagée en un petit studio.

– Carson m'a dit que tu savais chanter.

Je la regarde, sceptique.

– Et ?

– Et on va faire une chanson ensemble.

J'éclate de rire à m'en tenir le ventre, mais elle croise les bras et me fusille du regard.

– Attends, m'arrêté-je en levant la main. T'es sérieuse ?

– Bien sûr, gronde-t-elle. Pose ton cul sur cette chaise et on va écrire ensemble.

– Je ne sais pas si c'est une bonne idée.

– Tais-toi.

Si je ne fais pas beaucoup d'efforts au début et dessine plus que je n'écris sur ma feuille, en proie à mes pensées, je libère tout ensuite.

On écrit à deux mains, elle crée des mélodies et je valide ou non, puis on enregistre la chanson que l'on a appelée « I Need You ». Au début, j'ai du mal à détendre mon esprit, car j'ai toujours peur de chanter devant quelqu'un. Alors je ferme les yeux et repense aux encouragements de Carson. C'est comme s'il était à côté de moi et je deviens de plus en plus à l'aise.

Je pensais que si Kiera m'avait proposé de faire ça, c'était uniquement pour que je m'amuse et me change les idées. Alors, ce qu'elle me dit à la fin me laisse sur le cul.

– Je vais la sortir sur mon prochain EP[1] et tu auras ton nom en *featuring* avec moi.

Je la dévisage avec de gros yeux et secoue la tête ; elle pose sa main sur mon genou et me dit d'un ton ferme :

– Tu sais chanter, alors fais-nous confiance quand on te dit que tu as une belle voix. Cette chanson fera un carton.

– Mais je ne veux pas que ton EP foire à cause de moi.

Kiera éclate de rire et me jette une boule de papier à la figure.

---

1. Abréviation d'Extended Play, qui est un format musical plus long qu'un single et plus court qu'un album. Il peut comprendre de quatre à six chansons pour une durée totale de trente minutes ou moins.

– Aie confiance en toi, un peu.

– Merci de me donner cette chance, lui dis-je en rougissant.

– De rien. Tu devrais vraiment faire une apparition sur le prochain album de Carson, les fans seraient fous.

– Tu crois ? dis-je en rigolant, gênée à cette idée.

Je jette un œil à mon téléphone et suis choquée de voir que la journée s'est écoulée super vite, sans que je surveille l'heure une seule fois, même si Carson n'a pas quitté mon esprit.

Kiera pianote aussi sur son appareil, et un grand sourire étire ses lèvres au moment où la sonnette retentit dans la maison.

Elle se lève d'un bond et quitte précipitamment le studio pour cavaler dans les escaliers. Ne comprenant pas ce qui lui arrive, je la suis.

– Kiera ? demandé-je, perplexe, et je rate presque une marche en découvrant la personne sur le palier.

– Mathilde ? m'exclamé-je, la voix aiguë, n'en croyant pas mes yeux.

– Alors, on a besoin de moi ? questionne ma meilleure amie en français, faisant froncer les sourcils de Kiera.

Je traduis pour cette dernière en sautant dans les bras de mon amie.

– Je t'ai manqué tant que ça ? rigole Mathilde, et je ricane en m'écartant.

– Comment c'est possible ? Je croyais que t'avais une grosse mission.

– Elle s'est finie hier avant que je ne prenne l'avion.

– C'est Alya qui a tout planifié, ajoute Kiera en s'avançant vers nous. Salut, moi, c'est Kiera, une amie de Carson.

Mathilde lui tend une main, mais mon amie, en bonne Américaine, enroule son bras autour d'elle pour lui donner une accolade. Elle ne comprend pas ce qui lui arrive sur le coup, mais elle se ressaisit et lui rend son étreinte.

– Et moi, Mathilde.

Cette dernière se tourne de nouveau vers moi.

– Tu tiens le coup ?

– On essaie. Kiera a réussi à me changer les idées aujourd'hui.

Je la remercie d'un sourire et la chanteuse m'envoie un baiser avant de s'éloigner.

– Je vous laisse rattraper le temps, et prenez ma chambre. Je dormirai dans le studio.

J'aide ensuite Mathilde à s'installer, et elle s'endort tout de suite après à cause du voyage et du décalage horaire.

***

Le lendemain, cette fois, Kiera et Mathilde me poussent à sortir. Je n'ai pas réellement eu le choix ce matin quand elles m'ont obligée au petit déjeuner :

– On sort aujourd'hui, m'annonce Mathilde.

– Pourquoi ? ai-je ronchonné.

– Parce que tu es restée enfermée, il est temps que tu te reprennes en main, gronde Kiera, Carson n'est pas mort et vous êtes toujours ensemble. C'est difficile pour toi de ne pas aller le voir et de ne pas savoir comment il va, mais il est vivant. Alors on va sortir, on va aller faire les magasins, aller chez le coiffeur, et tu seras encore plus magnifique quand il viendra te chercher.

– Mais on a le temps avant qu'il sorte, et je ne sais même pas si on est toujours ensemble, m'exclamé-je, ne comprenant pas où elle veut en venir, puis je la vois écarquiller les yeux.

Elle jure et se détourne pour faire semblant de s'occuper.

– Est-ce que tu sais quelque chose ? demandé-je prudemment.

Kiera m'ignore en faisant la vaisselle. J'interroge Mathilde mais elle hausse les épaules en secouant la tête. Je rejoins Kiera près de l'évier et elle soupire.

– Dis-moi, la supplié-je.

– Je ne devais pas te le dire, souffle-t-elle en se frottant le crâne. Alya va me trucider de t'avoir peut-être donné de faux espoirs. Mais il fait beaucoup d'efforts, il y a moyen qu'il sorte au bout de trente jours s'il continue comme ça.

J'entrouvre les lèvres, mais aucun son ne sort, ma poitrine se serre et les larmes s'accumulent dans mes yeux sans que je puisse faire quoi que ce soit. Je porte mes mains à mes lèvres et me détourne à mon tour.

– Hé, me dit Kiera en posant une main sur mon épaule avant de m'attirer dans une étreinte dans laquelle Mathilde nous rejoint. C'est un guerrier, il est fort. Drew a dit que quand il y est allé, Carson ne parlait que de toi. Tu es sa force, tu es ce qui le fait tenir et c'est pour toi qu'il se bat pour s'en sortir.

Je secoue la tête contre son épaule, n'y croyant pas. Elle me serre une dernière fois et se recule pour me regarder dans les yeux. Elle sèche mes larmes et m'adresse un sourire lumineux, pendant que Mathilde me frotte le dos.

– Alors, on sort ?

J'éclate de rire et hoche vigoureusement la tête. Elles me

frappent toutes les deux les fesses puis sautillent en tapant dans leurs mains.

– Hé, mais c'est quoi, votre problème avec mon cul ? rigolé-je en secouant la tête.

– Pas notre faute, ton cul bombé attire les claques.

C'est sur cette dernière parole que nous partons nous préparer pour ensuite prendre la route vers Rodeo Drive.

***

Kiera nous entraîne avec Mathilde dans les magasins de luxe. Je regarde avec elles, mais je ne m'achète rien. Je ne suis pas habituée à dépenser mon argent pour des articles de luxe, et je n'ai pas le portefeuille assez rempli pour ça. Finalement, nous ressortons les mains vides et nous nous dirigeons vers des magasins qui nous correspondent bien plus, style Urban Outfitters et Dolls Kill. Dans ce dernier, il y a des vêtements tellement loufoques qu'on s'amuse à les essayer en cabine. On se retrouve à porter des uniformes de pom-pom girls et nous improvisons une choré que l'on poste en story sur Instagram.

Nous ressortons avec des sacs remplis de vêtements, normaux, et nous continuons notre journée entre filles. Je me sens mieux pour la première fois depuis trois semaines. Jusqu'à ce que, sans le faire exprès, je fonce dans quelqu'un.

– Oh ! Excusez-moi, vous allez bien ?

La femme se retourne, elle porte des lunettes de soleil mais je vois très bien qu'elle m'observe de la tête aux pieds, d'un air dédaigneux, si j'en crois sa grimace. Je m'apprête à lui demander si on se connaît, mais elle me devance :

– Si je vais bien ? questionne-t-elle hargneusement. Tu me demandes si je vais bien, sale garce ?

Oh, waouh ! Est-ce que j'ai raté quelque chose ? À qui ai-je bien pu faire du mal en restant enfermée pendant trois semaines ?

– Je vous demande pardon ?

Elle s'approche si rapidement de moi que je ne vois pas sa main se lever avant de s'abattre sur mon visage, faisant tourner ma tête sur le côté. J'écarquille les yeux et pose une main contre ma peau qui chauffe.

– Mais ça ne va pas, ou quoi ? s'époumonent mes amies en même temps.

Je repousse la femme loin de moi, Kiera s'interpose entre nous deux pour que Mathilde inspecte ma joue.

– Ça va ?

– Ne fais pas semblant de ne pas me connaître, revient la femme à la charge.

Je prends une grande inspiration pour tenter de garder mon calme.

– Mais je ne vous connais pas, vous devez faire erreur.

La femme ricane méchamment et retire ses lunettes de soleil. Je lâche un cri de stupeur en découvrant ses yeux, les mêmes que ceux de Carson sauf qu'ils sont injectés de sang. Elle semble satisfaite que je la reconnaisse et qu'un groupe de personnes se soit formé autour de nous. Il n'y a pas de paparazzi, mais je suppose que les vidéos d'amateurs vont circuler.

– Qu'est-ce que je vous ai fait, au juste, à part être là pour votre fils ?

– C'est ta faute s'il est en *rehab*, sale gosse, hurle-t-elle et je me prends son haleine fétide à la figure, mais je ne me recule pas pour autant.

– Ma faute ? ricané-je sèchement. Qui se bourrait la gueule et se droguait devant ses yeux alors qu'il n'était qu'un enfant ? Qui l'a fait plonger dans cette merde ? Oh ! Laissez-moi deviner, mais je crois bien que c'est vous. Moi, tout ce que j'ai fait, c'est récolter les morceaux brisés de son cœur d'avoir grandi loin de l'amour d'un parent.

– Iris, m'arrête Kiera en posant sa main sur mon bras pour me faire reculer. Arrête, elle n'en vaut pas la peine.

J'allais abandonner, mais ce qu'elle me dit me fige sur place.

– J'ai voulu aller le voir en *rehab* et on m'a interdit l'accès. Tu le gardes pour toi, hein ?

J'éclate d'un rire si sec que je ne me reconnais pas moi-même.

– Je le garde pour moi, hein ? Je ne suis encore jamais allée le voir parce que j'ai peur qu'il ne le veuille pas, alors que tout ce que je veux c'est être là pour lui. Par contre, vous, vous n'avez absolument pas le droit. Parce que tout est votre faute ! Est-ce que vous savez combien de messages je reçois par jour des fans qui me demandent comment il va alors que je n'en ai strictement aucune idée ? Mais je tiens bon, parce que tous ces gens sont aussi brisés que moi de le savoir enfermé là-dedans. Vous avez sur les épaules la tristesse d'un nombre infini de personnes, et j'espère que l'alcool que vous boirez ce soir ne vous empêchera pas d'oublier tout le mal que vous avez fait à Carson. J'aime votre fils plus que tout et, contrairement à vous, jamais je ne le laisserai tomber. Je mourrais pour lui. Maintenant, si vous voulez vous racheter, soignez-vous et faites savoir à votre fils que vous l'aimez.

Je la laisse plantée là, me retourne et les filles me rejoignent. On ne parle pas de ce qui vient de se passer et on reprend le cours de notre vie. Mais au fond de nous, on sait très bien que je serai dès ce soir partout sur les réseaux sociaux. Niveau discrétion, on repassera.

***

Les semaines qui suivent, je reprends doucement ma vie, mais qui n'est plus du tout la même après la diffusion de la vidéo de ma rencontre avec la mère de Carson. Je suis passée aux infos, j'ai fait la une de magazines, je suis apparue sur TMZ et on m'a demandé de participer à des interviews.

Alya est donc aussi devenue ma manager et m'aide à gérer tout cet entrain. Bien entendu, j'ai refusé chaque interview. La maison de disques est ravie car le buzz est positif et le prénom de Carson est sur toutes les lèvres malgré son absence. Le label continue d'ailleurs de me payer alors que je ne fais pas grand-chose.

Ça fait désormais un mois et deux semaines que Carson est en *rehab* et je ressens de plus en plus le manque. J'ai l'impression que c'est moi l'addict maintenant. C'est vraiment dur de voir tout le monde lui rendre visite. Je ne sais pas s'il me l'interdit uniquement pour me protéger, comme me répètent tous mes amis pour me rassurer, ou si au fond, guérir seul ne lui fait pas prendre conscience que nous deux, ce n'était pas si bien que ça pour lui.

– Iris !

Je sursaute en entendant Kiera et Mathilde crier d'en bas.

– Quoi ? rétorqué-je sur le même ton, occupée à répondre encore et encore aux commentaires des fans.

Je ne sais pas comment, mais ils m'aident à tenir. Tous les jours, je reçois des mots bienveillants. J'ai même créé des liens avec certaines personnes qui me parlent souvent sur mon compte personnel pour prendre de mes nouvelles.

Mais les filles ne me répondent pas, alors je sors de la chambre pour aller les interroger. Je les trouve dans la cuisine, sur leurs téléphones, en train de grignoter des tartines de beurre de cacahuète. Ces deux-là sont aussi gourmandes l'une que l'autre !

– Qu'est-ce qu'il y a ?

– Va voir dehors, dit simplement Kiera.

En fronçant les sourcils, je m'avance prudemment de la porte d'entrée, l'ouvre et découvre un bouquet de roses rouges ainsi qu'un paquet-cadeau sur le sol. Je saisis le tout en le regardant de travers. Qui peut envoyer des fleurs et un cadeau ?

Je rentre dans la maison, pose tout sur le plan de travail et saisis la carte qui dépasse.

Je lève mon regard vers les filles, qui ne peuvent se retenir de sourire. Appréhendant ce que je vais lire, j'ouvre doucement la carte, et là, mon cœur explose.

Salut, mon petit lion,

Je ne sais pas comment exprimer ô combien je suis désolé pour tout ce que je t'ai dit. Alors j'espère que ces roses te prouveront ce que je ressens et à quel point je t'aime. Tu m'as plus que manqué ces dernières semaines. Il n'y a pas un jour où je n'ai pas pensé à toi. Je vais bien et je suis sorti. Drew m'a remis ta lettre, je l'ai lue et relue un nombre incalculable de fois, pour m'abreuver de tes mots après toutes ces semaines sans toi. Sache que je ne pourrai jamais te détester non plus. Tu as certes chamboulé ma vie, mais seulement dans le bon sens. C'est moi qui ai décidé de tout foutre en l'air. Je commence à comprendre que j'ai eu peur d'être heureux. C'est mon psy, un drôle de type, je te raconterai ça un jour, qui m'a permis d'en prendre conscience. Je ne veux plus jamais faire de promesses en l'air, alors je ne te promettrai rien. Non, je vais faire mieux : je vais tout arrêter pour de bon, pour moi, pour toi, pour nous. Je n'ai jamais été aussi prêt à changer.

Alors si tu veux chambouler encore plus ma vie, reviens à la maison. On célèbre ma sortie ce soir. J'espère te revoir, mon ange. Si tu acceptes, regarde dans le paquet. Si tu ne viens pas, je comprendrai et ne t'en voudrai absolument pas. Mais au fond de moi, j'espère te revoir.

Je t'aime,

Carson

– Waouh, je ne le pensais pas aussi romantique, ce con.

Je sursaute en découvrant Kiera derrière moi, que je n'avais pas sentie venir. Mathilde saisit la boîte et me la tend.

– Qu'est-ce que tu attends ? Ouvre-la, car on sait toutes les trois qu'on sera de la fête ce soir.

Je rigole de nervosité et prends la boîte. Avec des mains tremblantes, je soulève le couvercle et découvre une nouvelle carte.

Hé, de nouveau,

C'est plutôt bon signe si tu lis cette seconde carte, non ? J'espère que la couleur de la robe te plaira, car elle représente beaucoup de choses. Si tu la portes ce soir, tu seras le rayon de soleil que je n'ai jamais pensé mériter dans ma vie. Et puis, c'est ta couleur préférée. Pour les chaussures, j'espère qu'elles te plairont, car tu as assez louché sur les miennes.

À tout à l'heure, je l'espère.

Le cœur ébranlé par ces mots, je retire le papier de soie qui cache une robe jaune pastel. Je la sors de la boîte et découvre qu'elle est près du corps, aux manches bouffantes.

– Elle est canon ! s'exclame Kiera.

– Et c'est ta couleur préférée, ajoute Mathilde en tapant dans ses mains.

À court de mots, j'acquiesce seulement d'un signe de la tête, dépose la robe, retire l'autre papier de soie et découvre une paire de Dr. Martens violettes comme celles qu'il a déjà.

– Il est fou, dis-je avec des papillons dans le ventre.

– Fou de toi, oui, ricane Kiera.

Je ne réagis pas, trop émue par la déclaration de Carson, qui m'a fait la plus belle des non-promesses.

Je ne te promettrai rien. Non, je vais faire mieux : je vais tout arrêter pour de bon, pour moi, pour toi, pour nous. Je n'ai jamais été aussi prêt à changer.

Ces mots tournent en boucle dans ma tête et je ne rêve que d'une chose : être avec lui ce soir.

***

– Pourquoi nous ne sommes pas parties plus tôt ? grondé-je alors que nous sommes coincées dans les bouchons.

Vive le trafic de Los Angeles en soirée.

– Parce que la fête n'aurait pas encore commencé et que l'effet de surprise aurait été nul, rigole Kiera en secouant désespérément la tête.

– Mais je ne veux pas lui faire une surprise, je veux le voir.

– Et tu le verras, me rassure Mathilde en posant une main sur mon épaule. On est déjà parties un peu en avance, on ne pouvait pas faire beaucoup plus. Sois patiente, nous y sommes presque.

Comment veulent-elles que je sois patiente alors que je n'ai pas vu le mec que j'aime depuis plus d'un mois. Pour certaines personnes, c'est peu, mais j'ai vécu avec Carson sept jours sur sept et vingt-quatre heures sur vingt-quatre pendant des semaines. Je me sens vide sans lui.

Même si tout le monde me dit qu'il est en pleine forme et qu'il va mieux, j'ai besoin de m'en assurer de mes propres yeux. Est-ce qu'il est le même Carson ou a-t-il changé ? Est-ce qu'il m'aime toujours autant ou un peu moins ? Est-ce qu'il m'attend toujours ? Tant de questions se bousculent dans ma tête que je commence à suffoquer. Vivement qu'on arrive !

31

Carson

Je crois que je n'ai jamais été aussi angoissé de toute ma vie. Iris ne s'est toujours pas pointée. Je sais qu'elle a reçu mes fleurs et mon cadeau, car Kiera m'a envoyé un message pour me prévenir, mais elle ne m'a rien dit de plus.

– Arrête de gigoter, tu fais trembler le canapé, assène Drew en posant sa main sur mon genou pour que j'arrête de bouger. Elle va venir, mec.

– Comment tu peux en être sûr ? grondé-je.

– Elle t'aime, Ducon, me répond Kyle.

– Mais la soirée a déjà bien commencé, elle ne viendra plus.

Soudain, la porte de la maison claque et toutes les têtes se tournent vers l'entrée du salon où se sont arrêtées Iris, Kiera et Mathilde. Mon souffle se coupe devant la beauté de mon petit lion.

– Tu vois, dit Drew en me donnant un coup de coude. Elle est finalement venue.

Mais je ne réagis pas, trop absorbé par la vision d'Iris tellement belle dans la robe et les chaussures que je lui ai offertes. De loin, j'ai l'impression qu'elle a fait quelque chose à ses cheveux, mais je ne suis pas sûr.

Kiera est la première à nous voir, elle tire sur le bras d'Iris, qui regarde dans la direction que pointe notre amie, et son regard croise directement le mien. J'ai l'impression que tout se passe au ralenti à partir du moment où je me lève du canapé et où elle s'avance.

Elle s'arrête face à moi, je fourre mes mains dans mes poches, ne sachant quoi dire ou quoi faire.

– Salut, hésité-je.

Elle ne me répond pas. Elle m'observe, puis ses yeux deviennent larmoyants et ses mains se posent sur sa bouche pour étouffer un sanglot. Mais rien n'y fait, elle fond en larmes et se jette sur moi, enroulant ses bras autour de mon dos.

– Tu vas bien, murmure-t-elle avec soulagement, plus pour se rassurer elle-même.

– Putain, mon petit lion, gémis-je en la levant dans mes bras pour qu'elle soit à la hauteur de ma tête.

Iris pose sa main sur ma joue et ses lèvres fondent sur les miennes ; je la serre contre moi et réponds passionnément à son baiser, sous les hurlements et sifflements de nos amis.

– Tu m'as tellement manqué, soufflé-je contre ses lèvres.

Iris éclate de nouveau en sanglots et c'est entre plusieurs baisers qu'elle murmure :

– Toi aussi, plus que tu ne peux l'imaginer.

Je la laisse glisser contre moi pour la reposer au sol et lui prends la main pour l'emmener à l'étage. Il faut qu'on parle, impérativement. Je pensais que c'était une bonne idée de se retrouver en public, qu'elle se sentirait plus à l'aise. Mais, à la seconde où je l'ai vue, j'ai su que c'était une mauvaise idée.

Je referme la porte de ma chambre. Elle s'assied sur le lit. Elle observe en se triturant les doigts comme si c'était la première fois qu'elle découvrait la pièce. Je m'installe à ses côtés et pose ma main sur son genou. Elle ne bouge pas et observe mes doigts.

– J'avais perdu espoir que tu viennes, dis-je doucement pour ne pas la brusquer.

Je touche délicatement ses cheveux. Elle s'est fait des mèches caramel.

– J'aime bien tes cheveux, ça change.

– Merci, dit-elle en rougissant et en tournant enfin la tête vers moi. Merci pour les fleurs, la robe et les chaussures.

Je passe une mèche de ses cheveux derrière son oreille et embrasse son front.

– Ce n'est tellement rien par rapport à ce que je t'ai fait endurer.

Elle passe ses bras autour de mes hanches et se love contre moi.

– Comment tu vas ?

Je la serre à mon tour, et nous tombons à la renverse sur le lit. La tête sur mon torse, elle passe une de ses jambes au-dessus des miennes et, rien que comme ça, je sens le bonheur couler de nouveau dans mes veines.

– Je vais mieux de jour en jour. Tu as des questions, je suppose. Vas-y.

– Tu me le diras si tu sens que tu veux replonger ? Tu me laisseras t'aider sans me repousser ?

J'émets un long sifflement, honteux de moi-même et aussi

effrayé. Je ne sais pas comment vont se passer les prochaines semaines, mais je suis prêt à rester sobre pour elle.

– Non, je ne te repousserai plus jamais, dis-je, contre ses cheveux.

– Tu m'as réellement détestée ?

– Je ne vais pas te mentir, sur le coup, oui. Mais après, j'ai compris que tu ne voulais que mon bien. Je te faisais souffrir avec mon style de vie, alors j'ai accepté de vraiment tout faire afin de guérir pour moi, pour les fans, mais surtout pour toi.

– J'aurais aimé venir te voir, mais je ne savais pas si tu aurais été d'accord, murmure-t-elle, et je secoue la tête, énervé contre moi de lui avoir fait ressentir ça.

– Je préférais que tu ne me voies pas comme ça, chuchoté-je honteusement.

Elle relève la tête vers moi et m'adresse un petit sourire triste avant d'accepter.

– Je suis désolé que tu sois tombée sur ma mère.

Iris ouvre les yeux en grand et secoue gravement la tête. Ah, elle ne savait pas que je l'avais vue à la télé.

– Je suis désolée si je suis allée trop loin.

J'éclate de rire et l'attire contre moi. J'embrasse le haut de sa tête, respirant son odeur qui m'a tant manqué.

– Tu n'es pas allée trop loin. Tu as été admirable.

Même sans la voir, je sais qu'elle rougit. Elle pose une main contre mon cœur qui bat la chamade pour elle.

– Je ne sais pas si j'ai le droit de te dire ça ou si c'est une bonne idée, murmure-t-elle, mal à l'aise, mais je pense vraiment que tu devrais lui parler.

Je souris en prenant conscience qu'elle y a aussi pensé. C'est comme ça, entre nous, nous sommes toujours sur la même longueur d'onde, et ça ne changera jamais. Voyant que je ne réponds pas, elle m'interroge silencieusement.

– C'est prévu pour demain.

Elle écarquille les yeux, digérant la nouvelle, puis elle dépose un baiser sur ma mâchoire.

– Je suis fière de toi.

– Tu viendras avec moi ?

– Euh… hésite-t-elle en tordant nerveusement ses doigts. Je ne suis pas sûre que ça soit une bonne idée.

– Tu n'es pas obligée de me dire oui, je comprendrais très bien que tu ne veuilles pas, mais sache que j'ai envie de tout partager avec toi.

Elle m'observe quelques instants pour s'assurer que je dis la vérité, puis elle m'adresse un sourire lumineux.

– Alors je serai là.

– Super, affirmé-je en la poussant pour la décaler et en lui tendant la main. Allons retrouver les autres.

Iris noue ses doigts aux miens et se lève. On s'apprête à sortir de la pièce quand elle me retient.

– Carson, attends.

Je me retourne et l'interroge du regard. Elle prend une grande inspiration :

– Je t'aime.

Est-ce que je viens de rêver qu'Iris m'a enfin dit à voix haute qu'elle m'aimait ? Merde, si c'est un rêve, je ne veux plus jamais me réveiller. J'ai l'air d'un con, les bras ballants à l'observer comme si je venais de rencontrer un fantôme. C'est quand je vois la panique se dessiner sur son visage que je reprends contenance et la saisis dans mes bras. Je plaque mes lèvres contre les siennes pour un baiser comme jamais je ne lui ai donné. Elle est obligée de se retenir à mes épaules pour ne pas tomber. Ça m'avait tellement manqué. À bout de souffle, je me recule et je souris, satisfait, en voyant son air heureux.

– Moi aussi, je t'aime, putain, plus que tout.

Elle soupire longuement, soulagée.

– J'ai cru que je t'avais mis en état de choc cérébral, dit-elle dans un grand éclat de rire.

– Non, c'est plutôt l'inverse : tu me fais me sentir en vie.

Ce regard qu'elle m'adresse, entre tendresse, joie et amour, je pourrais tuer pour lui. Cette femme qui m'aime, qui me soutient dans toutes mes conneries, qui n'a pas peur de se dresser contre les autres pour me défendre, que l'on me jette en enfer si je lui fais du mal de nouveau.

32

Iris

– T'es sûre que ça ne te dérange pas de rester seule avec les garçons ? demandé-je à Mathilde depuis la salle de bains.

J'entends mon amie se lever de notre lit, à Carson et moi, pour me rejoindre. Ça fait bizarre de dire « notre lit », mais Carson n'a pas hésité hier après la fête, sa chambre est maintenant la mienne. Ce matin, il est allé chercher mes affaires chez Kiera.

– Pourquoi ça me dérangerait ? En plus, Kiera doit nous rejoindre.

– Donc il n'y a vraiment rien entre toi et Drew ?

– Non, on s'entend mieux en étant amis.

– Je m'assurerai quand même que c'est le cas pour lui.

Ma meilleure amie éclate de rire et s'appuie contre le lavabo alors que je me maquille.

– Je t'assure qu'il te dira la même chose. Sinon, ça va ? Pas trop stressée ?

C'est aujourd'hui que nous retrouvons la mère de Carson

pour qu'ils se parlent. Nous avons rendez-vous dans un café discret d'Hermosa Beach, l'endroit où on était allés à la plage pour être tranquilles, loin des paparazzis. J'ai l'impression que c'était il y a un an.

– Un peu. Je n'ai pas un bon souvenir de ma rencontre avec elle. Mais Carson a besoin que je sois là.

– Si elle te cogne encore une fois, je fais un massacre.

– Ne t'inquiète pas, lâché-je dans un rire. Il ne la laissera pas faire.

– Franchement, t'imagines que cette femme est quand même ta belle-mère ? Tu n'as pas choisi la meilleure.

– Je veux juste que Carson avance. S'il faut que je la côtoie, alors ainsi soit-il !

– Je t'admire, parfois, tu sais.

– Il ne faut pas. Si tu n'avais rien fait, je serais toujours à Paris en ce moment.

– T'as raison. Tout le mérite me revient, alors !

– Ouais, enfin bon, j'aurais tout fait pour la retrouver aussi.

On se retourne dans un bond et découvrons Carson, appuyé contre le chambranle de la porte.

– Je vous laisse, tous les deux, chuchote Mathilde avant de sortir de la pièce.

Mon copain s'approche et pose ses mains sur mes hanches.

– T'es bientôt prête ?

– Oui, je n'ai plus qu'à mettre du rouge à lèvres.

– Rouge, hein ? s'assure-t-il en se mordant la lèvre inférieure. T'es tellement canon quand tu le mets.

– Est-ce que tu essaies de cacher ton stress ? ironisé-je en me collant contre lui.

Il éclate de rire et pose sa tête sur la mienne.

– Arrête de me percer à jour comme ça.

Je pose une main sur son cœur et l'autre sur son bras, que je presse légèrement.

– Tout va bien se passer. Si elle a accepté, c'est qu'elle est prête à parler avec toi. Dans tous les cas, je suis là.

– Carson, tu peux venir écouter l'arrangement que je viens de créer ? tonne la voix de Mason dans la maison.

– J'arrive, lui répond l'intéressé avant de me regarder de nouveau. Je sais que t'es là pour moi. Je t'attends en bas.

Il pose un baiser sur mon front et sort de la pièce. J'entends son rire avec ceux des mecs au rez-de-chaussée et je souris, heureuse que tout soit redevenu presque normal. Et même mieux ! Puisque Carson est sobre et qu'il n'est plus en danger.

***

Accompagnés de Tyler et Tyson qui se sont installés à la table derrière nous, nous nous asseyons et prenons nos commandes en attendant que la mère de Carson arrive. S'il ne dit rien, je m'aperçois qu'il est nerveux. Sa jambe s'agite et je sais que c'est dans cette situation qu'il aurait pris un joint pour se calmer. Je pose une main sur sa cuisse, il la saisit entre ses doigts et me fixe profondément. Plus il se calme, plus je vois l'anxiété disparaître de son regard. Je tombe encore plus amoureuse de lui à ce moment.

– Bonjour.

Nous sursautons, nos regards se lâchent pour se poser sur la personne qui nous a interrompus : la mère de Carson.

Elle s'installe avec une certaine gêne sur la chaise en face de nous. J'observe Carson la fixer comme si elle était une revenante, ce qu'elle est pour lui en fait.

– Maman, la salue de la tête Carson et elle semble décontenancée qu'il l'appelle comme ça.

Ses yeux à elle sont toujours aussi rouges à cause de l'alcool et de la drogue. Carson les observe et je remarque la légère grimace qui se dessine sur ses lèvres. Se rend-il compte qu'il était comme ça il y a quelques semaines ?

– T'es devenu un homme, renifle Suzanne.

– Les années ont passé, effectivement, gronde Carson.

Je pose ma main sur son bras et il se calme sous mon toucher. Il prend une grande inspiration et fixe sa mère.

– Pourquoi tu m'as fait ça ?

Suzanne ne demande pas de quoi il parle, et moi non plus. On comprend toutes les deux qu'il évoque son adolescence. Les yeux de sa mère se remplissent de larmes de honte, une seule coule sur sa joue qu'elle essuie directement.

– J'étais mal, Carson. Je sais que ça n'excuse rien, mais j'aimais tellement ton père que, quand il est parti, il a comme emmené mon âme. Je ne pouvais pas vivre sans lui.

– Mais j'étais là, moi, s'exclame Carson d'une voix grave où perce sa tristesse.

– Je sais et je m'excuse de ne pas avoir été une mère pour toi. Je ferais tout pour changer le passé, pour…

– Pour quoi ? Pour devenir ma mère, maintenant ? la coupe mon copain.

– Carson…

Sur le coup, il me fusille du regard. Je le fixe et il se détend en s'excusant des yeux.

Ensuite, il ne regarde plus sa mère, mais la rue à travers la vitre.

Suzanne m'interroge du regard avec espoir, mais je hausse les épaules. Je ne prendrai aucune décision les concernant.

– Je t'aime, Carson, reprend-elle. Je t'ai toujours aimé, même si mes actes prouvent le contraire.

Il baisse la tête comme si c'était trop dur pour lui. Mon cœur se serre de le voir aussi mal.

– Quand tu es né, tu as tout de suite été mon rayon de soleil. Mais je n'ai pas compris assez tôt que l'amour que j'avais éprouvé pour ton père n'était rien face à l'amour que je ressentais pour toi. Après ton père, quand j'avais des moments de lucidité, c'était toi qui me faisais tenir, Carson. Je voulais t'aider, mais comment faire alors que, moi-même, j'étais incapable de me soigner ?

Carson relève la tête et les larmes me montent aux yeux quand je remarque son regard larmoyant.

– Moi aussi, je t'aimais, maman.

Suzanne étouffe un sanglot, puis son regard se pose sur moi. Elle me lance un sourire désolé, en face duquel je reste de marbre.

– Je suis contente que tu aies trouvé une femme prête à tout pour toi. Je suis désolée, Iris, de mon comportement. Tes mots m'ont touchée, c'est pourquoi j'ai accepté quand Carson et son psy m'ont proposé ce rendez-vous.

– Vous vous excuserez en faisant des efforts pour votre fils, dis-je en la jaugeant du regard pour voir ses réactions. Lui, il a compris que les promesses ne suffisaient pas. Essayez de faire mieux et le pardon viendra naturellement.

Elle acquiesce puis recule sa chaise pour se mettre debout. Nous restons assis.

– Je ne te demande pas de m'accepter de nouveau dans

ta vie. Mais sache que je vais tout faire pour que tu me donnes ma chance. Je suis ton exemple, je rentre dès demain en *rehab*. Je t'aime, Carson, je suis fière de toi.

Suzanne me salue d'un signe de la tête auquel je réponds, puis elle s'éloigne pour sortir du café. Je reporte mon attention sur mon copain.

– Putain, jure-t-il en se frottant le visage d'une main.

Je me colle contre son flanc et dépose un tendre baiser sur sa joue.

– Je suis fière de toi.

– J'ai l'impression de ne pas avoir réellement avancé.

– Bien sûr que si, le contré-je. Tu as revu ta mère après des années, et ça, en étant sobre ! Tu sais qu'elle t'a toujours aimé et elle va se faire soigner. Tu n'as plus qu'à attendre qu'elle sorte et vous verrez ce que vous ferez le moment venu.

Je me lève, Tyler et Tyson suivent le mouvement, et je tends ma main à Carson.

– Allez, tu as un album à terminer.

– Seulement si tu enregistres une chanson avec moi, me défie-t-il, sa morosité remplacée par de l'excitation.

– Dans tes rêves.

Il éclate de rire et nous sortons du café après avoir réglé l'addition. Sur le chemin, un mec en skateboard nous dépasse. L'odeur de son joint, portée par la brise, nous parvient. Je lance directement un regard en coin à Carson. Il pince les lèvres dans une grimace, puis son regard se pose sur moi. Il me sourit et m'attire contre lui de son bras autour de mes épaules.

– Ça va aller, je te le promets.

– Je te fais confiance.

Arrivés à la voiture, Tyler et Tyson montent à l'avant pour nous laisser seuls, à l'extérieur, tout en surveillant les alentours. Carson s'appuie contre la portière, m'entraînant avec lui.

– Tu sais, je crois que je ne t'ai jamais remerciée d'être entrée dans ma vie.

J'appuie mon menton contre sa poitrine et lève la tête pour le regarder dans les yeux. Il pousse mes cheveux en arrière et se baisse pour m'embrasser.

– Tu es tout pour moi, murmure-t-il contre mes lèvres entre deux baisers.

Je rougis en lui répondant :

– Apparemment, ils avaient tous raison. Nous sommes des âmes sœurs.

ÉPILOGUE 1

Iris
Un an plus tard

Pendant que Carson fait les balances du concert de ce soir, je m'occupe de la modération des commentaires sur son dernier clip qu'il a publié ce matin même. La maison de disques a aimé ma façon de gérer la communication depuis la sortie de Carson, « plus mature, plus proche des fans et bien moins froide », comme me l'a dit Josh, le producteur. Le label m'a proposé de prolonger mon contrat avec un salaire toujours aussi intéressant, alors j'ai décidé de m'engager pleinement auprès d'eux.

Mais aujourd'hui, mon travail a une saveur un peu particulière, car je suis présente dans la vidéo, et pas comme figurante ! J'ai en effet accepté de faire un duo avec lui sur « My Sweet Chaos », l'une des chansons de son nouvel album. Carson a voulu que ce soit la première vidéo à être postée. On l'a tournée il y a trois mois, j'étais tellement stressée ! Mais, comme à chaque fois, j'ai juste eu à regarder mon homme et à l'entendre chanter pour me calmer. Les images sont plutôt soft pour un clip de Carson. On flirte, on s'embrasse, on se caresse et on joue ensemble.

Pour le moment, c'est un franc succès. Les fans, à part quelques-uns, se sont tous habitués à ma présence et je me suis habituée à la leur aussi sur mes réseaux sociaux. J'ai même le petit symbole « vérifié » maintenant.

Aujourd'hui, c'est la première date de la tournée, mais aussi le premier anniversaire de la sobriété de Carson. Cette dernière année a été remplie d'ajustements. Au début, Carson restait enfermé à la maison, à enregistrer son album pendant que je sortais avec Kiera quand je ne travaillais pas. Mais au fur et à mesure, il s'est fait assez confiance pour sortir avec moi. Pendant de longues semaines, j'étais son pilier pour qu'il ne replonge pas. Les grandes fêtes à la maison se sont transformées en petites réunions, généralement entre nous ou avec des amis proches. La drogue n'est plus au rendez-vous. Si les invités veulent fumer, c'est sur le palier, je suis intransigeante sur ça. Nos amis boivent toujours, mais Carson s'en tient généralement à des boissons soft.

Nous sommes toujours dans sa maison, mais j'ai apporté ma patte en décorant comme je le voulais. Maintenant, elle nous ressemble à tous les deux. La seule pièce que je n'ai pas touchée, c'est son studio.

Pour ce qui est de Warren Bass, il a vendu les photos de mon prétendu baiser à la presse people, il y a quelques mois. Il aurait dû s'en abstenir car Carson lui a immédiatement intenté un procès, et notre avocat a obtenu une condamnation pour diffamation avec intention de nuire. Warren a dû verser des dommages et intérêts à Carson, et il a maintenant interdiction de nous approcher. Sa maison de disques a aussi rompu son contrat.

Quant à Suzanne, elle a été soignée bien plus longtemps en *rehab* que Carson : six mois, pendant lesquels il n'a pas désiré aller la voir, ne supportant plus de mettre les pieds dans un lieu comme celui-ci. Néanmoins, il est allé la chercher à sa sortie. Entre eux, il n'y aura sûrement plus jamais de sentiments forts tels que ceux qui peuvent unir une mère et son fils, Carson a trop souffert. Mais il est là pour elle si elle a besoin d'aide, et moi aussi.

Ça a été une année éprouvante, mentalement et physiquement, autant pour Carson que pour moi, mais on a tenu bon. Aujourd'hui, j'ai quelque chose à annoncer à Carson, et je ne sais pas comment il va réagir. J'ai peur que tous nos efforts ne s'envolent.

Entre nous, c'est toujours aussi tumultueux, mais on s'est améliorés en communication. Il a son caractère, j'ai le mien et parfois ça explose. Mais on ne reste jamais longtemps en colère, car on a autant besoin l'un de l'autre. On se réconcilie sous la couette et on parle après.

Je m'entends toujours aussi bien avec Kiera. On forme un sacré trio avec Mathilde. Cette dernière a pris une place importante dans notre groupe, même si elle a dû repartir en France à la fin des vacances. Elle a même été intégrée à notre conversation WhatsApp.

Parmi nos amis, Drew est le seul à s'être trouvé une copine cette année. Mais elle ne fait pas l'unanimité dans le groupe, et Carson ne la sent pas. On verra bien ce qui se passe ensuite.

On a aussi rendu visite à mes parents, qui ont rencontré Carson pour la première fois. On peut dire que ça leur a fait un choc, ils ne s'attendaient pas à ce que je leur présente quelqu'un et encore moins une star américaine sortant de *rehab*. Mais ils ont appris à se connaître. La tension du début s'est évaporée pour laisser place à la bonne entente. Ils doivent normalement venir fêter Noël et le Nouvel An chez nous dans deux mois.

Plongée dans mes souvenirs de l'année écoulée, je sursaute quand on toque à la porte de la loge.

– Entrez.

– Surprise !

Il me faut un temps pour que je comprenne qu'on me parle en français. Je me retourne et hurle en découvrant Mathilde devant moi. Elle me prend dans ses bras et me serre fort, écrasant ma poitrine plus que sensible en ce moment.

– Ce que tu m'as manqué, s'écrie-t-elle.

– Toi aussi, mais qu'est-ce que tu fais là ? Enfin, tu ne devais pas revenir en décembre ?

– Ton copain m'a invitée sur la tournée avec vous.

Et encore un plan fait dans mon dos ! Je rigole, bien entendu. Je suis heureuse que Carson et Mathilde s'entendent si bien. C'était inattendu, mais je suis contente que ma meilleure amie soit avec moi. En plus, cette tournée sera comme le *road trip* qu'on n'a jamais fait ! Et un peu de compagnie féminine parmi tous ces hommes, ça fait du bien.

– T'es prête à subir ces mecs pendant un mois ? demandé-je en rigolant. Parce qu'ils sont intenables, je te préviens.

– Ça devrait le faire, j'ai vécu avec vous pendant trois mois l'été dernier, rigole-t-elle. Je pourrai toujours prendre un avion en urgence si c'est trop difficile !

Elle s'assied sur le petit canapé en faisant tomber mon sac par terre, révélant ce que je cache depuis ce matin. Elle saisit l'objet à terre et m'adresse un regard choqué.

Merde.

– Iris, mon Dieu, dis-moi que je rêve ?

Je pince les lèvres et secoue la tête. Ses yeux s'embrument et elle me serre dans ses bras en pleurant.

– Petit lion ?

– Merde, c'est Carson, m'exclamé-je en me retirant de son étreinte et en rangeant l'objet compromettant dans mon sac.

Mathilde essuie ses larmes et se redonne des couleurs en pinçant ses joues. Carson entre dans la pièce et nous lance un regard curieux.

– Eh bien, les retrouvailles sont émouvantes ici.

Je me racle la gorge et hoche la tête. Je le serre dans mes bras et dépose un baiser sur sa mâchoire.

– Merci pour cette surprise.

Il m'embrasse la tempe.

– Tout ce que tu veux, mon ange.

Il me regarde de la tête aux pieds et me demande d'un ton inquiet :

– Tu es toujours malade ?

Mathilde ne peut s'empêcher de s'étouffer et tousse à en devenir rouge.

– Ça va, ne vous inquiétez pas pour moi. J'ai avalé de travers.

Je lance un regard noir à mon amie et reporte mon attention sur Carson.

– Je vais bien. Ne t'inquiète pas, je serai d'attaque pour le concert.

Il me sourit et pose ses lèvres sur les miennes avant de sortir de la loge pour retourner sur scène. On a eu chaud, il faut que je lui dise au plus vite, car je ne vais pas pouvoir taire ça plus longtemps. Il va forcément se rendre compte que je cache quelque chose.

***

Carson

Les balances sont faites, Mathilde est bien arrivée et surtout l'objet le plus important de la soirée se trouve bien dans la poche arrière droite de mon jean. Je suis angoissé comme jamais et je tente par tous les moyens de me détendre, jusqu'au moment de monter sur scène où, pour la première fois de ma vie, je suis nerveux et j'ai les mains moites. Encore plus quand je sens Iris me suivre avec son téléphone vissé sur moi. C'est devenu une habitude. On fait toujours un live sur Instagram au moment où je monte sur scène, et ce jusqu'à la cinquième chanson.

Et dire qu'avec elle j'adore les habitudes !

Je me retourne pour la regarder. Elle me lance un baiser et, en suivant le rituel que l'on fait depuis notre dernière tournée des festivals, elle me dit :

– Bon concert, je t'aime, mon lion.

– Je t'aime, mon petit lion, lui dis-je en retour.

Et là, je sais que les fans sur le live s'enflamment. Je ne pensais pas que notre couple leur plairait autant, mais ils sont fans d'Iris. On en rigole, mais parfois c'est assez spécial quand on reçoit des messages de fans nous demandant ce qu'on ferait dans telle ou telle situation. Ce n'est pas à nous qu'il faut demander ça, étant donné nos débuts chaotiques. Néanmoins, je ne peux pas nier que, sans Iris, je ne sais pas comment se serait écoulée cette année. Au début, je ne la lâchais pas d'une semelle. Elle était ma source de courage. C'est elle qui m'a donné envie d'être un exemple pour ma mère, malgré le fait que l'on n'aura plus jamais une relation mère-fils. Je veux juste l'aider, car une vie sans addiction, c'est le pied. Enfin, ma seule addiction, c'est Iris, mais jamais je ne m'en séparerai.

Je monte enfin sur scène, les portes se referment après moi. Iris fait le tour de la scène pour se placer à ma gauche. Tout est organisé comme d'habitude, mais cette fois il y aura un petit plus auquel elle ne s'attend pas du tout. Et mes musiciens sont tous aussi fébriles et excités que moi.

Je fais tout le concert comme prévu. Sauf que, avant de lancer la dernière chanson, mes potes arrêtent de jouer et le public se tait, sentant que quelque chose se prépare. Je m'essuie le visage et me tourne vers Iris, qui ne comprend pas ce qui se passe. Tout du moins, j'espère qu'elle n'a rien vu sur les réseaux sociaux. Ça a un peu fuité car on ne peut pas tenir un public entier dans le secret. Elle a passé sa journée à faire des montages vidéo et photo pour la sortie du nouveau clip, donc ça devrait aller. Elle m'interroge silencieusement du regard. Je lui fais signe de venir sur scène. Les fans s'agitent, on entend des petits sifflements d'encouragement.

– Iris, viens, mon petit lion.

Un sourire nerveux étire ses lèvres, mais elle avance tout de même vers moi. Mathilde, qui est au courant depuis des semaines, c'est l'une des raisons pour lesquelles elle est présente aujourd'hui, lui prend son téléphone des mains. Je suis sûr qu'elle lui dit que c'est pour ne pas être encombrée, mais moi je sais que c'est pour nous filmer.

Iris jette un regard peu assuré vers le public, mais les personnes sur le devant lui sourient et elle se détend. Je prends sa main et parle dans le micro.

– J'aimerais commencer cette tournée sur une bonne note et surtout avec toi. Veux-tu chanter avec moi ?

– Carson, je…

Le public se met à scander son nom comme c'était prévu. Face à cet entrain, elle rougit et acquiesce malgré elle. Je me tourne vers la foule.

– On va chanter une ancienne chanson tous ensemble, OK ?

J'entends d'ici certaines personnes se demander ce qu'il se passe. Je tends un micro à Iris, et Drew donne le ton de « Start Over » sur sa batterie. Mason au clavier, Aaron à la basse et Kevin à la guitare le suivent et je commence à chanter. Iris reconnaît tout de suite la chanson qu'on avait faite en duo dans mon studio. Elle ne réfléchit pas, porte le micro à sa bouche, ferme les yeux, et je sais qu'elle se concentre sur ma voix pour rester confiante. Puis la sienne s'élève finalement dans la salle. Une voix que je vénère.

Le public chante avec nous tout au long de la chanson. Quand arrive le dernier couplet, où elle chante seule, je pose un genou à terre, sors l'écrin de ma poche, l'ouvre et attends qu'elle termine. Le public continue de chanter comme si de rien n'était, mais je vois facilement les larmes de quelques-uns.

Finalement arrivent les derniers mots et la musique s'arrête. Iris ouvre les yeux et sursaute.

– Carson, s'écrie-t-elle en reculant. Qu'est-ce que tu fais ? Oh, mon Dieu, remets-toi debout.

J'éclate de rire et attrape sa main qui tremble et la caresse de mon pouce.

– Iris, mon petit lion, cette année que j'ai passée avec toi a été l'une des meilleures. Depuis que je t'ai rencontrée devant ton appartement il y a un an, tu as chamboulé mon existence.

Ses yeux se remplissent de larmes et elle pose sa main libre tremblante contre sa bouche, alors je continue.

– Je ne pensais pas tomber amoureux de toi, mais tu as ce pouvoir sur moi. Tu le sais, tu as été ma lumière dans les moments les plus sombres. Grâce à toi, je peux maintenant envisager un avenir serein. Je t'aime tellement que je suis incapable de m'imaginer vivre sans toi désormais.

Je fais une pause et regarde le public : les filles au premier rang pleurent à chaudes larmes, même les mecs n'en mènent pas large. Je reporte mon attention sur Iris.

– Veux-tu m'épouser ?

Elle hoche la tête, alors, toujours à genoux, je porte mon micro à sa bouche et, d'une voix enrouée, elle fait de moi l'homme le plus heureux de la terre.

– Oui. Mon Dieu, oui, s'écrie-t-elle en s'abaissant pour m'embrasser.

Le public rugit, Drew s'agite sur sa batterie et « My Sweet Chaos », la chanson que l'on a écrite et chantée ensemble sur le dernier album résonne dans la salle. Iris se recule, je passe la bague à son annulaire. Je me relève, la soulève dans mes bras et la fais tournoyer dans les airs.

Elle repart ensuite en coulisses pendant que je me prépare à chanter ma dernière chanson.

Quand je sors de scène, Iris me saute dans les bras. Je la serre contre moi et toute l'équipe nous félicite.

– Je dois moi aussi te dire quelque chose, m'avoue-t-elle en se reculant.

– La bague ne te plaît pas ? m'enquiers-je, nerveux.

– Non, pas du tout, s'exclame-t-elle en levant sa main pour l'observer. Elle est magnifique, ni trop petite ni trop grosse. Elle est parfaite.

– Comme toi, dis-je en embrassant son front.

– Allons parler en privé.

Je l'emmène dans ma loge et je remarque très bien le pouce que Mathilde lève en direction d'Iris.

Hé, je croyais qu'elle était de mon côté !

– Qu'est-ce qui se passe ? demandé-je en fermant derrière nous, mi-inquiet, mi-impatient.

Iris fouille dans son sac posé sur la commode et se tourne vers moi, tenant quelque chose très fort dans sa main.

– C'est quoi ?

Elle prend une grande inspiration et se lance.

– Je sais qu'on n'en a plus jamais parlé depuis qu'on a gardé Noah l'année dernière, et je n'y ai plus pensé une seconde, mais c'est quand même arrivé. Si je suis malade ces derniers temps, ce n'est pas pour rien.

– Iris, putain. Tu me fous les jetons, là.

Elle sourit nerveusement et s'approche de moi. Elle prend

ma main et y dépose l'objet tout en refermant mes doigts dessus sans que je voie ce que c'est, puisque je la regarde toujours dans les yeux. Elle se recule et croise les bras contre sa poitrine.

– Regarde.

Je baisse les yeux sur mon poing fermé et le déplie doucement. Mes yeux s'écarquillent tandis que je lève l'objet devant moi. C'est un test de grossesse, qui en plus est positif.

Je regarde son ventre toujours plat. Elle y pose les mains comme si c'était déjà un réflexe et je relève mon regard vers le sien.

– Je le sais depuis ce matin, me précise-t-elle, la voix prudente.

– Je… dis-je à court de mots, je vais être papa ?

– Oui, acquiesce Iris, la voix toujours mal assurée.

– On a fait un enfant ? Toi et moi ?

Elle lâche un petit rire et s'approche pour poser sa main sur ma joue, contre laquelle je m'appuie.

– Oui, Carson. Je n'ai pas encore pris rendez-vous pour confirmer, mais oui je porte ton enfant, nous allons être parents.

J'écarquille les yeux et pousse un cri de joie en la prenant dans mes bras.

– Putain ! Merci, mon petit lion, de faire de cette journée la meilleure.

Je la sens se mettre à pleurer de joie dans mon cou, je m'assieds sur le canapé et l'attire sur mes genoux.

– J'avais dit plus de promesses mais, pour cet enfant, je tiendrai toutes les promesses qu'il faudra ! Je jure de vous donner la meilleure vie qui soit, à toi et à notre enfant.

– Tu le fais déjà, s'exclame ma future femme entre ses larmes. Je t'aime, Carson.

– Je t'aime, Iris.

Nous courons dans les couloirs de la salle pour sortir au plus vite et rejoindre le bus où tous les mecs et Mathilde sont installés. Nous entrons en furie dedans, et je crie, les faisant sursauter.

– Je vais être papa !

Il y a un moment de silence où ils semblent tous choqués, dix secondes passent, puis c'est le chaos dans le bus. Bienvenue en tournée.

ÉPILOGUE 2

Carson
Deux ans plus tard

– Salut, mon bonhomme.

Mon fils, Clive, me tend les bras, de son berceau, et je le soulève dans les miens. Il niche tout de suite sa tête dans mon cou, comme sa mère le fait souvent. Si Clive est mon portrait craché et si on se rend compte qu'il a de plus en plus mon caractère, il a des petites manies de sa mère, et ce sont ces dernières qui me rendent fou.

Sa naissance a été le jour le plus beau comme le plus horrible de ma vie. Voir Iris souffrir m'a anéanti, et je crois que je pleurais plus qu'elle dans ses cheveux, alors qu'elle me serrait la main à me la broyer. Puis, quand les infirmières ont posé notre petit garçon sur sa poitrine et qu'il a ouvert les yeux, les mêmes que les miens, pour nous fixer, j'ai cru mourir d'amour.

Ce n'est pas simple tous les jours de mêler vie de star et vie de parent, mais je fais au mieux pour être aussi présent pour ma famille que pour mes fans. Je veux voir mon fils grandir, c'est pourquoi on a installé un lit bébé dans le bus de tournée. Je ne supporte absolument pas de me séparer de ma famille et quand Clive ira à l'école et ne pourra plus nous accompagner partout, je pense que je ralentirai le rythme sur les concerts. Il passe avant tout.

Ces deux années n'ont été qu'un enchaînement de bonheurs. Je suis complètement sobre, ce qui me permet d'apprécier pleinement chaque instant. Je n'ai pas l'impression de souffrir d'un manque ou de devoir être vigilant. Mon psy, qui est devenu un très bon ami, dit que j'ai de la chance, que certaines personnes n'arrivent jamais à ce stade. Moi, je pense que ma chance s'appelle Iris et Clive. Ils sont si importants que plus jamais je ne veux boire ou me droguer. Je n'en ai tellement pas besoin.

Et aujourd'hui est encore un jour de bonheur, un jour spécial, car c'est l'anniversaire d'Iris. Elle fête ses 25 ans alors que j'ai déjà 28 ans depuis le début d'année. Je lui ai organisé une journée de folie, qui commence dès le réveil. Je vais lui faire plaisir et lui donner tout ce qu'elle veut. En vrai, c'est ce que je fais déjà tous les jours depuis qu'elle m'a dit qu'elle m'aimait, mais encore plus aujourd'hui.

Avec Clive dans les bras, j'entre dans notre chambre et la trouve allongée sur le ventre, la tête dans mon oreiller et les fesses à l'air. Ses fesses n'ont rien perdu de ce qu'elles avaient pris avec la grossesse de Clive, à mon grand plaisir. Son cul me faisait déjà bander, mais là je ne peux plus le regarder sans avoir encore plus envie d'elle.

Je pose Clive sur le lit et il rampe jusqu'à sa mère. Je ne saurais pas dire qui il aime le plus : s'il n'est pas collé à sa mère, il est collé à moi.

Iris se réveille automatiquement quand Clive s'approche. Ses yeux pétillent d'amour quand elle voit notre fils, elle le prend dans ses bras et lève le regard vers moi. Elle me lance un sourire lumineux pour lequel je pourrais tuer, et m'ouvre un bras. Il ne faut pas me le demander deux fois. Je monte sur le lit et enveloppe les deux personnes les plus importantes à mes yeux.

– Joyeux anniversaire, mon petit lion.

Clive baragouine quelque chose sur le même ton et nous explosons de rire. Iris embrasse notre fils en respirant son odeur. Apparemment, c'est une manie maternelle, mais si vous saviez ô combien l'odeur de mon fils m'apaise aussi. Puis elle se redresse et pose ses lèvres sur les miennes.

– Merci, mon lion.

Je tente par tous les moyens de calmer mes envies, car mon fils est là. Alors, pour me changer les idées, je lui dévoile le programme, mais son regard brille de plus en plus de malice.

– Quoi ?

– Je ne pourrai pas boire, moi non plus, ce soir à la fête.

Confus, je la regarde en fronçant les sourcils.

Elle prend ma main et la pose sur le bas de son ventre. J'écarquille les yeux et secoue la tête, n'y croyant pas.

– Oh, bordel…

Je m'arrête et regarde Clive, qui lève ses grands yeux bleus sur moi.

– Je veux dire, oh, punaise !

Ce n'est pas facile de gérer mon langage fleuri avec un enfant, mais je fais tout mon possible. Iris explose de rire et acquiesce.

– Je suis enceinte.

Putain de bordel de merde.

Heureusement, je peux le dire en pensées. J'embrasse son petit ventre et remonte pour l'embrasser passionnément et sauvagement. Désolé, Clive, tu n'es qu'un bébé, tu oublieras très vite ce baiser.

Les astres s'alignent de nouveau et je ne peux que remercier le ciel d'avoir mis cette femme sur mon passage. Elle me rend heureux au quotidien, elle me soutient comme jamais. Elle est toujours à mes côtés, elle croit en moi, en ma musique et elle m'aime. Je ne peux plus vivre sans ma femme, tout comme je ne peux plus vivre sans mon garçon et mon enfant en route.

Ils sont mes bouées de sauvetage. Sans eux, je ne suis rien et je me rends compte à quel point j'étais en pilote automatique jusqu'à ce qu'Iris entre dans ma vie.

À partir de ce moment, je me suis réveillé et j'ai enfin appris à vivre. Elle est l'âme sœur que je ne pensais pas mériter.

FIN

REMERCIEMENTS

Si on m'avait dit un jour que j'écrirais les remerciements à la fin de mon premier livre, je ne l'aurais certainement pas cru.

Merci à tous mes lecteurs sur Wattpad. Sans vous et votre enthousiasme, je n'aurais sans doute pas eu le courage de tenter cette aventure. Je ne vous remercierai jamais assez d'avoir vécu cette expérience avec moi et d'avoir fait vivre mon livre et mes personnages.

Merci à ma professeure de français au lycée, qui m'a donné cette passion pour l'écriture et la lecture. Je voudrais pouvoir vous remercier en personne. Mais j'espère que de là où vous êtes, vous êtes témoin de ce que je vis, car c'est en partie grâce à vous. Je pense à vous chaque jour.

Merci à l'équipe des Éditions Addictives et particulièrement à Émilie, mon éditrice, sans qui ce livre n'aurait pas vu le jour hors de Wattpad. Merci de m'avoir donné ma chance et de croire en moi.

Et pour finir, merci aux membres de ma famille et à mes amies, qui sont heureux pour moi de cette nouvelle aventure. Très peu d'entre vous étaient au courant que j'écrivais, et pourtant vous m'avez autant soutenue que les personnes qui étaient informées.

Merci infiniment au peu de personnes qui le savaient de m'avoir poussée à continuer d'écrire, et aussi d'avoir cru en ma passion quand je n'y croyais pas.

Extrait

LE MEC PARFAIT EST UN INCONNU… OU PRESQUE !

Camilla Simon

1

Jour 1
Aiden

Lunettes de soleil et casquette me cachant le visage, je règle ma note d'essence avant de remonter dans ma voiture. J'enlève ces accessoires – le téléphone coincé entre l'oreille et l'épaule droite – et allume le contact de mon bébé, quand un bruit de porte qu'on referme me parvient.

J'écarquille les yeux de stupeur et en perds le fil de ma conversation.

– Je dois te laisser, Emmett, j'ai une mariée qui vient de monter dans ma voiture !

– Quoi ?!

– Une mariée ! Tu sais, une femme avec une robe meringue blanche !

– Je sais ce qu'est une mariée, Aiden ! Ce que je veux savoir, c'est ce qu'elle vient faire dans ta bagnole ?!

Je me tourne vers la Meringue et ne vois que son visage rouge et couvert de sueur et son chignon de travers, car sa robe bouffante à froufrous cache son corps.

Elle me regarde d'un air suppliant, le souffle court. Des lignes noires lui strient les joues.

En la détaillant un peu plus, je m'aperçois qu'elle a la chevelure carotte, un petit nez retroussé et des taches de rousseur par milliers sur le visage.

– Démarrez ! me hurle-t-elle.

– Quoi ?!

– Dé-mar-rez ! répète-t-elle comme si j'étais un idiot.

– J'avais compris ! Vous êtes en retard ? Vous avez loupé votre carrosse ? dis-je, hilare.

Elle me fusille du regard.

– Démarrez ! reprend la Meringue, autoritaire.

– Mais pourquoi ?

– Oh ! Parce que c'est une urgence ! Viiiiiite !

– J'ai compriiiis ! Je ne suis pas sourd. Mais pourquoi ?

Elle se retourne et, de rouge, son visage passe au blanc. Je suis la direction qu'a prise son regard et vois un homme en costume courir en cherchant des yeux quelque chose ou quelqu'un, une femme rose bonbon sur les talons.

– Le marié ?

– Oui ! S'il vous plaît, démarrez ! Il ne faut pas qu'ils me trouvent…

Sa voix chevrotante finit de me convaincre et je me mets en

route, laissant derrière nous les personnes qui la cherchent.

Perdue dans le vague, essuyant de temps à autre une larme égarée sur sa joue, mon invitée mystère fixe le paysage sans jamais demander notre destination.

Cela me convient, je roule sans idée précise. Je suis officiellement en vacances depuis deux jours. Nous avons eu une longue et éprouvante tournée avec les Sugar à travers le monde, et j'ai envie de me retrouver seul. Il y a tellement de personnes sur une tournée entre les roadies, les ingénieurs son, les gardes du corps – et n'oublions pas les milliers de groupies – que le besoin de solitude s'est très vite fait sentir.

J'ai pris ma guitare, un sac avec quelques affaires et ma caisse, la toute nouvelle Ford Shelby GT-H. « Ma Précieuse » est un véritable bijou ! Après avoir fait le plein, je comptais prendre le large et découvrir quelques États d'Amérique. Mais voilà qu'une Meringue va légèrement changer mes plans.

***

Nell

Je regarde défiler le décor extérieur. Les paysages arides et vallonnés remplacent la ville depuis un moment, mais je n'y prête pas plus attention. Je passe par des phases de colère et des phases de profonde tristesse. Je me fiche de qui conduit. Cela pourrait être Ted Bundy que ça serait pareil.

Comment a-t-il pu me faire ça ?! À quinze minutes de nos échanges de vœux, ceux de s'aimer toute notre vie, Ducon – appelons-le ainsi – trouve le moyen de sauter notre wedding planner dans les toilettes !

Heureusement que le stress me donne envie de faire pipi !

Je n'ai jamais autant aimé ma vessie qu'à l'instant précis où j'ai découvert Ducon derrière cette greluche, la jupe remontée haut sur les fesses, beuglant à qui mieux mieux comme un putois ! Beurk ! Des haut-le-cœur me parviennent quand je repense à cette scène.

La voiture s'arrête sur le bas-côté.

Je cligne plusieurs fois des yeux et me tourne vers mon chauffeur pris en otage par ma faute.

Il se racle la gorge afin d'attirer mon attention.

À travers mes yeux rougis et gonflés, je distingue un grand blond aux épaules larges me fixant d'un air penaud et embarrassé.

– Si tu veux vomir, je te prierai de descendre de ma voiture. Tu comprends, c'est mon bébé et elle est toute neuve…

Le tutoiement de mon chauffeur ne me dérange pas. Je pense que nous avons à peu près le même âge.

– Vomir ?

– Oui. Dégobiller, gerber, dégueuler…

– Je sais ce que veut dire « vomir » ! Ce que je veux savoir, c'est pourquoi tu m'en parles ?!

– Tu avais des haut-le-cœur… Maintenant que nous sommes arrêtés, qu'on a roulé trois heures sans but, tu peux m'expliquer ?

J'essaye de croiser tant bien que mal les bras sur ma poitrine en signe de protection, mais les différentes couches de tulle dont est faite l'horreur qu'est ma robe rendent l'opération très compliquée.

Il est en droit de savoir pourquoi une inconnue l'a kidnappé même si c'est difficile pour moi. Mon ego et mon cœur ont pris un sacré coup mais ce type m'est venu en aide malgré lui.

– Il y avait besoin d'autant de ce machin ? demande mon vis-à-vis en palpant le tissu entre son index et la pulpe de son pouce.

Ses mains sont fines et ses veines ressortent.

– C'est pas important ! On est où ? demandé-je en regardant à l'extérieur, ne distinguant que de grandes étendues rocheuses et désertiques.

– On est à environ une heure de Las Vegas.

– C'est une plaisanterie ?!

– …

Il me regarde, circonspect, fronçant de plus en plus les sourcils sur son visage hâlé. Ses yeux me transpercent de leur vert quasi translucide.

– Je suis habillée en mariée et tu m'amènes à Las Vegas ?!

– Ah oui, vu comme ça… me répond-il en riant. Mais en même temps, jeune fille, tu ne m'as pas laissé le choix ! Tu voulais que je roule ! Eh ben, j'ai roulé ! Si tu n'es pas contente, nos routes peuvent se séparer là et ciao bella !

Je regarde à nouveau autour de nous et ne distingue rien à des kilomètres à la ronde. Et, depuis que nous sommes arrêtés, aucune voiture n'est passée par ici. Je vais donc me radoucir, ne pas lui faire porter la connerie de Ducon sur les épaules. C'est un homme certes, mais les hommes ne sont pas tous pareils… Même si cela reste encore à prouver !

– Tu ne veux pas me raconter ?

Extrait

JUST SEX & TATTOOS

Mina Zadig

DANS LA COLLECTION Luv

1

– Meri, bouge ton joli cul, on va être en retard !

– J'arrive !

– Mais tu fais quoi ?

Je grogne. Je déteste qu'elle m'appelle Meri. « Meri », c'est parce que je ressemble comme une sœur à Merida, l'héroïne de *Rebelle*. Je suis l'incarnation vivante d'un personnage de Disney et ça me gonfle. Ce qui n'arrange pas mon humeur, déjà passablement mise à mal par une nuit beaucoup trop courte. Je me suis couchée tard, bien trop tard. Si la marmotte que je suis n'a pas au moins huit heures de sommeil, elle n'est bonne à rien. Je suis à quarante pour cent de mes capacités et je me traîne lamentablement derrière Mélanie, ma meilleure amie.

– Je te signale que c'est ta faute si je suis une vraie larve, je lui balance.

– Je ne t'ai pas forcée à boire comme un trou.

– Et alors, je devais faire quoi ? je l'interroge tandis que je la rattrape. Te regarder fourrer ta langue dans la bouche de ton mec d'un soir ?

– T'avais qu'à t'en trouver un. Je te rappelle que mon mec d'un soir avait un pote, et que ce dernier n'attendait que ça.

– Tu rigoles ? Ce type ne ressemblait à rien. Il me bouffait des yeux comme si j'étais un sandwich appétissant. Je le revois passer sa langue sur ses lèvres violacées. Beurk ! J'en ai encore des frissons.

– T'es difficile.

– Absolument pas ! Ce mec n'avait rien pour lui, et encore moins pour moi.

– Tu ne trouveras jamais ton prince charmant si tu t'arrêtes à des détails, continue-t-elle en avançant d'un pas martial.

– Des détails ? Tu te fous de moi ? Parce qu'il faudrait que je me tape tout ce qui bouge pour trouver l'homme de ma vie ? T'es sérieuse ?

– T'es trop sélective.

– Mais n'importe quoi ! Et le type de la semaine dernière ? Et celui de la semaine d'avant ?

– C'est bien ça, le problème.

– Mais quoi, encore ?

– Tu changes trop vite.

– Et toi, non ?

– Non, moi, je sors d'une histoire qui a duré plusieurs mois, alors j'ai du retard à rattraper.

De toute manière, je n'aurai jamais le dernier mot. Mel vient de se faire larguer. Je devrais la plaindre, mais je n'y arrive pas. Je n'ai jamais vu une nana tomber amoureuse aussi souvent. Ma meilleure amie est une incorrigible romantique qui voit un potentiel prince charmant dans chaque mec qui croise sa route. Si j'avais eu dix euros chaque fois que je l'ai entendue dire : « Celui-là, c'est le bon ! », je serais riche et je me la coulerais douce sur une île, sans rien faire, à boire des cocktails toute la journée, éventée par un beau gosse ou plusieurs. Parce qu'en matière de mecs, nous sommes très différentes.

Si je sais que, statistiquement, j'aurai sûrement la possibilité de rencontrer, un jour, un mec avec qui je ferai un plus long bout de chemin qu'avec les autres – un mec avec qui je pourrais envisager de me caser et d'avoir des enfants –, je ne cours pas non plus après. J'ai le temps. J'ai 24 ans et je viens d'obtenir le boulot de mes rêves. Je ne vais pas m'encombrer d'un petit ami qui m'attendra à la maison le soir et qui finira par poser ses valises et me considérer comme une boniche ou une mère de substitution.

Certainement pas. Je mène ma vie comme je l'entends. Je m'amuse, je me concentre sur mon boulot, je choisis les mecs avec qui je ne fais que baiser et pour une seule nuit. Je sais que le prince charmant n'existe pas, alors pourquoi perdre mon temps à le chercher ? La vie est bien trop courte pour courir après une chimère.

Je rejoins Mel devant une vitrine sombre sur laquelle une enseigne annonce en lettres noires sur fond blanc :

Ombres

– On y est, déclare-t-elle d'un air satisfait.

Je déteste le petit sourire victorieux accroché à ses lèvres.

Cette garce jubile. Si nous sommes devant la vitrine de ce studio de tatouages, c'est que j'ai perdu un pari. Un pari lancé un soir de fête alors que j'avais quatre grammes dans chaque bras, et encore plus dans chaque jambe. Un pari complètement stupide. Nous venions de sortir de boîte et Mel m'a certifié que je ne serais pas capable de rentrer chez moi en Vélib'. J'ai trouvé ça tellement bête que je me suis moquée d'elle, arguant que, si elle n'avait rien de plus compliqué à me faire faire, je la plaignais. C'est moi que j'aurais dû plaindre, parce que j'étais plus alcoolisée que je ne le croyais. En tout cas, beaucoup trop pour tenir en équilibre sur un engin à deux roues même pas motorisé. Qui a dit que faire du vélo, ça ne s'oublie pas ? Ce soir-là, j'ai vraiment tout perdu. Je me suis retrouvée dans l'impossibilité de synchroniser mes pieds qui pédalaient, mes mains qui tenaient le guidon, tentant de maintenir le cap, et mes yeux incapables de se fixer sur le point à atteindre. Alors que Mel se débrouillait plutôt pas mal, je n'ai pas fait cent mètres. Il y avait un virage en descente. Mes doigts n'ont jamais trouvé le frein. J'ai oublié de tourner le guidon et je me suis vautrée en beauté. J'ai hurlé, très fort, et mon vélo et moi avons fini dans un tas de poubelles. J'ai donc perdu et hérité d'un tatouage.

Le motif ? C'est une surprise, puisque nous devons toutes les deux arborer le même. Où ? Là aussi, c'est une surprise. Pas à un endroit trop voyant à cause du boulot, mais je n'en sais pas plus.

– Je suis trop contente qu'on fasse ça toutes les deux.

– Mouais, comme si j'avais le choix, je ronchonne.

– Fallait pas parier.

– Tu savais pertinemment que je n'étais pas en état de monter sur un vélo.

– Oui, peut-être, mais au moins, j'ai eu ce que je voulais depuis longtemps.

– Te faire marquer comme du bétail ?

– Non. Un signe commun pour qu'on se reconnaisse.

– Pourquoi ? Tu comptes changer de visage ?

Elle me regarde quelques secondes pour tenter de comprendre, puis elle pige enfin.

– T'es qu'une crétine. C'est pas ce que je voulais dire. Bon sang, Meri, je te jure que tu peux être obtuse quand tu t'y mets ! Tu sais que je suis fille unique, alors que j'ai toujours rêvé d'avoir une sœur, et tu es arrivée dans ma vie.

Elle devrait plutôt dire que j'ai *déboulé* dans sa vie. Et, pour être plus précise, que je lui suis littéralement tombée dessus. Nous avions 14 ans et étions en troisième. Le plus beau mec du collège m'a invitée à une soirée chez l'un de ses potes. Il me plaisait, alors j'ai accepté. Ça a été aussi ma première grosse cuite. Au milieu de la nuit, je suis sortie pour prendre l'air et je me suis pris les pieds dans un tuyau d'arrosage. J'ai perdu l'équilibre. Mélanie était sur ma trajectoire, alors je l'ai percutée et entraînée avec moi dans la piscine ! Nous nous sommes retrouvées complètement trempées et dégrisées. Après nous être dévisagées de longues secondes, nous avons fini par éclater de rire. Depuis ce soir-là, nous ne nous sommes plus quittées.

Nous nous sommes découvert de nombreux points communs : la musique, le cinéma, mais surtout la littérature. Nous avons suivi le même cursus scolaire, puis universitaire. Et aujourd'hui, nous bossons dans la même boîte, une maison d'édition où nous pouvons faire ce qui nous éclate le plus : lire, découvrir de nouveaux talents et mettre en avant les œuvres auxquelles nous croyons. La seule différence, c'est que

Mel bosse dans la branche romance tandis que je me consacre à la science-fiction et aux romans fantastiques, que j'affectionne tout particulièrement.

– T'es prête ?

– Si je réponds non, j'ai le droit de partir ?

Mel éclate de rire et pousse la porte du salon.

Nous sommes accueillies par du metal. Je ne connais pas le groupe, mais ça dépote. Je trouve ça pas mal, plein d'énergie, même si ce genre de truc à longueur de journée aurait de quoi me rendre dingue. D'ailleurs, la meuf qui nous interpelle depuis son comptoir a l'air d'en avoir beaucoup trop écouté. Elle a un look improbable. On dirait un petit rat de l'opéra maléfique qui sautille jusqu'à nous.

– Bienvenue chez Ombres, mes bichettes. Je me présente : Pénélope. Mais vous pouvez m'appeler Penny, c'est moins long. Vous aviez rendez-vous ?

Si je répondais non, on pourrait annuler et je rentrerais chez moi pour finir ma nuit et recharger mes batteries.

– Oui, Mélanie Coulon et sa meilleure amie, Meri.

– Putain, Mel, j'ai un prénom.

– Camomille ! s'écrie cette dernière, hilare.

– Non, sans blague, tu portes le nom d'une tisane ? s'étonne la danseuse démoniaque. Merde, mais ils pensaient à quoi, tes vieux ?

Je fixe Mel pour bien lui faire comprendre que ce n'est vraiment pas le jour pour me gonfler. Je suis HS, absolument pas prête à me faire tatouer, alors si la gothique commence à s'amuser avec mon prénom, c'est clair, j'abandonne et je rentre.

– Appelle-moi Camille ou Came, et oublie le reste si tu ne veux pas que je me casse.

– Houla… T'es toujours aussi tendue du slip ? s'amuse la digne fille de Dark Vador.

– Oh oui ! Et là, elle est même pas à la moitié de ses capacités.

OK, la coupe est pleine. Je fais demi-tour et je m'apprête à sortir de ce piège à la con quand une main d'homme vient bloquer la porte pour m'empêcher de l'ouvrir et de fuir.

– Et elle va où, comme ça ?

Encore un truc qui me gonfle. Je déteste qu'on m'enquiquine avec mon prénom, mais c'est encore pire quand on emploie la troisième personne pour s'adresser à moi. « Et elle va où ? Et elle fait quoi ? Et elle a une langue ? Et elle comprend ce que je lui dis ? »

– Elle a un prénom, je crache.

– Waouh, et elle est pas commode !

C'est clair, ce type me gonfle. Je le désigne à Mel, qui a beaucoup de mal à se retenir de sourire.

– C'est qui, le p'tit marrant ? Il a bouffé un comique au petit déj ? je râle.

– Oh non, là, il fait un effort, s'esclaffe Penny. Je te présente Thunder !

Thunder ? Et moi qui me plaignais de mon prénom ! Ce mec s'appelle « Tonnerre », nom de Zeus ! Je lève les yeux sur le type qui me dépasse d'une bonne tête et, il n'y a pas à dire, je suis sidérée. Ce mec est une bombe atomique. Le genre de gars qui pourrait me faire mouiller ma petite culotte en quelques secondes. Il me paraît gigantesque. Il est très grand et fin, même si son tee-shirt laisse deviner un torse musclé. Je ne parle même pas de ses cuisses, que son jean dessine admirablement. Autre chose, il a la peau dorée et un visage qui me font dire qu'il est d'origine indienne. Pas de l'Inde, mais plutôt du style Apache ou Iroquois, pour les quelques tribus dont je connais le nom. Il sort tout droit d'un western avec ses longs cheveux noirs et lisses, qui coulent sur ses épaules et dans son dos. Je me répète, il est vraiment sidérant. Mais voilà, il est tatoué. Hilarant quand on sait que c'est exactement ce que je viens faire ici. Non, quand je dis « tatoué », c'est qu'il l'est vraiment beaucoup. Hormis son visage, toutes les parties de son corps que j'aperçois sont recouvertes d'encre, et je n'ose même pas imaginer ce que je ne vois pas.

– Elle a buggé ? s'inquiète-t-il.

– Ouais... Oh ! Meri, t'es avec nous ?

– C'est moi qui lui fais cet effet-là ? demande encore Thunder.

Il a un accent américain prononcé.

– Meri ? Faut que tu reviennes sur terre !

Mais qu'est-ce qu'elle me fait ? J'entends, je suis là, bon sang !

– Arrête de brailler, je m'agace en me tournant vers Mel. Bon, on est là pour faire la causette ou pour se faire tatouer ?

C'est gagné. Petite repartie « triple action » : la danseuse maléfique est retournée derrière son comptoir, j'ai vexé Mel, et le beau gosse semble plutôt amusé, même s'il n'en rajoute pas. Heureusement pour lui.

– Vous me suivez ?

– Où ça ? je demande.

– Te faire tatouer, banane, lâche Mel, encore sous le coup de ma réplique cinglante.

D'accord, elle est vraiment énervée et emboîte le pas à Thunder sans m'adresser un regard de plus. Super !

Je suis le mouvement et entre dans une petite pièce blanche, carrelée jusqu'à un mètre du sol. Les murs sont recouverts de dessins en tous genres, des petits, des grands en couleur ou en noir et blanc. Ils sont de styles divers et représentent des dragons, des têtes de mort, des pin-up, des bateaux, pour ne citer que ceux-là. Une chose est certaine : les artistes qui les ont dessinés ont beaucoup de talent. Les murs sont également habillés d'étagères qui supportent différents produits et du matériel : de petites fioles aux bouchons multicolores que je suppose être de l'encre, des boîtes de compresses, des rouleaux de film transparent et d'autres choses que je n'identifie pas.

En revanche, ce que j'identifie très bien, c'est que le grand brun a enfilé une paire de gants en caoutchouc et qu'il nous désigne deux fauteuils disposés l'un à côté de l'autre.

Parce que c'est lui qui va nous tatouer ?

addictives

Romans déjà parus

Rose Becker
Le Bébé, mon milliardaire et moi (aussi en poche)
Torride, sexy & dangereux
Forever You – saisons 1 et 2
Dangerous

Phoebe Campbell
Lui résister… ou pas – l'intégrale
You Again
Single Daddy. Try Me if You Can

Mia Carre
Bad for You
Teach Me Everything
Charmant connard !

Mélodie Chavin
Campus Rules
Fucking Wedding

Emma Green
Toi + Moi : L'un contre l'autre (aussi en poche)
Toi + Moi : Envers et contre tout (aussi en poche)
Toi + Moi : Seuls contre tous (aussi en poche)
Call Me Baby – volumes 1 et 2
Call Me Bitch
Love Me if You Can
Kiss Me if You Can
Bliss. Le faux journal d'une vraie romantique – volumes 1 et 2
Jeux interdits
Jeux insolents
Jeux imprudents
Une toute dernière fois
Fallait pas me chercher ! – volumes 1 et 2
Corps impatients (aussi en poche)
Cœurs insoumis (aussi en poche)
Âmes indociles (aussi en poche)
Cent facettes de Mr Diamonds – l'intégrale
Bliss. Le faux journal d'une vraie romantique – l'intégrale

(Im)parfait
Love Me if You Can – l'intégrale
Kiss Me if You Can – l'intégrale
It's Raining Love!
The Boy Next Room
Call Me Baby – l'intégrale
Call Me Bitch – l'intégrale
PS: Oublie-moi!
Fallait pas me chercher! – l'intégrale
Recherche coloc: emmerdeurs, râleurs, lovers... s'abstenir!
10 bonnes raisons de te détester!
Just 17
Love & Lies on Campus
Bien plus forte que toi!
If You Wanna Be My Lover...

Kim Grey
Insolent Bastard

Megan Harold
Breaking the Rules
Initiation with My Boss

Ludivine Hart
Arrogant & Tattooed

Amy Hopper
Gone Boy
Le Coloc

Julie Huleux
Alpha Player

Charlie Lazlo
Mon insupportable boss

Sienna Lloyd
Mords-moi!

Caroline Mongas
Mariage forcé. Un contrat indécent

June Moore
Étreinte – volumes 1 à 3

Zoé Murat
Stepbrother Love
Boss Me Around

Clara Oz
Arrogant

Lise Robin
Infiltrée. Sex, Drugs & Danger
Love Scandal

Gaëlle Sage
Kiss, Kill & Ride

Ana Scott
Dark Ride
Last Ride
Vicious Ride
The Dominant
Evil Ride
Sensual Stepbrother
Un enfoiré mais un coup d'enfer !

Camilla Simon
Le voisin parfait est un enfoiré
Initiation with My Enemy
Le mec parfait est un inconnu… ou presque !

Ève Souliac
Sexy Mistake

Liv Stone
Love Lessons

Lisa Swann
Adore-moi ! – l'intégrale

Louise Valmont
Toi & moi, c'est compliqué !
Campus Initiation

Chloe Wilkox
Extreme Lover – l'intégrale
Immoral
Dominant Boss. Apprends-moi
The Virgin's Price

Luv

Romans déjà parus

Ana K. Anderson
Indompté
Scottish Bastard

Sophie Auger
Be with Me

Sonia Birdy
L'Initiation
Touchdown. Campus Star

Laura Black
Dark Initiation
Games of Desire
H.A.R.D. Hot, Arrogant, Rebelle, Déterminé
Sulfurous Bad Boy

Margot D. Bortoli
Too Young

Juliette Brunel
Delicious

Anne Cantore
Promets-moi. Louise et Marco

Sarina Cassint
Avec toi… peut-être
Insolent Boss

Mary Ann Davis
Coach Me Love

Nora Davy
Don't Resist

Gwen Delmas
Noël, toi & moi
Perfect Boss
Sex Friends. Pas de contraintes, que du plaisir!

Eugénie Dielens
Imprévisible Boss

Cléa Dorian & Ninon Vars
Dark Love

Laurie Eschard
Love Naked

Lil Evans
Savage Rider
Crash & Burn
Boss Affair

Lou Garance
Can You Keep a Secret?
Foutu coloc !

Alexandra Gonzalez
Shades of You

Erin Graham
Teach Me Love
The Boss
Secret Stepbrother
Strong Addiction
Coloc avec mon boss

Joh Harper
Crazy Love

Marie Hayle
Under Control
Lover Next Door

Emma S. James
Under the Rain

Iris Julliard
Catch & Shoot

Lucie F. June
Fight with Darkness

Sara June
Rider in the Dark
Sexy Wild Rider

Lena Jung
Mon coloc, mes désirs & moi

Emily Jurius
Love to Hate You

Allie Krown
High School Challenge

Marion Laurent
Mr Alpha

Pauline Libersart
Tiger. Entre ses griffes

Nina Loren
Breaking the Ice

Ella Lores
Mariée par accident à un connard arrogant rencontré la veille…

Jessica Lumbroso
Emma X. Secrète et insoumise

Lili Malone
Coloc avec un inconnu

Mila Marelli
Dark Man in Love
Crazy Wedding

Mag Maury
Fast Games
No Love, No Limits
My Hipster Christmas

Alix Parks
Never Kiss the Boss

Jeanne Pears
Insupportable coloc
Colocs & Sex Friends
H.O.T. Hypnotique, Obstiné, Ténébreux
The Most Insolent Man

Alexia Perkins
Arrogant Fake Lover

Sophie S. Pierucci
L'Inconnu de l'ascenseur & Moi (aussi en poche)
My Stepbrother. L'initiation

Silvia Reed
Darkest. La dernière heure
Too Close

Anita Rigins
No Rules
My Rules

Avril Rose
Coffee, Sex & Law

Jana Rouze
Effet de vague – saisons 1, 2 et 3

Wendy Roy
Une seule fois (ou presque)

Ana Scott
À corps brisés

Léana Soal
Fight & Hope

Cara Solak
Perfect Obsession

Izia Soley
Fauve

Liv Stone
Initie-moi. Mes jours contre tes nuits

Lena K. Summers
Perfect Bad Boy
Donovan, roi des connards

Kaly Swann
Austin. Breathe with Me

Lily Tortay
Dance for Me

Flore Valier
Ta peau contre la mienne

Anna Wendell
Arrogant Bad Boy
Apprends-moi le désir
Colosse. Le maître du jeu

Mina Zadig
Just Sex & Tattoos

addictives

Roman déjà paru

Isla A. Rowley
Toxic Games

addictives
POCHE

Romans déjà parus

Rose Becker
Le Bébé, mon milliardaire et moi (aussi en grand format)

Phoebe Campbell
Tes ordres sont mes désirs

Olivia Dean
À lui, corps et âme – volumes 1 et 2

Lou Everly
Bad Boy Crush

Erin Graham
Nos amours contraires

Emma Green
Seuls contre tous (aussi en grand format sous le titre *Toi + Moi : Seuls contre tous*)
L'un contre l'autre (aussi en grand format sous le titre *Toi + Moi : L'un contre l'autre*)
Envers et contre tout (aussi en grand format sous le titre *Toi + Moi : Envers et contre tout*)
Corps impatients (aussi en grand format)
Coeurs insoumis (aussi en grand format)
Âmes indociles (aussi en grand format)

Megan Harold
Sublime-moi !

Charlie Lazlo
Kiss Me I'm Famous

Sophie S. Pierucci
L'Inconnu de l'ascenseur & Moi (aussi en grand format)
Deep & Dark

Lise Robin
Forbidden Stepbrother

Alexane Tolley
The Boss Rules

Chloe Wilkox
Your Game, My Rules

Lover Next Door
Marie Hayle

Lumineuse et enjouée, Charlie ne se laisse intimider par personne, et surtout pas par Liam, son nouveau voisin. Physiquement, rien à redire, il est parfait ! Mais qu'est-ce qu'il est pénible… Liam la provoque, la titille, lui colle ses conquêtes sous le nez et finit par bousiller accidentellement son ordinateur. Bloquée dans son travail à cause de Liam, Charlie n'a pas le choix et doit accepter l'offre qu'il lui fait : afin de se faire pardonner, Liam propose à la jeune femme de l'accompagner dans un reportage et de lui servir de guide dans une région qu'il connaît bien. Cinq jours ensemble sans s'écharper ni se sauter dessus ? Pari tenu !

Auteure : Ludivine Hart

Edisource – Éditions Addictives
100, rue Petit, 75019 Paris
Imprimé par FINIDR – Lipova cp. 1965 – 73701 Cesky Tesin,
République tchèque
Dépôt légal : janvier 2022 – Achevé d'imprimer : novembre 2021
ISBN : 978-2-37126-461-8
Réf. contrat : ZARS_001